D0842470

CUENTOS CASAENRAMA presenta con orgullo

HOMBRE PERRO
POR QUIÉN RUEDA LA PELOTA

ESCRITO E ILUSTRADO POR **DAV PILKEY**

COMO JORGE BETANZOS Y BERTO HENARES

CON COLOR DE JOSE GARIBALDI

graphix

UN SELLO EDITORIAL DE

SCHOLASTIC

¡PARA CHARISSE MELOTO, QUE NOS INSPIRA A TODOS A HACER EL BIEN!

Originally published in English as Dog Man: For Whom the Ball Rolls

Translated by Nuria Molinero

ISBN 978-1-338-60130-5

10 9 8 7 6 5 4 3 2 1   20 21 22 23 24

Printed in China   62
First Spanish printing, September 2020

Original edition edited by Ken Geist
Book design by Dav Pilkey and Phil Falco
Color by Jose Garibaldi
Color flatting by Aaron Polk
Publisher: David Saylor

CONTENIDO

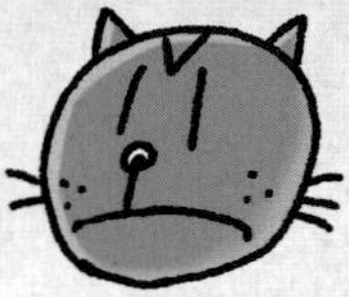

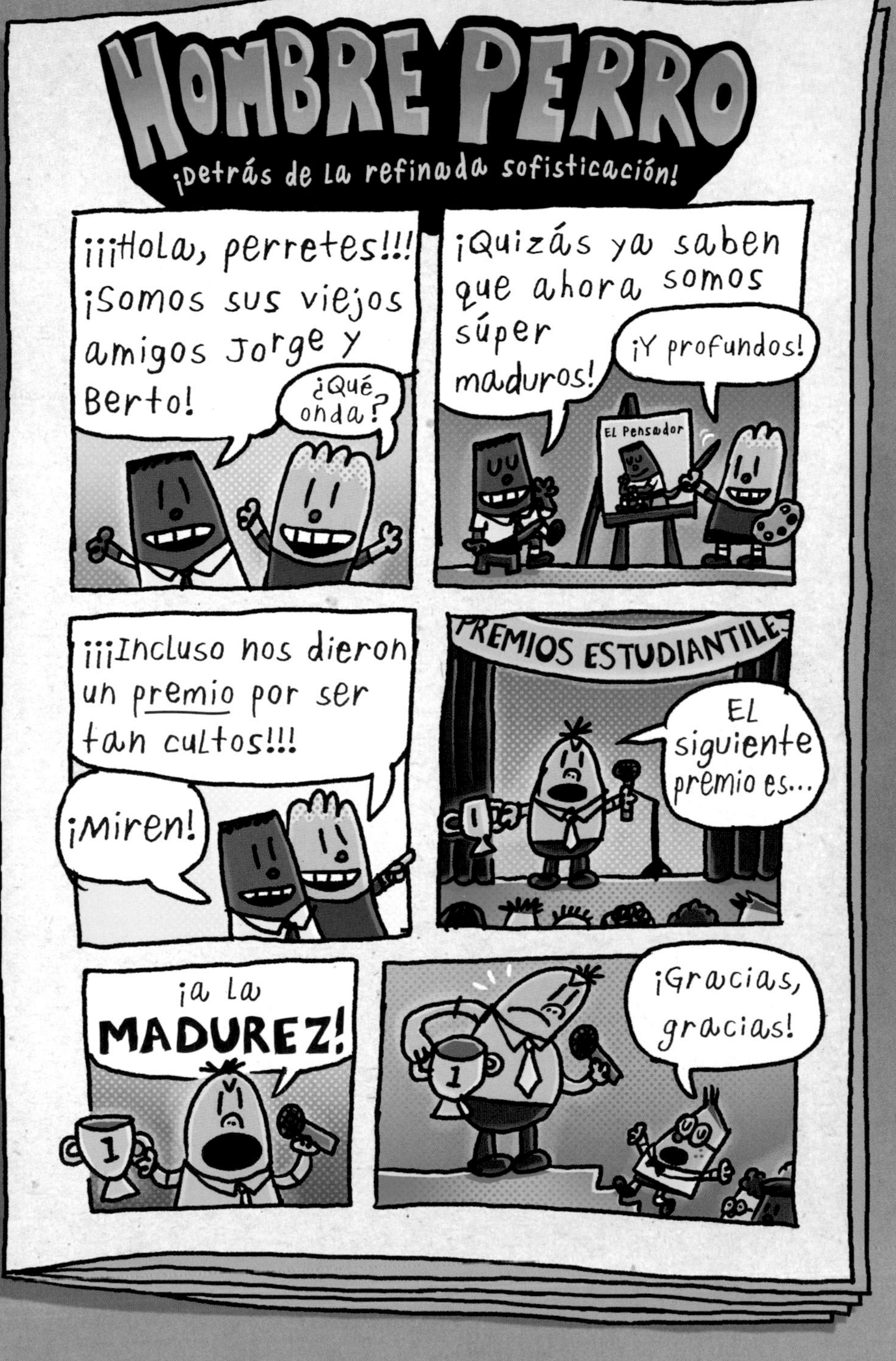
HOMBRE PERRO
¡Detrás de la refinada sofisticación!
¡¡¡Hola, perretes!!! ¡Somos sus viejos amigos Jorge y Berto!
¿Qué onda?
¡Quizás ya saben que ahora somos súper maduros!
¡Y profundos!
El Pensador
¡¡¡Incluso nos dieron un premio por ser tan cultos!!!
¡Miren!
PREMIOS ESTUDIANTILES
EL siguiente premio es...
¡a la MADUREZ!
1
¡Gracias, gracias!
1

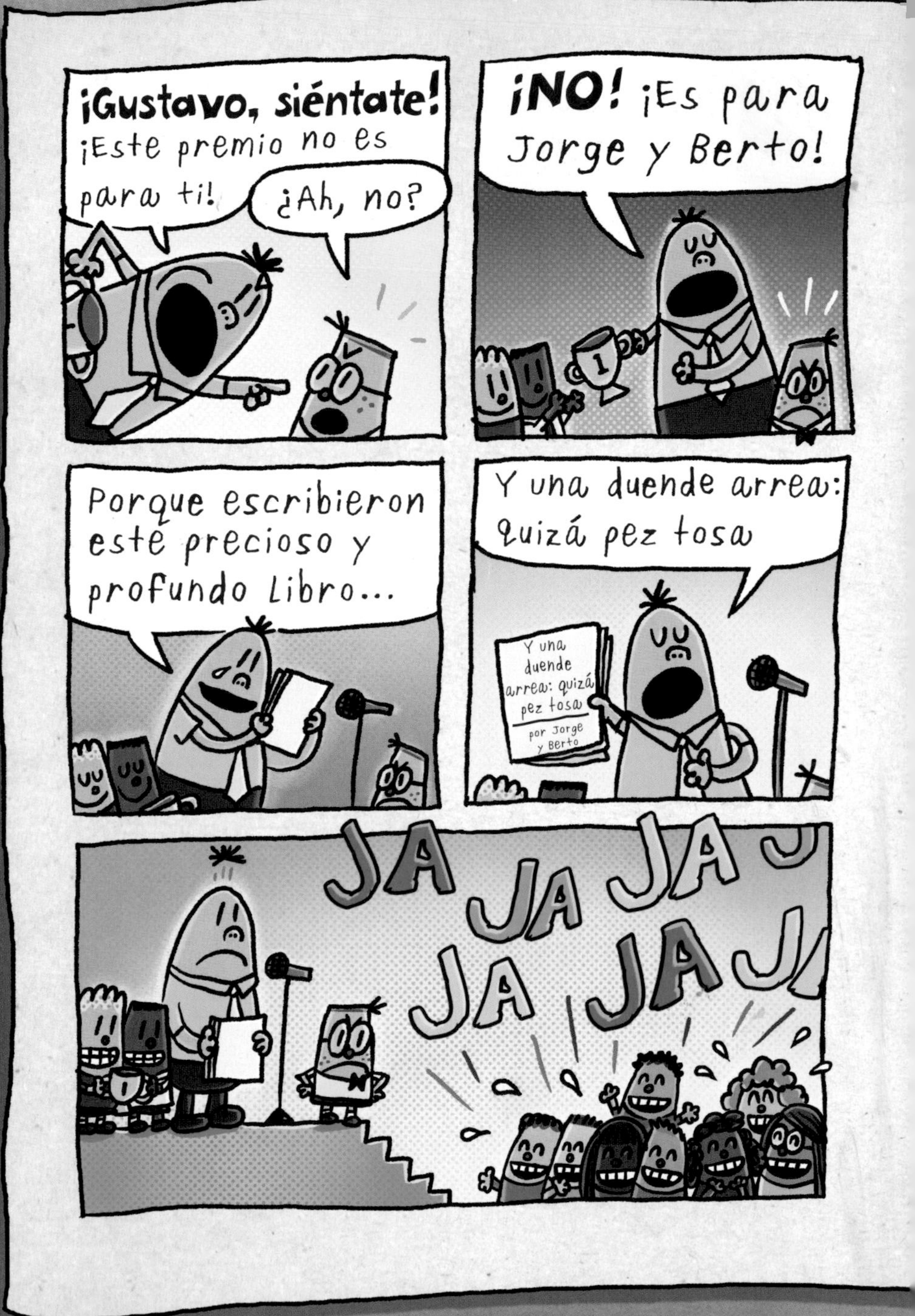
¡Gustavo, siéntate! ¡Este premio no es para ti!
¿Ah, no?
¡NO! ¡Es para Jorge y Berto!
Porque escribieron este precioso y profundo Libro...
Y una duende arrea: quizá pez tosa
Y una duende arrea: quizá pez tosa
por Jorge y Berto
JA JA JA JA JA J

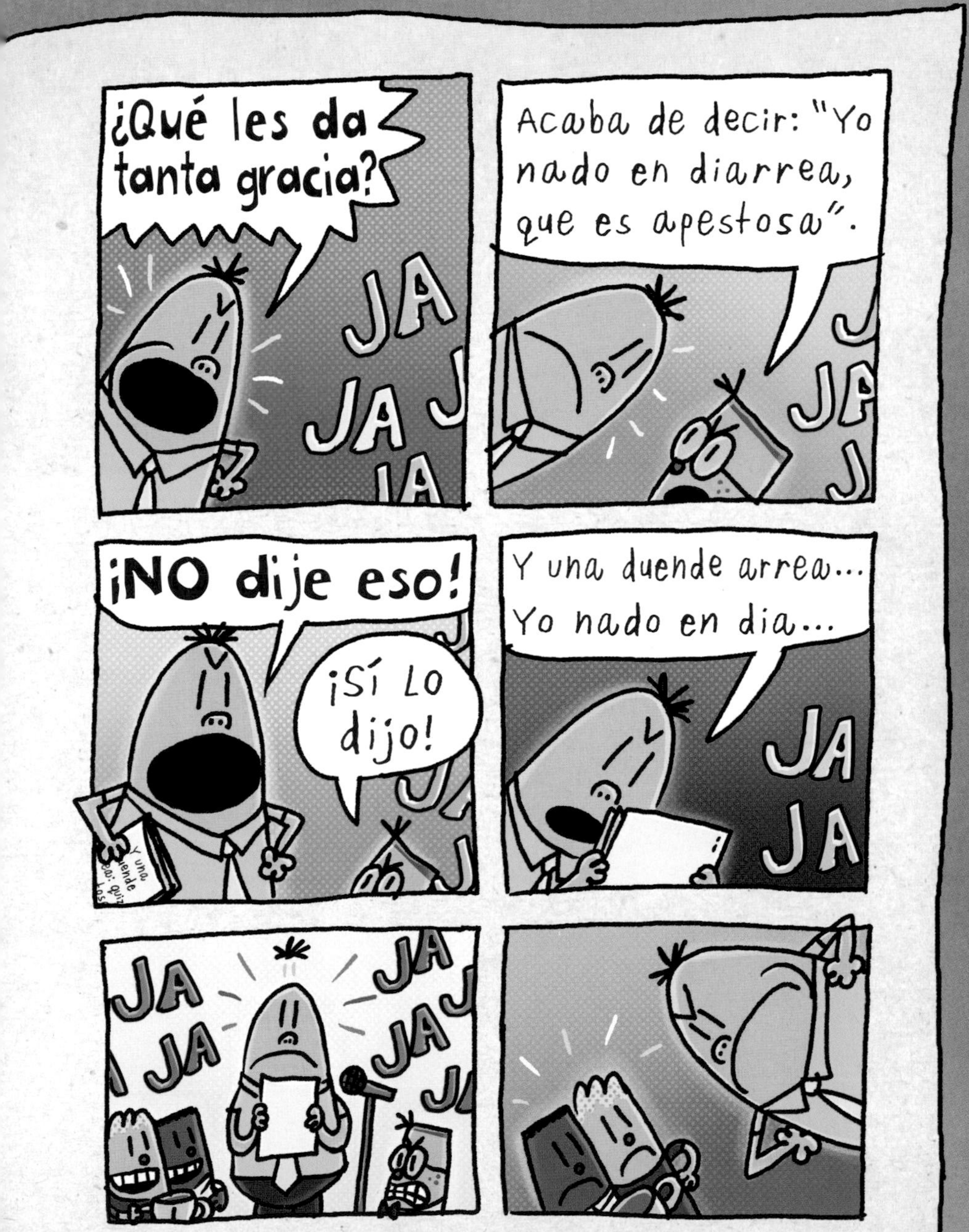
¿Qué les da tanta gracia?
JA JA JA
Acaba de decir: "Yo nado en diarrea, que es apestosa".
¡NO dije eso!
¡SÍ LO dijo!
Y una duende arrea... Yo nado en dia...
JA JA
JA JA JA JA

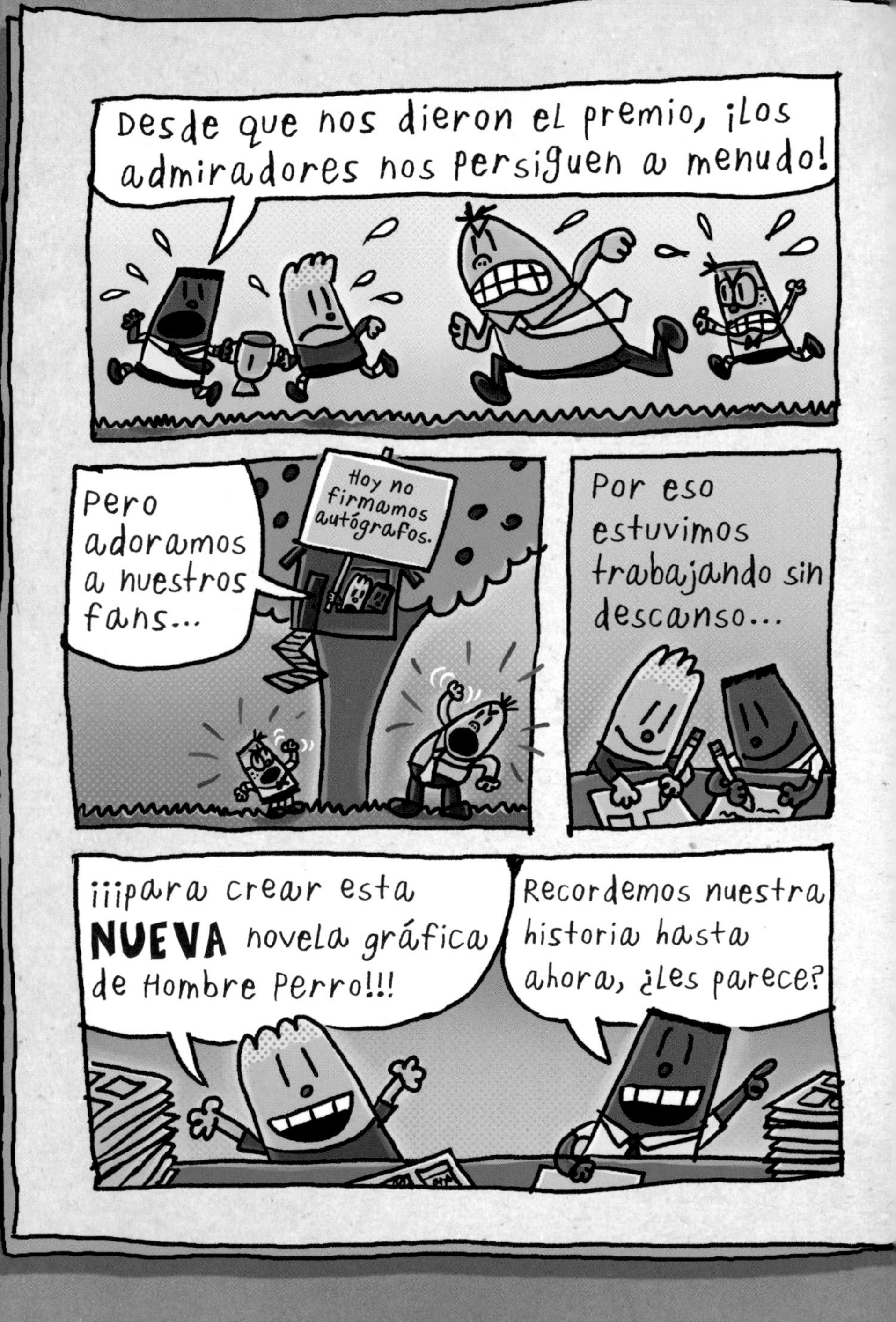
Desde que nos dieron el premio, ¡Los admiradores nos persiguen a menudo!
Pero adoramos a nuestros fans...
Hoy no firmamos autógrafos.
Por eso estuvimos trabajando sin descanso...
¡¡¡para crear esta NUEVA novela gráfica de Hombre Perro!!!
Recordemos nuestra historia hasta ahora, ¿Les parece?

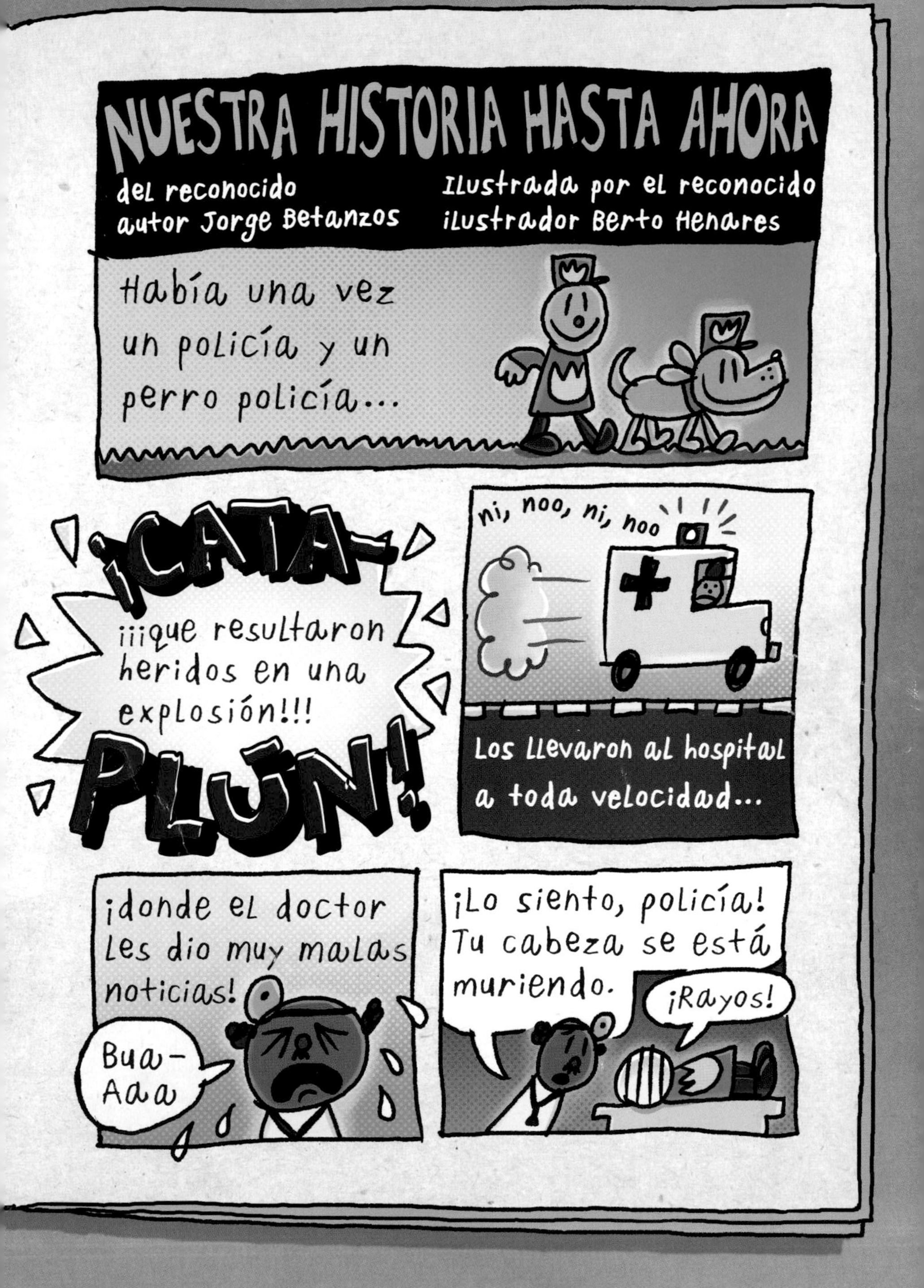
NUESTRA HISTORIA HASTA AHORA
del reconocido autor Jorge Betanzos
Ilustrada por el reconocido ilustrador Berto Henares
Había una vez un policía y un perro policía...
¡CATA-
¡¡¡que resultaron heridos en una explosión!!!
PLUN!
ni, noo, ni, noo
Los llevaron al hospital a toda velocidad...
¡donde el doctor les dio muy malas noticias!
Bua-Aaa
¡Lo siento, policía! Tu cabeza se está muriendo.
¡Rayos!

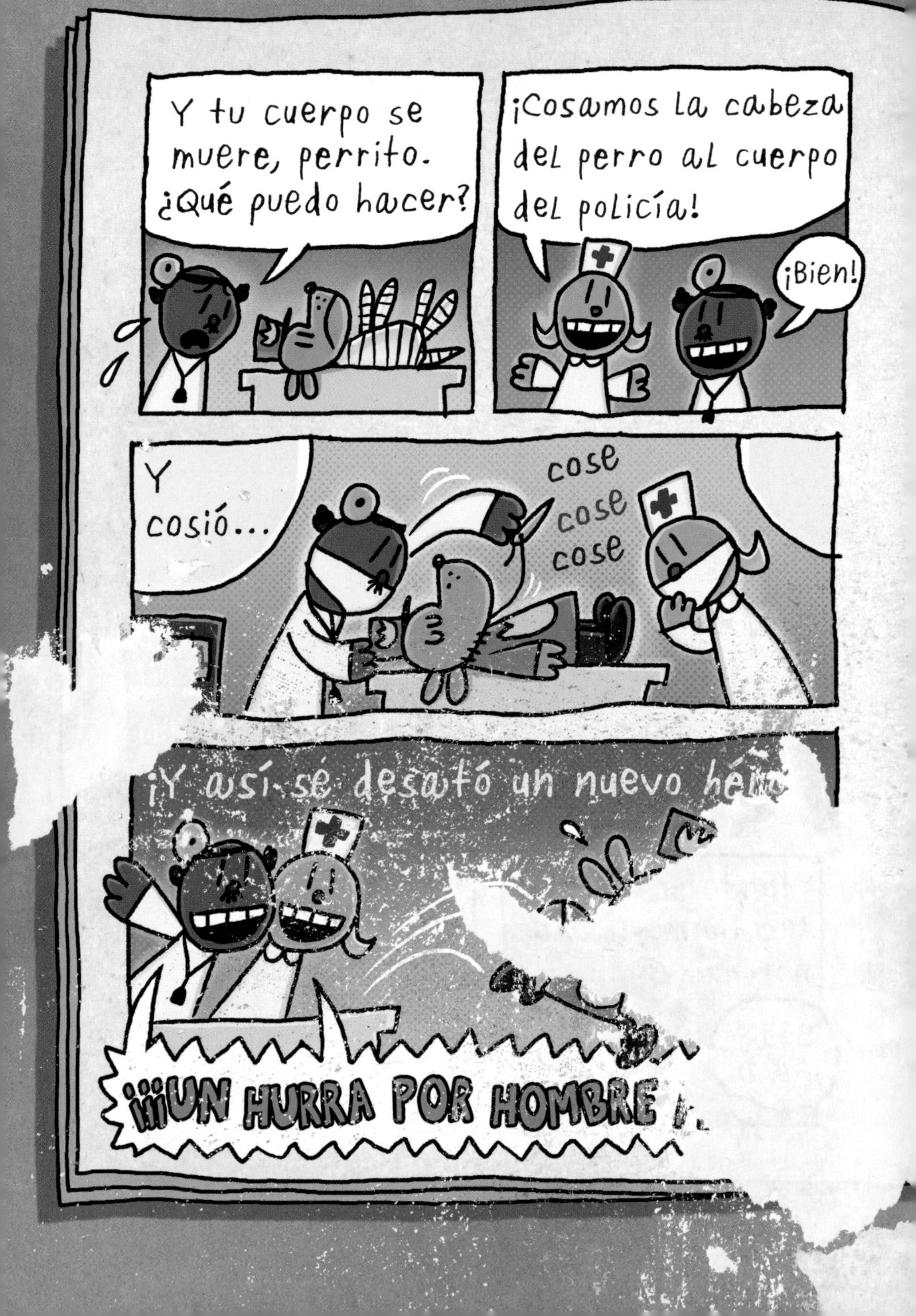

Y tu cuerpo se muere, perrito. ¿Qué puedo hacer?
¡Cosamos la cabeza del perro al cuerpo del policía!
¡Bien!
Y cosió...
cose cose cose
¡Y así se desató un nuevo hé
¡¡¡UN HURRA POR HOMBRE

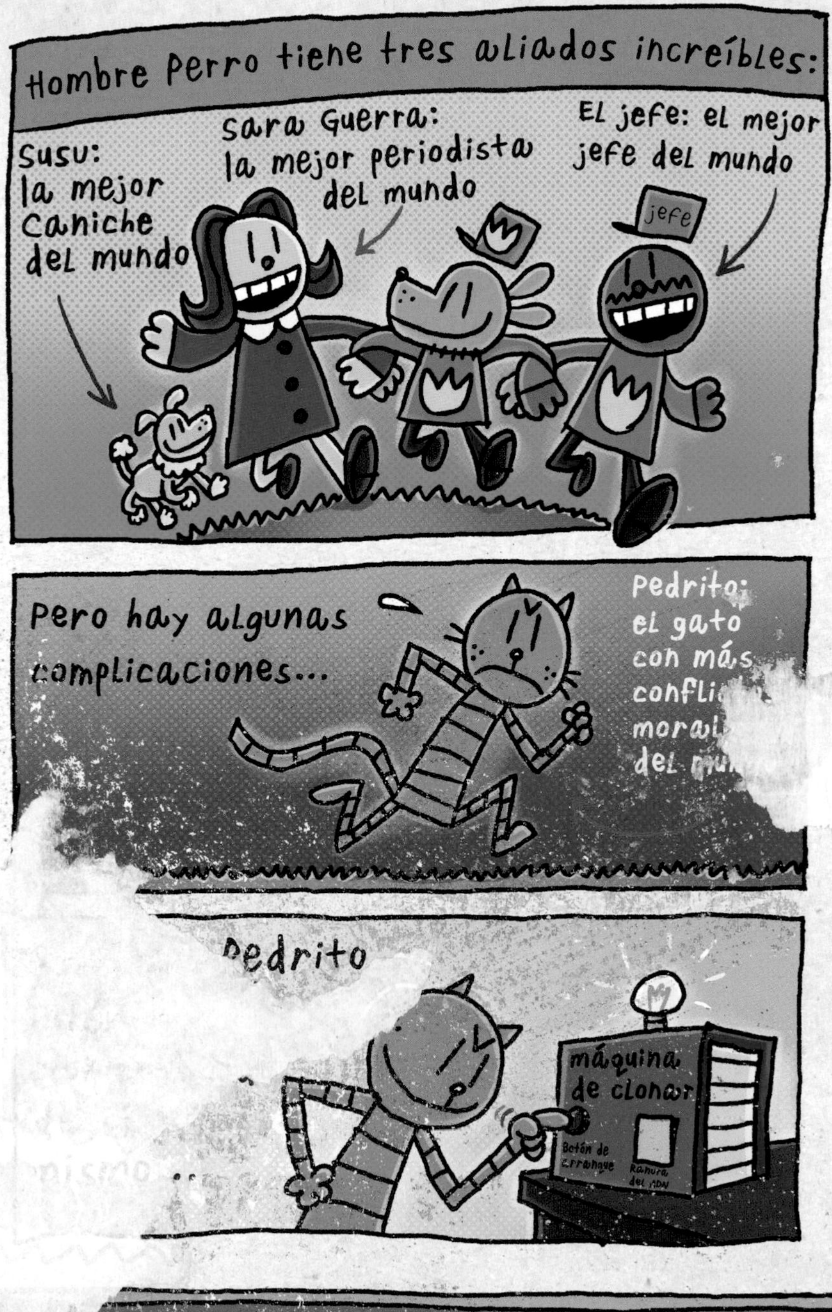
Hombre Perro tiene tres aliados increíbles:
Susu: la mejor caniche del mundo
Sara Guerra: la mejor periodista del mundo
El jefe: el mejor jefe del mundo
jefe
Pero hay algunas complicaciones...
Pedrito:
el gato
con más
Pedrito
máquina de clonar
Botón de arranque
Ranura del ADN

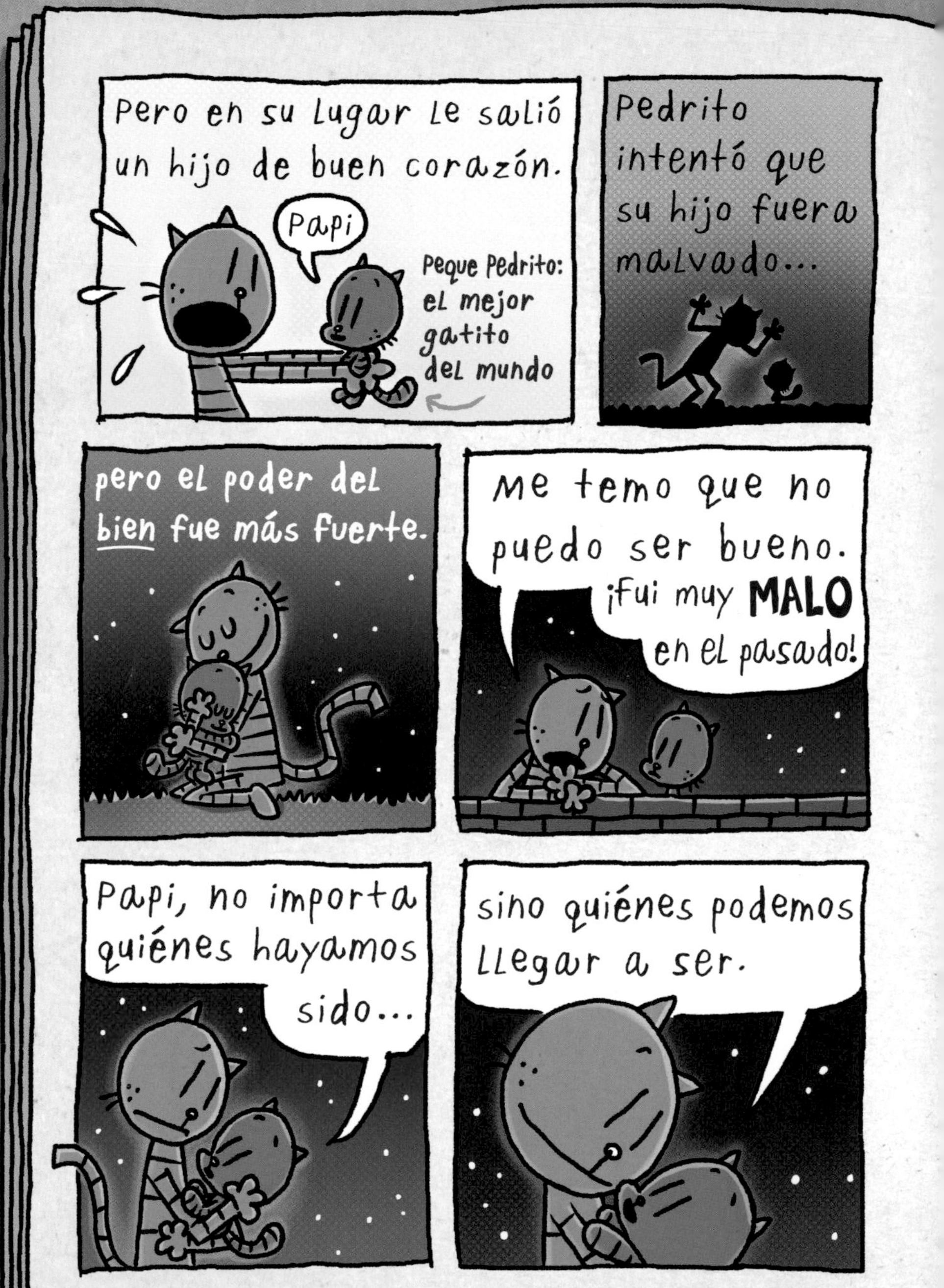
Pero en su lugar le salió un hijo de buen corazón.
Papi
Peque Pedrito: el mejor gatito del mundo
Pedrito intentó que su hijo fuera malvado...
pero el poder del bien fue más fuerte.
Me temo que no puedo ser bueno. ¡Fui muy MALO en el pasado!
Papi, no importa quiénes hayamos sido...
sino quiénes podemos llegar a ser.

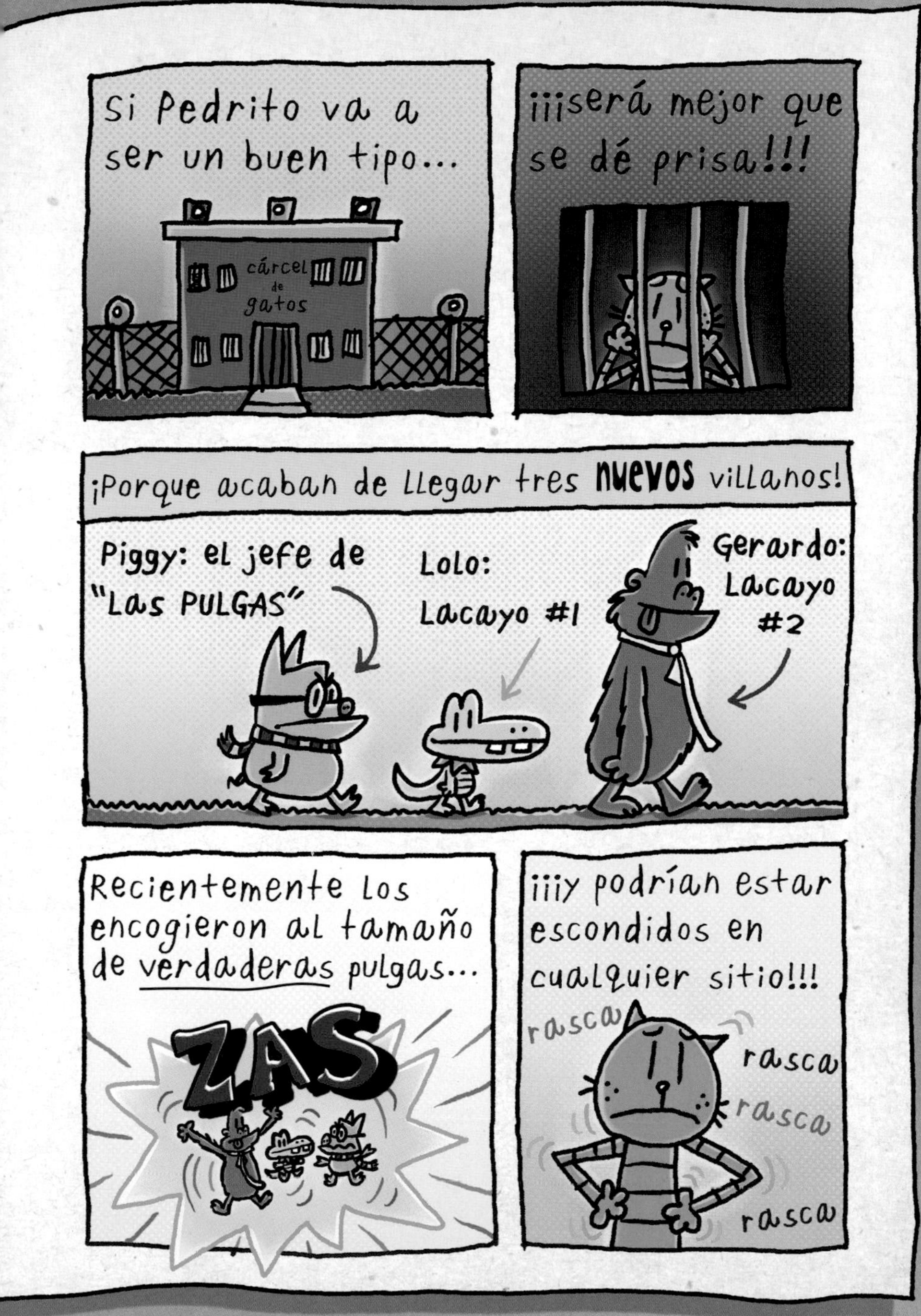
Si Pedrito va a ser un buen tipo...
cárcel de gatos
¡¡¡será mejor que se dé prisa!!!
¡Porque acaban de llegar tres NUEVOS villanos!
Piggy: el jefe de "LAS PULGAS"
Lolo: Lacayo #1
Gerardo: Lacayo #2
Recientemente los encogieron al tamaño de verdaderas pulgas...
ZAS
¡¡¡y podrían estar escondidos en cualquier sitio!!!
rasca
rasca
rasca
rasca

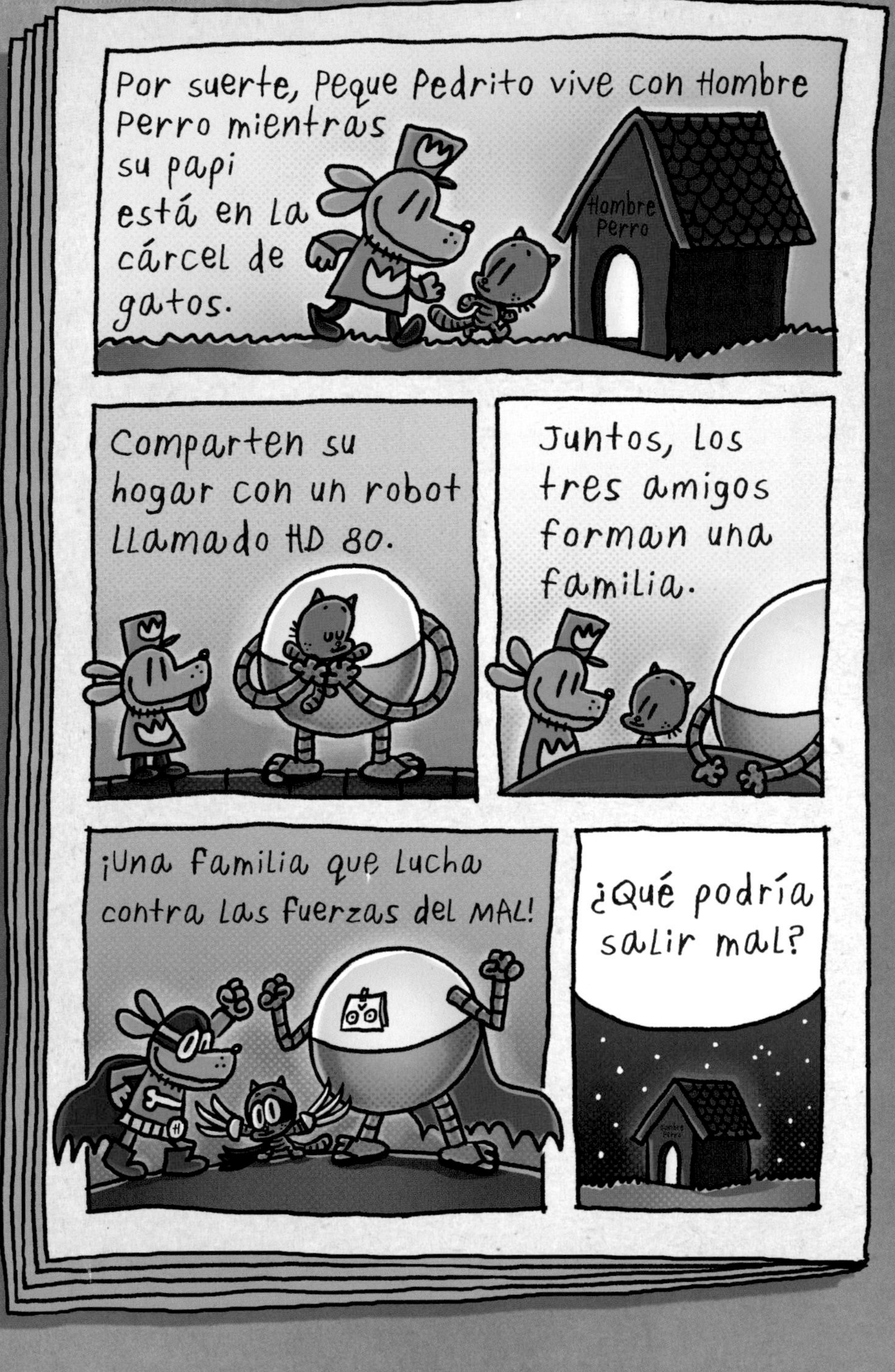

Por suerte, Peque Pedrito vive con Hombre Perro mientras su papi está en la cárcel de gatos.
Hombre Perro
Comparten su hogar con un robot llamado HD 80.
Juntos, los tres amigos forman una familia.
¡Una familia que lucha contra las fuerzas del MAL!
¿Qué podría salir mal?

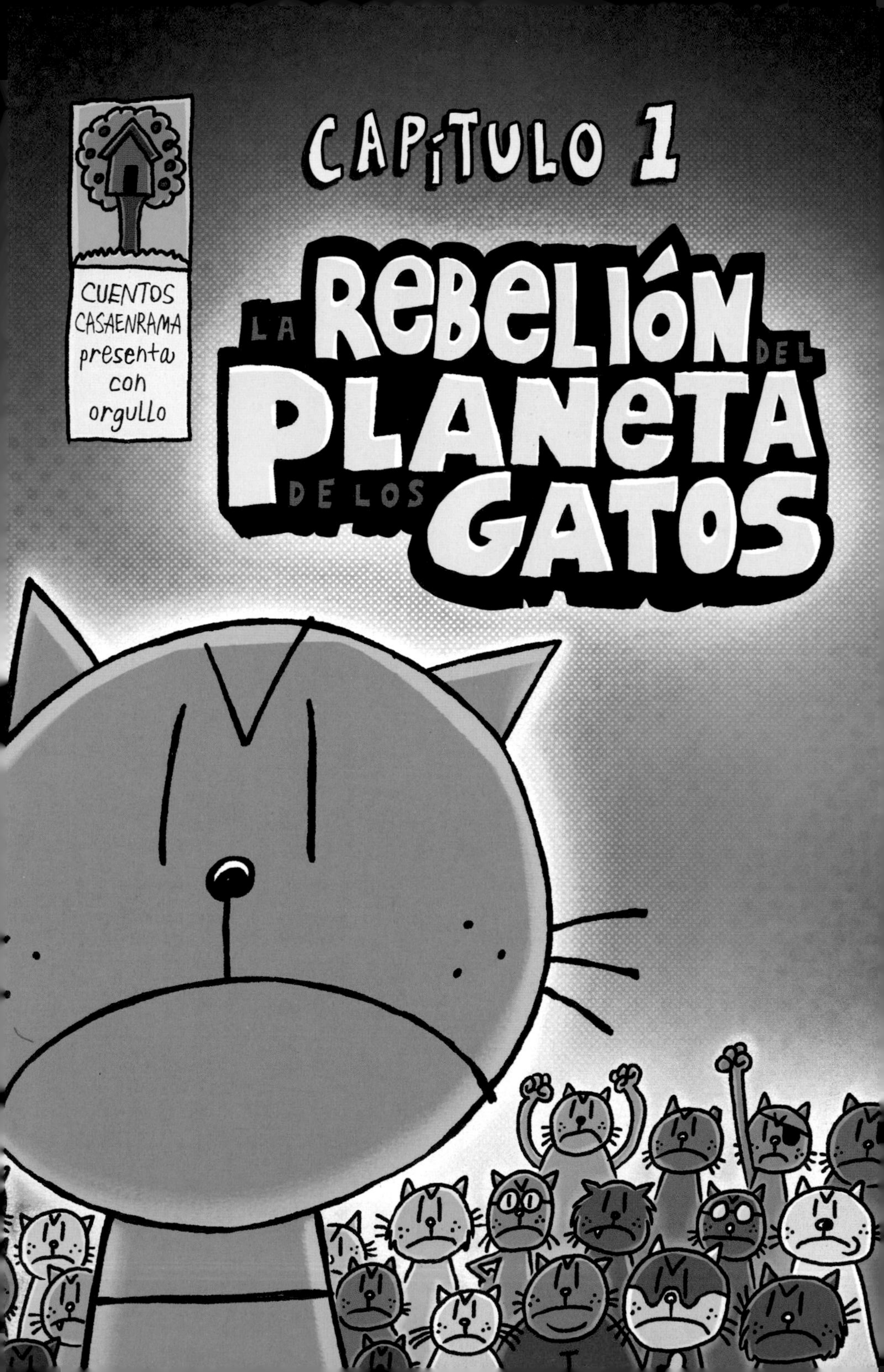
CUENTOS CASAENRAMA presenta con orgullo
CAPÍTULO 1
LA REBELIÓN DEL PLANETA DE LOS GATOS

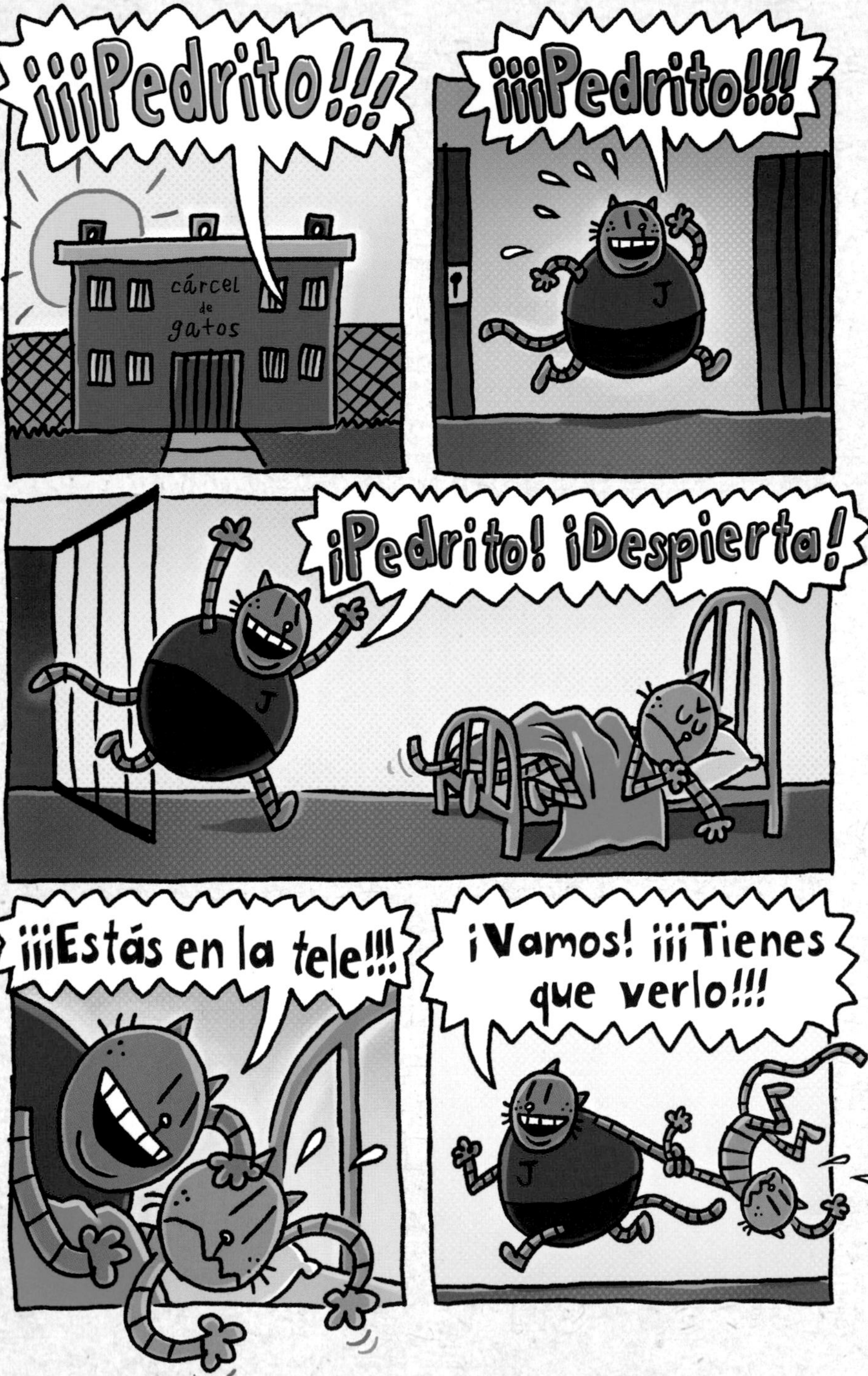
¡¡¡Pedrito!!!
cárcel de gatos
¡¡¡Pedrito!!!
¡Pedrito! ¡Despierta!
¡¡¡Estás en la tele!!!
¡Vamos! ¡¡¡Tienes que verlo!!!

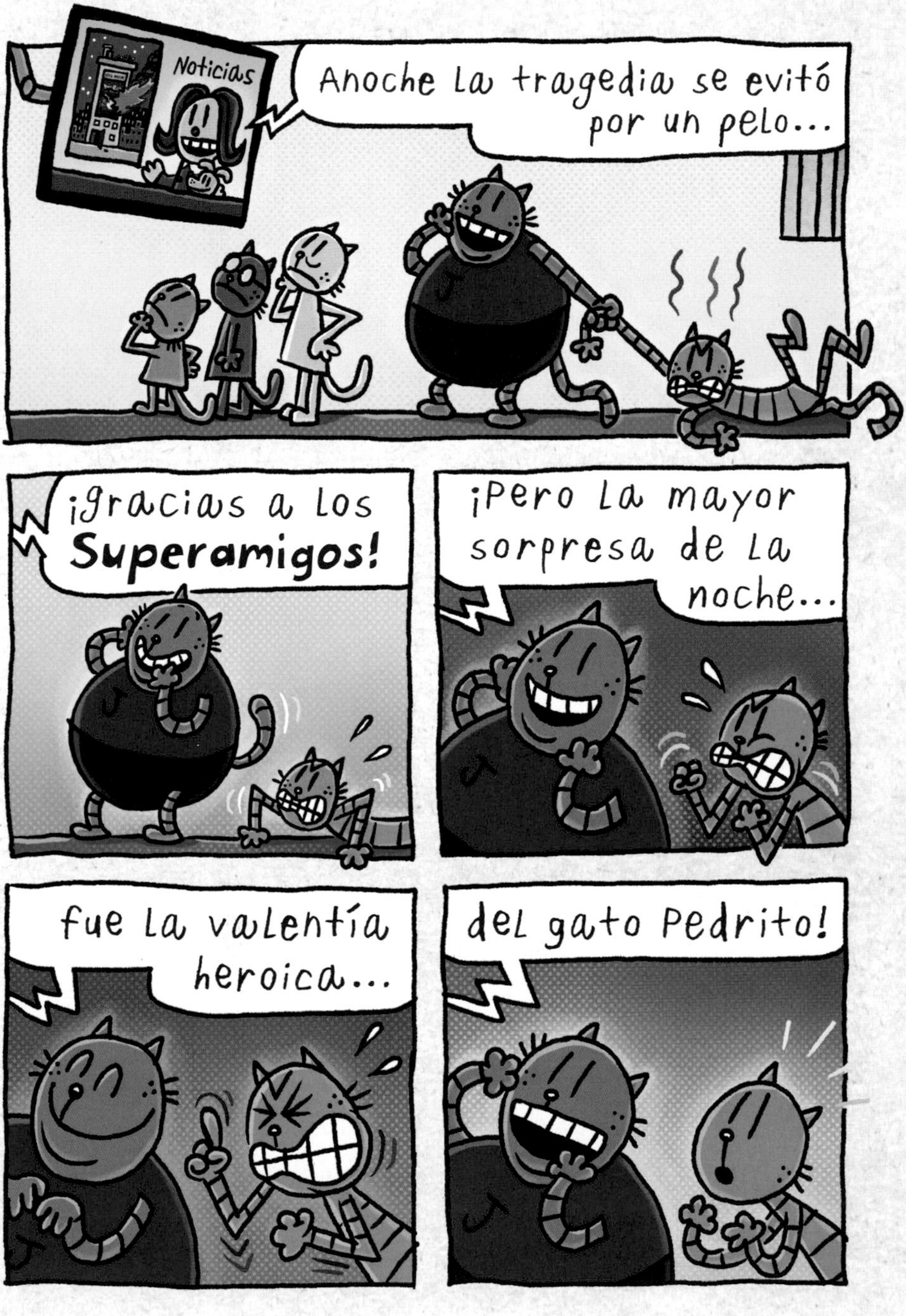
Noticias
Anoche la tragedia se evitó por un pelo...
¡gracias a los **Superamigos**!
¡Pero la mayor sorpresa de la noche...
fue la valentía heroica...
del gato Pedrito!

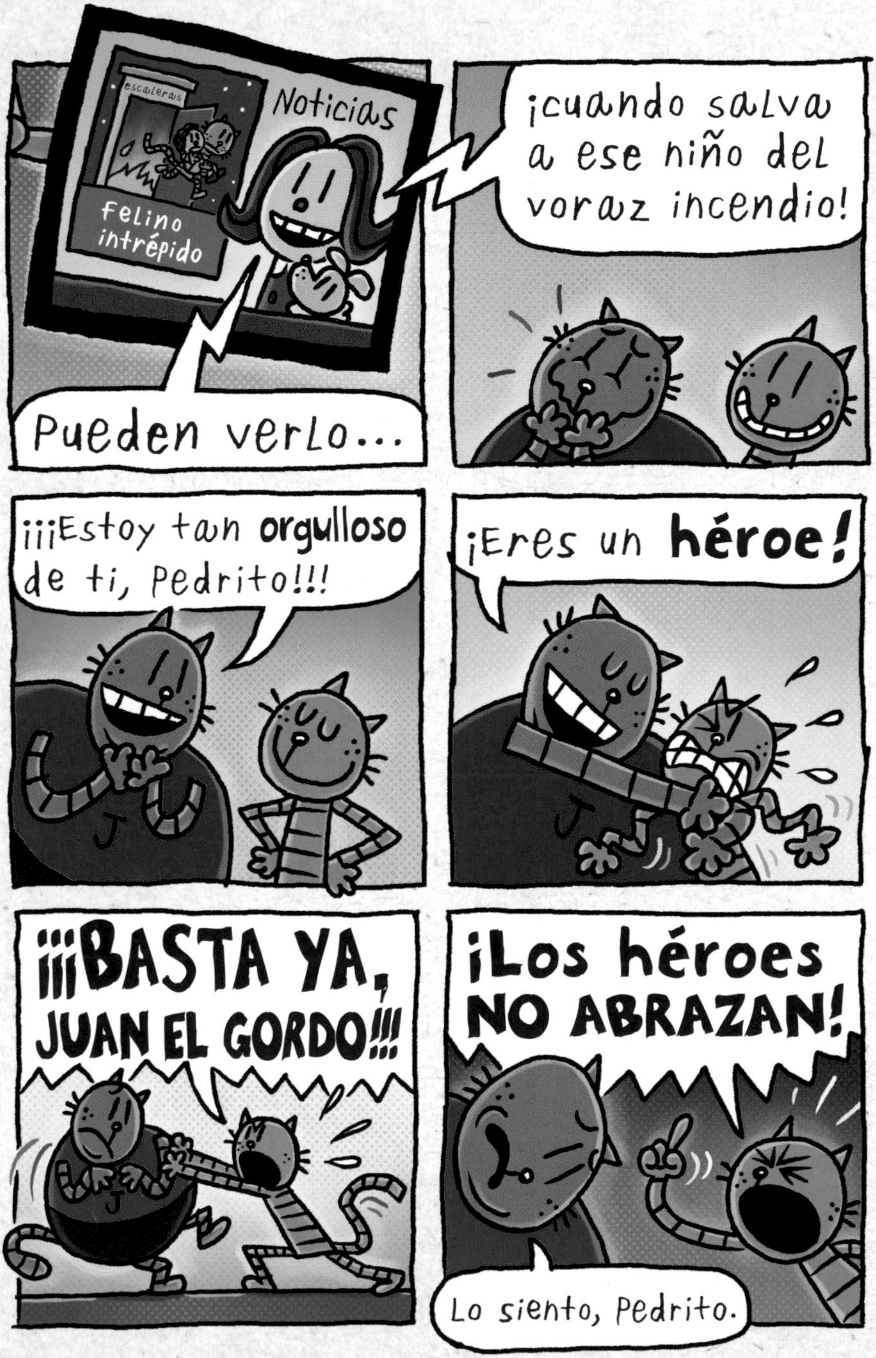
escaleras
Noticias
Felino intrépido
Pueden verlo...
¡cuando salva a ese niño del voraz incendio!
¡¡¡Estoy tan orgulloso de ti, Pedrito!!!
¡Eres un héroe!
¡¡¡BASTA YA, JUAN EL GORDO!!!
¡Los héroes NO ABRAZAN!
Lo siento, Pedrito.

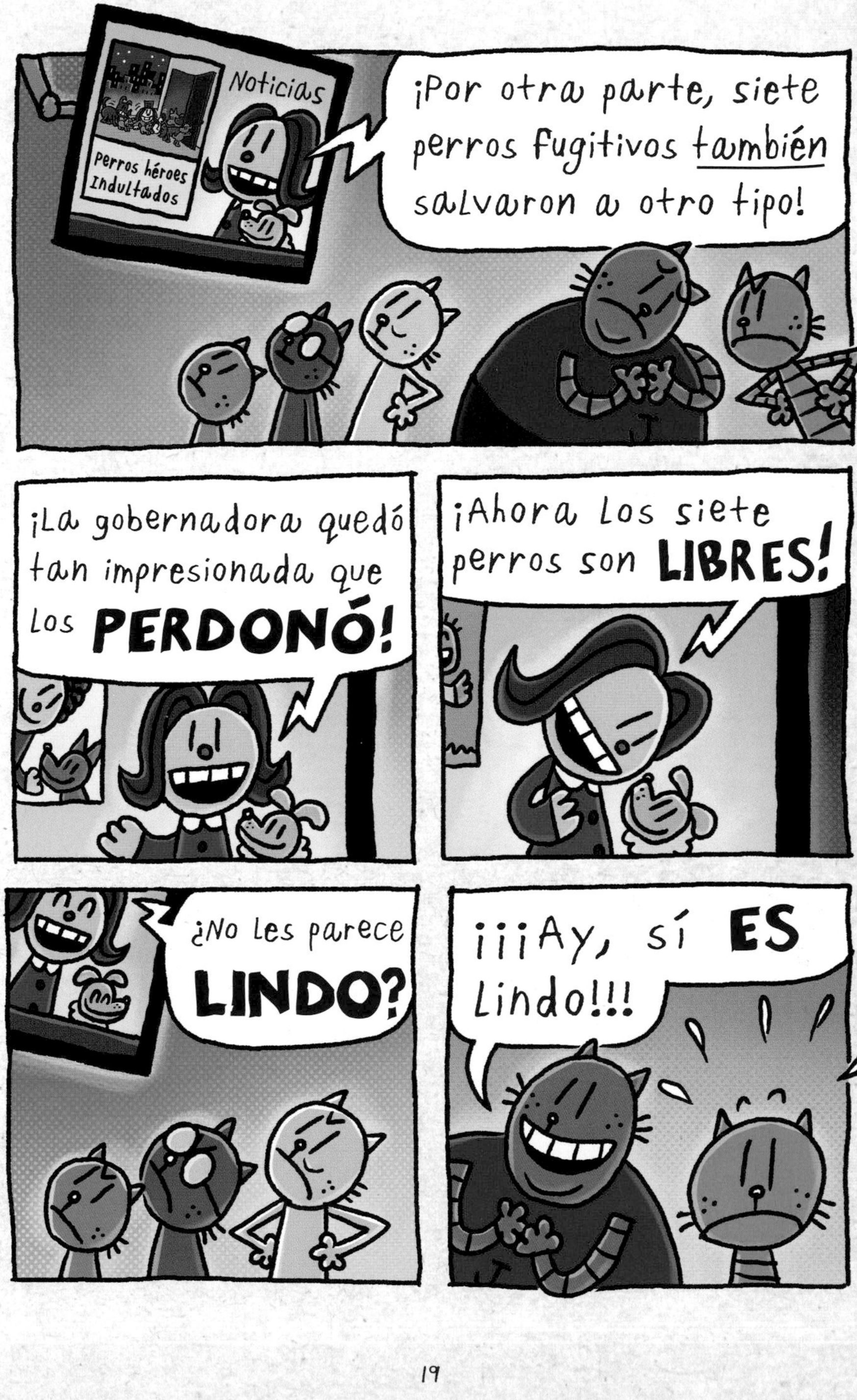
Noticias
Perros héroes Indultados
¡Por otra parte, siete perros fugitivos también salvaron a otro tipo!
¡La gobernadora quedó tan impresionada que los PERDONÓ!
¡Ahora los siete perros son LIBRES!
¿No les parece LINDO?
¡¡¡Ay, sí ES lindo!!!

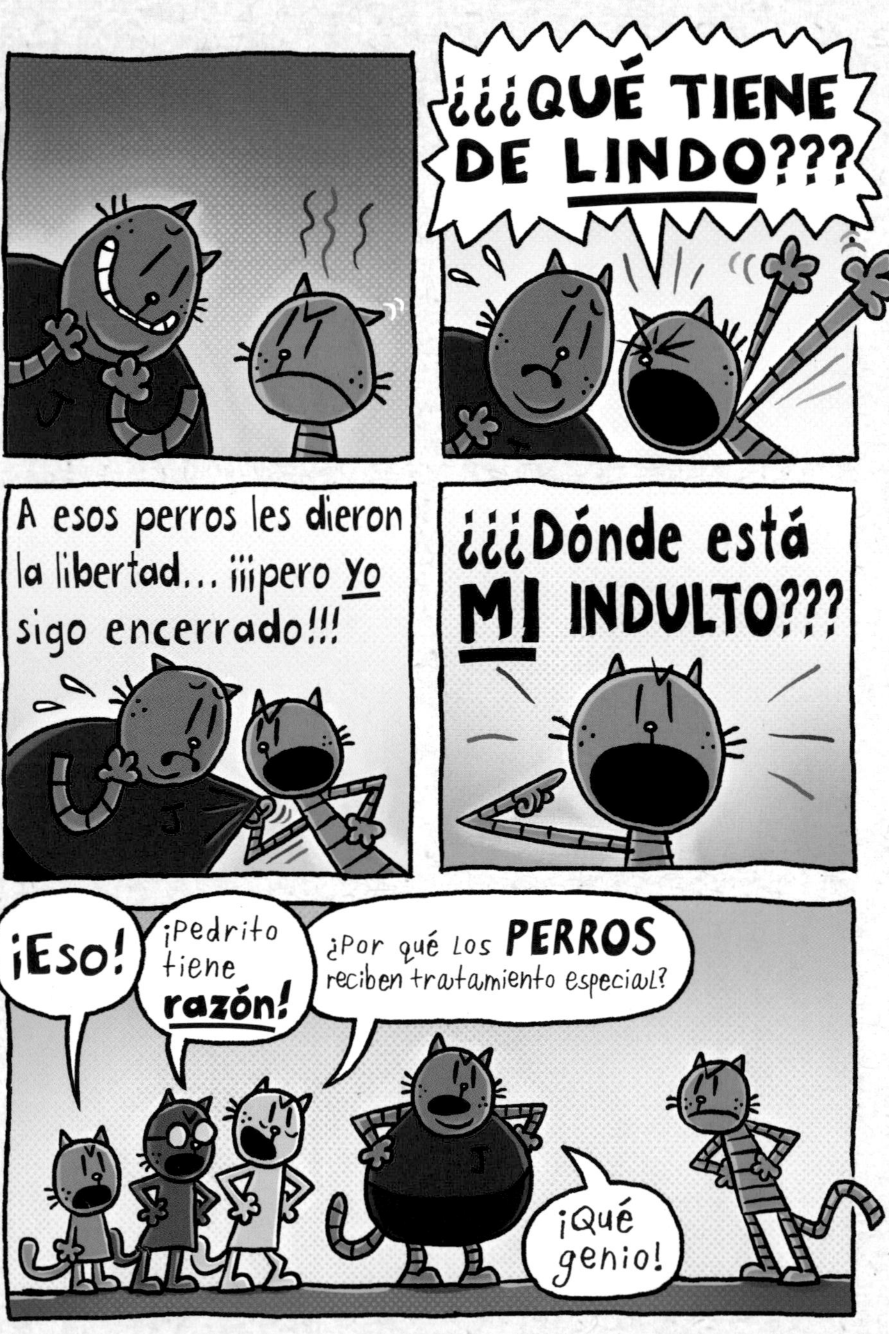
¿¿¿QUÉ TIENE DE LINDO???
A esos perros les dieron la libertad... ¡¡¡pero YO sigo encerrado!!!
¿¿¿Dónde está MI INDULTO???
¡Eso!
¡Pedrito tiene razón!
¿Por qué los PERROS reciben tratamiento especial?
¡Qué genio!

Digo que nos **UNAMOS**...

Y JUNTOS NOS REBELEMOS...

¡¡¡y derroquemos a esta sociedad canino-céntrica!!!

¡Estamos contigo, Pedrito!

VIVE LA RÉVOLUTION*

*En francés: "¡¡¡Pelea contra los poderosos, nene!!!".

21

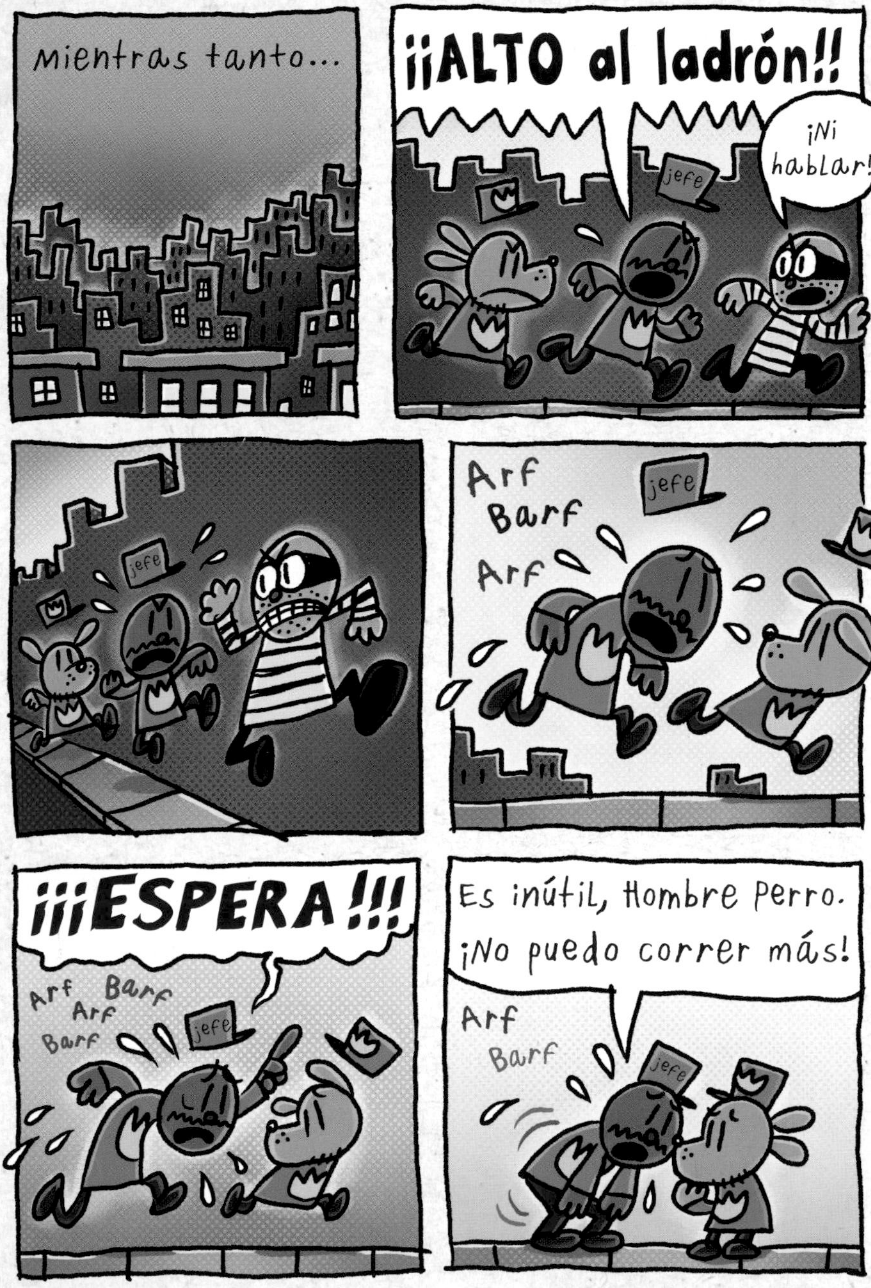
Mientras tanto...
¡¡ALTO al ladrón!!
jefe
¡Ni hablar!
jefe
Arf
Barf
Arf
jefe
¡¡¡ESPERA!!!
Arf Barf
Arf
Barf
jefe
Es inútil, Hombre Perro.
¡No puedo correr más!
Arf
Barf
jefe

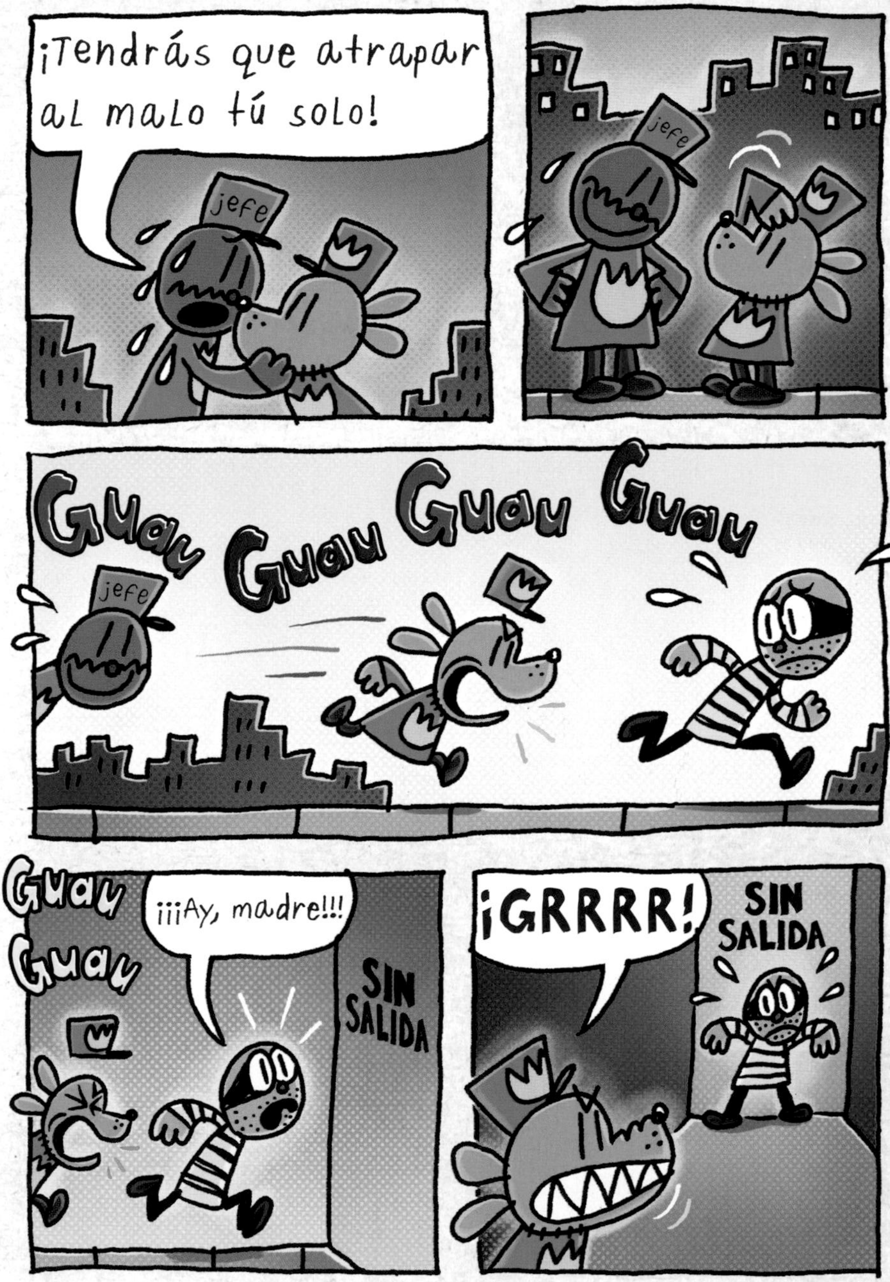
¡Tendrás que atrapar al malo tú solo!
jefe
jefe
Guau Guau Guau Guau
jefe
Guau
Guau
¡¡¡Ay, madre!!!
SIN SALIDA
¡GRRRR!
SIN SALIDA

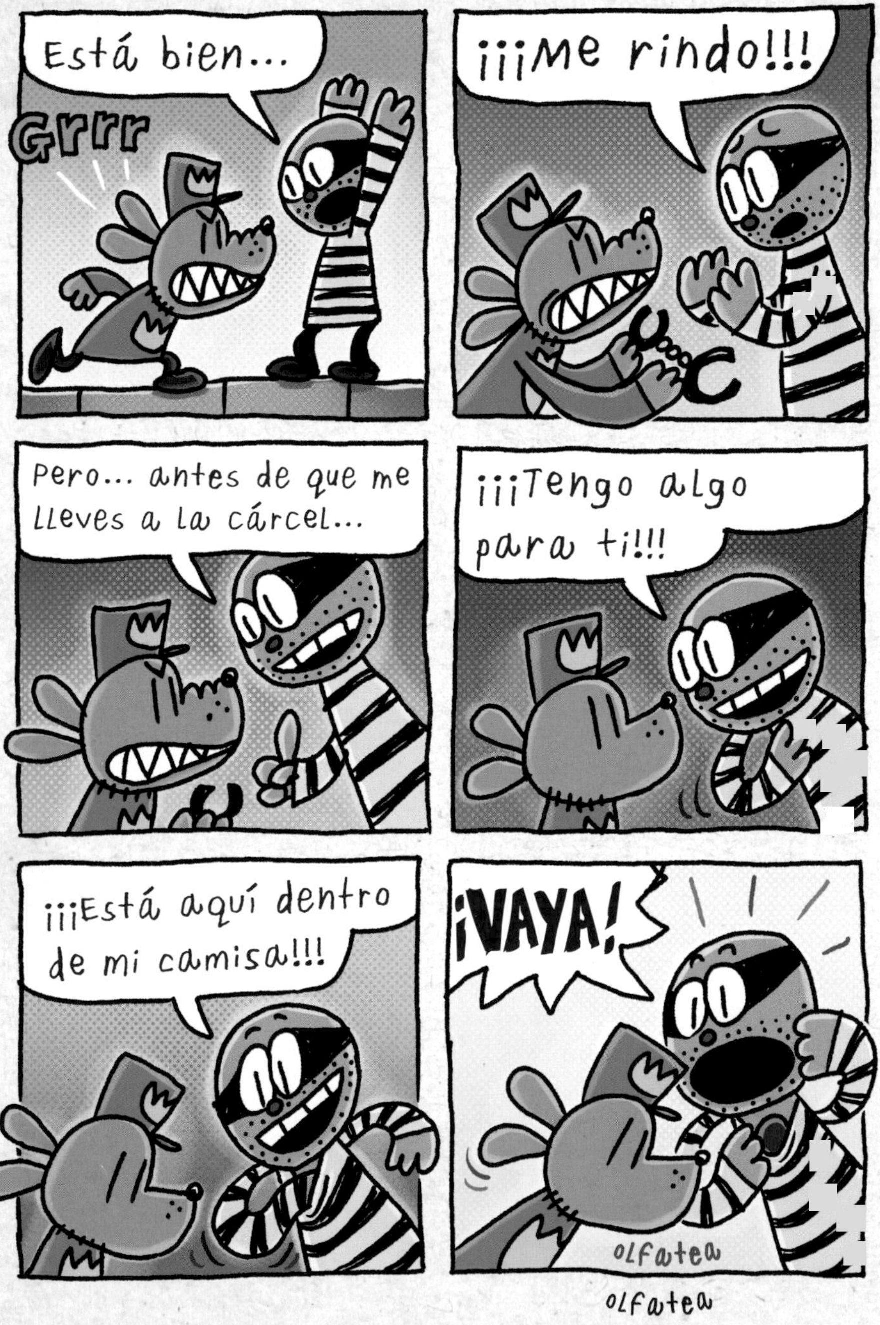
Está bien...
Grrr
¡¡¡Me rindo!!!
Pero... antes de que me lleves a la cárcel...
¡¡¡Tengo algo para ti!!!
¡¡¡Está aquí dentro de mi camisa!!!
¡VAYA!
olfatea
olfatea

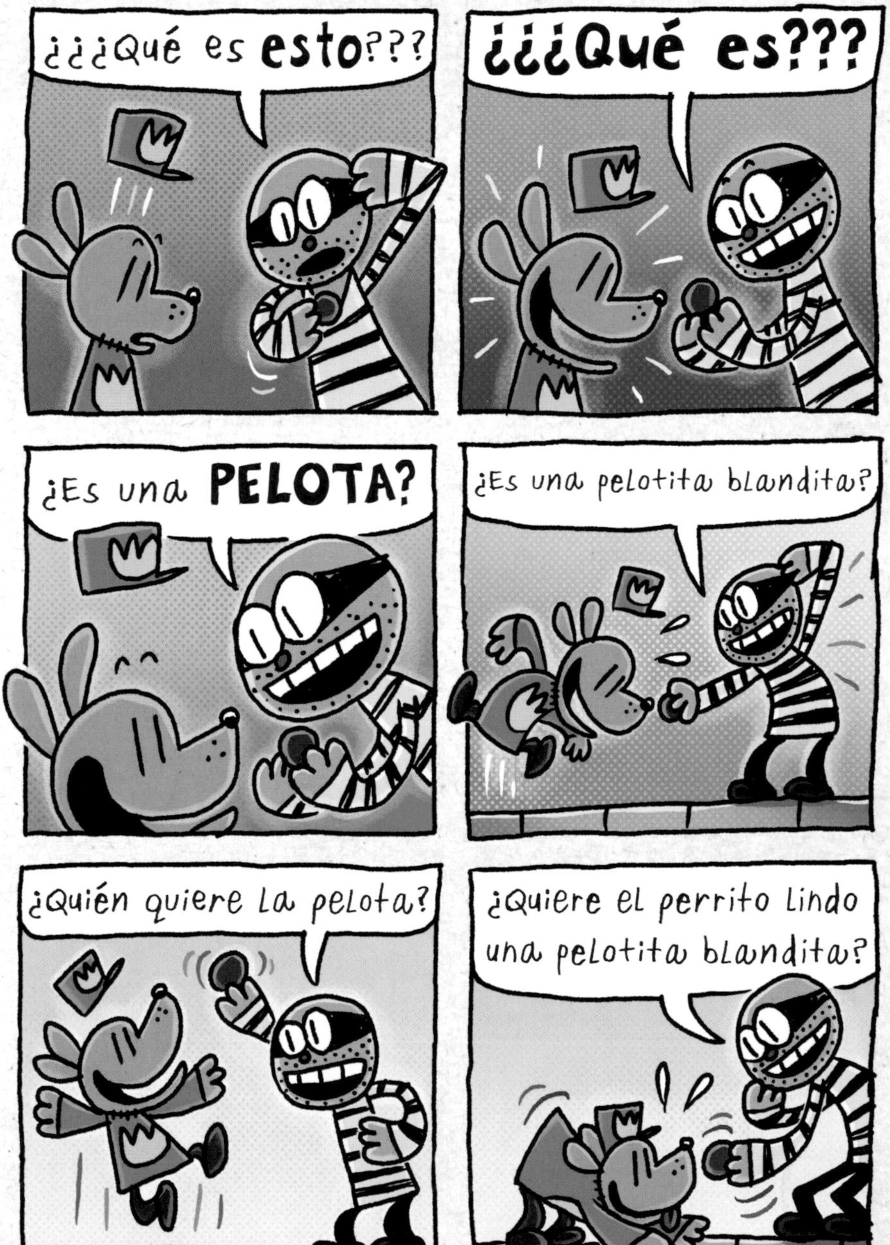
¿¿¿Qué es esto???
¿¿¿Qué es???
¿Es una PELOTA?
¿Es una pelotita blandita?
¿Quién quiere la pelota?
¿Quiere el perrito lindo una pelotita blandita?

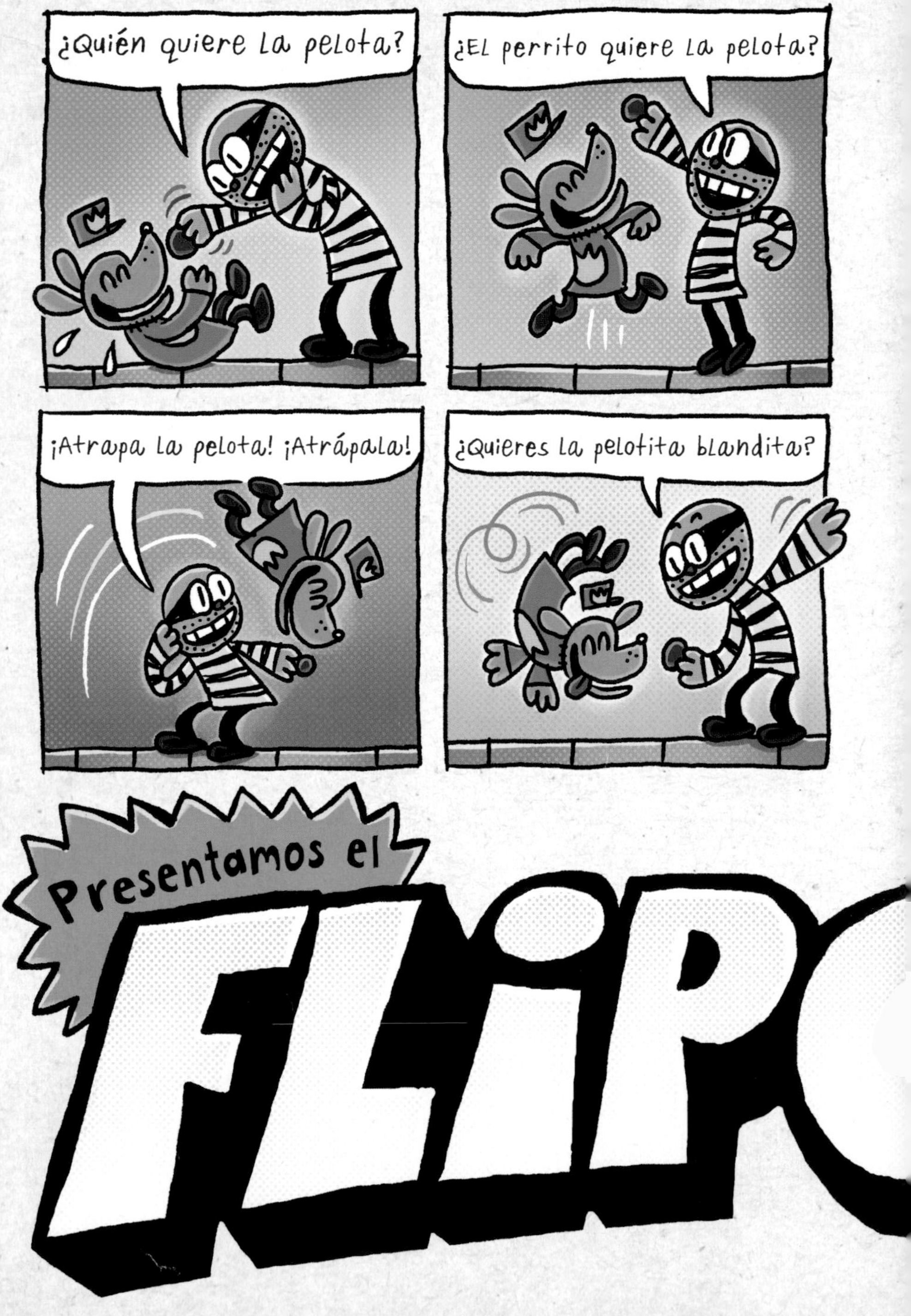
¿Quién quiere la pelota?
¿El perrito quiere la pelota?
¡Atrapa la pelota! ¡Atrápala!
¿Quieres la pelotita blandita?
Presentamos el
FLIP

Paso 1

Primero, coloca la mano izquierda dentro de las líneas de puntos donde dice "mano izquierda aquí". ¡Sujeta el libro abierto DEL TODO!

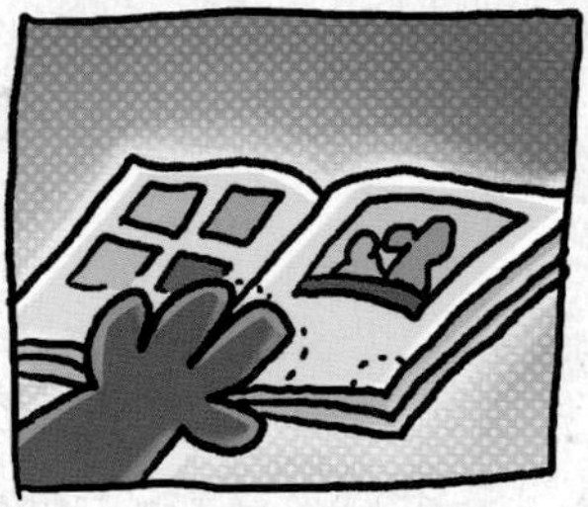

Paso 2

Sujeta la página de la derecha con los dedos pulgar e índice de la mano derecha (dentro de las líneas que dicen "Pulgar derecho aquí").

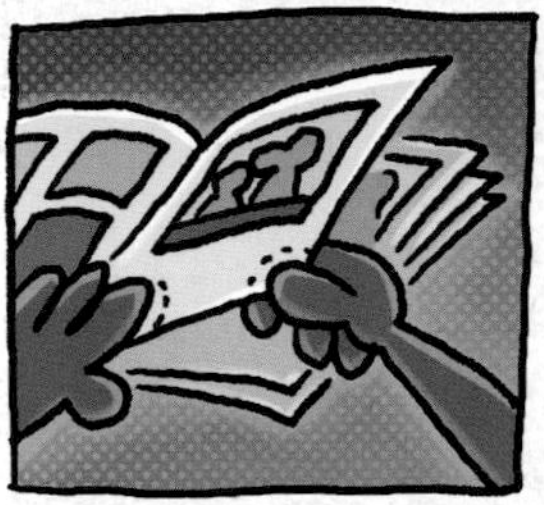

Paso 3

Ahora agita rápidamente la página de la derecha hasta que parezca que la imagen está animada.

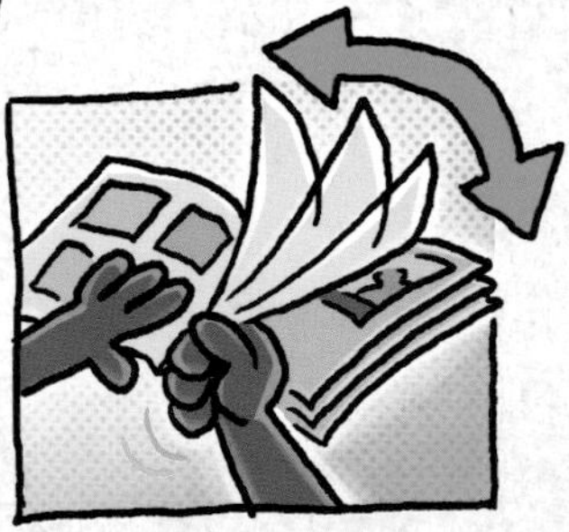

(¡Diversión asegurada con la incorporación de efectos sonoros personalizados!)

RAMA

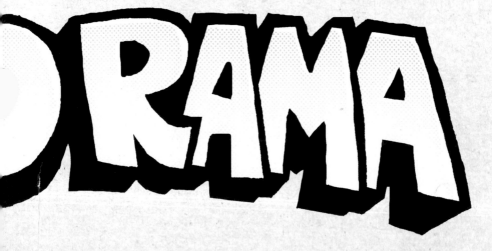

Recuerden,

mientras agitan la página, asegúrense de que pueden ver las ilustraciones de la página 29 y las de la página 31.

Si agitan la página rápidamente, ¡parecerán dibujos **ANIMADOS!**

¡No olviden incorporar sus efectos sonoros personalizados!

Mano izquierda aquí.

¿Quién quiere la pelotita blandita?

¿Quién busca la pelotita blandita?

¿Qué perrito bueno busca la pelotita blandita?

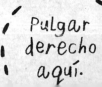

Pulgar derecho aquí.

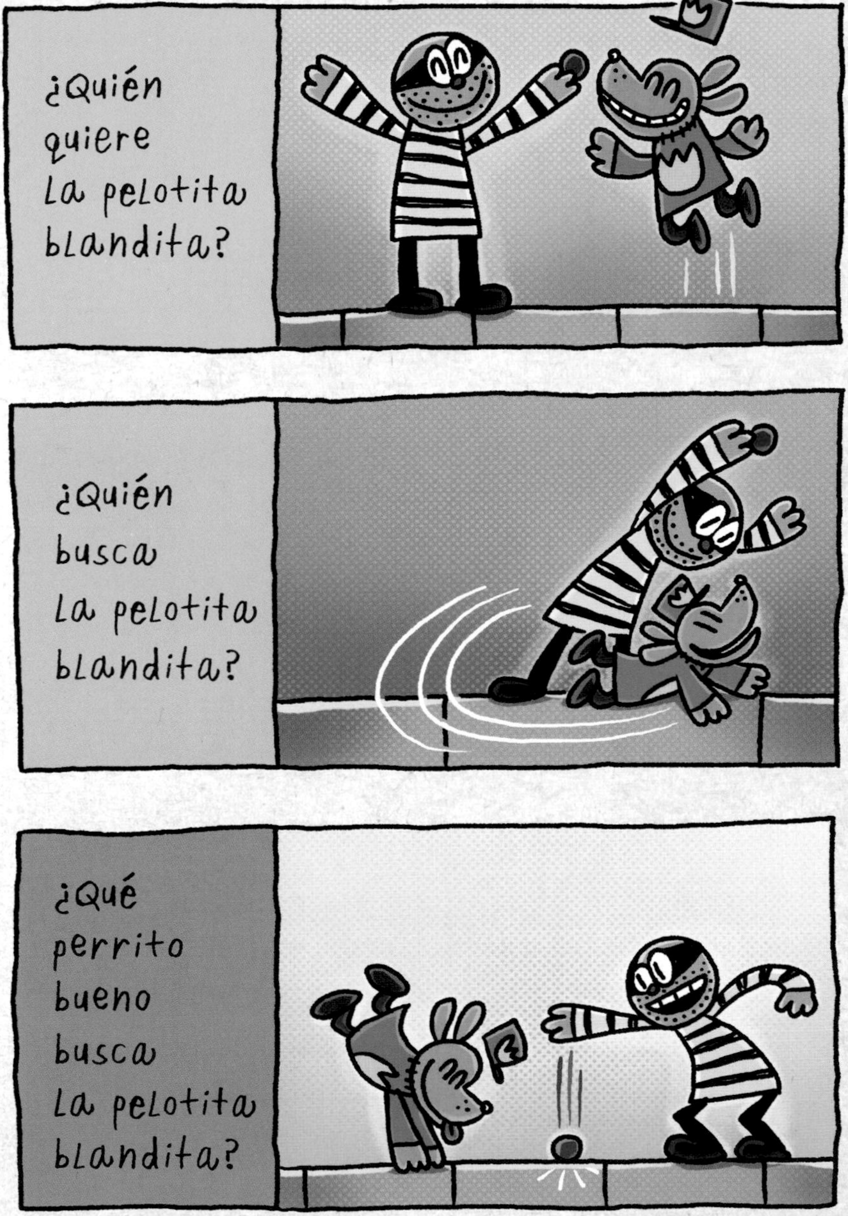
¿Quién quiere la pelotita blandita?
¿Quién busca la pelotita blandita?
¿Qué perrito bueno busca la pelotita blandita?

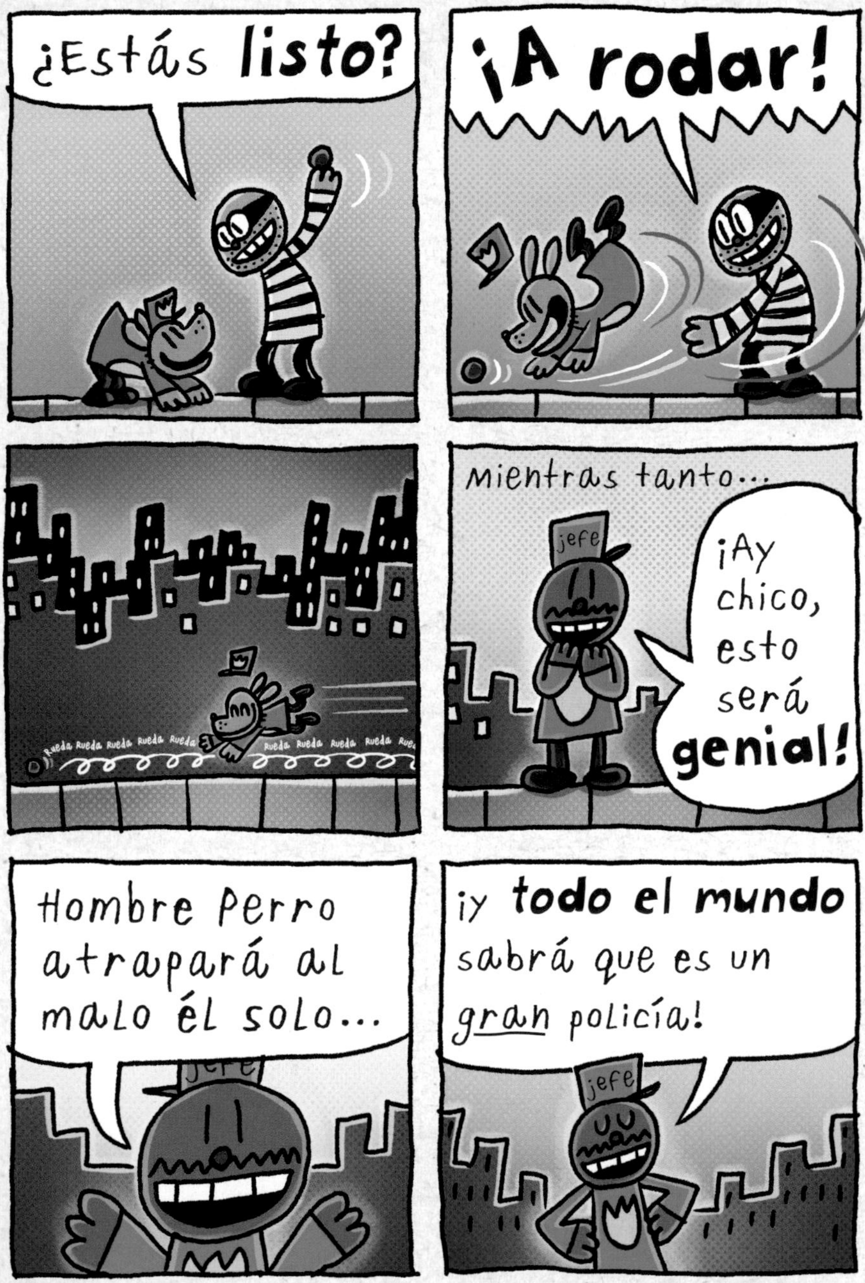

¿Estás **listo?**
¡A rodar!
Rueda Rueda Rueda Rueda Rueda
Rueda Rueda Rueda Rueda
Mientras tanto...
jefe
¡Ay chico, esto será **genial!**
Hombre Perro atrapará al malo él solo...
¡Y **todo el mundo** sabrá que es un gran policía!
jefe

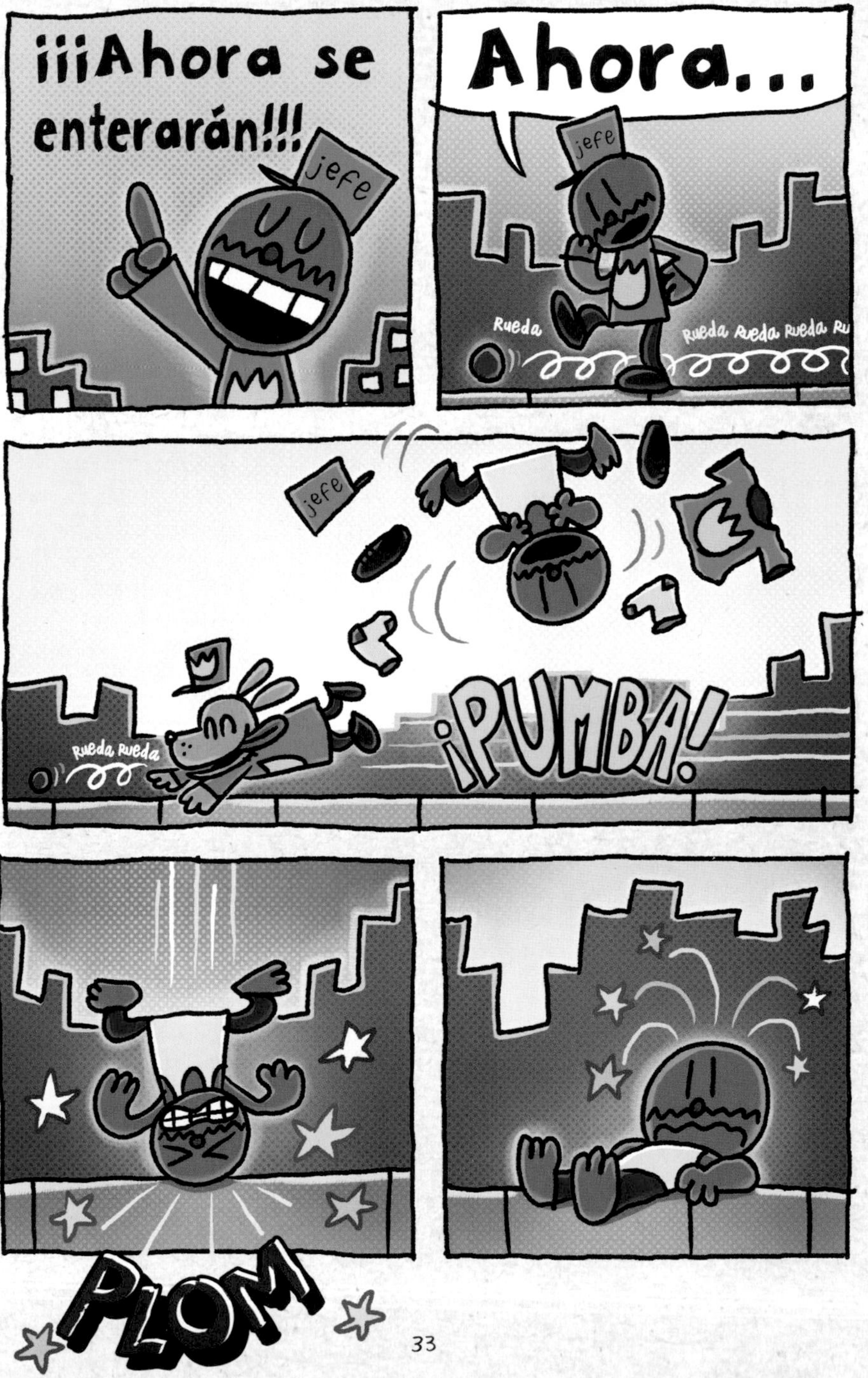
¡¡¡Ahora se enterarán!!!
jefe
Ahora...
jefe
Rueda
Rueda Rueda Rueda Ru
jefe
Rueda Rueda
¡PUMBA!
PLOM

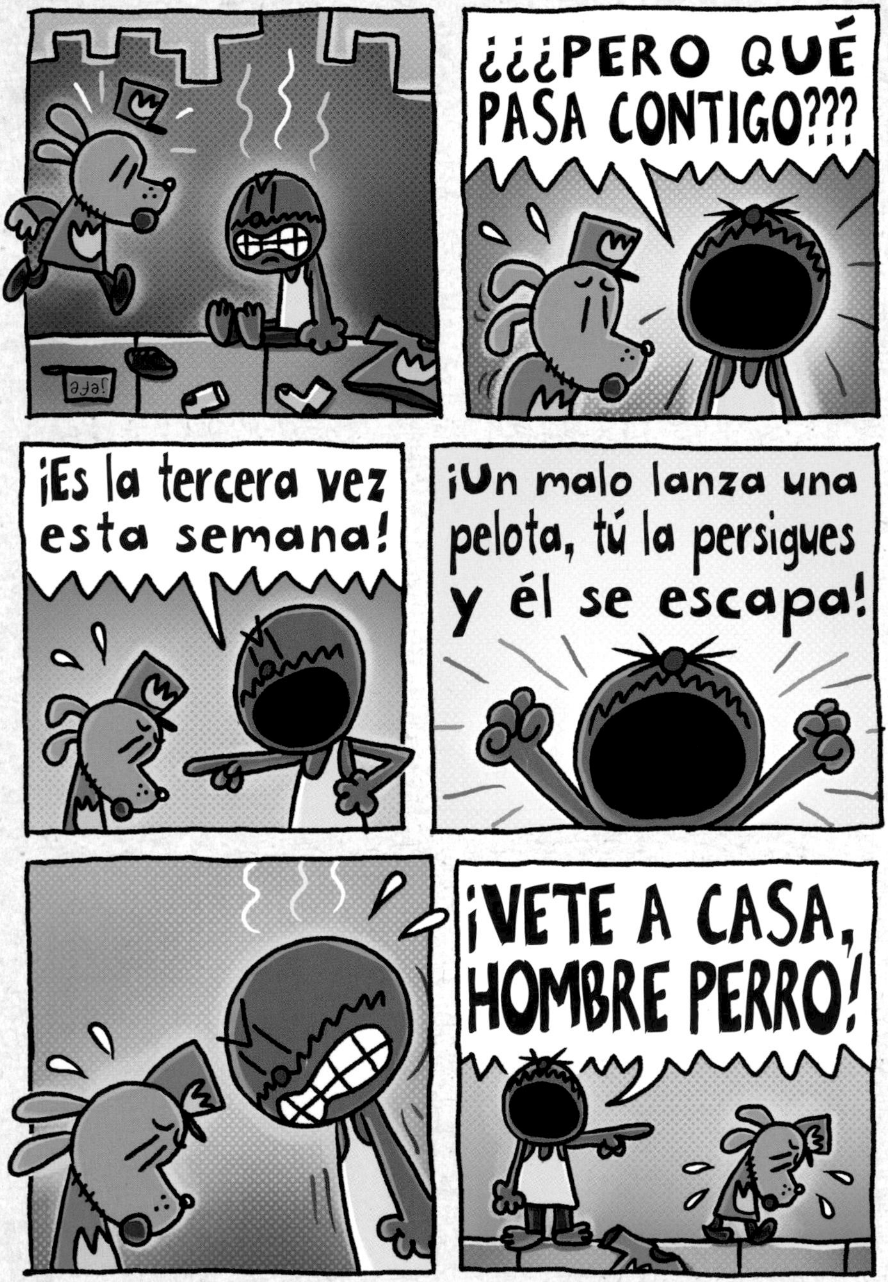
¡eje!
¿¿¿PERO QUÉ PASA CONTIGO???
¡Es la tercera vez esta semana!
¡Un malo lanza una pelota, tú la persigues y él se escapa!
¡VETE A CASA, HOMBRE PERRO!

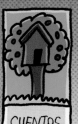

CUENTOS CASAENRAMA presenta con orgullo

CapíTulo 2

Terapia de Modificación de Conducta

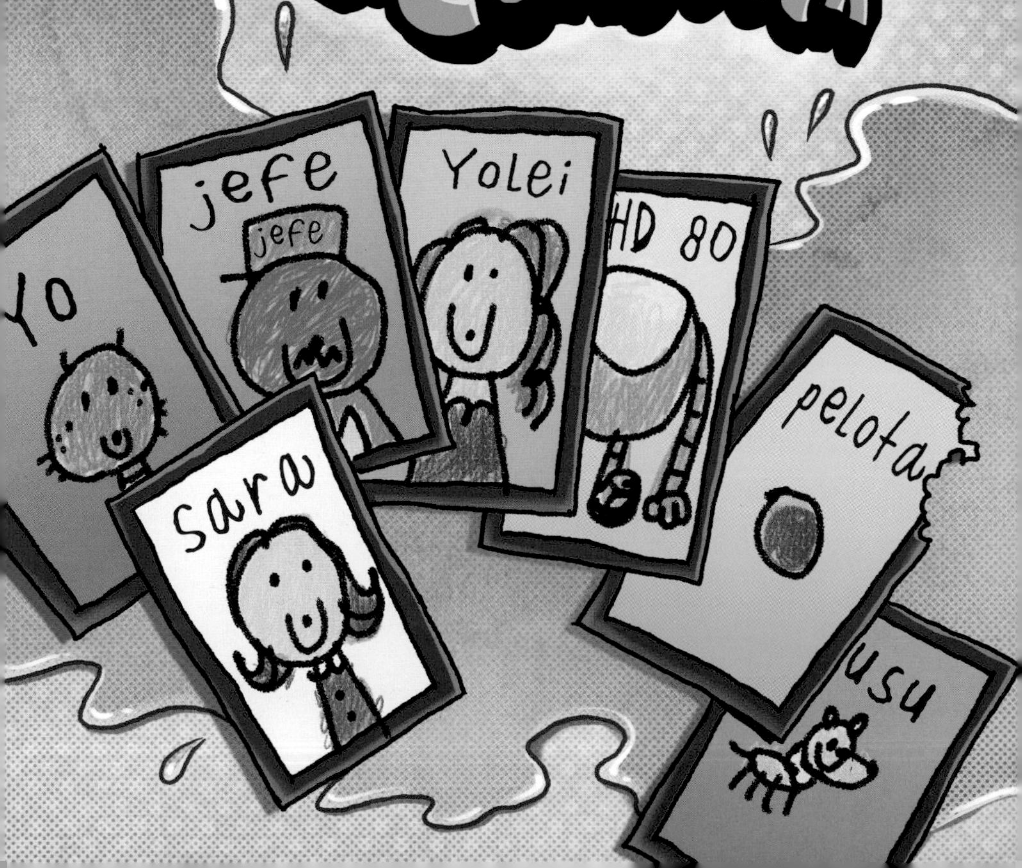

YO
jefe
jefe
Yolei
HD 80
sara
pelota
usu

¡Coróname!
¡Hola, Hombre Perro!
¿Qué pasa?
¿Otro malo se escapó porque te distrajiste?

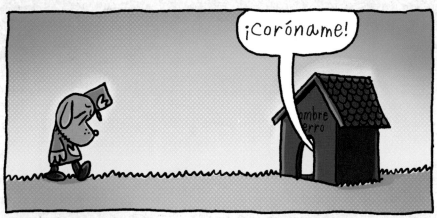

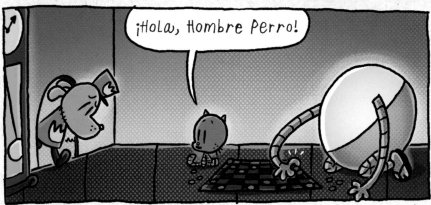

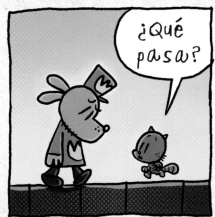

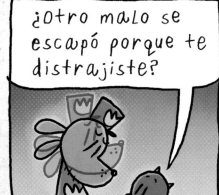

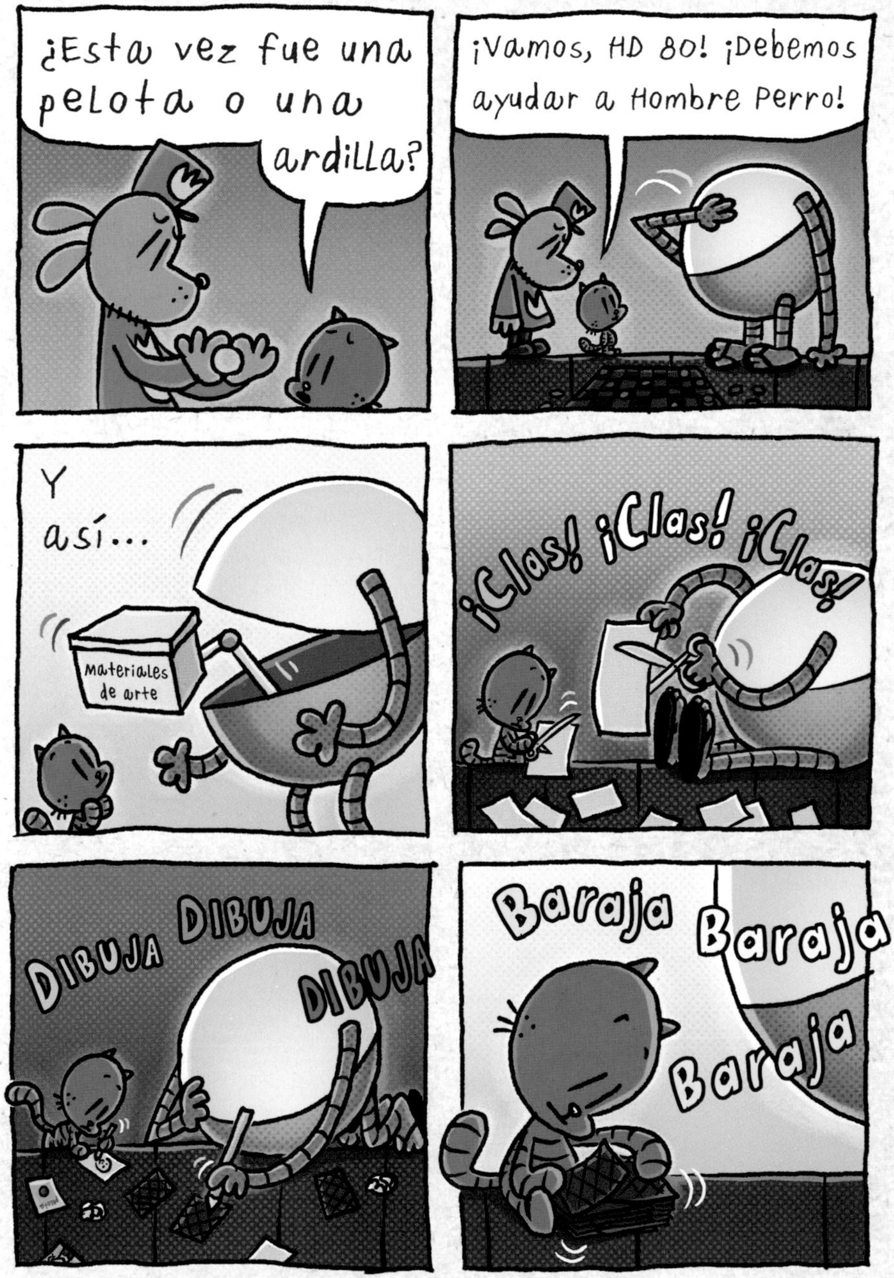
¿Esta vez fue una pelota o una ardilla?
¡Vamos, HD 80! ¡Debemos ayudar a Hombre Perro!
Y así...
Materiales de arte
¡Clas! ¡Clas! ¡Clas!
DIBUJA DIBUJA DIBUJA
Baraja Baraja Baraja

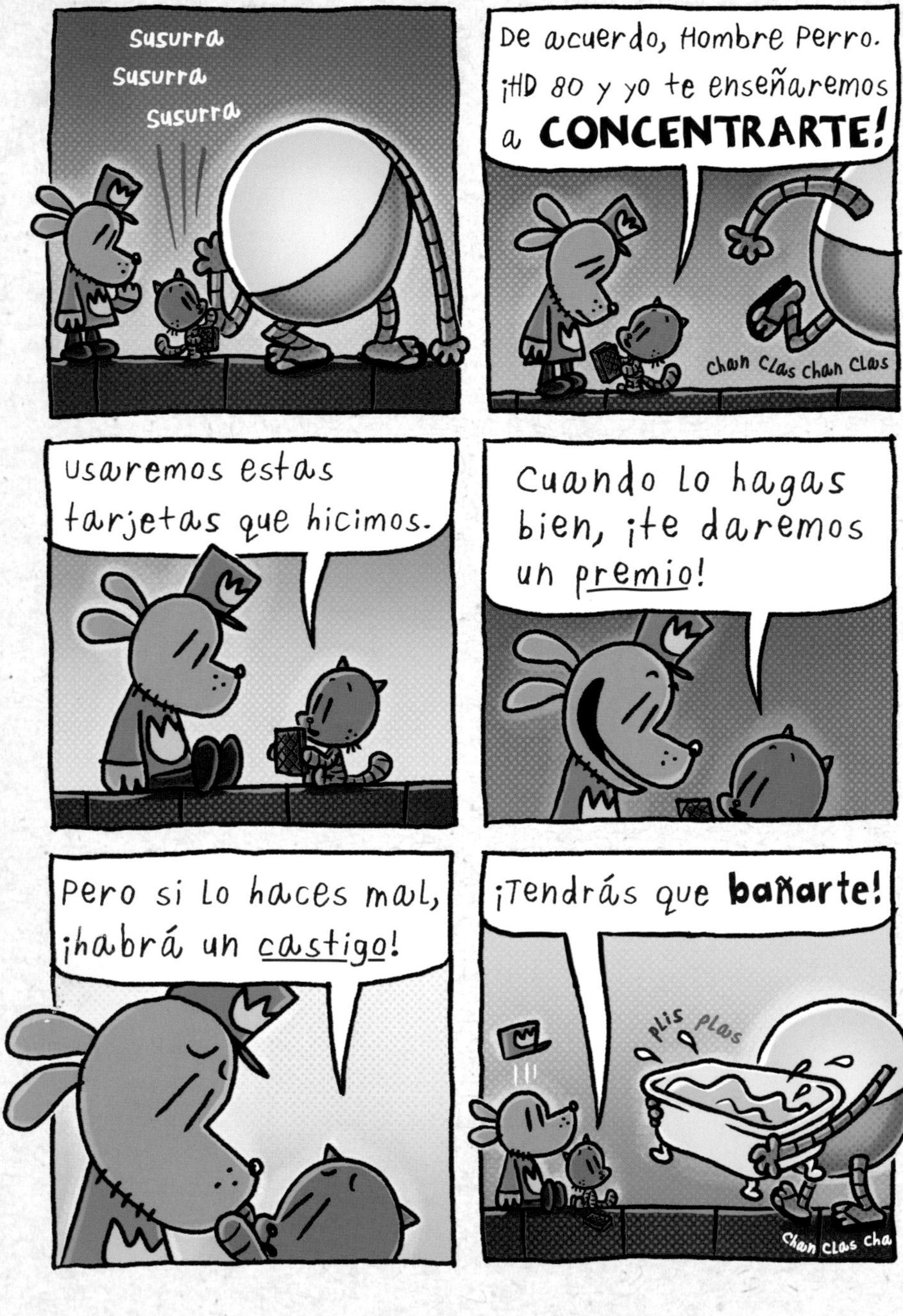
Susurra
Susurra
Susurra
De acuerdo, Hombre Perro. ¡HD 80 y yo te enseñaremos a CONCENTRARTE!
Chan Clas Chan Clas
Usaremos estas tarjetas que hicimos.
Cuando lo hagas bien, ¡te daremos un premio!
Pero si lo haces mal, ¡habrá un castigo!
¡Tendrás que bañarte!
Plis Plas
Chan Clas Cha

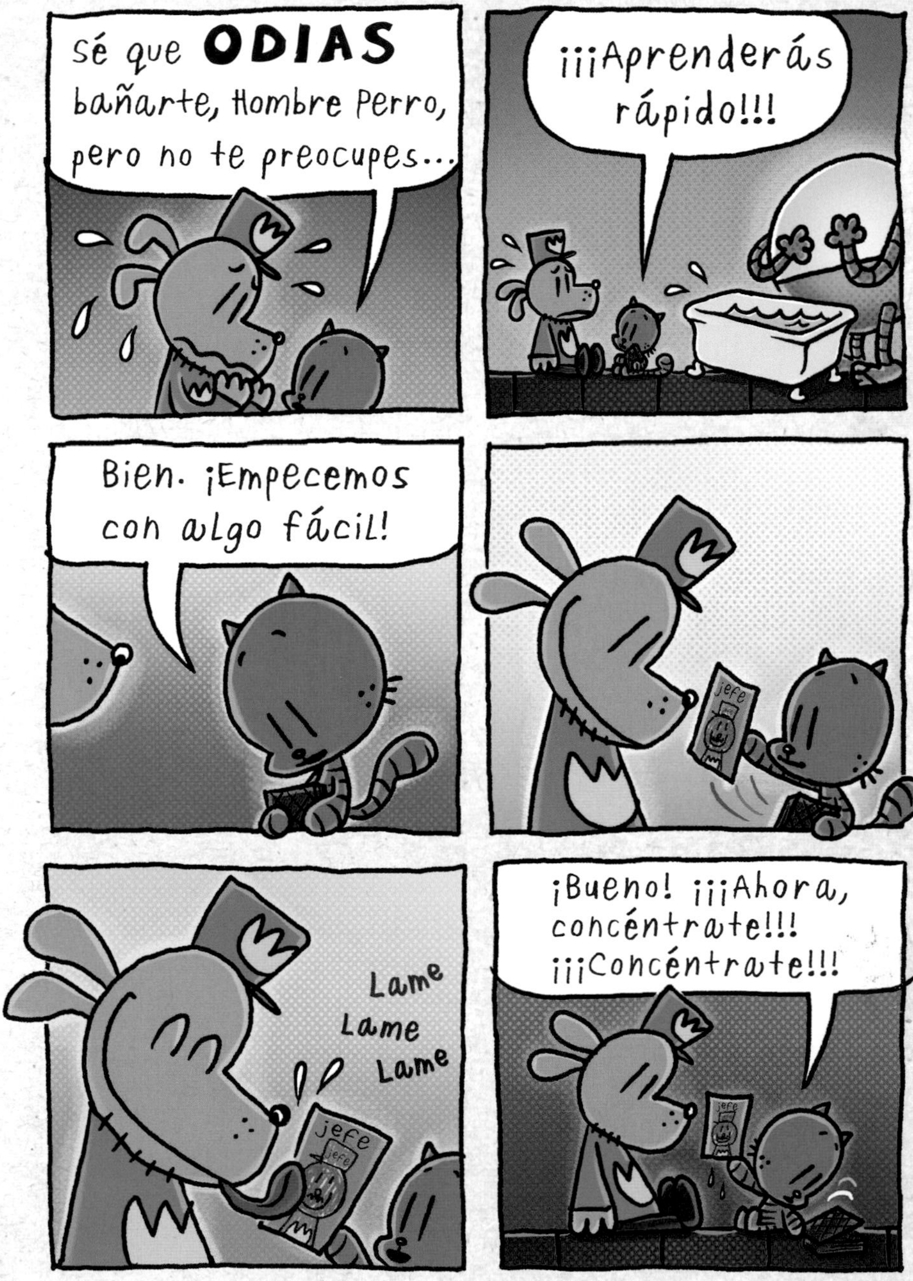
Sé que ODIAS bañarte, Hombre Perro, pero no te preocupes...
¡¡¡Aprenderás rápido!!!
Bien. ¡Empecemos con algo fácil!
jefe
Lame
Lame
Lame
jefe
jefe
¡Bueno! ¡¡¡Ahora, concéntrate!!! ¡¡¡Concéntrate!!!
jefe

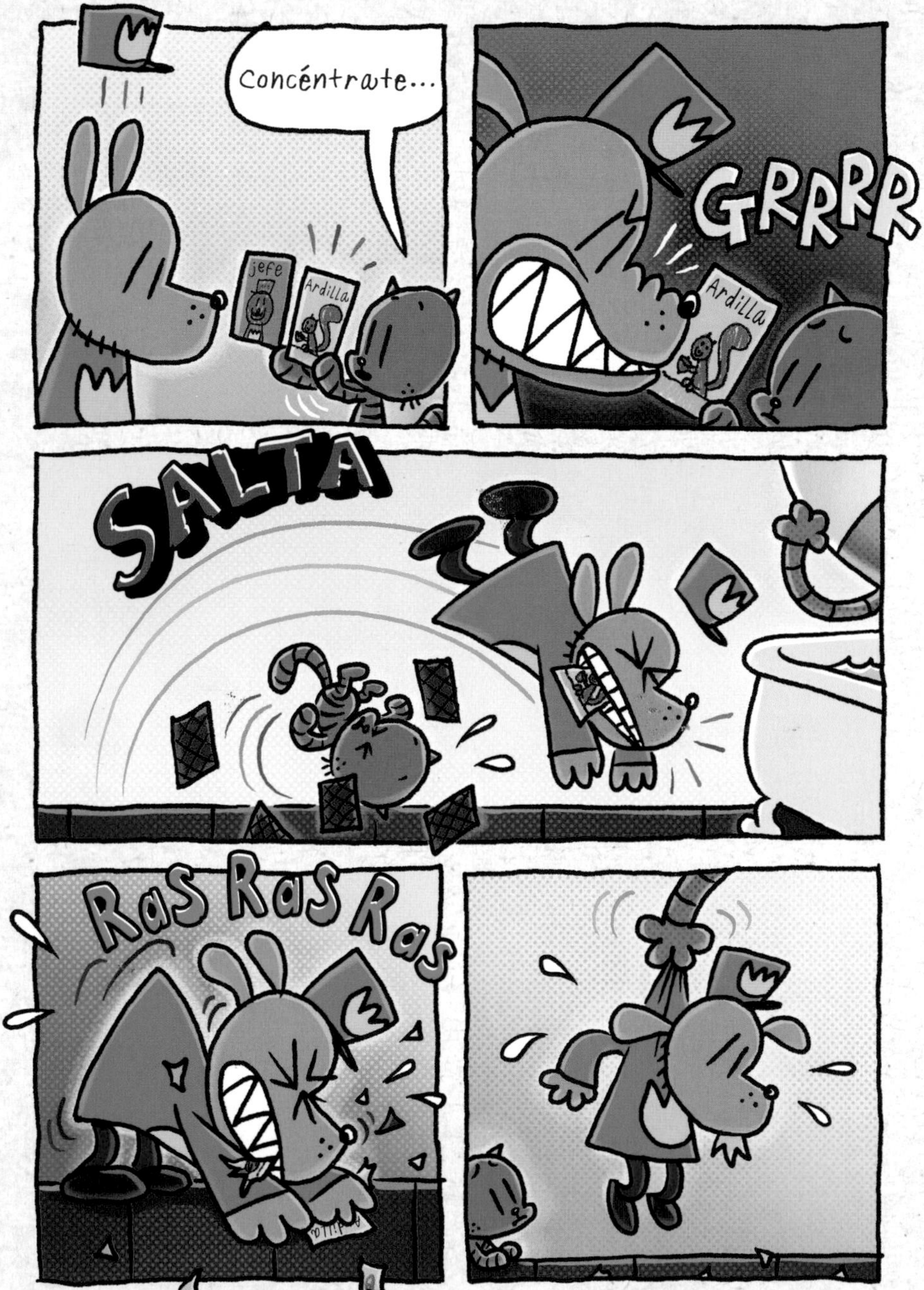
Concéntrate...
jefe
Ardilla
GRRRR
Ardilla
SALTA
Ras Ras Ras Ras

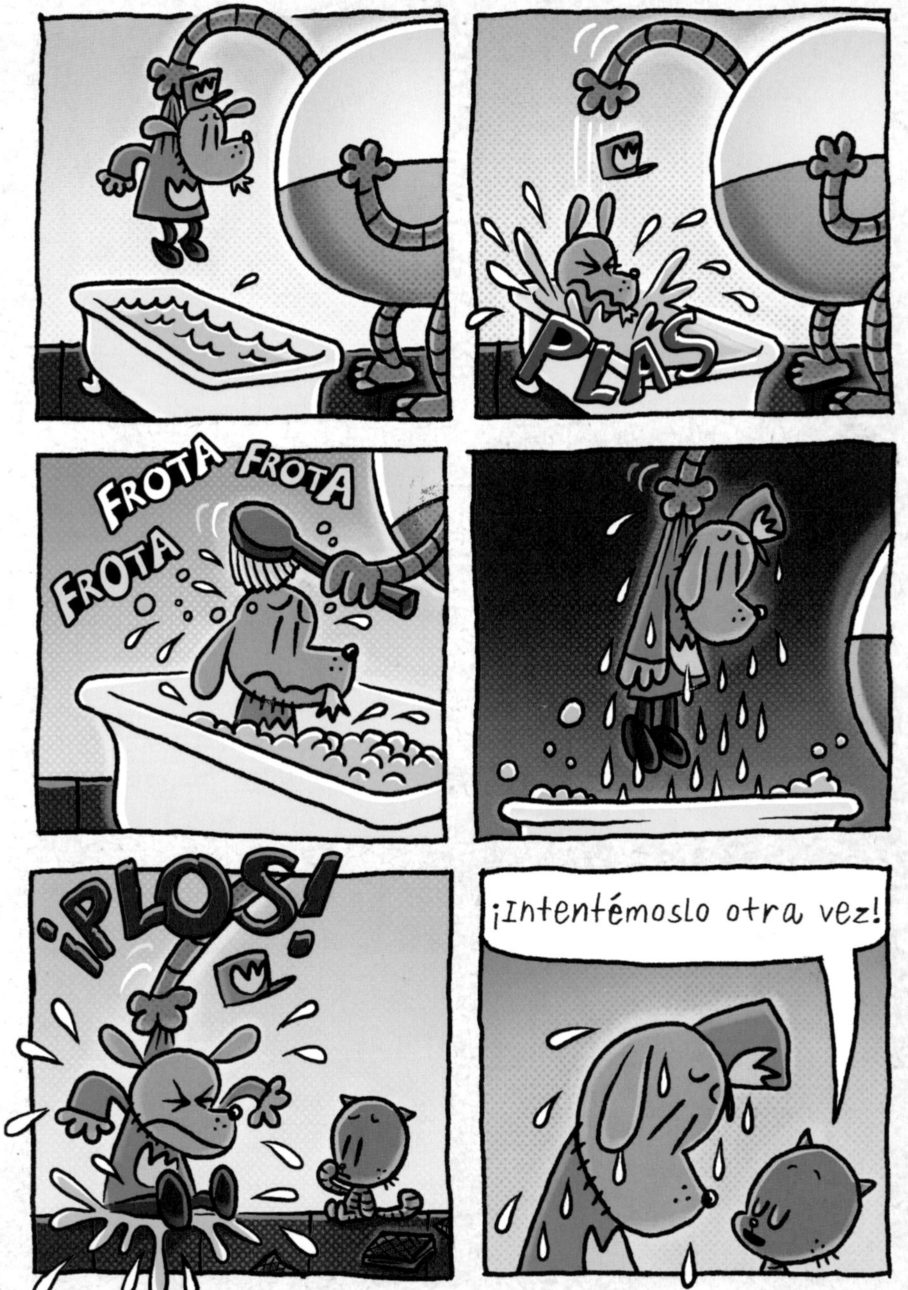
PLAS
FROTA
FROTA
FROTA
¡PLOS!
¡Intentémoslo otra vez!

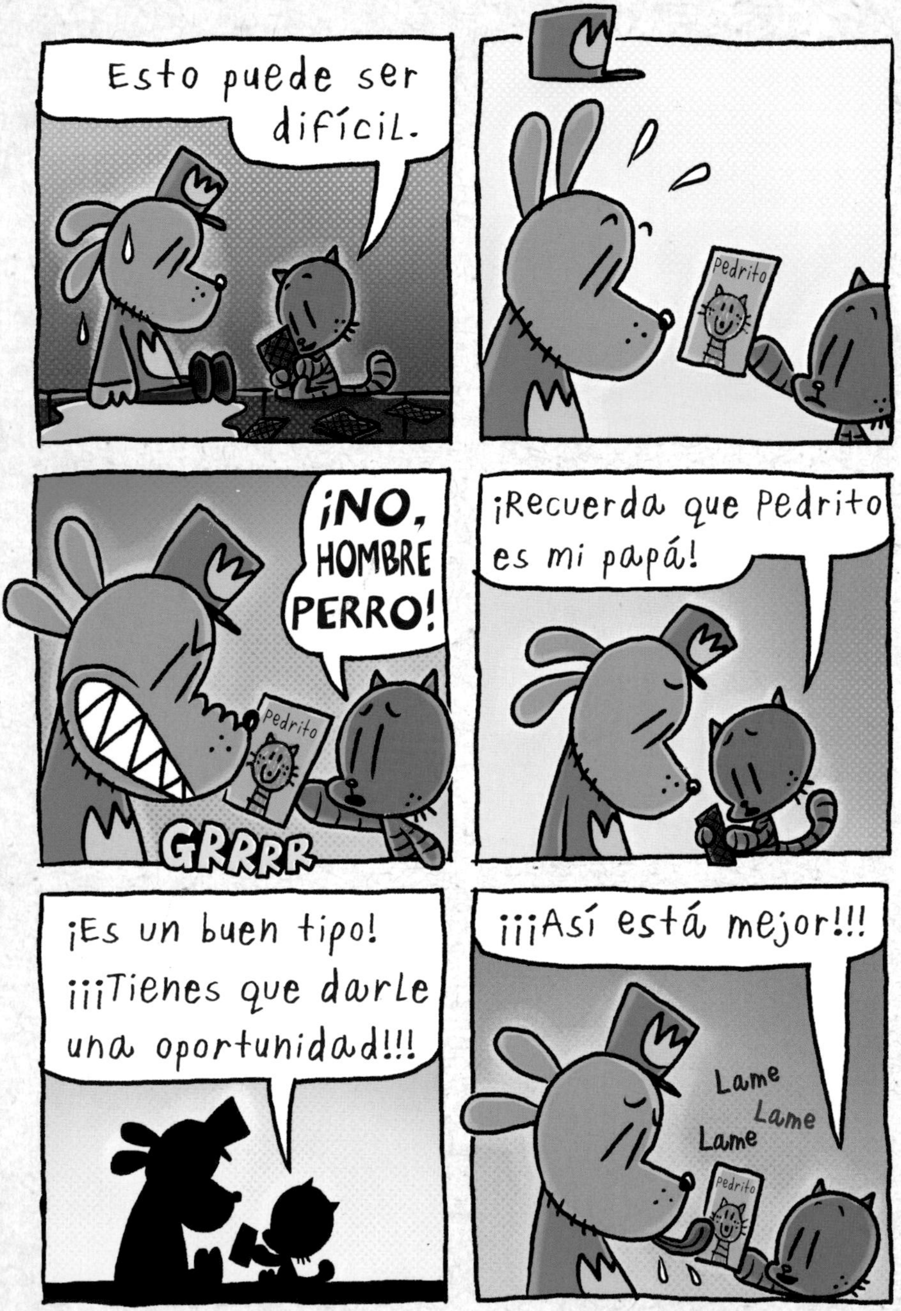
Esto puede ser difícil.
Pedrito
¡NO, HOMBRE PERRO!
Pedrito
GRRRR
¡Recuerda que Pedrito es mi papá!
¡Es un buen tipo! ¡¡¡Tienes que darle una oportunidad!!!
¡¡¡Así está mejor!!!
Lame
Lame
Lame
Pedrito

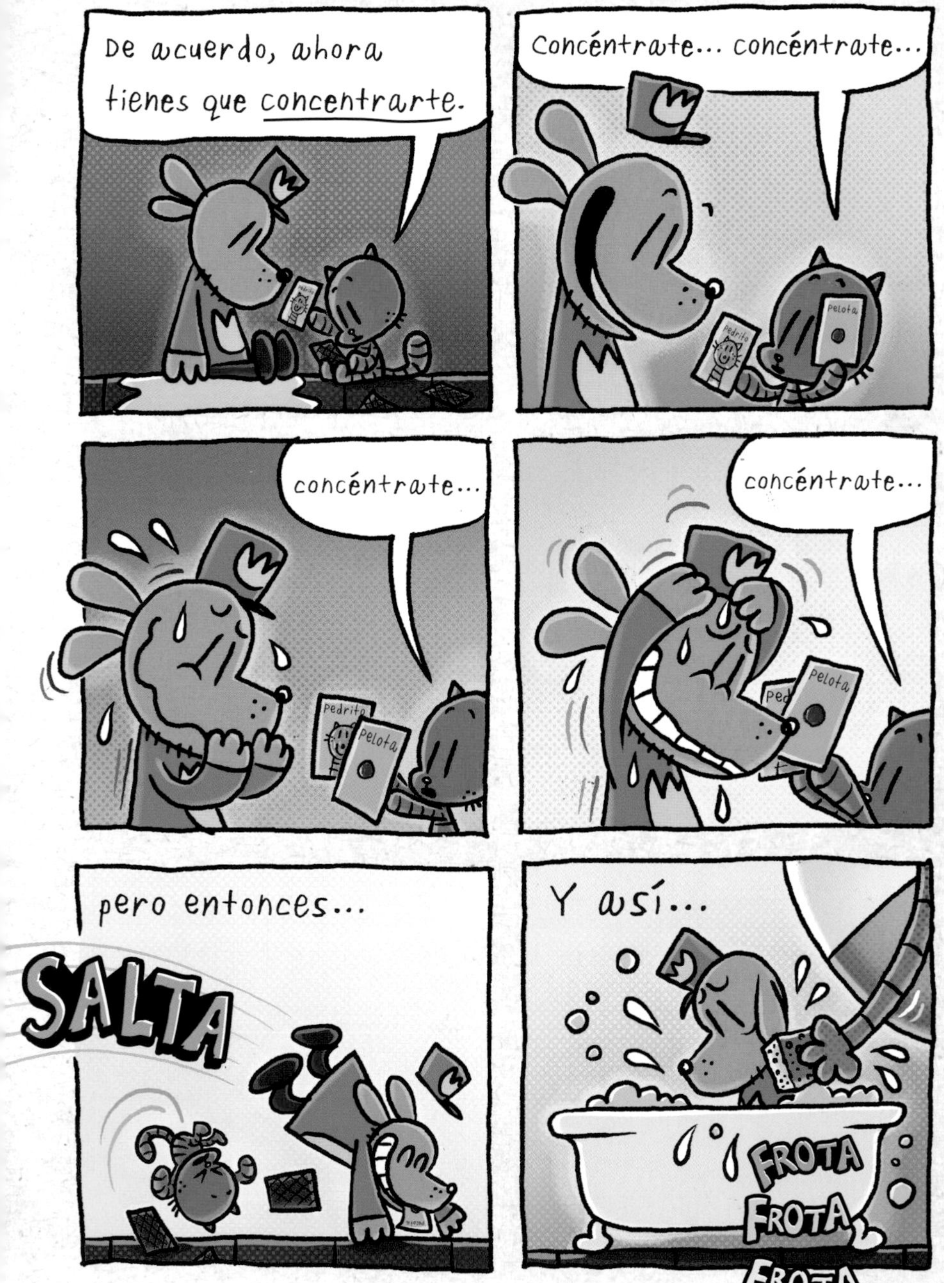
De acuerdo, ahora tienes que concentrarte.
pedrito
Concéntrate... concéntrate...
pedrito
pelota
concéntrate...
pedrito
pelota
concéntrate...
pelota
pero entonces...
SALTA
Y así...
FROTA
FROTA
FROTA

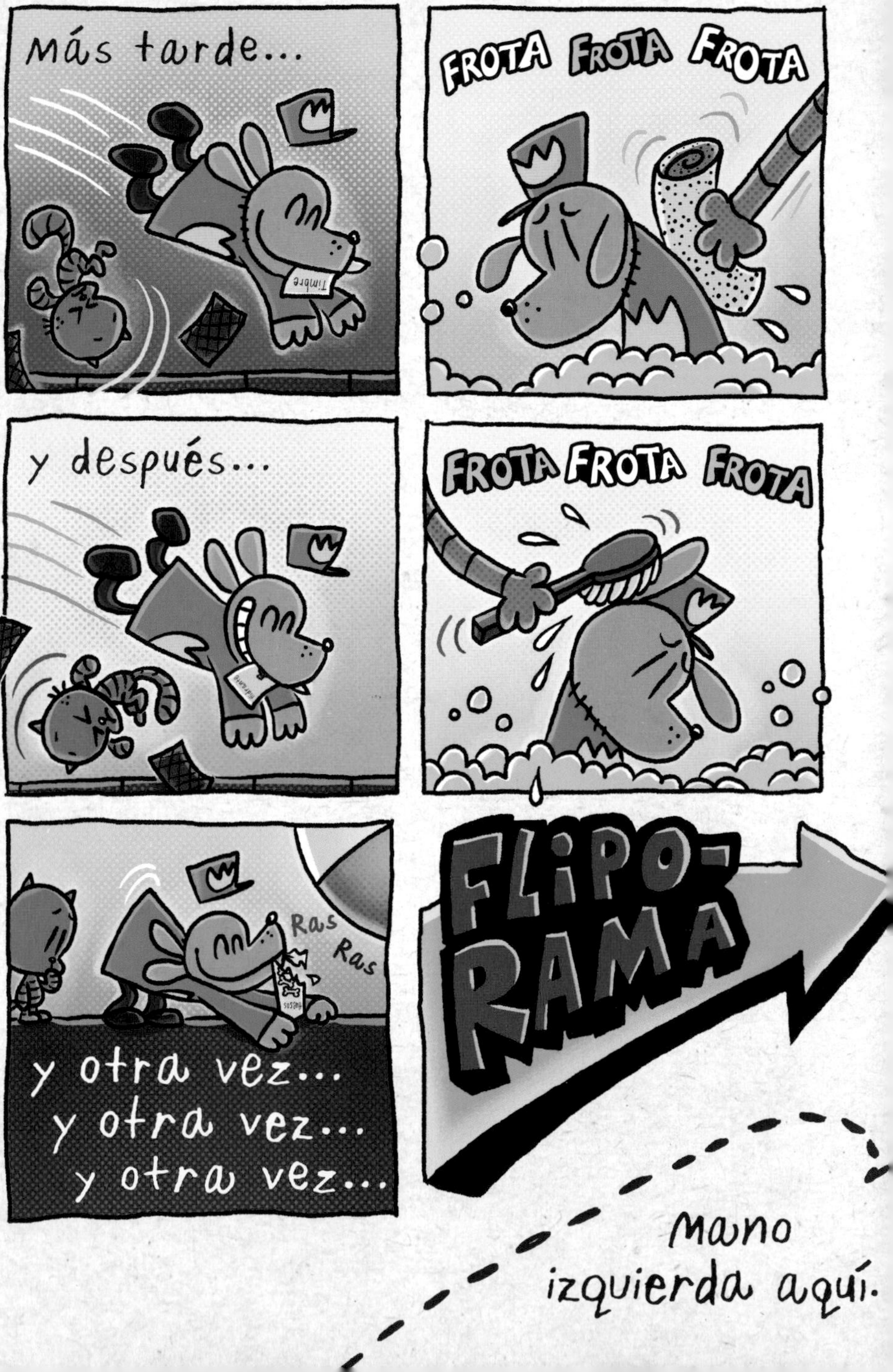
Más tarde...
FROTA FROTA FROTA
y después...
FROTA FROTA FROTA
Ras
Ras
y otra vez...
y otra vez...
y otra vez...
FLIPO-RAMA
Mano izquierda aquí.

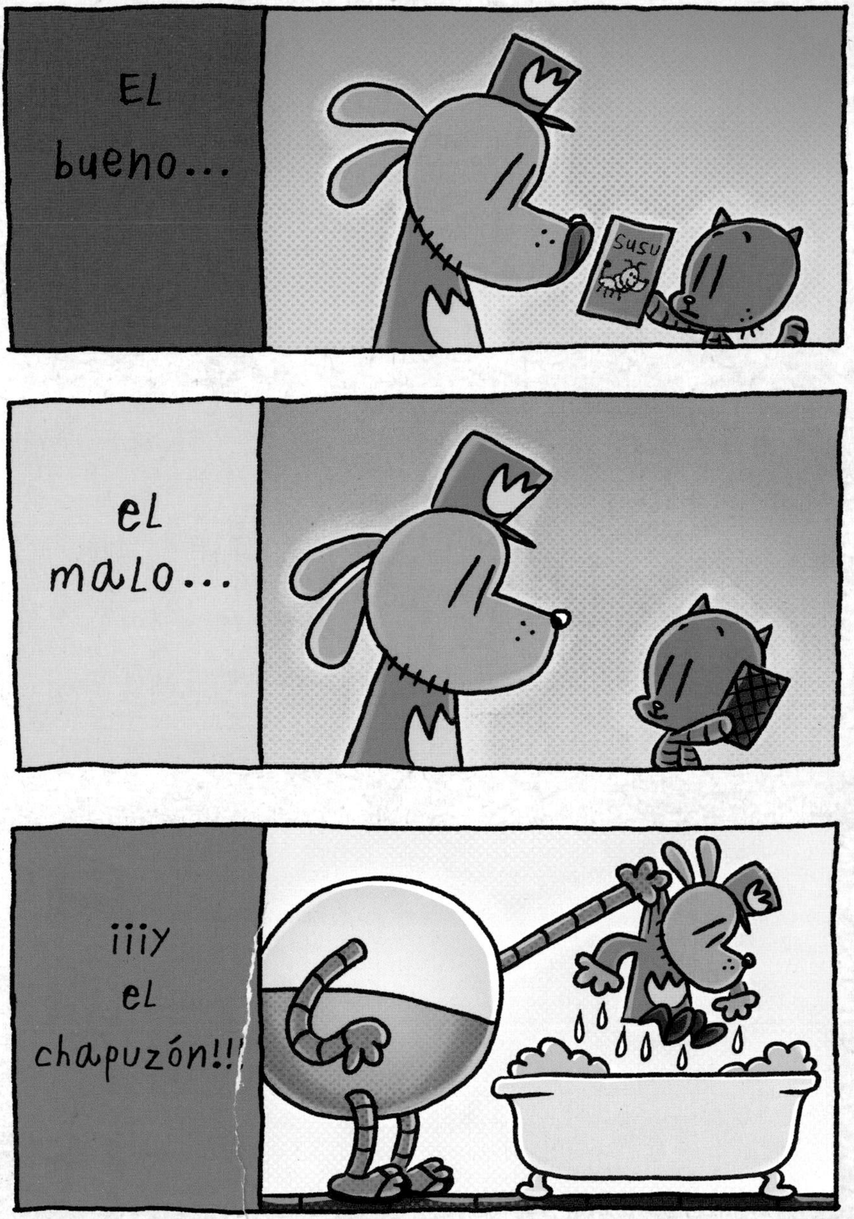
EL
bueno...
SUSU
eL
maLo...
¡¡¡Y
eL
chapuzón!!!

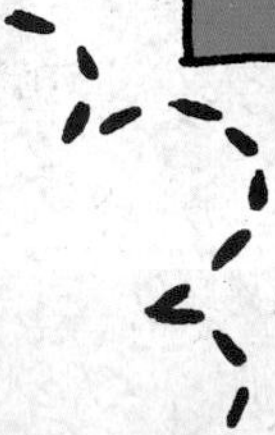

Pulgar derecho aquí.

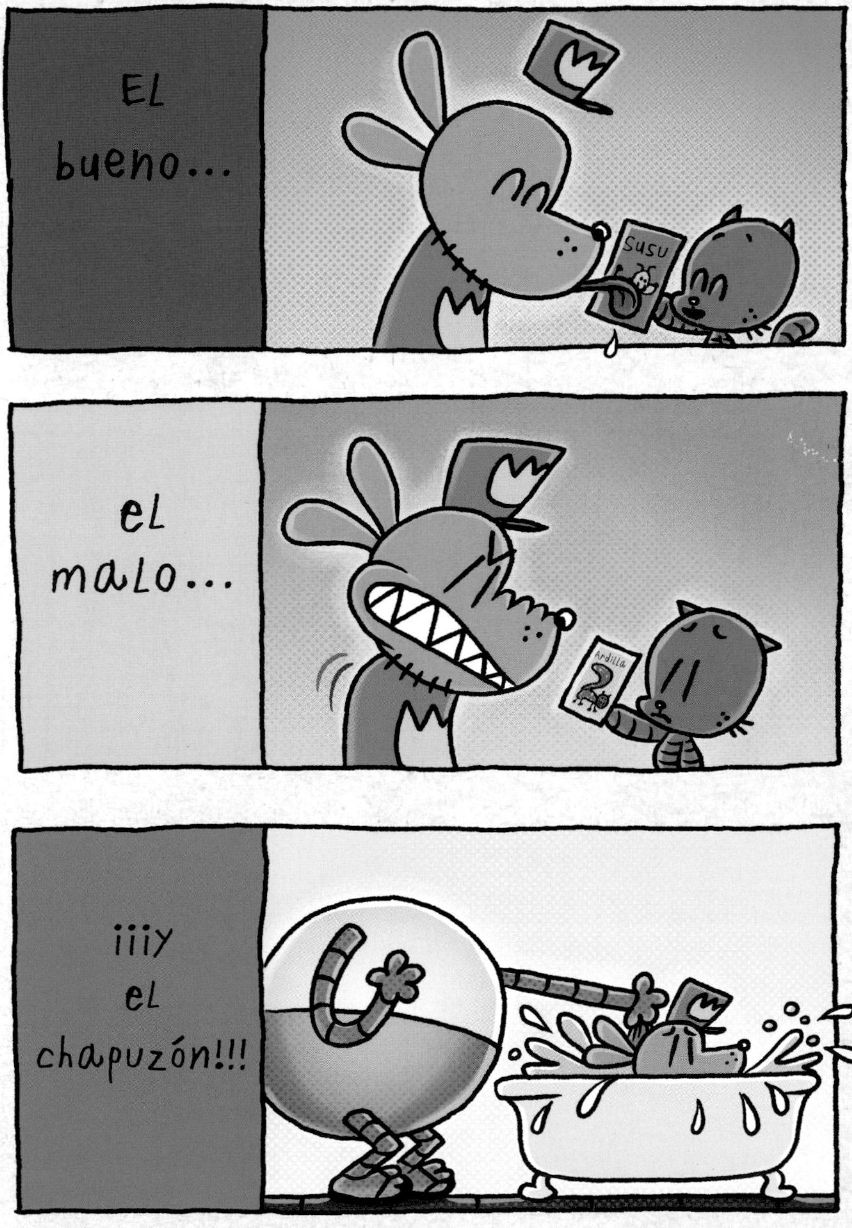
EL bueno...
SUSU
eL maLo...
Ardilla
¡¡¡Y eL chapuzón!!!

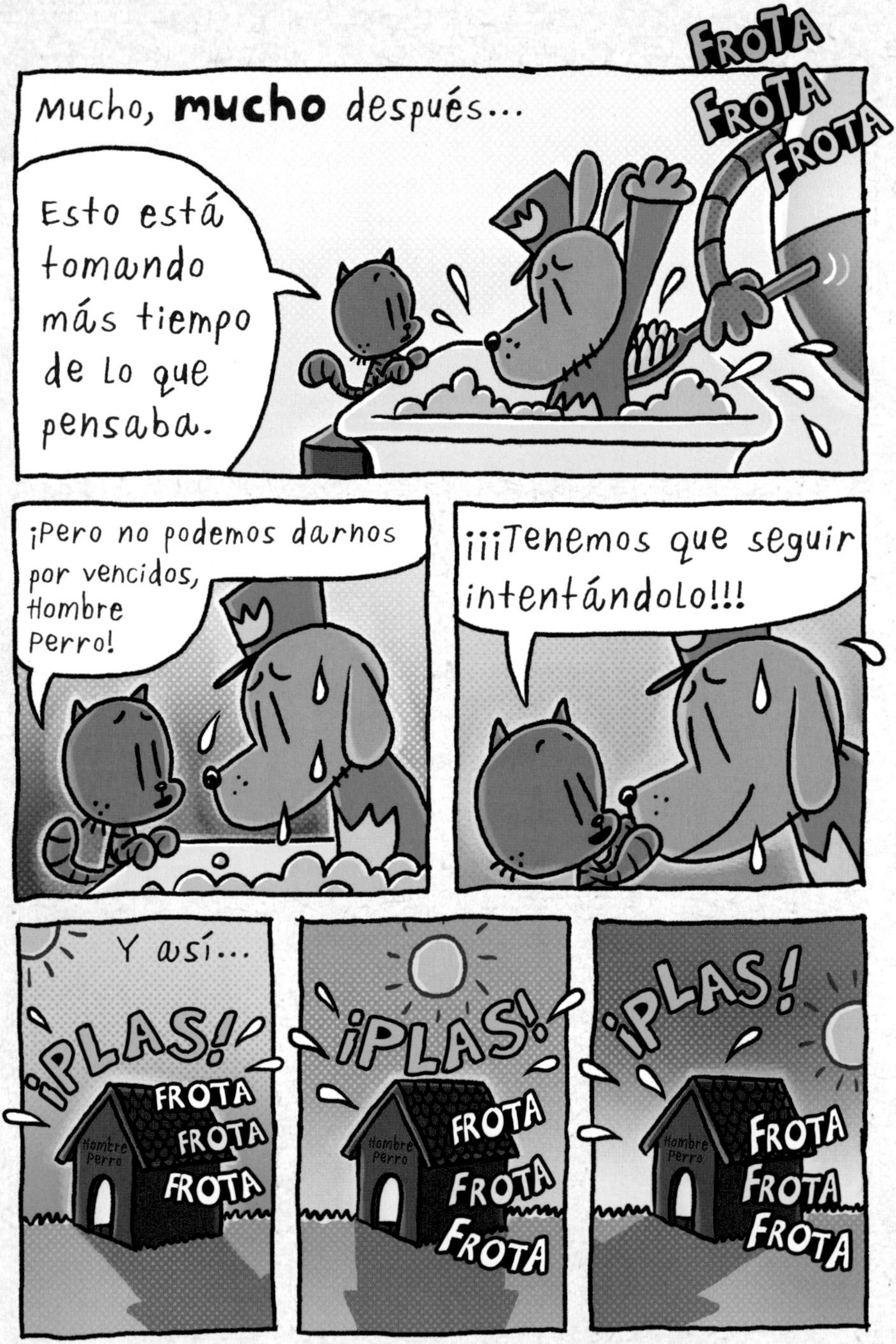
Mucho, **mucho** después...
FROTA
FROTA
FROTA
Esto está tomando más tiempo de lo que pensaba.
¡Pero no podemos darnos por vencidos, Hombre Perro!
¡¡¡Tenemos que seguir intentándolo!!!
Y así...
¡PLAS!
Hombre Perro
FROTA
FROTA
FROTA
¡PLAS!
Hombre Perro
FROTA
FROTA
FROTA
¡PLAS!
Hombre Perro
FROTA
FROTA
FROTA

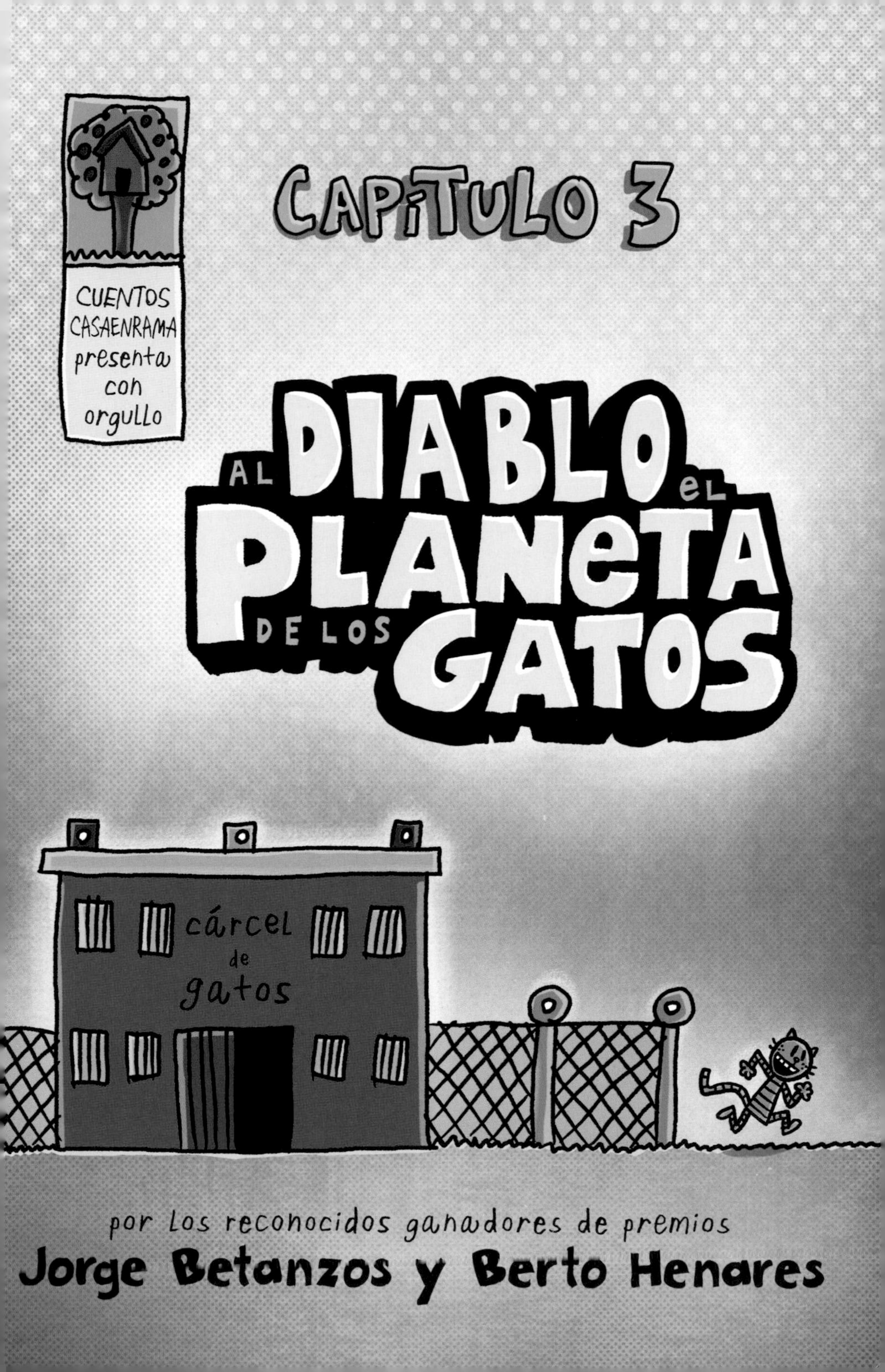
CAPÍTULO 3
CUENTOS CASAENRAMA presenta con orgullo
AL DIABLO EL PLANETA DE LOS GATOS
cárcel de gatos
por los reconocidos ganadores de premios
Jorge Betanzos y Berto Henares

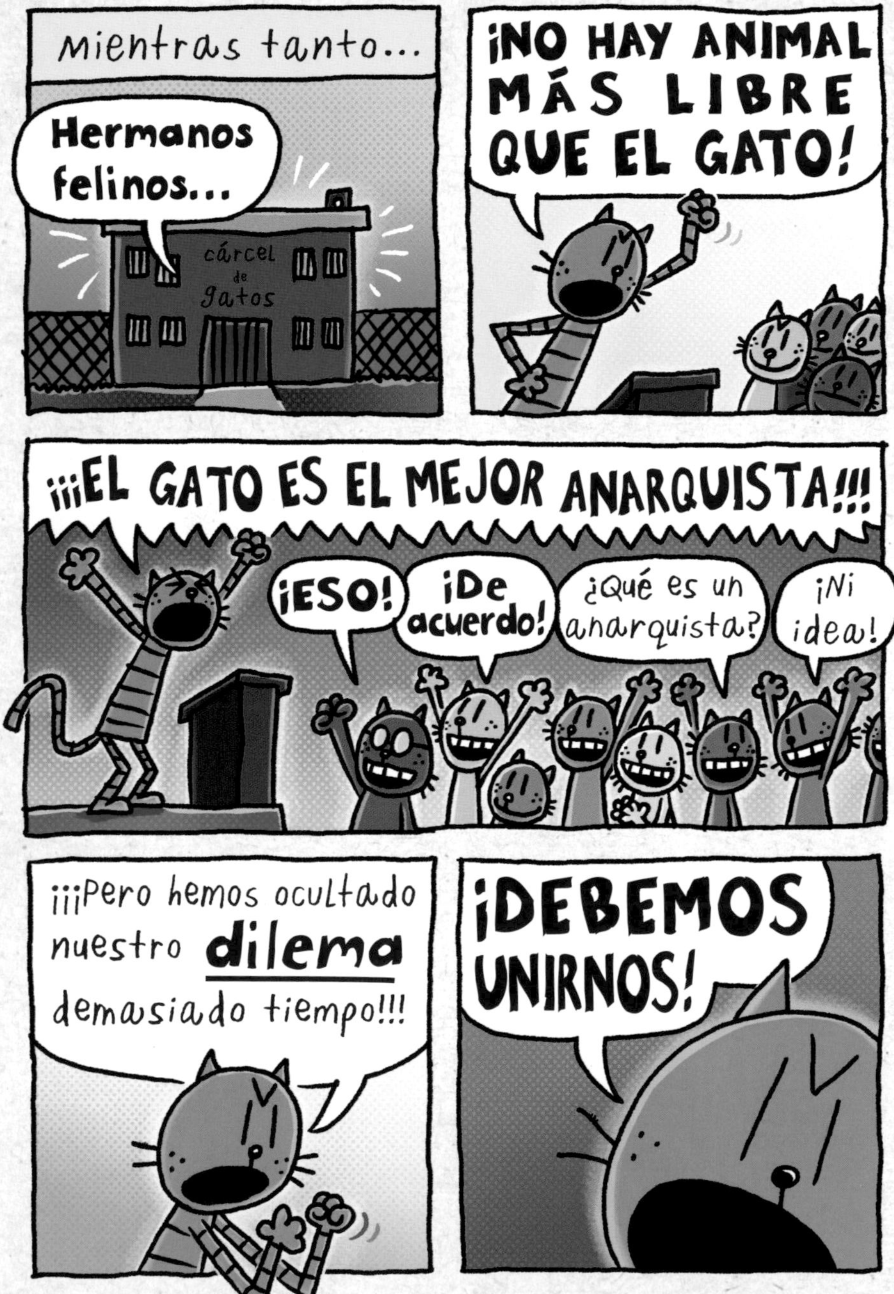
Mientras tanto...
Hermanos felinos...
cárcel de gatos
¡NO HAY ANIMAL MÁS LIBRE QUE EL GATO!
¡¡¡EL GATO ES EL MEJOR ANARQUISTA!!!
¡ESO!
¡De acuerdo!
¿Qué es un anarquista?
¡Ni idea!
¡¡¡Pero hemos ocultado nuestro dilema demasiado tiempo!!!
¡DEBEMOS UNIRNOS!

¡¡¡Estoy harto de ser diminuto!!!
¡Y yo!
¡Dejen de lloriquear!

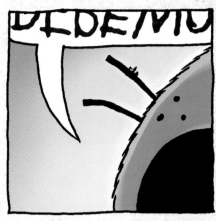

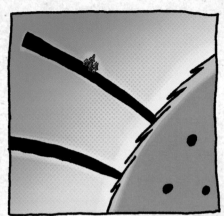

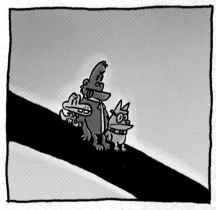

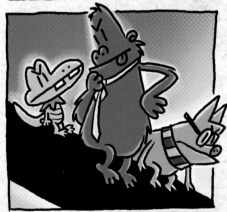

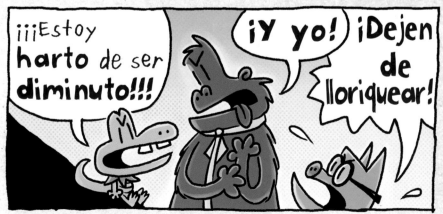

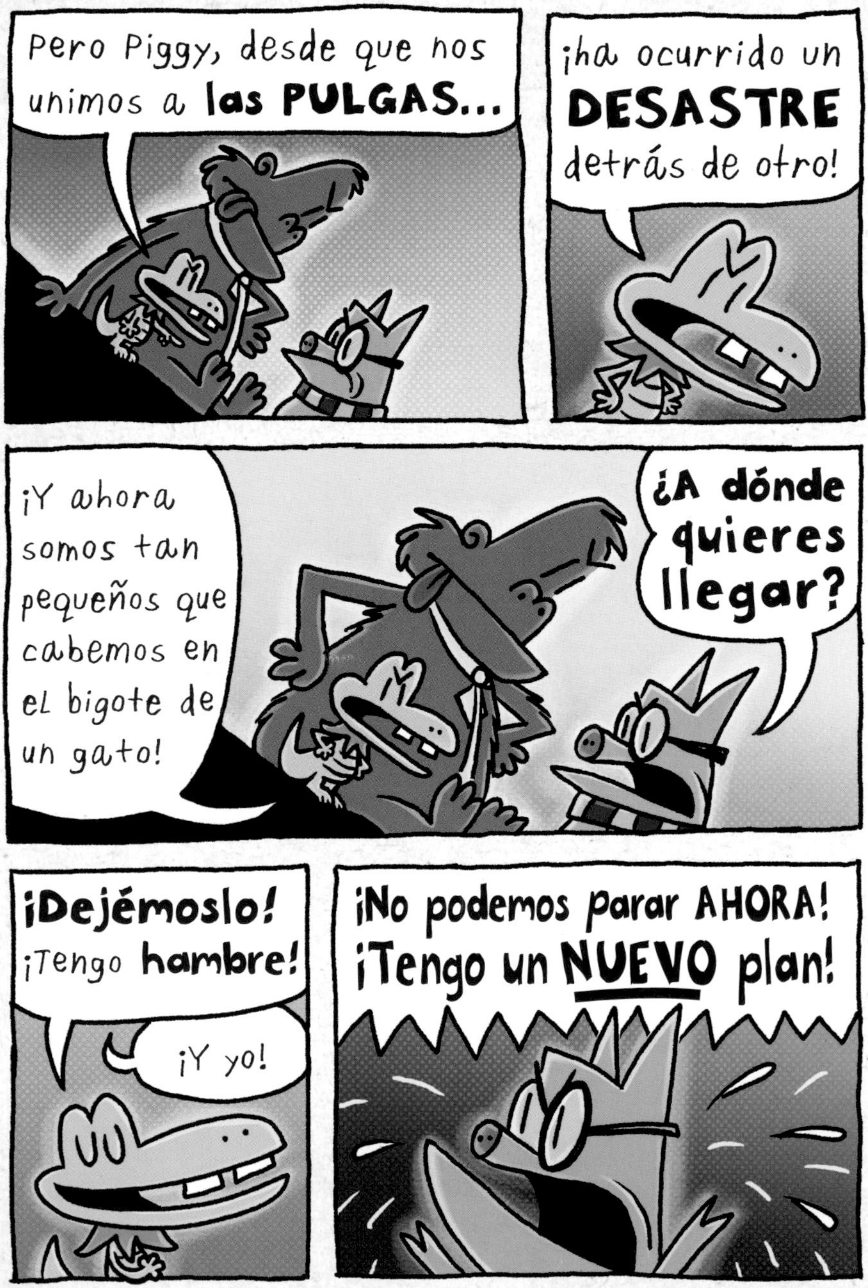
Pero Piggy, desde que nos unimos a **las PULGAS...**
¡ha ocurrido un **DESASTRE** detrás de otro!
¡Y ahora somos tan pequeños que cabemos en el bigote de un gato!
¿A dónde quieres llegar?
¡Dejémoslo! ¡Tengo **hambre!**
¡Y yo!
¡No podemos parar AHORA! ¡Tengo un **NUEVO** plan!

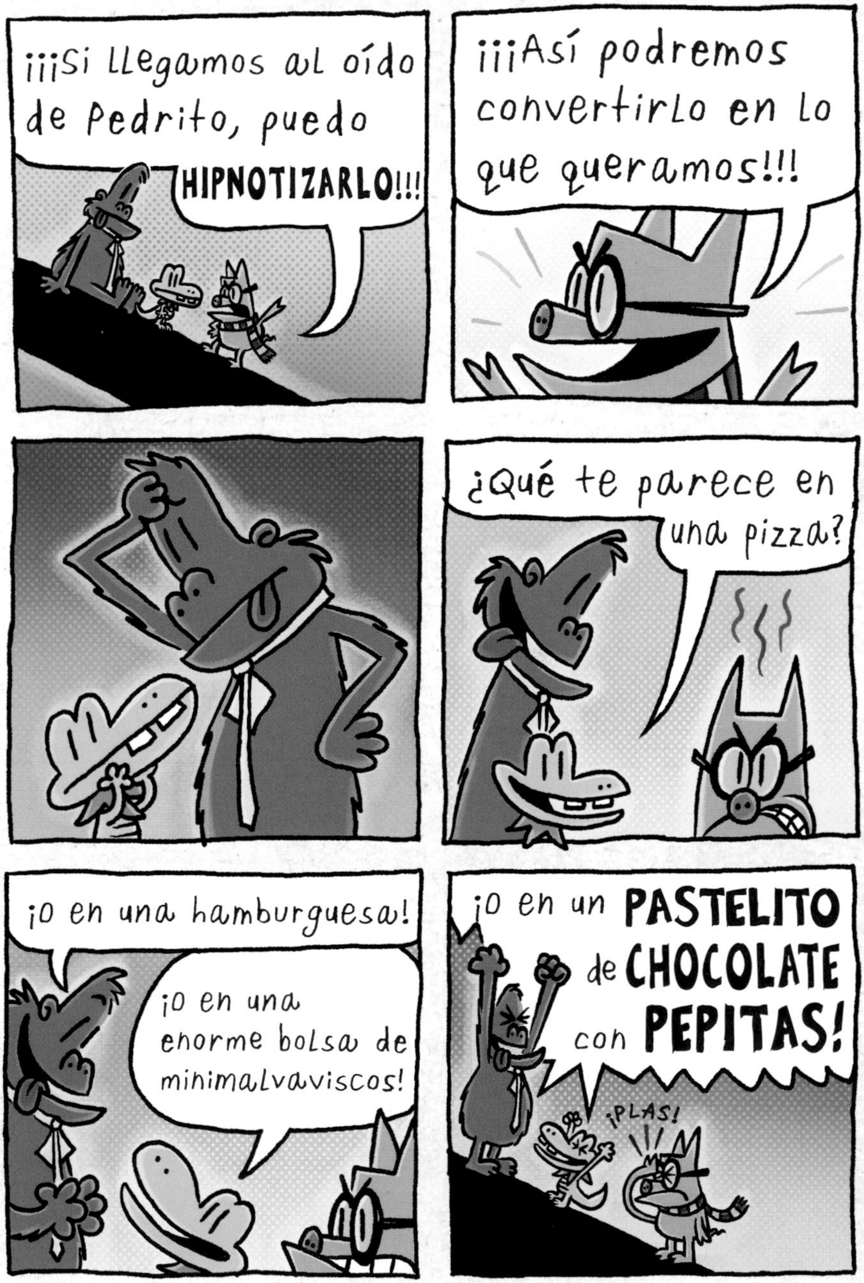
¡¡¡Si llegamos al oído de Pedrito, puedo HIPNOTIZARLO!!!
¡¡¡Así podremos convertirlo en lo que queramos!!!
¿Qué te parece en una pizza?
¡O en una hamburguesa!
¡O en una enorme bolsa de minimalvaviscos!
¡O en un PASTELITO de CHOCOLATE con PEPITAS!
¡PLAS!

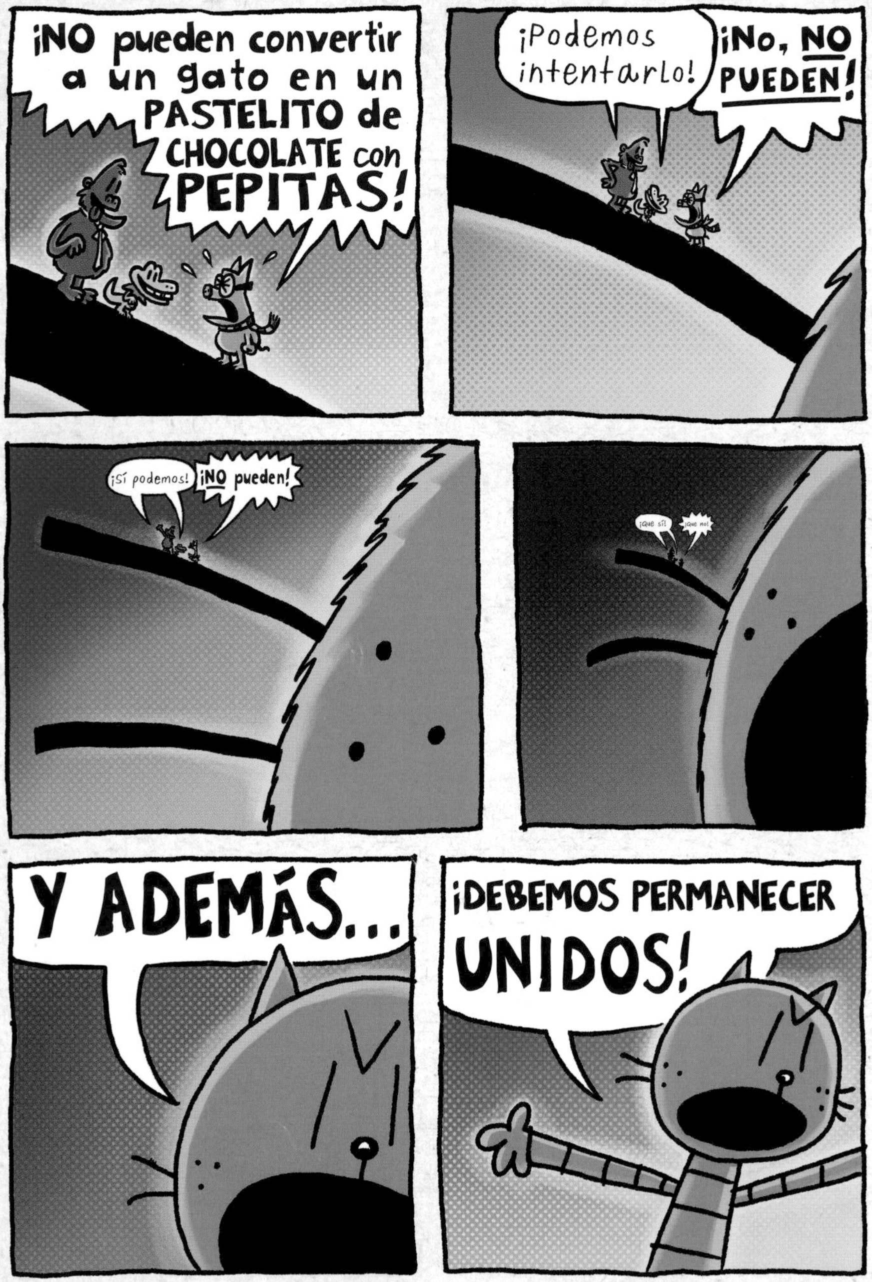
¡NO pueden convertir a un gato en un PASTELITO de CHOCOLATE con PEPITAS!
¡Podemos intentarlo!
¡No, NO PUEDEN!
¡Sí podemos!
¡NO pueden!
¡Que sí!
¡Que no!
Y ADEMÁS...
¡DEBEMOS PERMANECER UNIDOS!

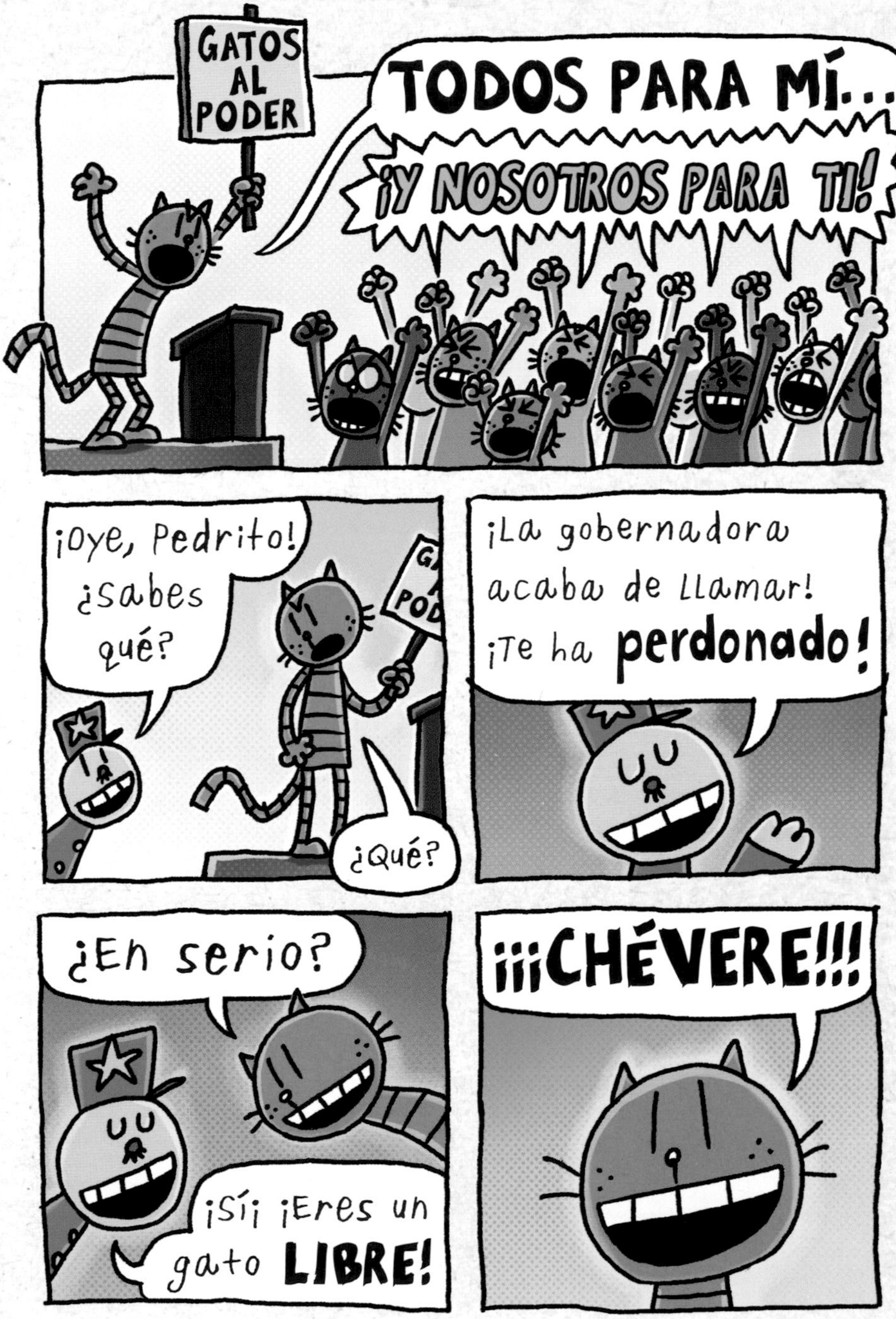
GATOS AL PODER
TODOS PARA MÍ...
¡Y NOSOTROS PARA TI!
¡Oye, Pedrito! ¿Sabes qué?
¿Qué?
¡La gobernadora acaba de llamar! ¡Te ha perdonado!
¿En serio?
¡Sí! ¡Eres un gato LIBRE!
¡¡¡CHÉVERE!!!

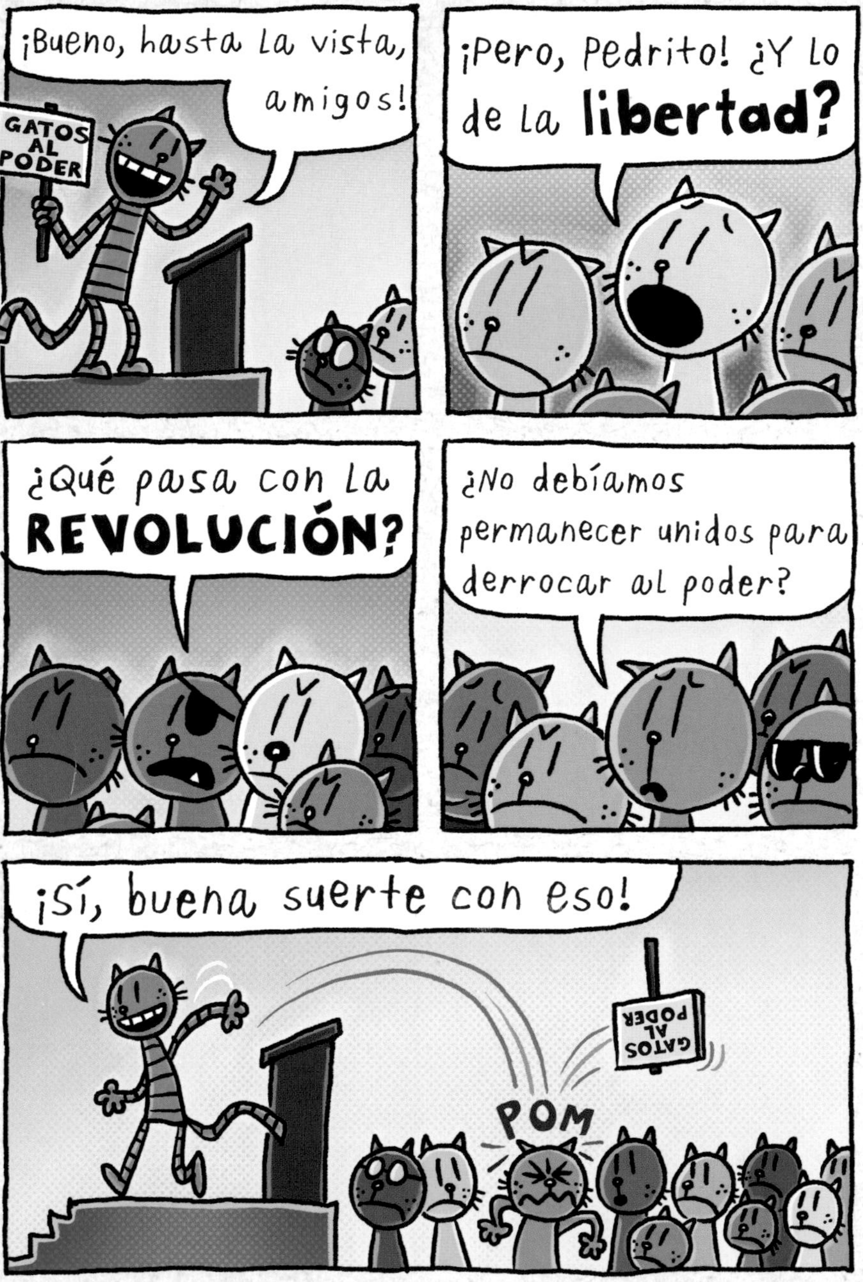

¡Bueno, hasta la vista, amigos!
GATOS AL PODER
¡Pero, Pedrito! ¿Y lo de la libertad?
¿Qué pasa con la REVOLUCIÓN?
¿No debíamos permanecer unidos para derrocar al poder?
¡Sí, buena suerte con eso!
GATOS AL PODER
POM

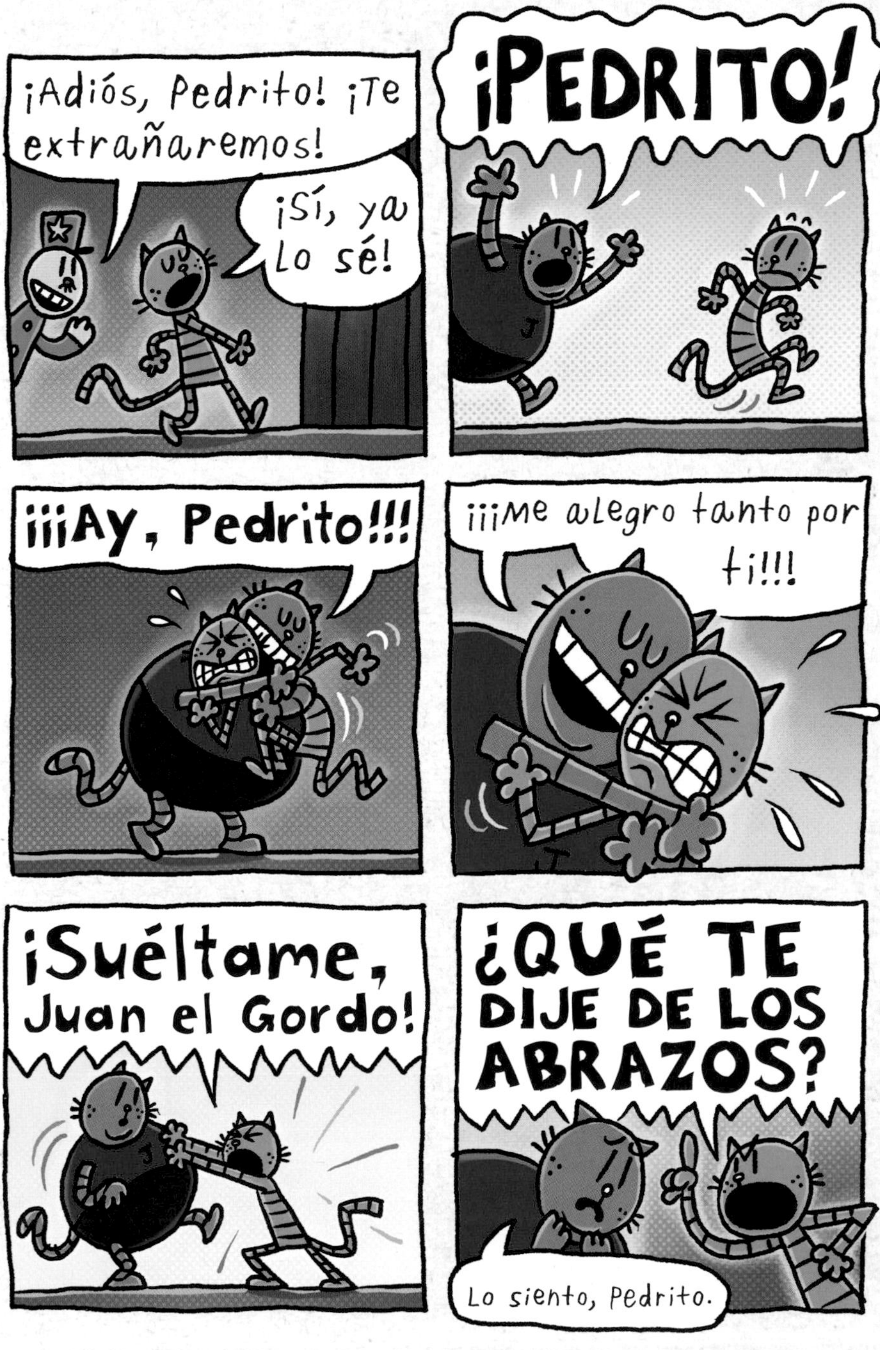
¡Adiós, Pedrito! ¡Te extrañaremos!
¡Sí, ya lo sé!
¡PEDRITO!
¡¡¡Ay, Pedrito!!!
¡¡¡Me alegro tanto por ti!!!
¡Suéltame, Juan el Gordo!
¿QUÉ TE DIJE DE LOS ABRAZOS?
Lo siento, Pedrito.

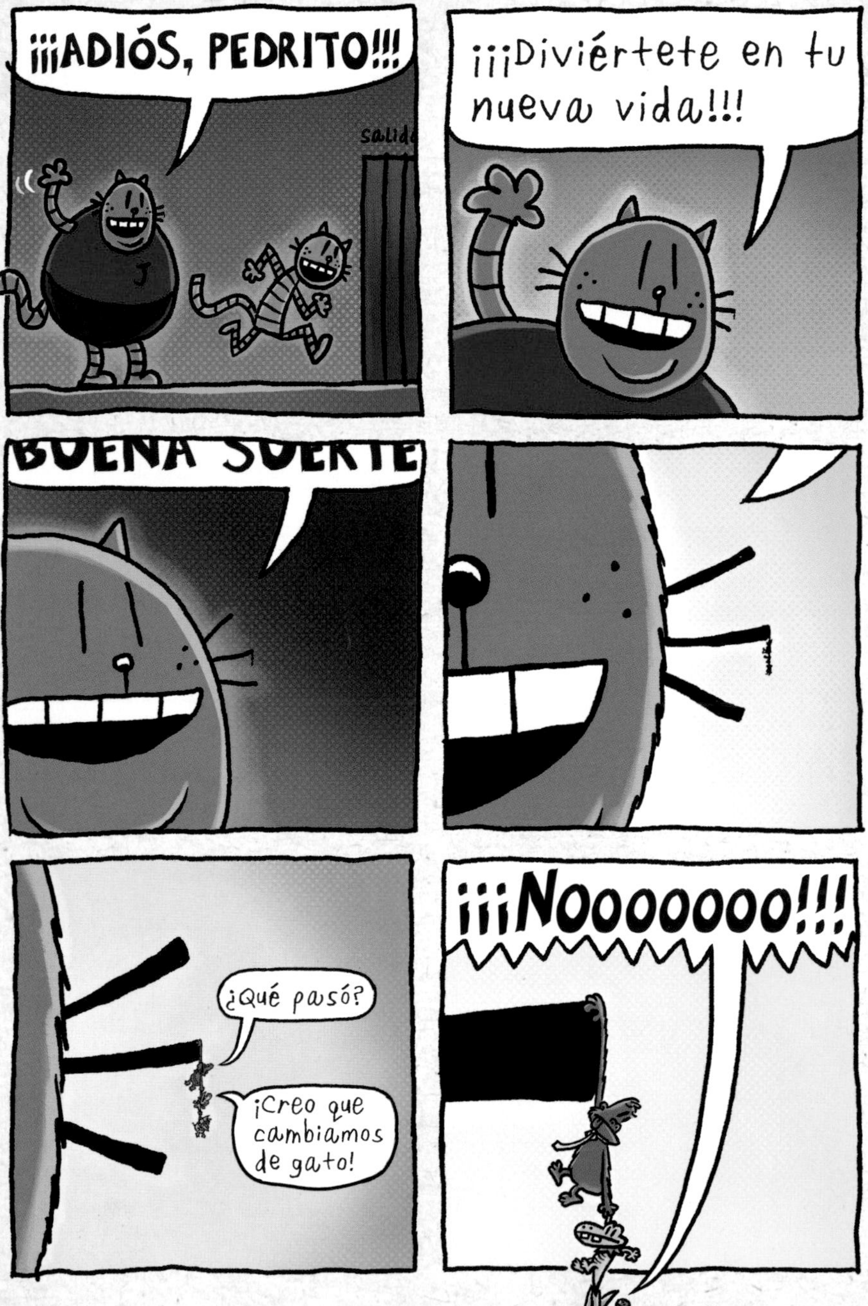
¡¡¡ADIÓS, PEDRITO!!!
Salida
¡¡¡Diviértete en tu nueva vida!!!
BUENA SUERTE
¿Qué pasó?
¡Creo que cambiamos de gato!
¡¡¡Nooooooo!!!

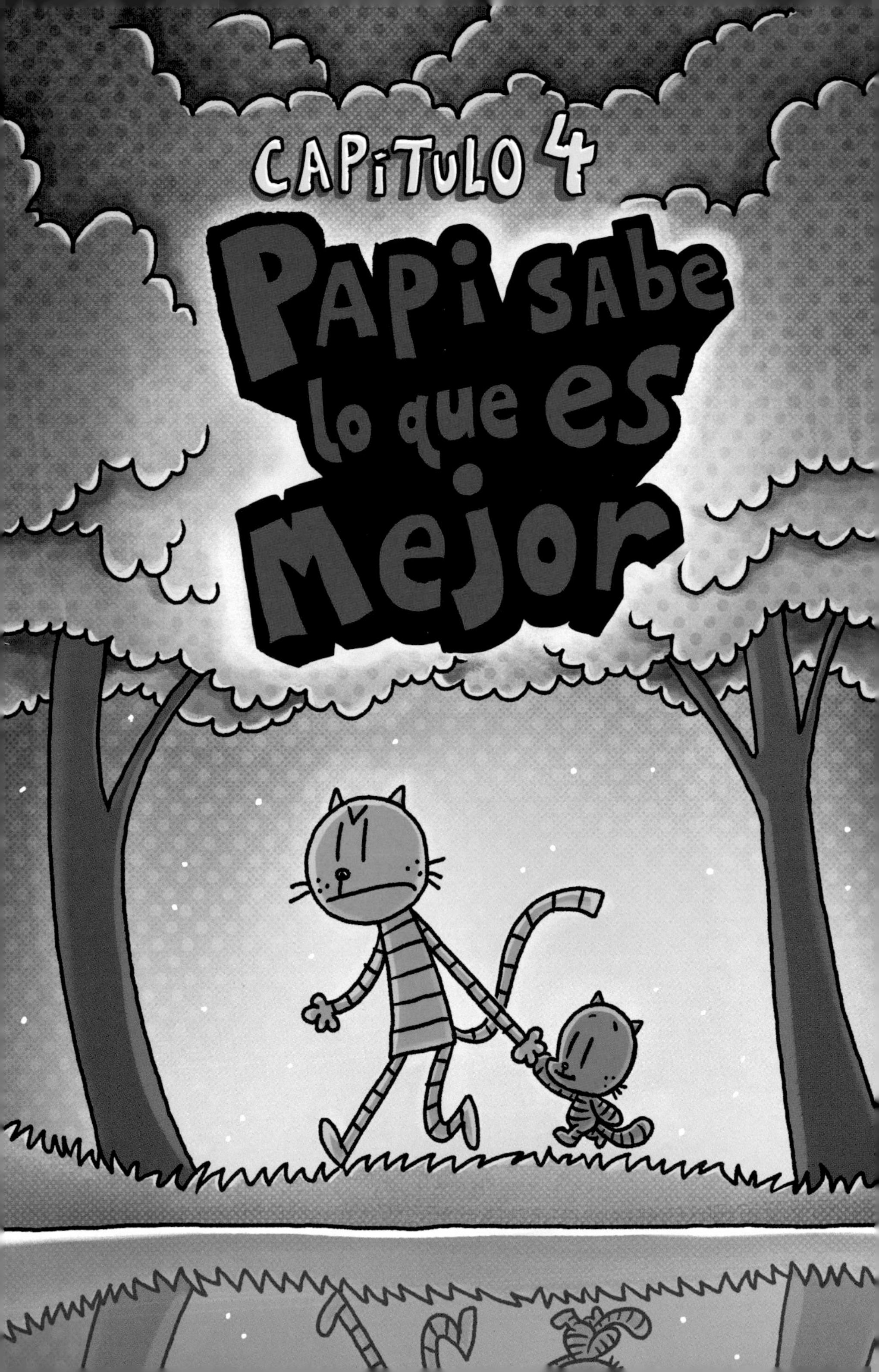
CAPÍTULO 4
Papi sabe lo que es mejor

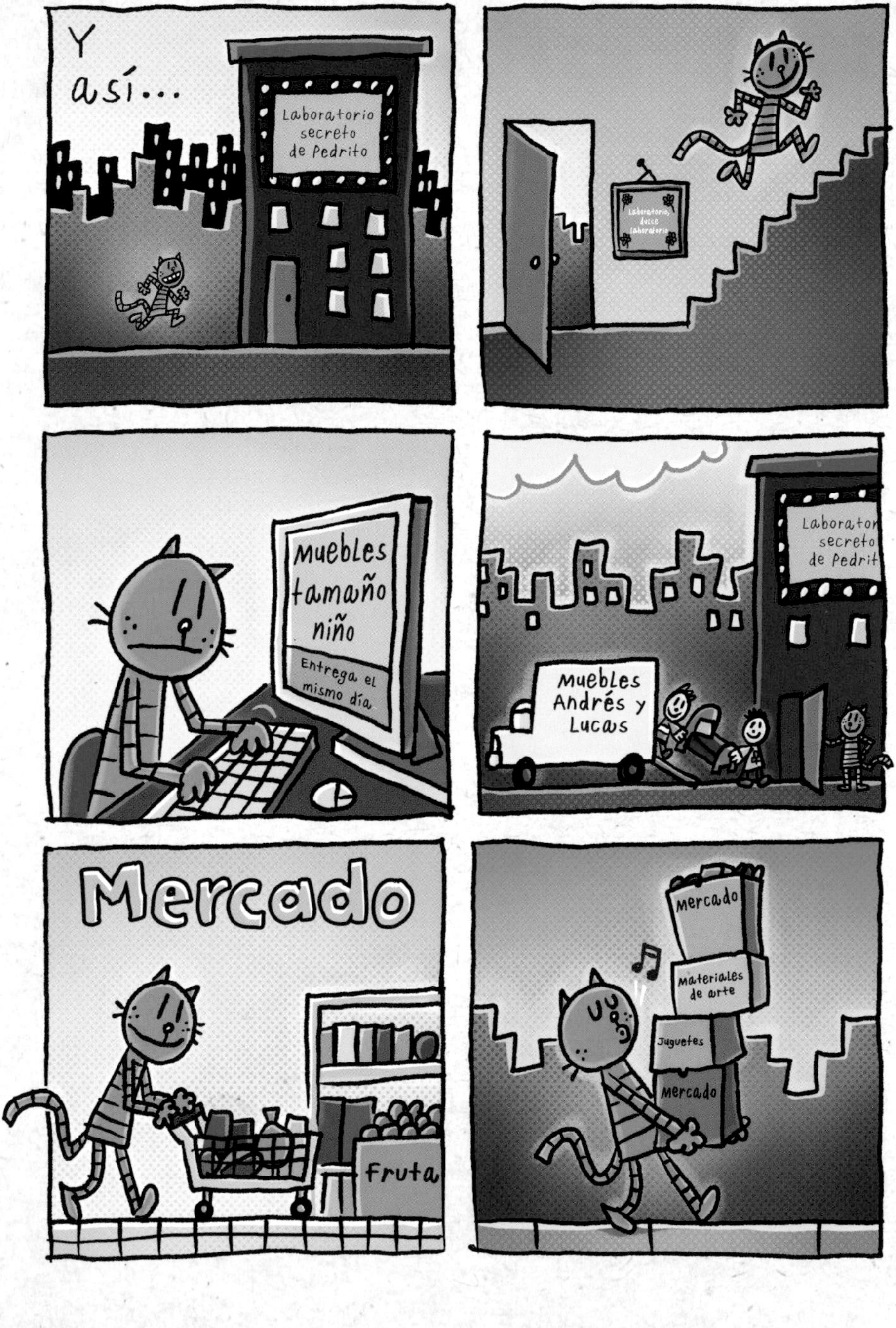
Y así...
Laboratorio secreto de Pedrito
Laboratorio, dulce laboratorio
Muebles tamaño niño
Entrega el mismo día
Muebles Andrés y Lucas
Laborator secreto de Pedrit
Mercado
Fruta
Mercado
Materiales de arte
Juguetes
Mercado

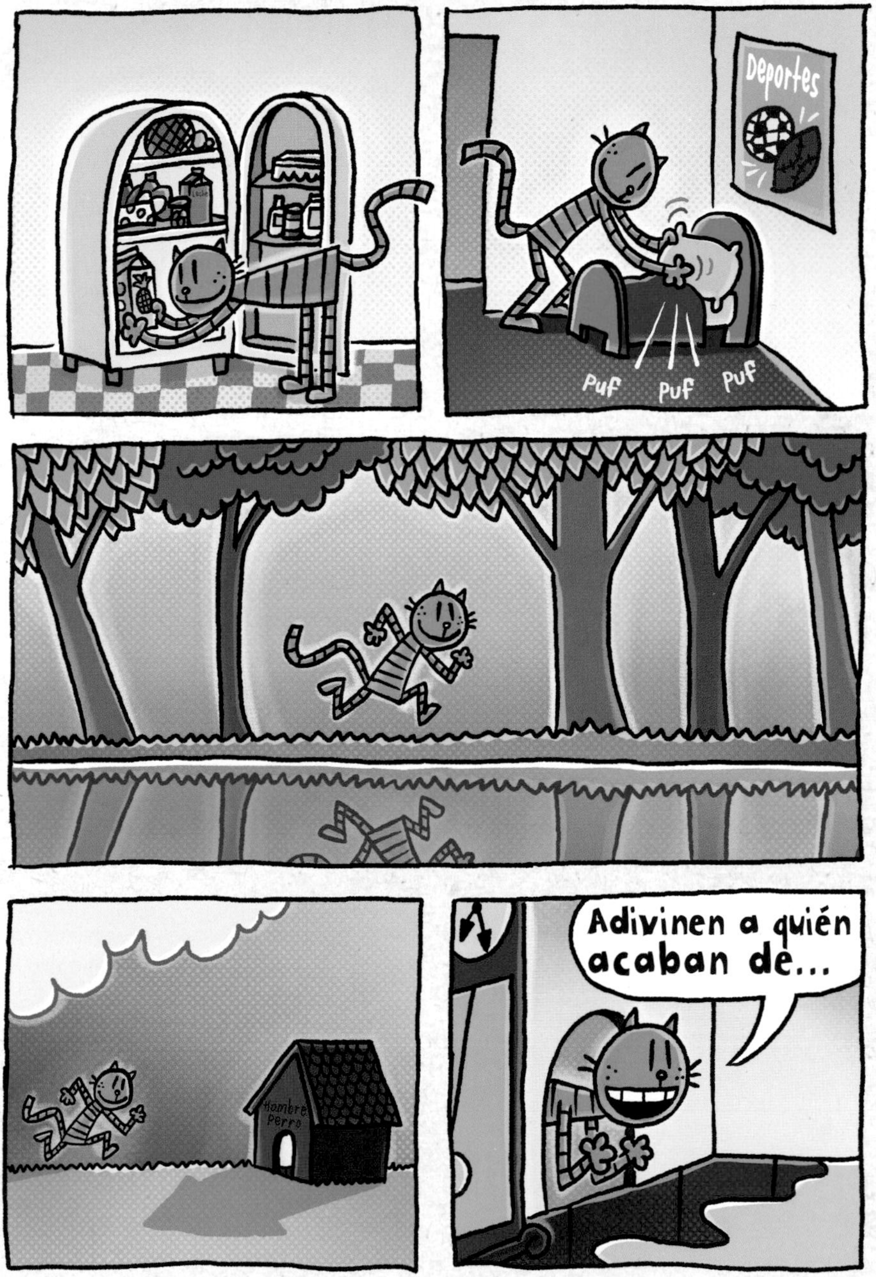
Deportes
Leche
Puf Puf Puf
Hombre Perro
Adivinen a quién acaban de...

¡PLAS!
¡FIUM!
SALTA
GRRRRRR

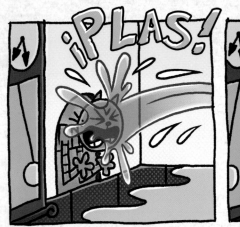

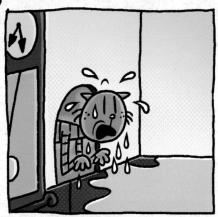

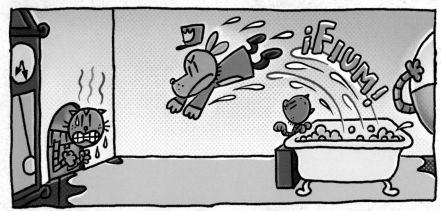

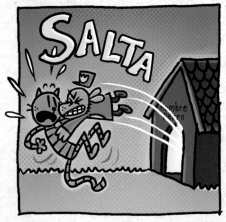

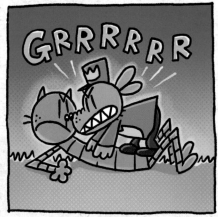

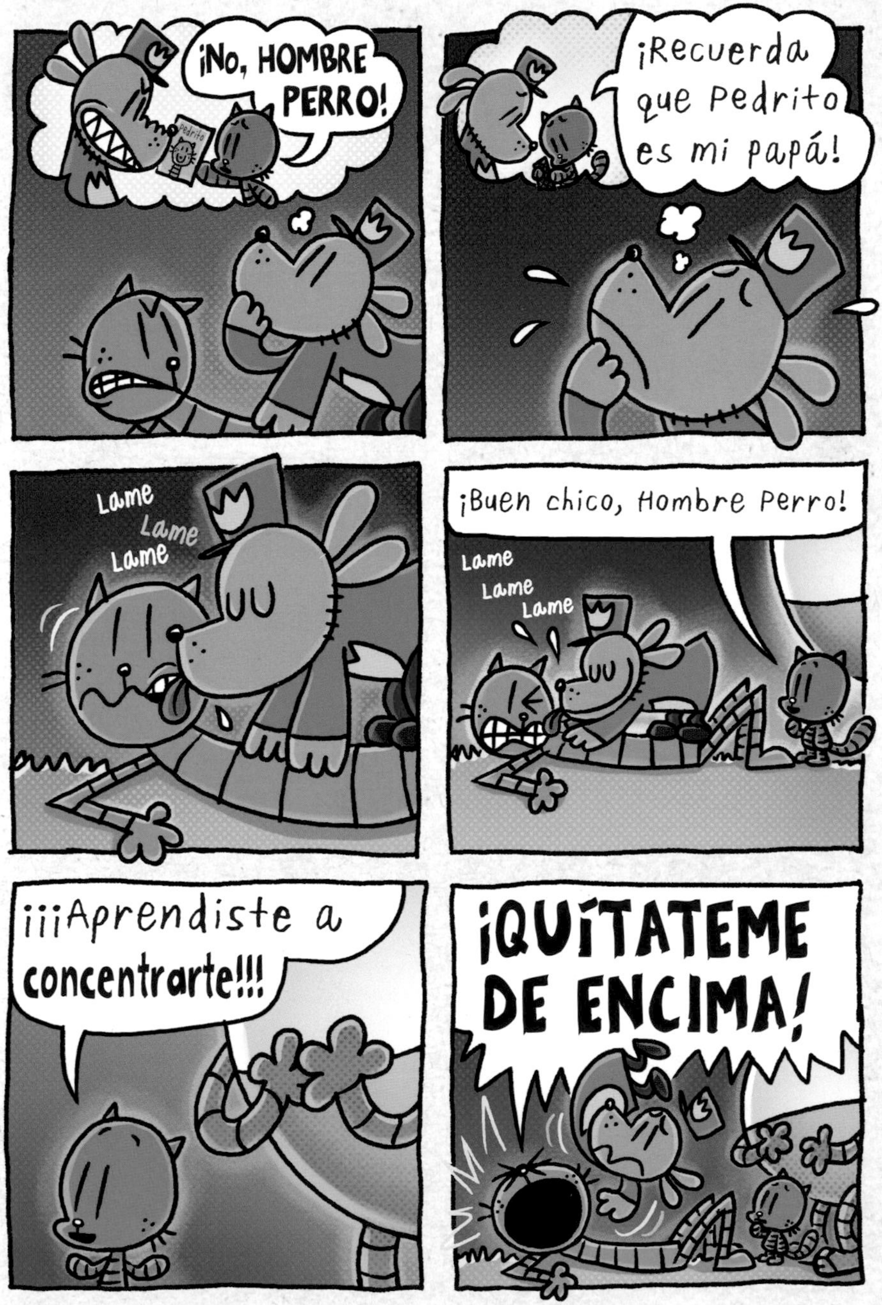
¡No, HOMBRE PERRO!
¡Recuerda que Pedrito es mi papá!
Lame
Lame
Lame
¡Buen chico, Hombre Perro!
Lame
Lame
Lame
¡¡¡Aprendiste a concentrarte!!!
¡QUÍTATEME DE ENCIMA!

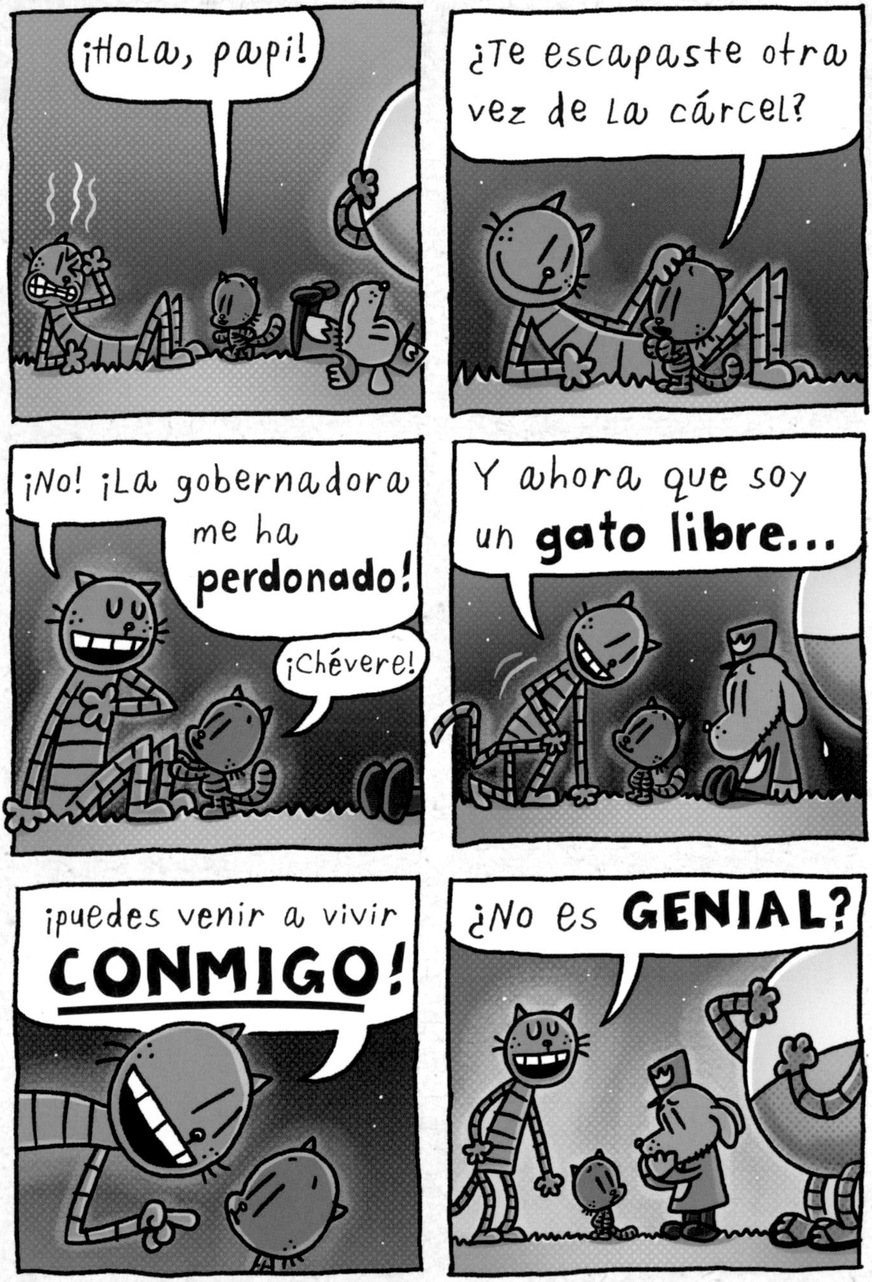
¡HOLA, papi!
¿Te escapaste otra vez de la cárcel?
¡No! ¡La gobernadora me ha perdonado!
¡Chévere!
Y ahora que soy un gato libre...
¡puedes venir a vivir CONMIGO!
¿No es GENIAL?

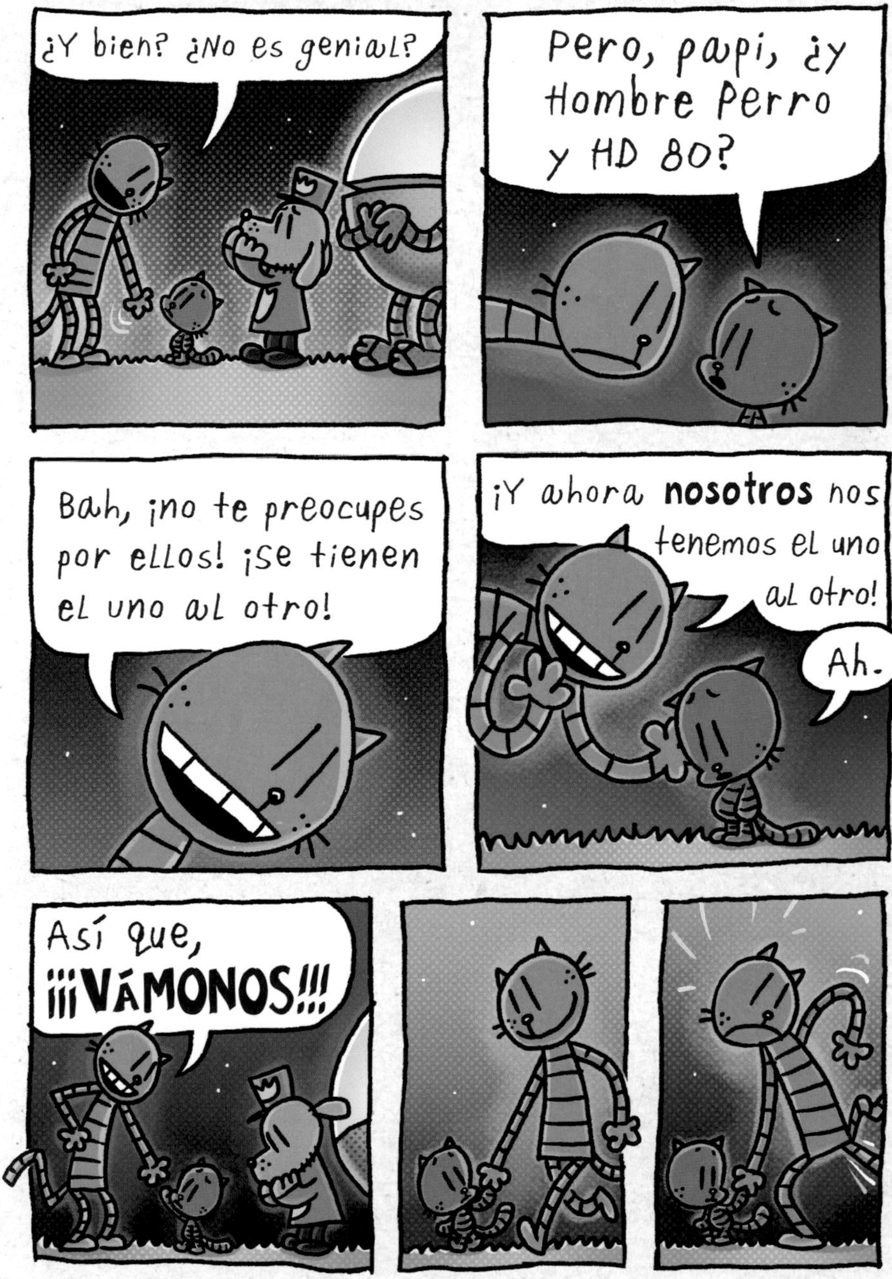
¿Y bien? ¿No es genial?
Pero, papi, ¿y Hombre Perro y HD 80?
Bah, ¡no te preocupes por ellos! ¡Se tienen el uno al otro!
¡Y ahora **nosotros** nos tenemos el uno al otro!
Ah.
Así que, ¡¡¡VÁMONOS!!!

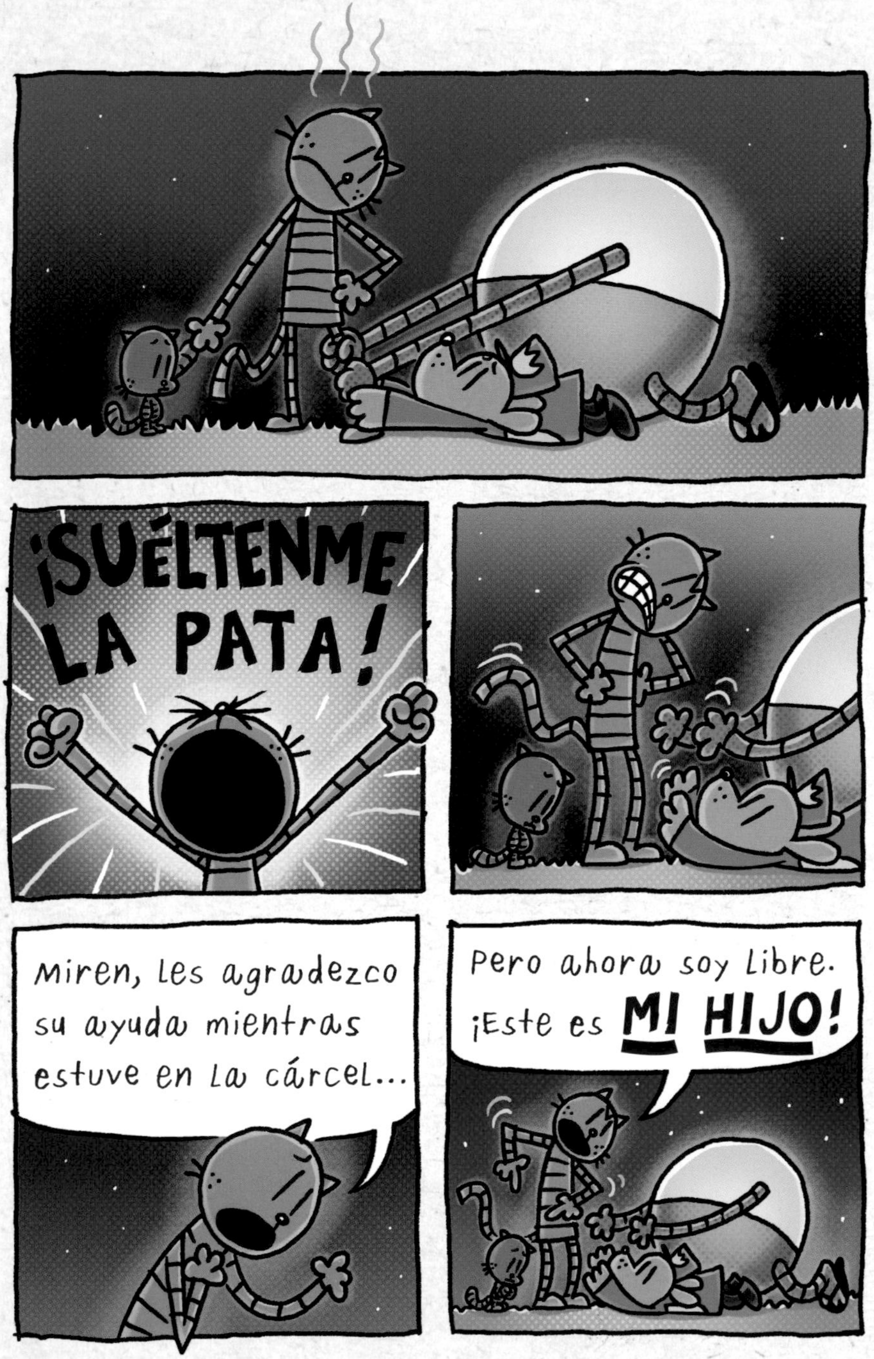
¡SUÉLTENME LA PATA!
Miren, les agradezco su ayuda mientras estuve en la cárcel...
Pero ahora soy libre. ¡Este es MI HIJO!

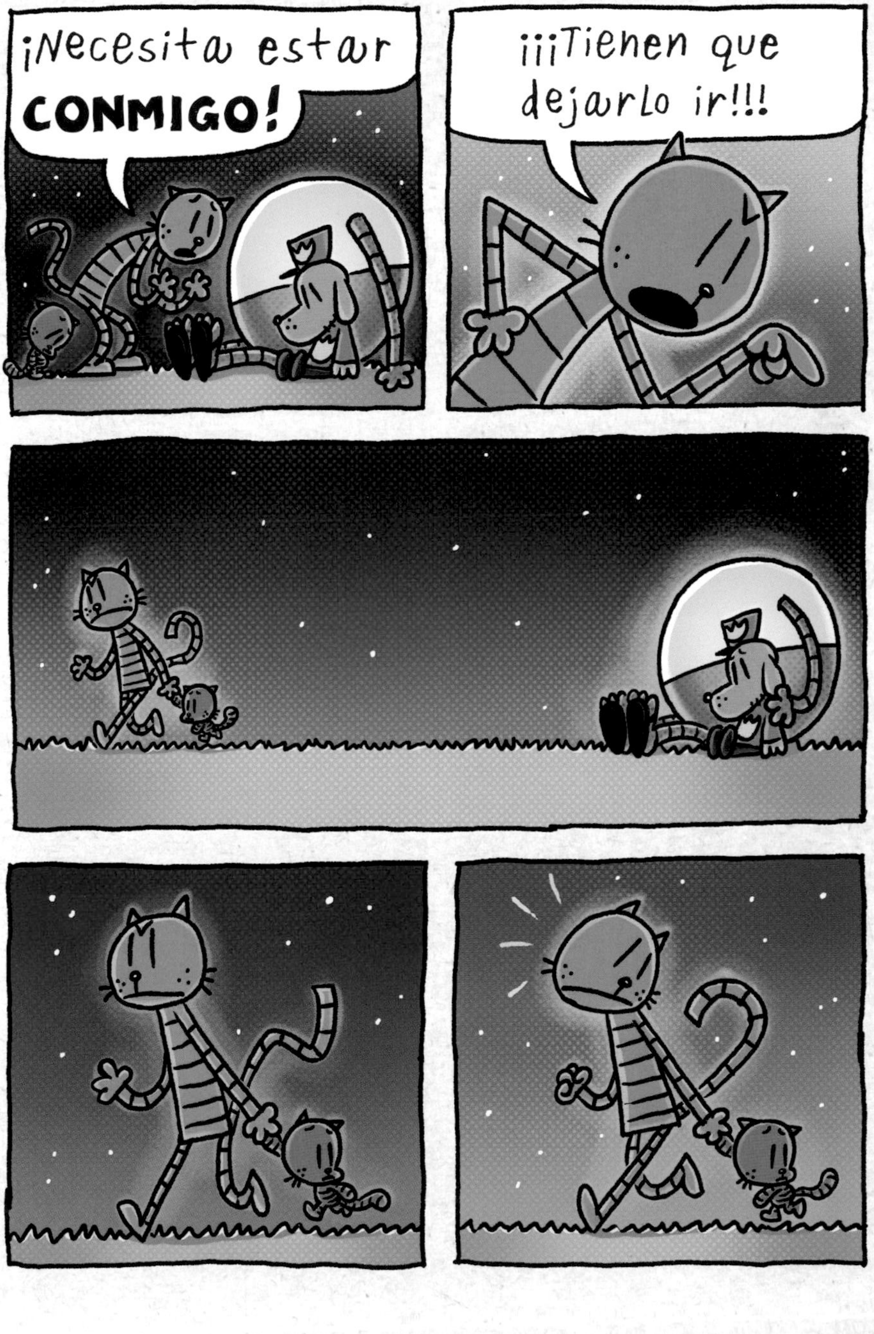
¡Necesita estar CONMIGO!
¡¡¡Tienen que dejarlo ir!!!

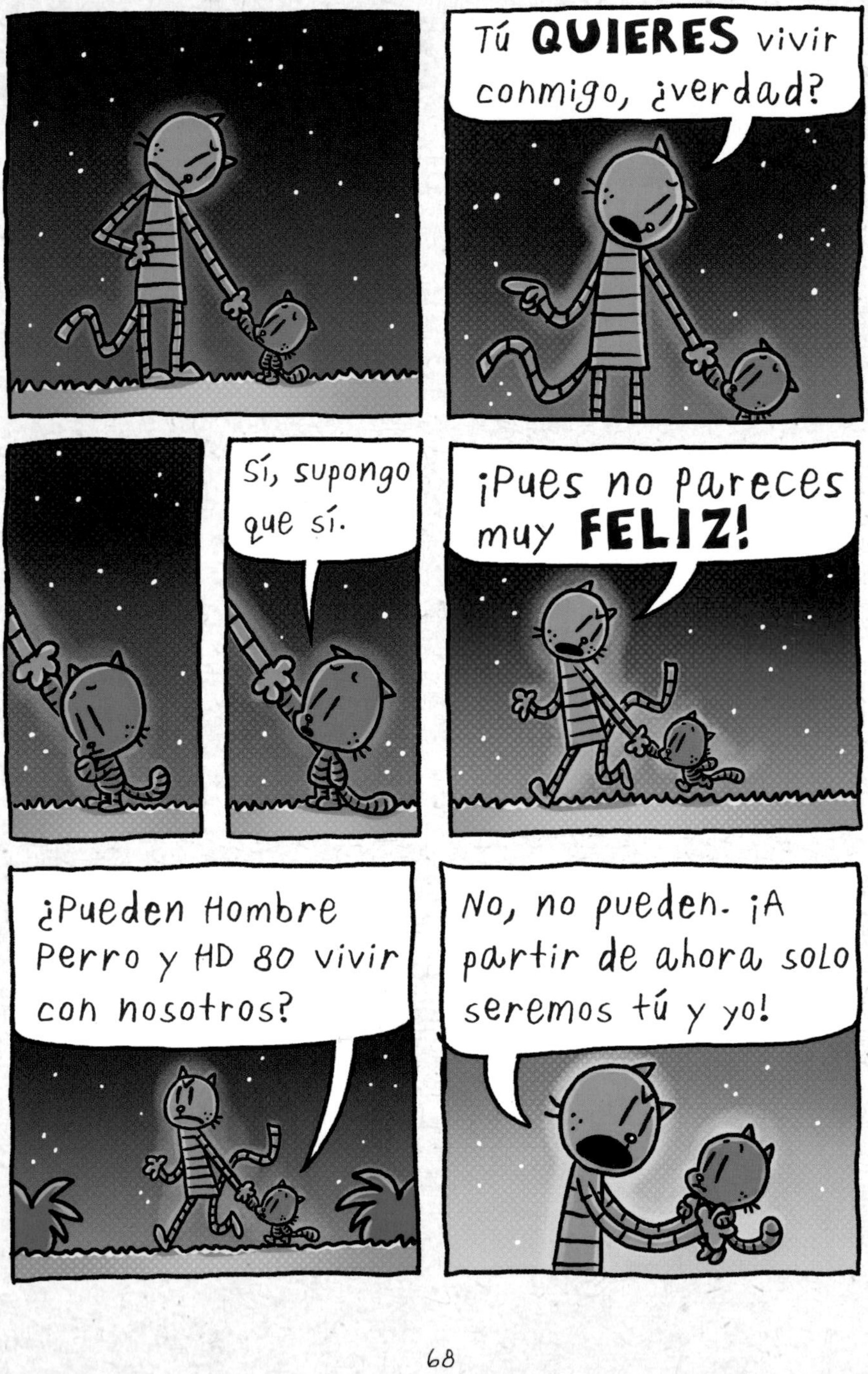
Tú QUIERES vivir conmigo, ¿verdad?
Sí, supongo que sí.
¡Pues no pareces muy FELIZ!
¿Pueden Hombre Perro y HD 80 vivir con nosotros?
No, no pueden. ¡A partir de ahora solo seremos tú y yo!

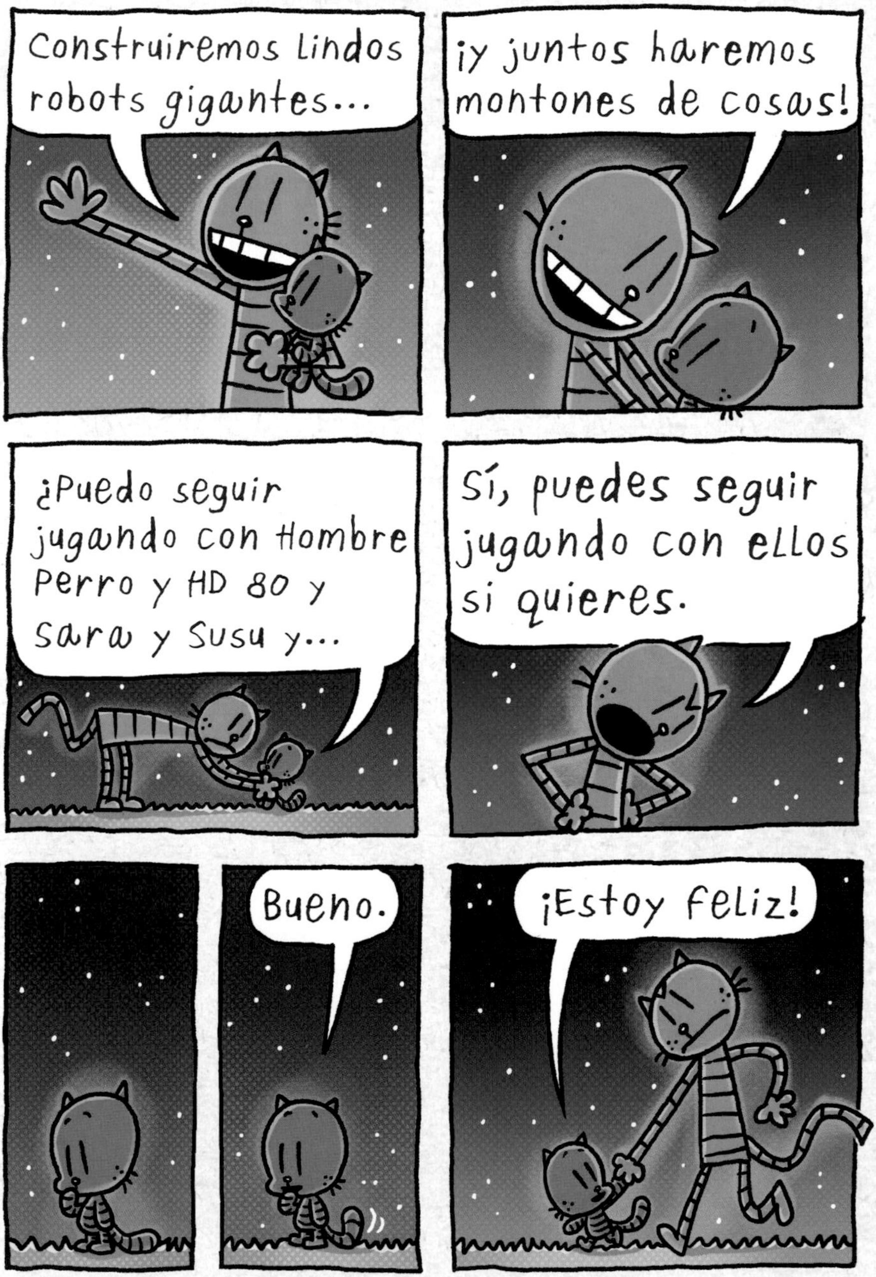
Construiremos lindos robots gigantes...
¡Y juntos haremos montones de cosas!
¿Puedo seguir jugando con Hombre Perro y HD 80 y Sara y Susu y...
Sí, puedes seguir jugando con ellos si quieres.
Bueno.
¡Estoy feliz!

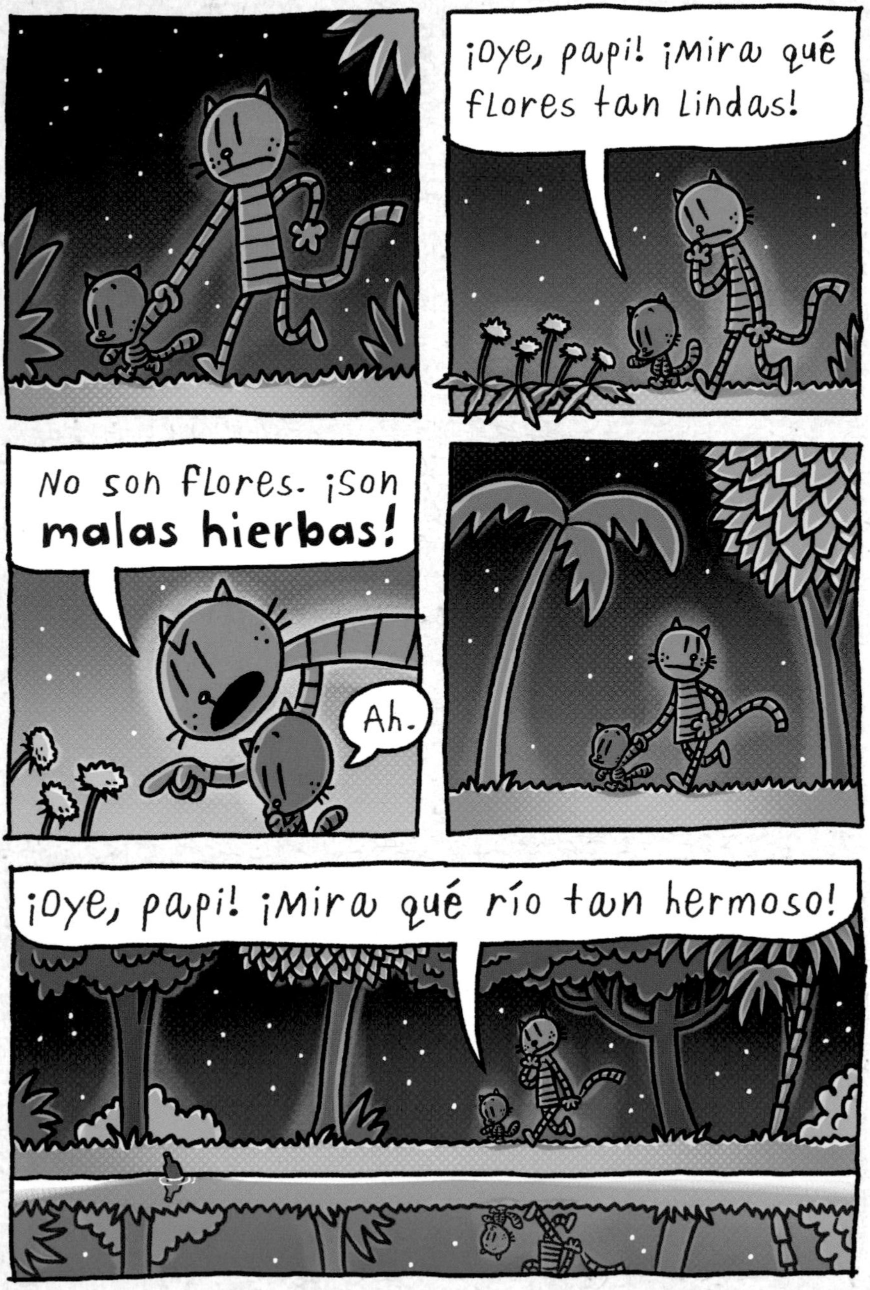
¡Oye, papi! ¡Mira qué flores tan lindas!
No son flores. ¡Son **malas hierbas**!
Ah.
¡Oye, papi! ¡Mira qué río tan hermoso!

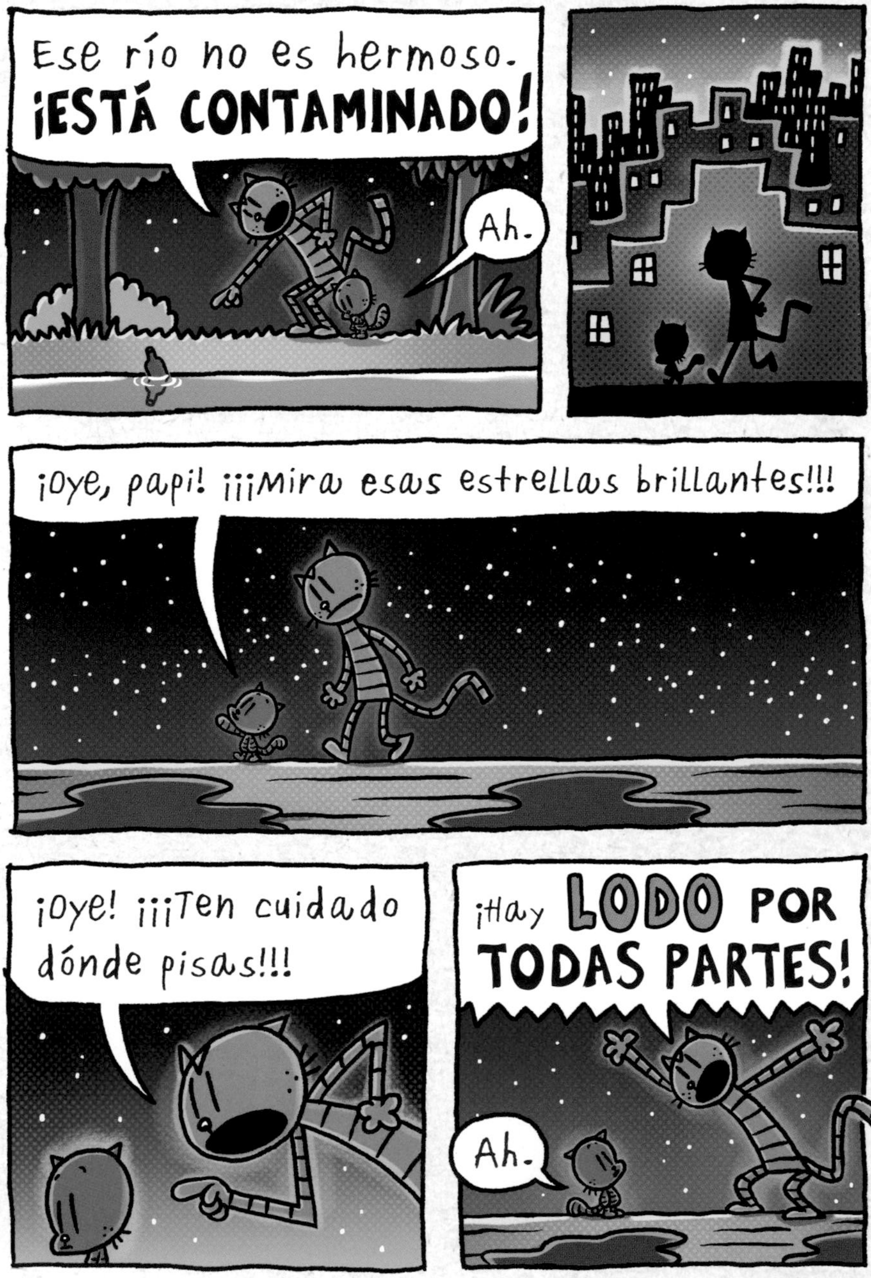
Ese río no es hermoso. ¡ESTÁ CONTAMINADO!
Ah.
¡Oye, papi! ¡¡¡Mira esas estrellas brillantes!!!
¡Oye! ¡¡¡Ten cuidado dónde pisas!!!
¡Hay LODO POR TODAS PARTES!
Ah.

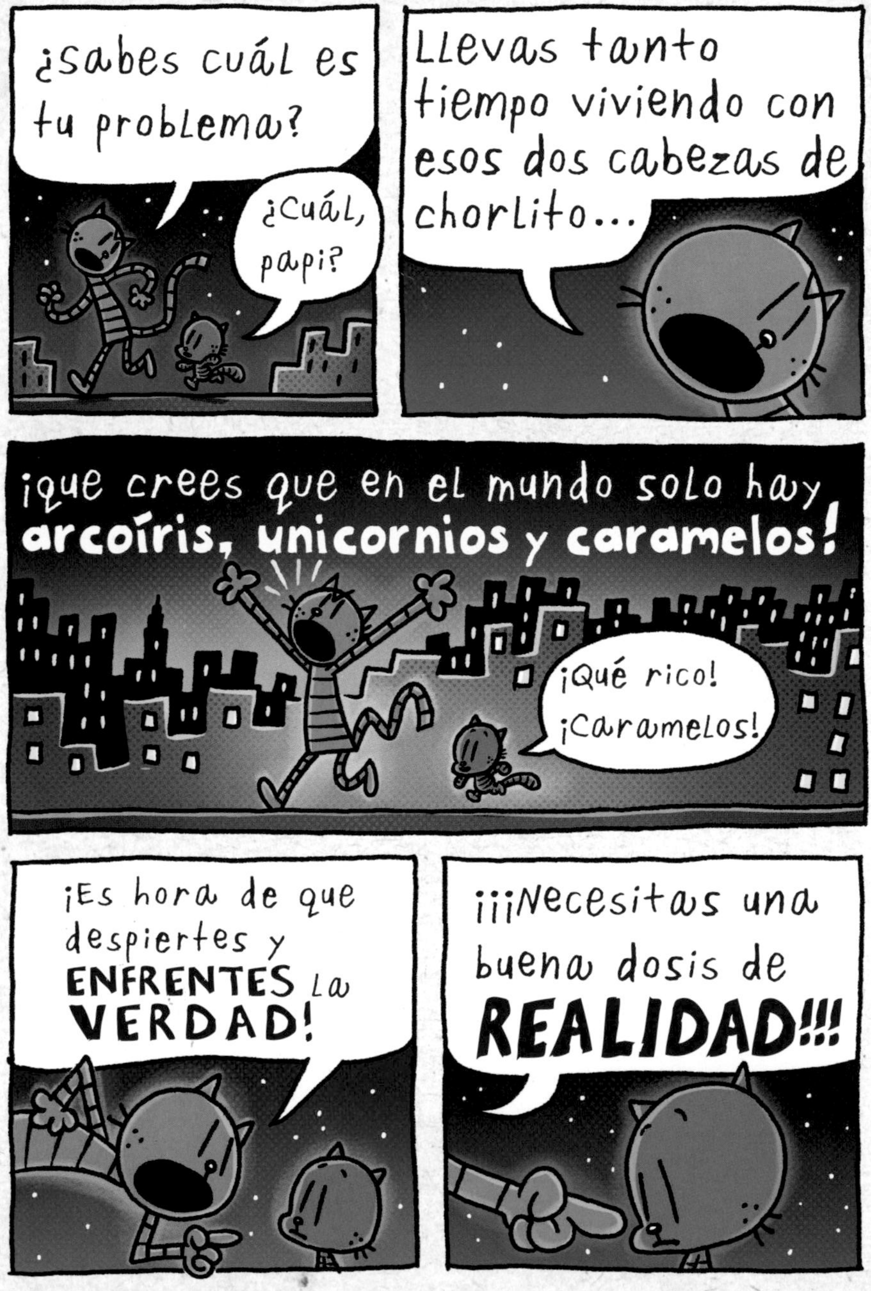
¿Sabes cuál es tu problema?
¿Cuál, papi?
Llevas tanto tiempo viviendo con esos dos cabezas de chorlito...
¡que crees que en el mundo solo hay arcoíris, unicornios y caramelos!
¡Qué rico! ¡Caramelos!
¡Es hora de que despiertes y ENFRENTES la VERDAD!
¡¡¡Necesitas una buena dosis de REALIDAD!!!

CAPÍTULO 5
Una buena dosis de realidad

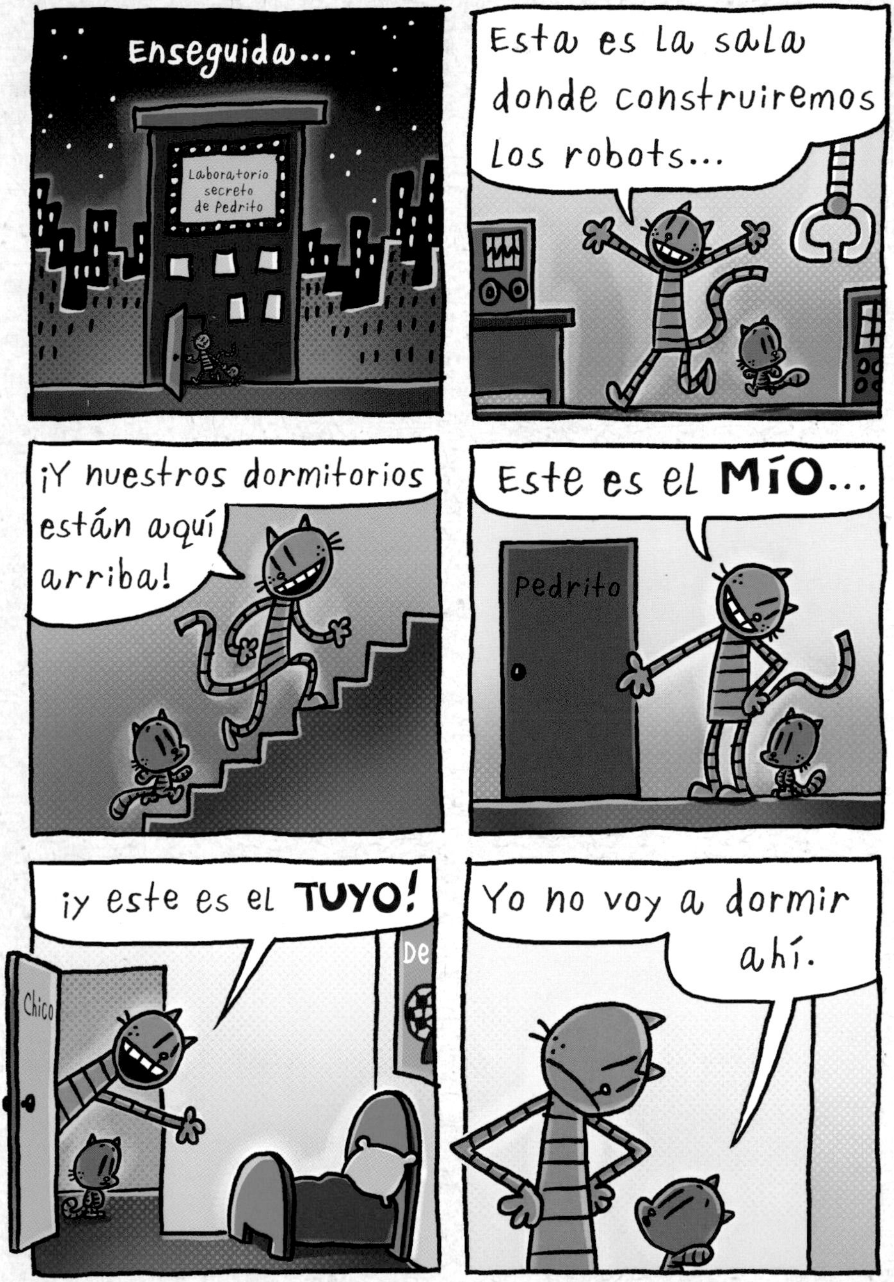
Enseguida...
Laboratorio secreto de Pedrito
Esta es la sala donde construiremos los robots...
¡Y nuestros dormitorios están aquí arriba!
Este es el MÍO...
Pedrito
¡y este es el TUYO!
Chico
Yo no voy a dormir ahí.

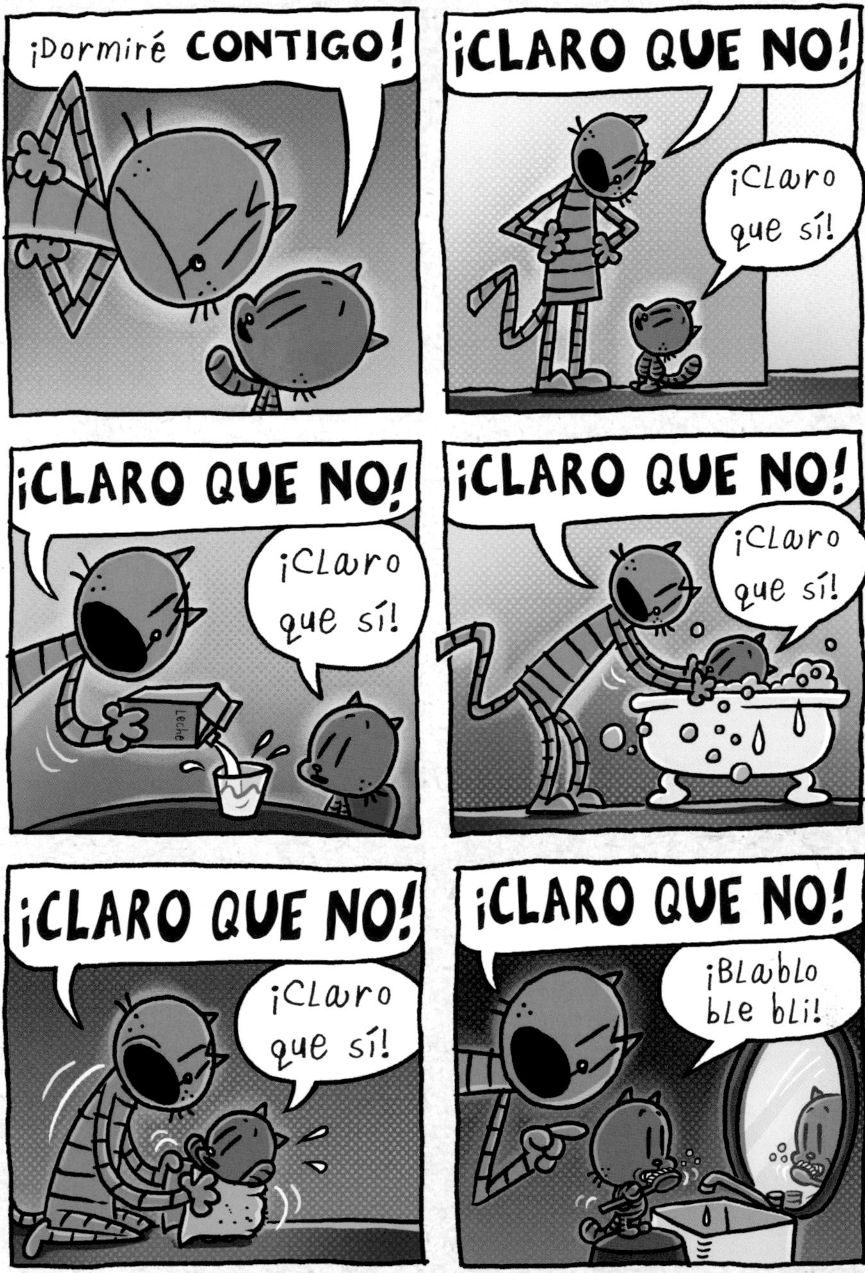

¡Dormiré CONTIGO!
¡CLARO QUE NO!
¡Claro que sí!
¡CLARO QUE NO!
¡Claro que sí!
Leche
¡CLARO QUE NO!
¡Claro que sí!
¡CLARO QUE NO!
¡Claro que sí!
¡CLARO QUE NO!
¡Blablo ble bli!

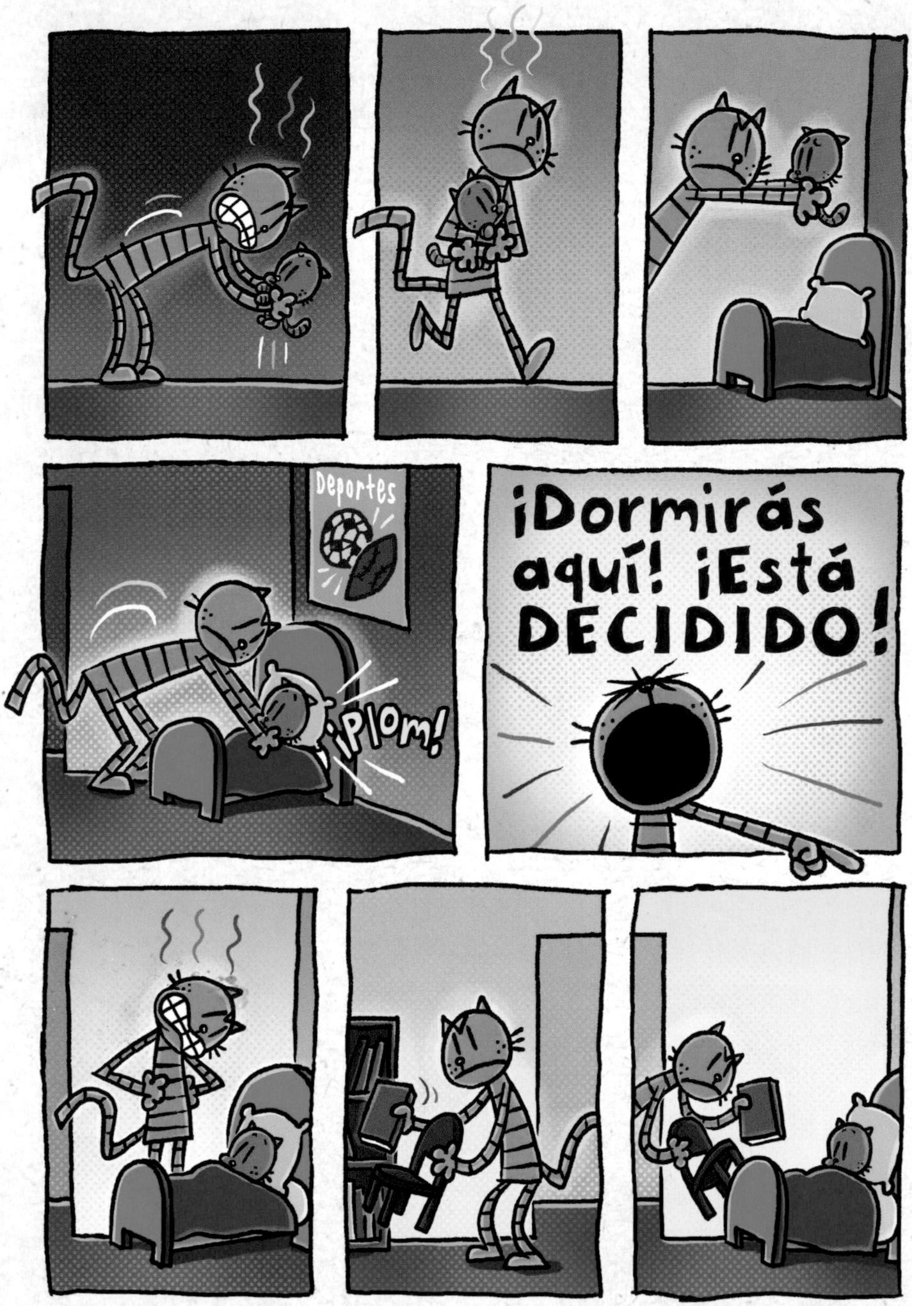
Deportes
¡PLOM!
¡Dormirás aquí! ¡Está DECIDIDO!

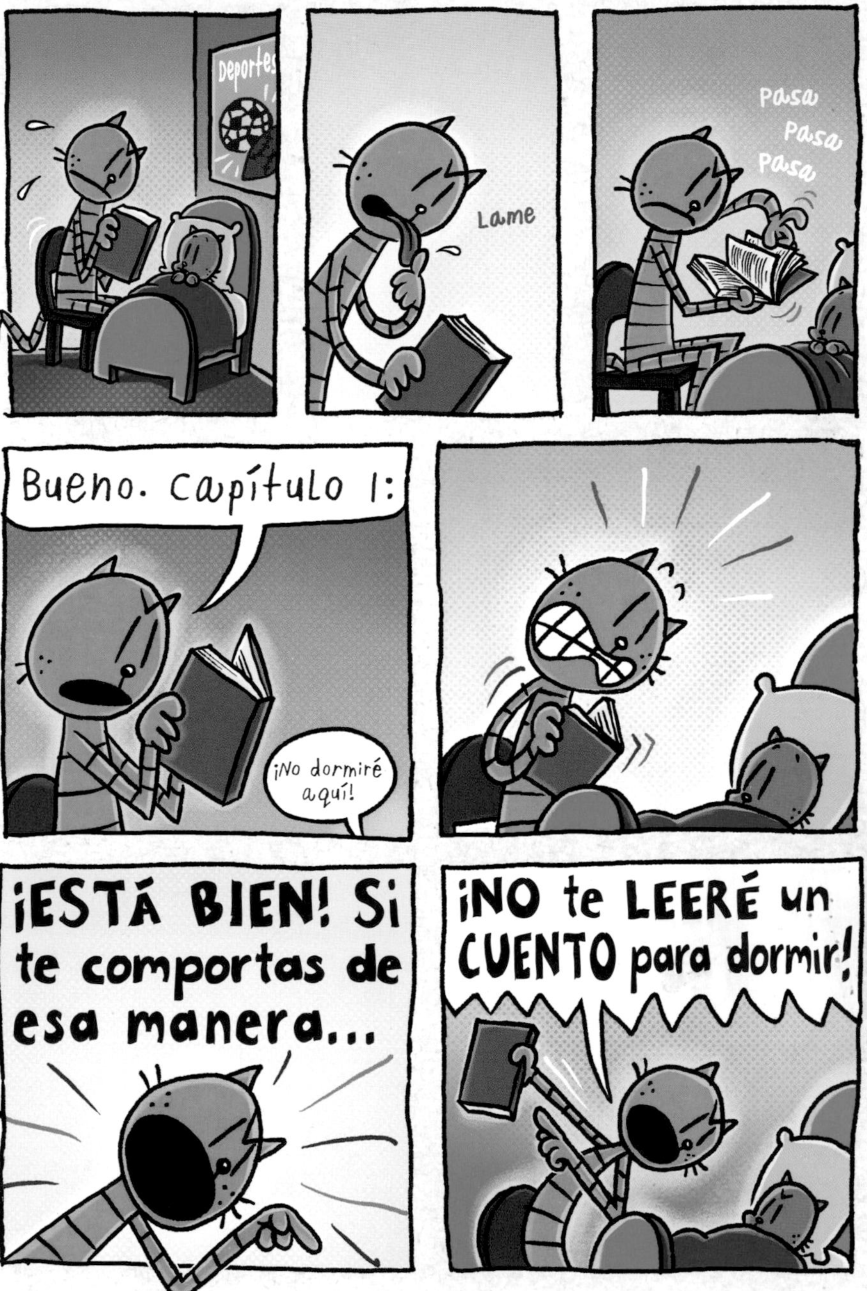
Deportes
Lame
Pasa
Pasa
Pasa
Bueno. Capítulo 1:
¡No dormiré aquí!
¡ESTÁ BIEN! Si te comportas de esa manera...
¡NO te LEERÉ un CUENTO para dormir!

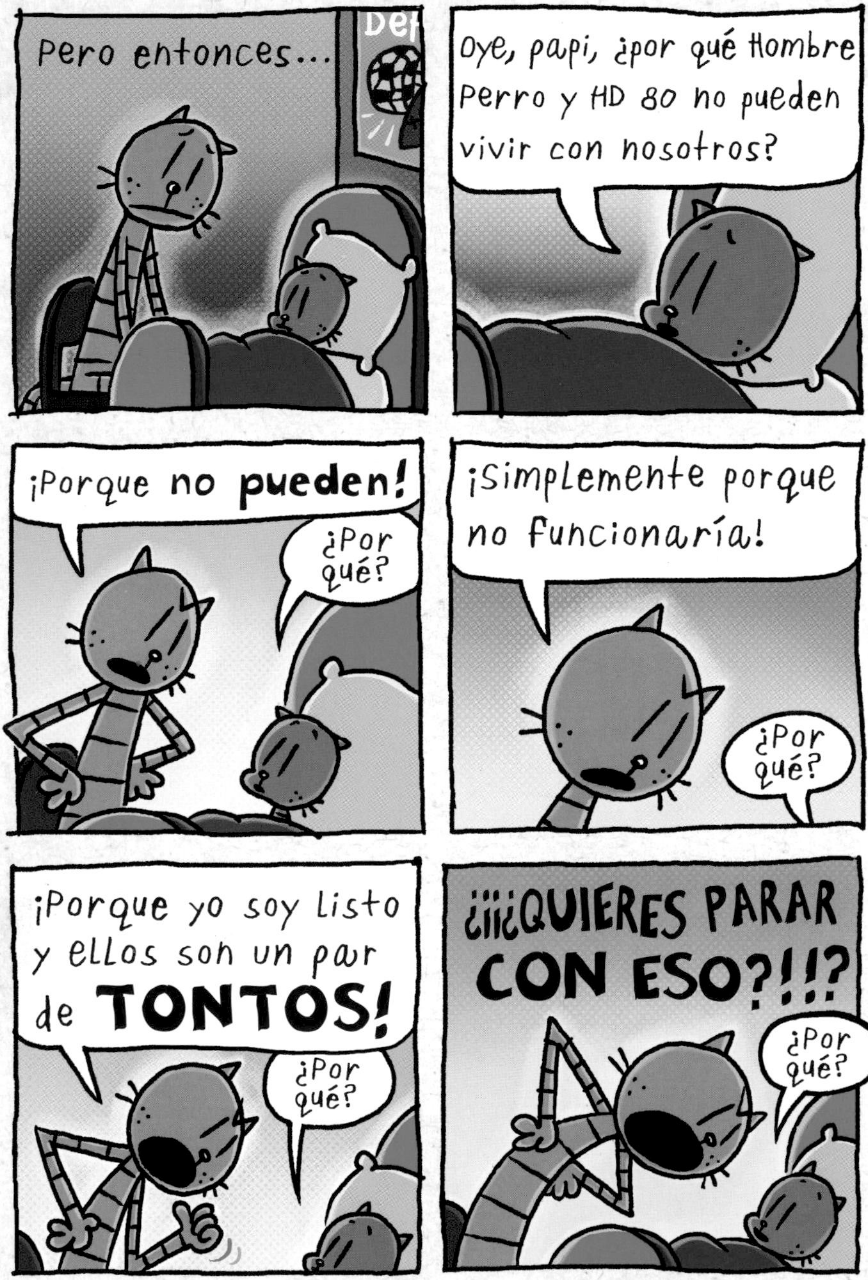
Pero entonces...
Oye, papi, ¿por qué Hombre Perro y HD 80 no pueden vivir con nosotros?
¡Porque no pueden!
¿Por qué?
¡Simplemente porque no funcionaría!
¿Por qué?
¡Porque yo soy listo y ellos son un par de TONTOS!
¿Por qué?
¿¡¡¿QUIERES PARAR CON ESO?!!?
¿Por qué?

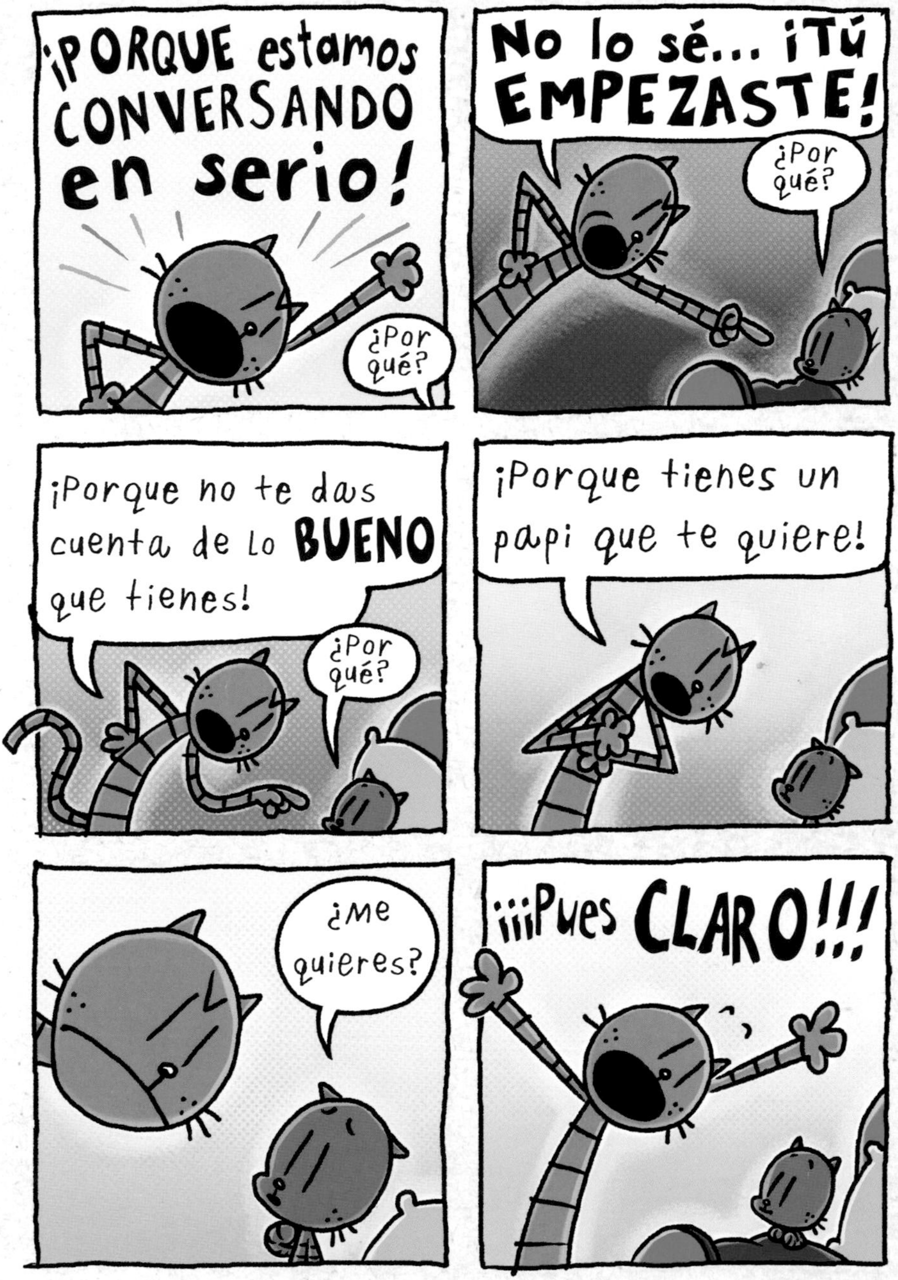
¡PORQUE estamos CONVERSANDO en serio!
¿Por qué?
No lo sé... ¡TÚ EMPEZASTE!
¿Por qué?
¡Porque no te das cuenta de lo BUENO que tienes!
¿Por qué?
¡Porque tienes un papi que te quiere!
¿Me quieres?
¡¡¡Pues CLARO!!!

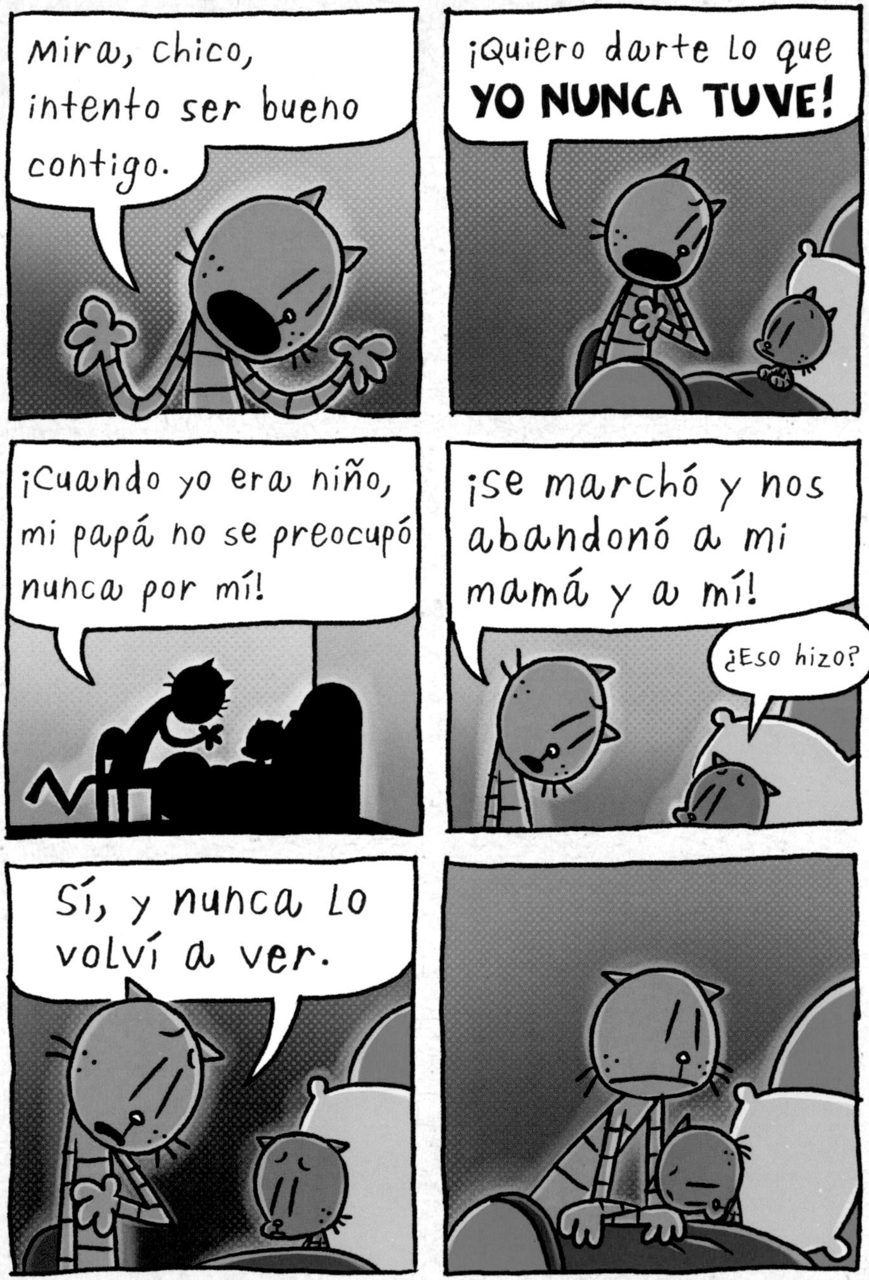
Mira, chico, intento ser bueno contigo.
¡Quiero darte lo que YO NUNCA TUVE!
¡Cuando yo era niño, mi papá no se preocupó nunca por mí!
¡Se marchó y nos abandonó a mi mamá y a mí!
¿Eso hizo?
Sí, y nunca lo volví a ver.

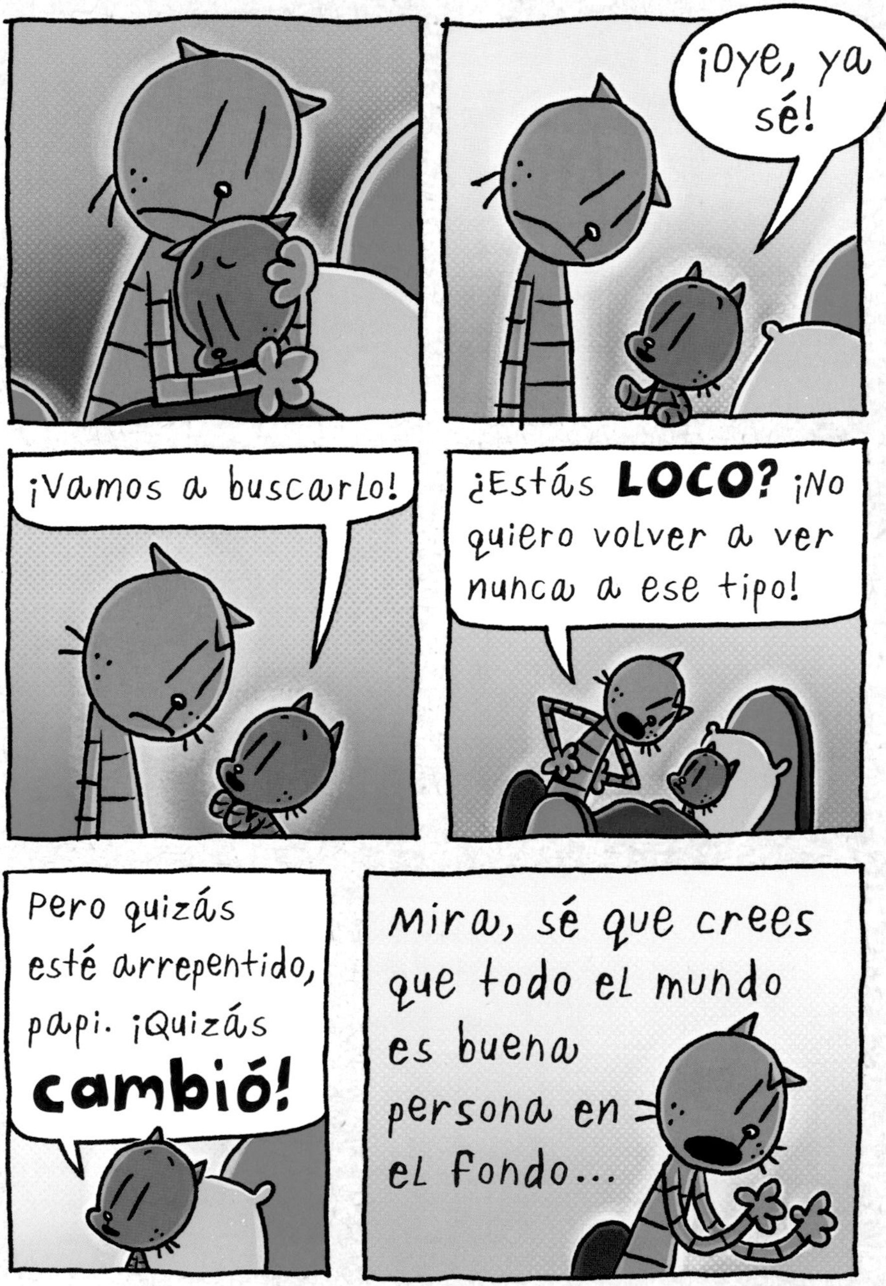
¡Oye, ya sé!
¡Vamos a buscarlo!
¿Estás LOCO? ¡No quiero volver a ver nunca a ese tipo!
Pero quizás esté arrepentido, papi. ¡Quizás cambió!
Mira, sé que crees que todo el mundo es buena persona en el fondo...

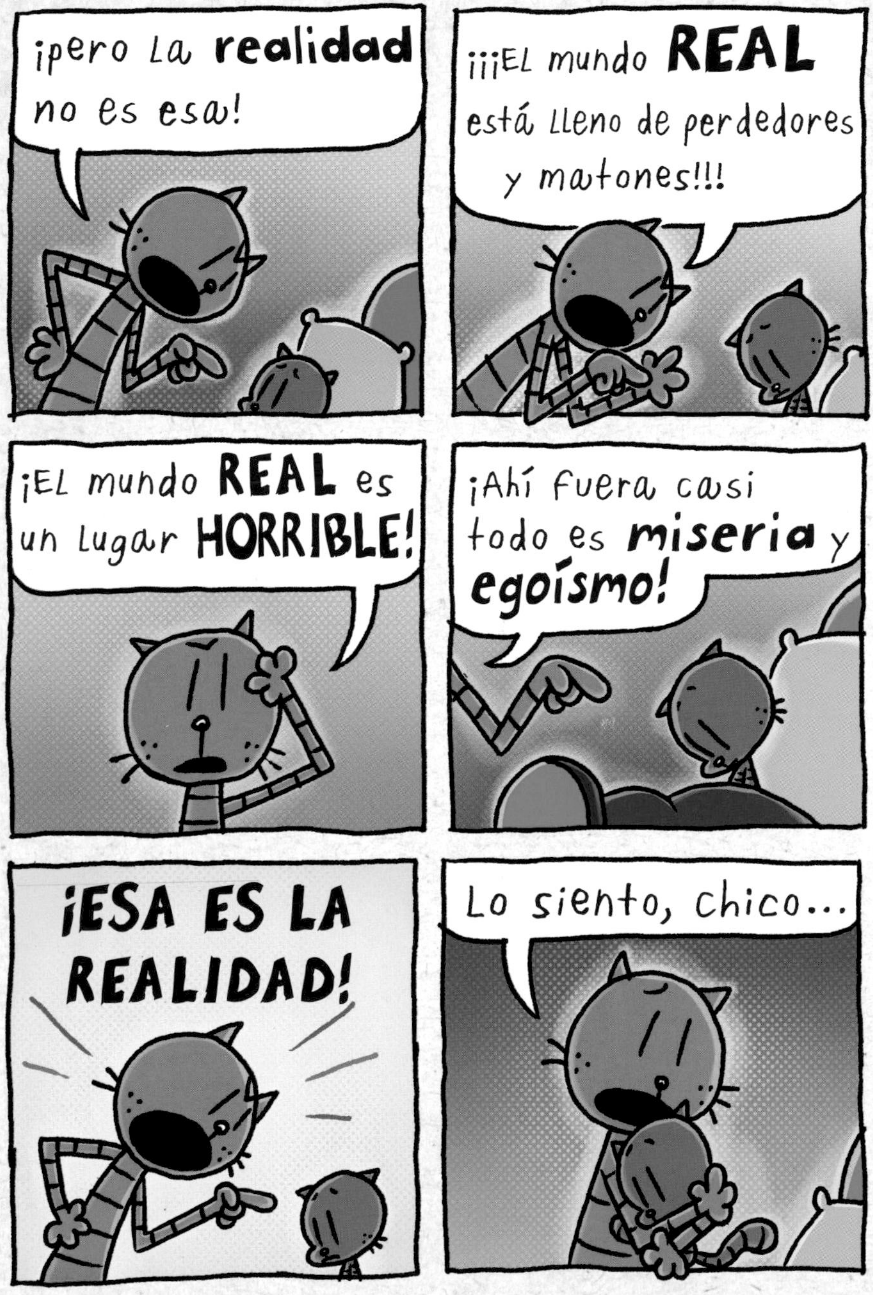
¡pero la realidad no es esa!
¡¡¡El mundo REAL está lleno de perdedores y matones!!!
¡El mundo REAL es un lugar HORRIBLE!
¡Ahí fuera casi todo es miseria y egoísmo!
¡ESA ES LA REALIDAD!
Lo siento, chico...

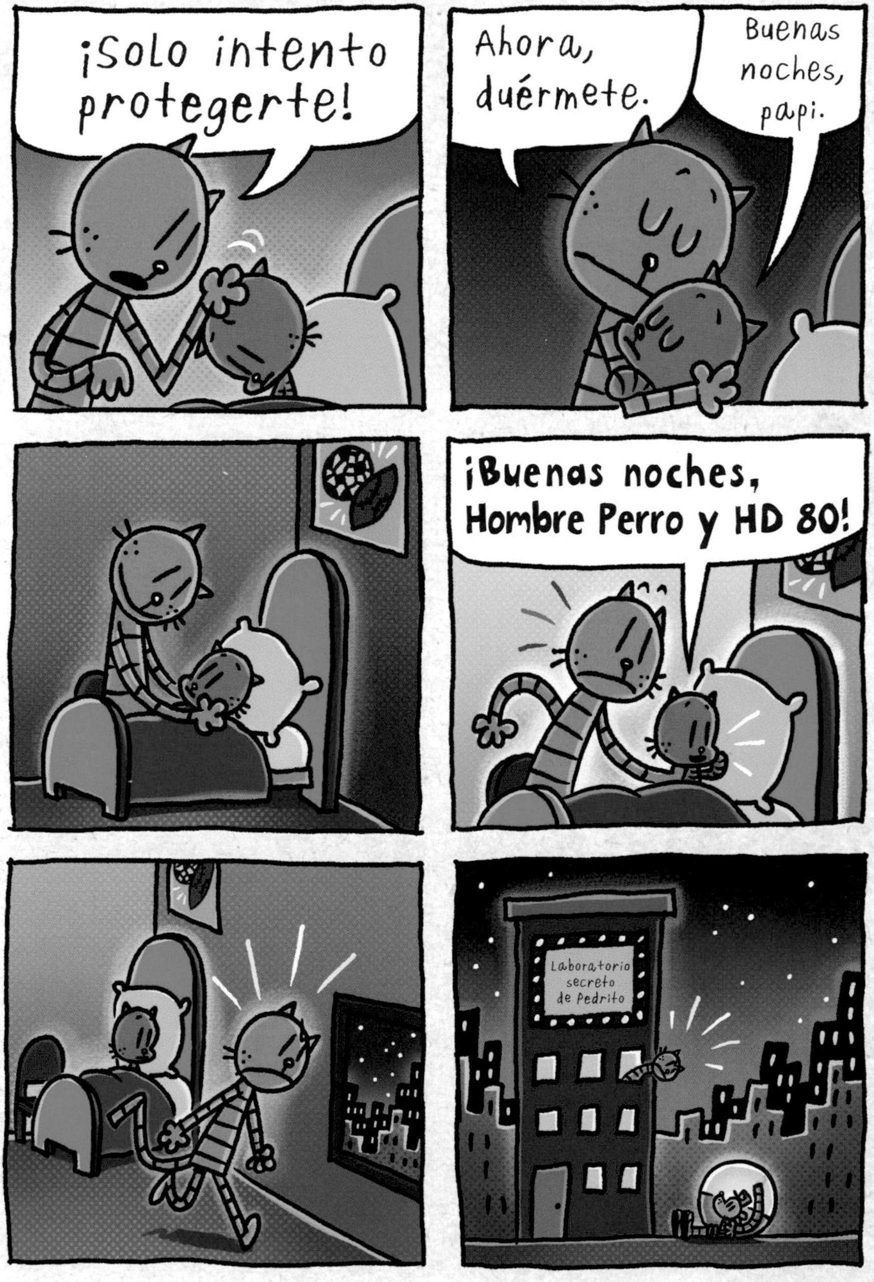
¡Solo intento protegerte!
Ahora, duérmete.
Buenas noches, papi.
¡Buenas noches, Hombre Perro y HD 80!
Laboratorio secreto de Pedrito

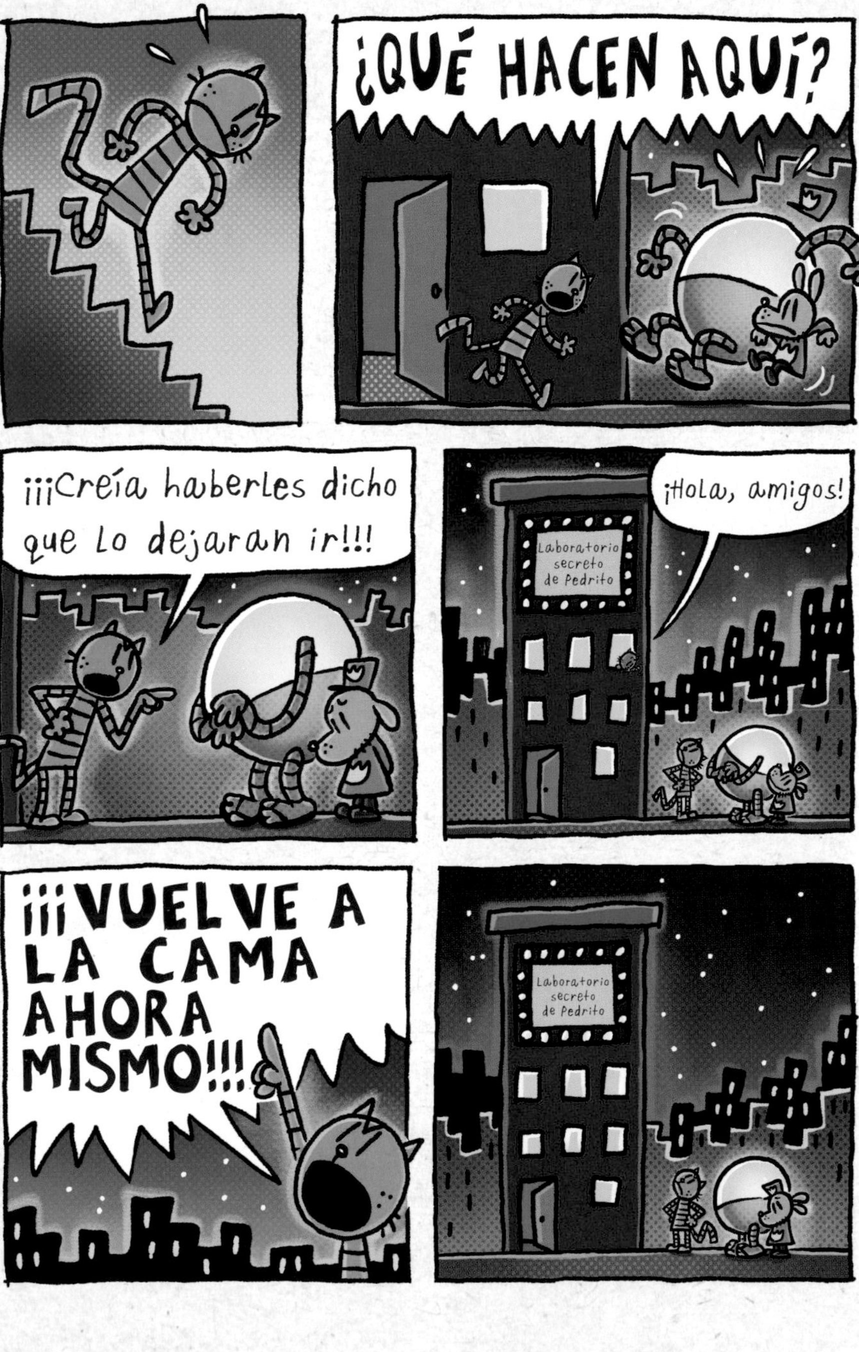
¿QUÉ HACEN AQUÍ?
¡¡¡Creía haberles dicho que lo dejaran ir!!!
¡Hola, amigos!
Laboratorio secreto de Pedrito
¡¡¡VUELVE A LA CAMA AHORA MISMO!!!
Laboratorio secreto de Pedrito

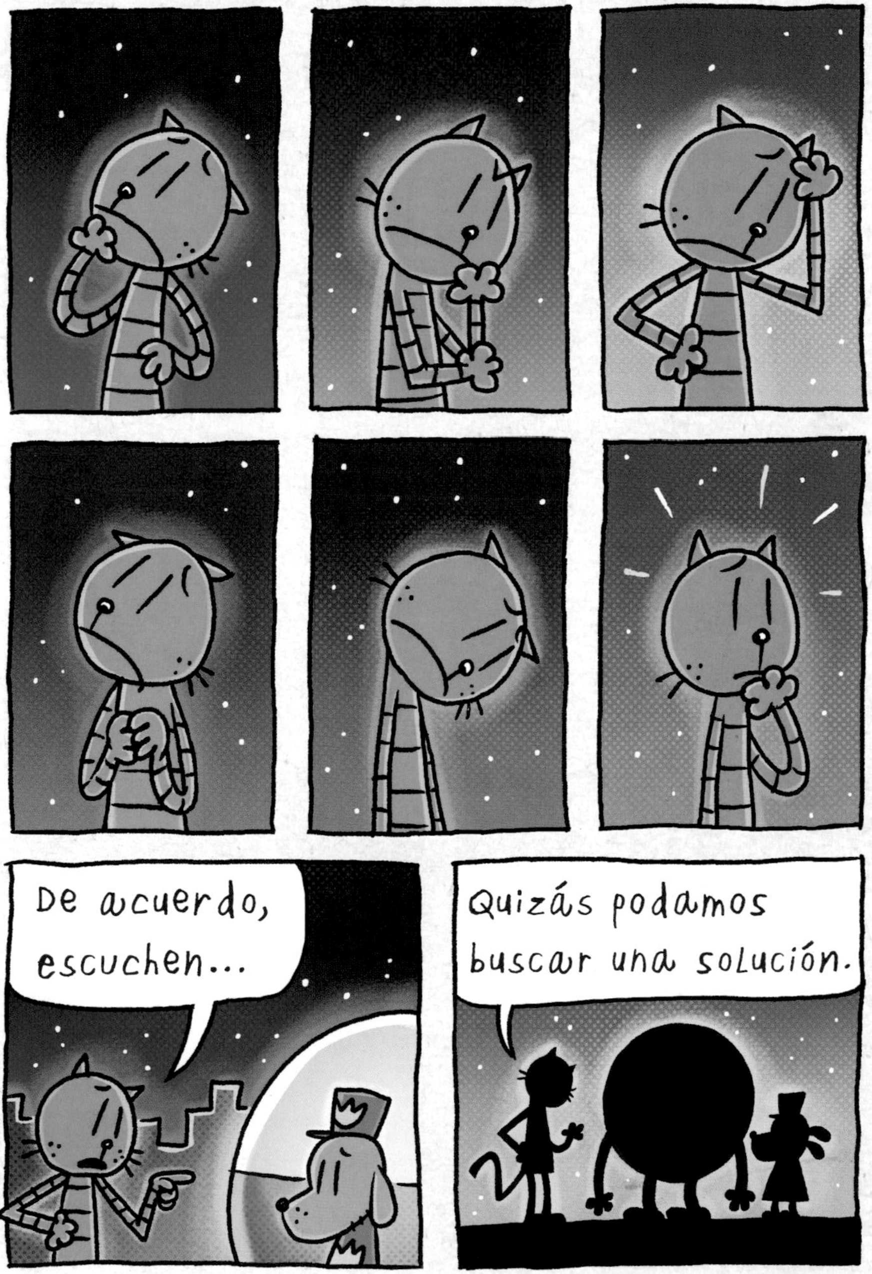
De acuerdo, escuchen...
Quizás podamos buscar una solución.

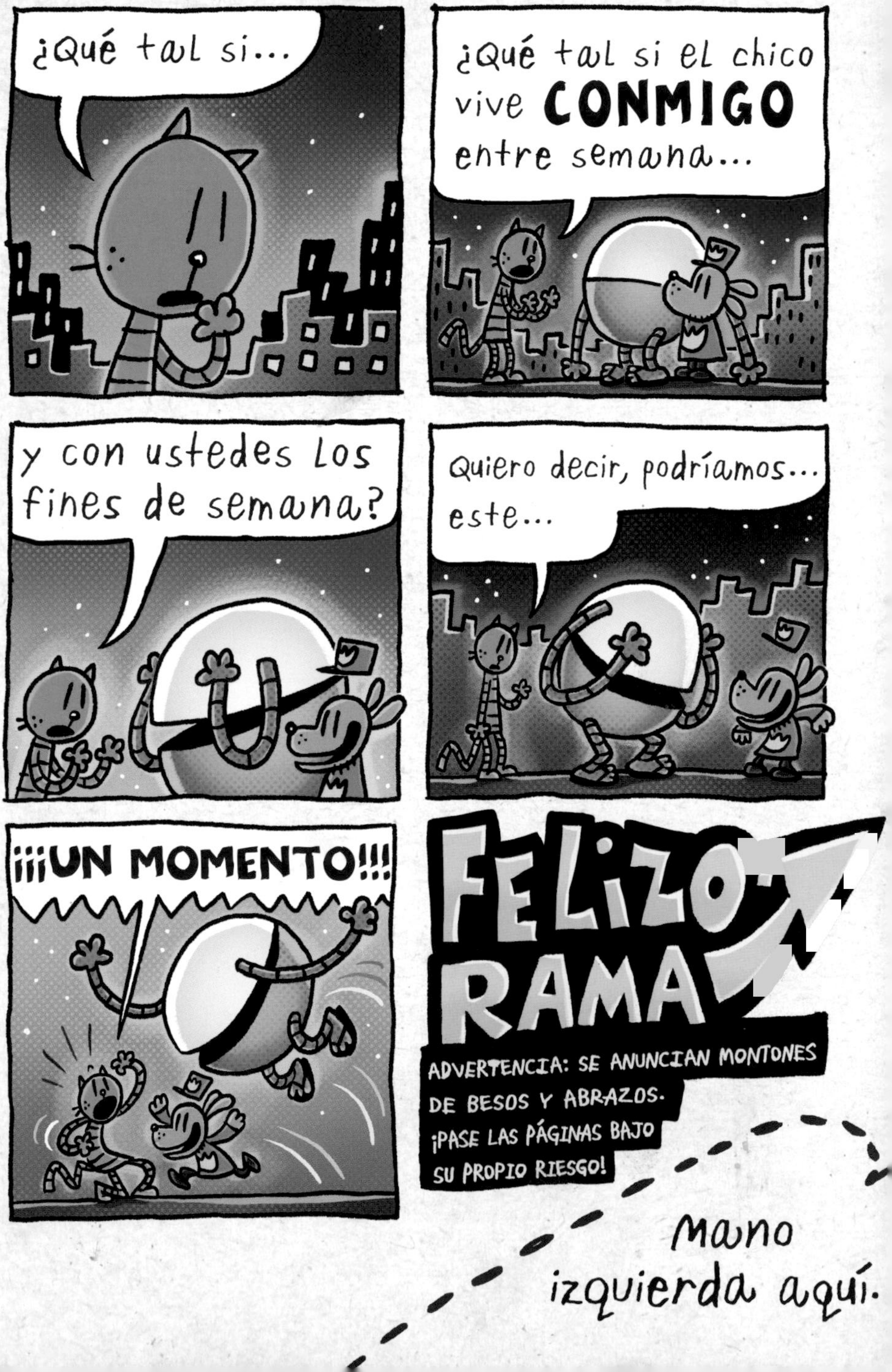
¿Qué tal si...
¿Qué tal si el chico vive CONMIGO entre semana...
y con ustedes los fines de semana?
Quiero decir, podríamos... este...
¡¡¡UN MOMENTO!!!
FELIZO-RAMA
ADVERTENCIA: SE ANUNCIAN MONTONES DE BESOS Y ABRAZOS. ¡PASE LAS PÁGINAS BAJO SU PROPIO RIESGO!
Mano izquierda aquí.

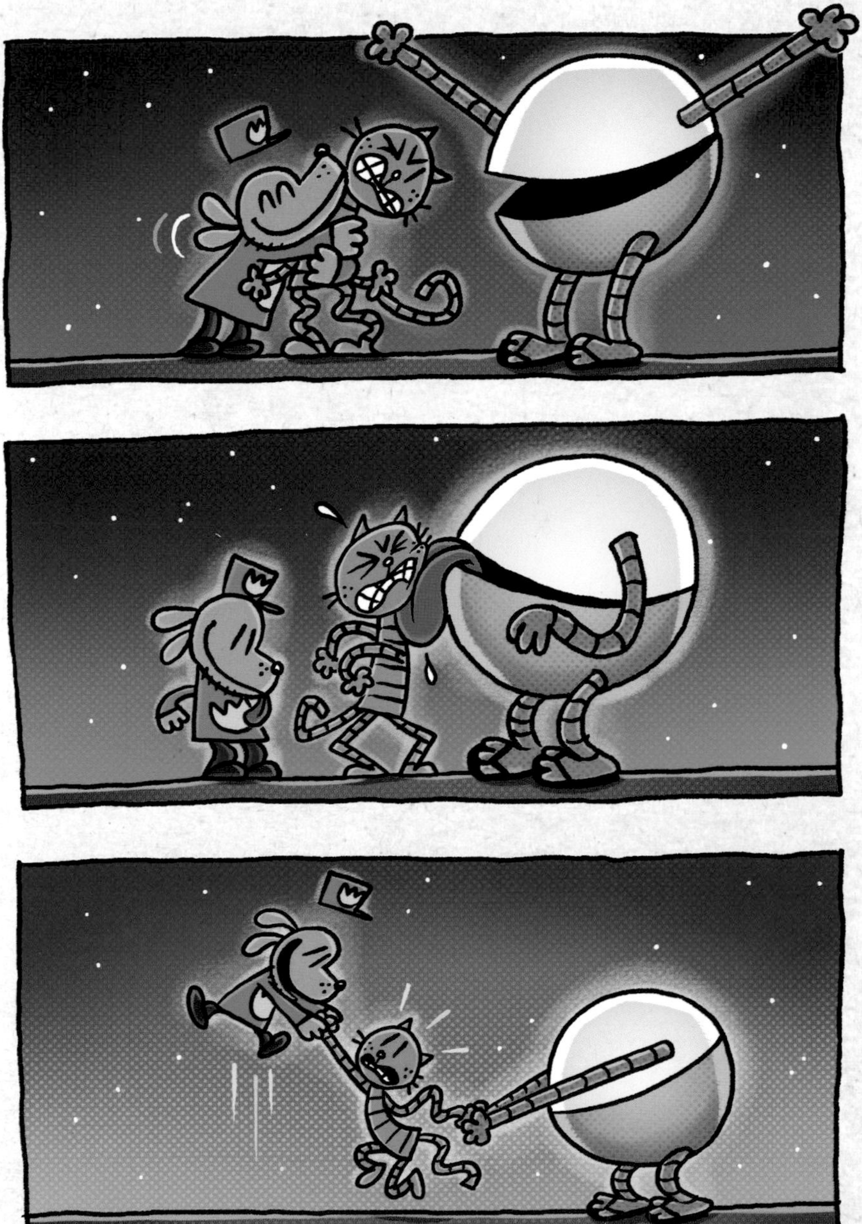

Pulgar derecho aquí.

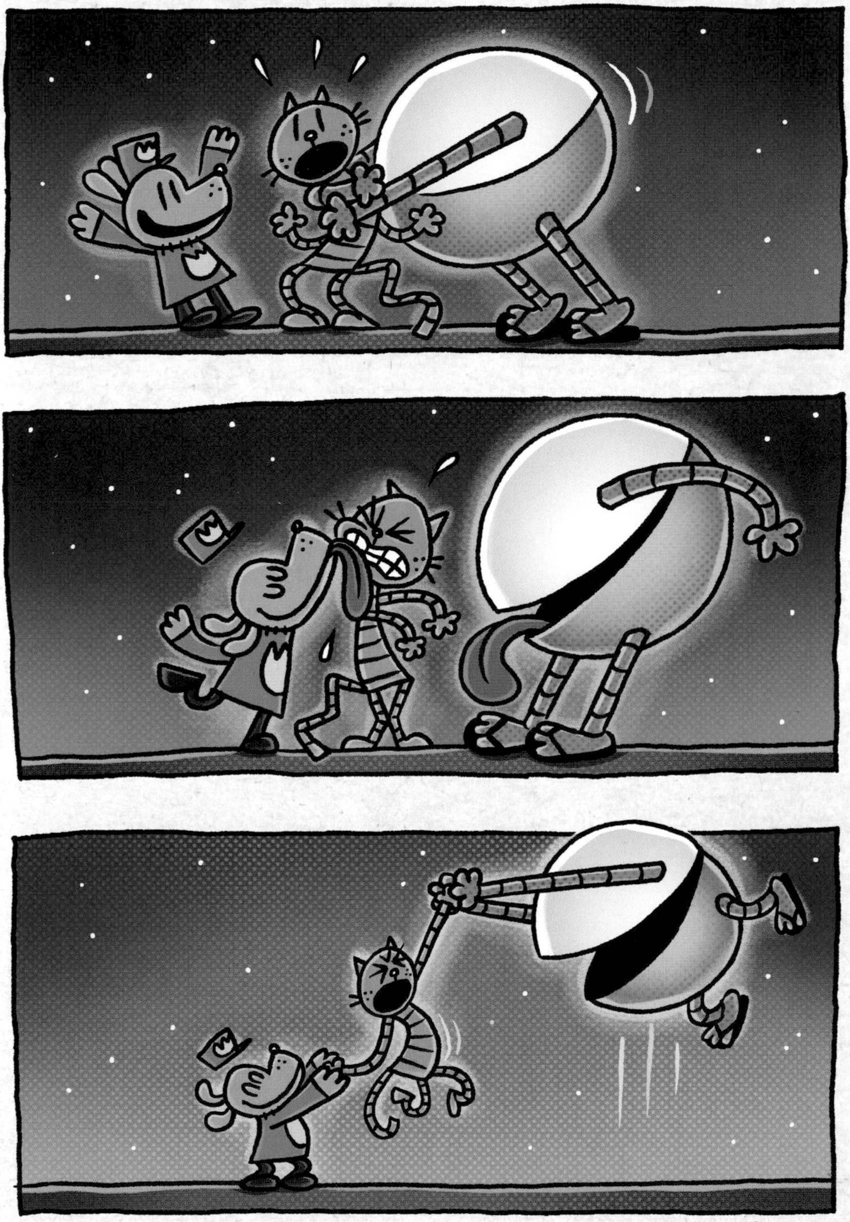

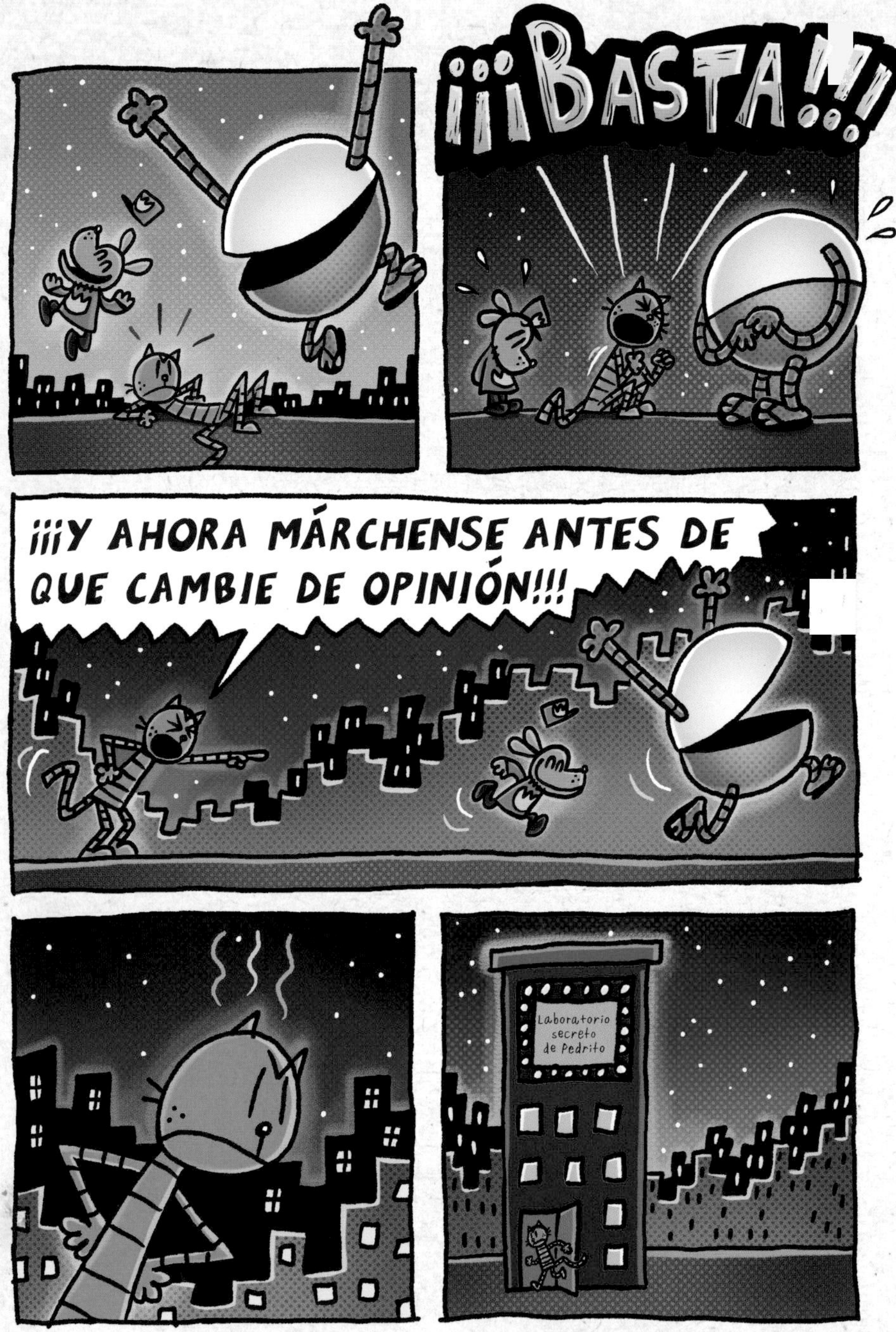
¡¡¡BASTA!!!
¡¡¡Y AHORA MÁRCHENSE ANTES DE QUE CAMBIE DE OPINIÓN!!!
Laboratorio secreto de Pedrito

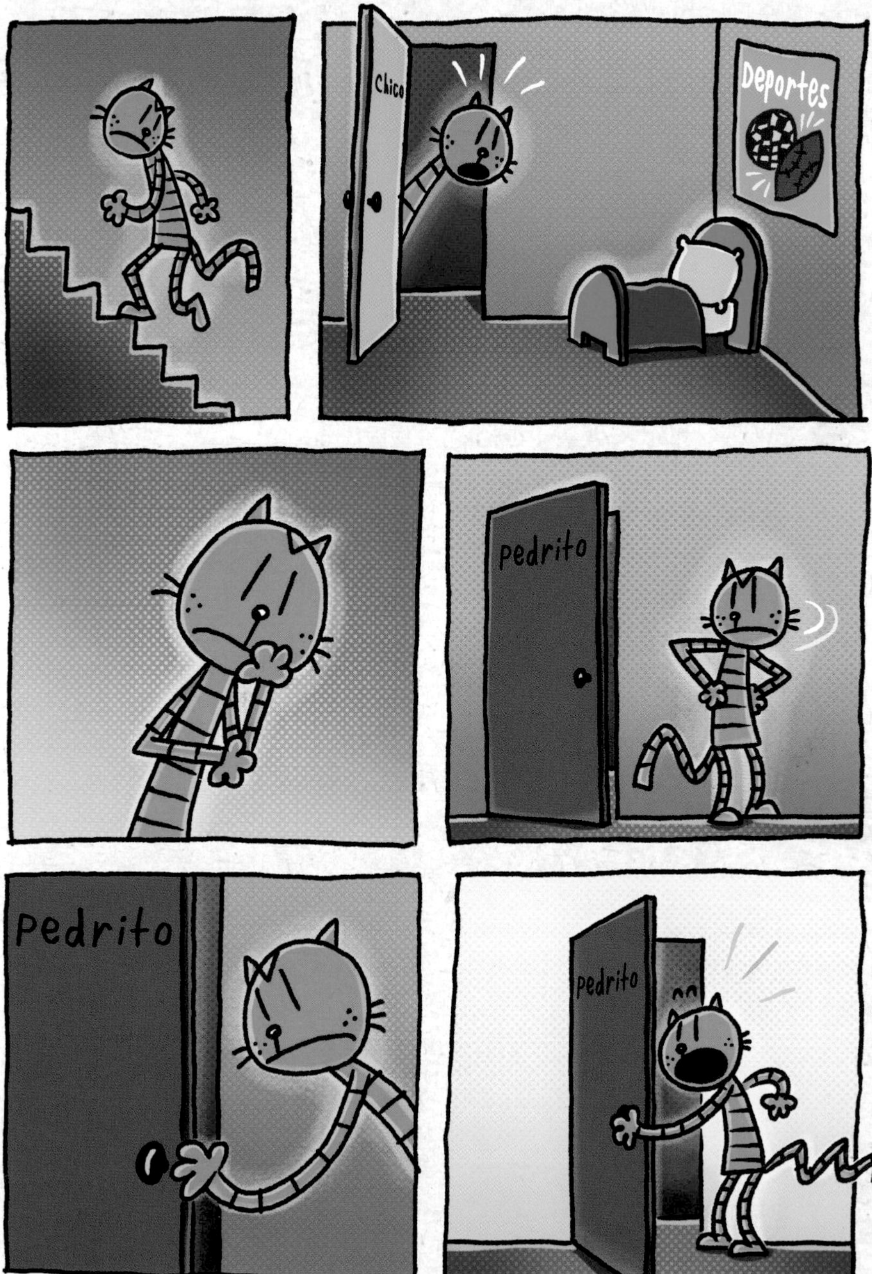
Chico
Deportes
pedrito
pedrito
pedrito

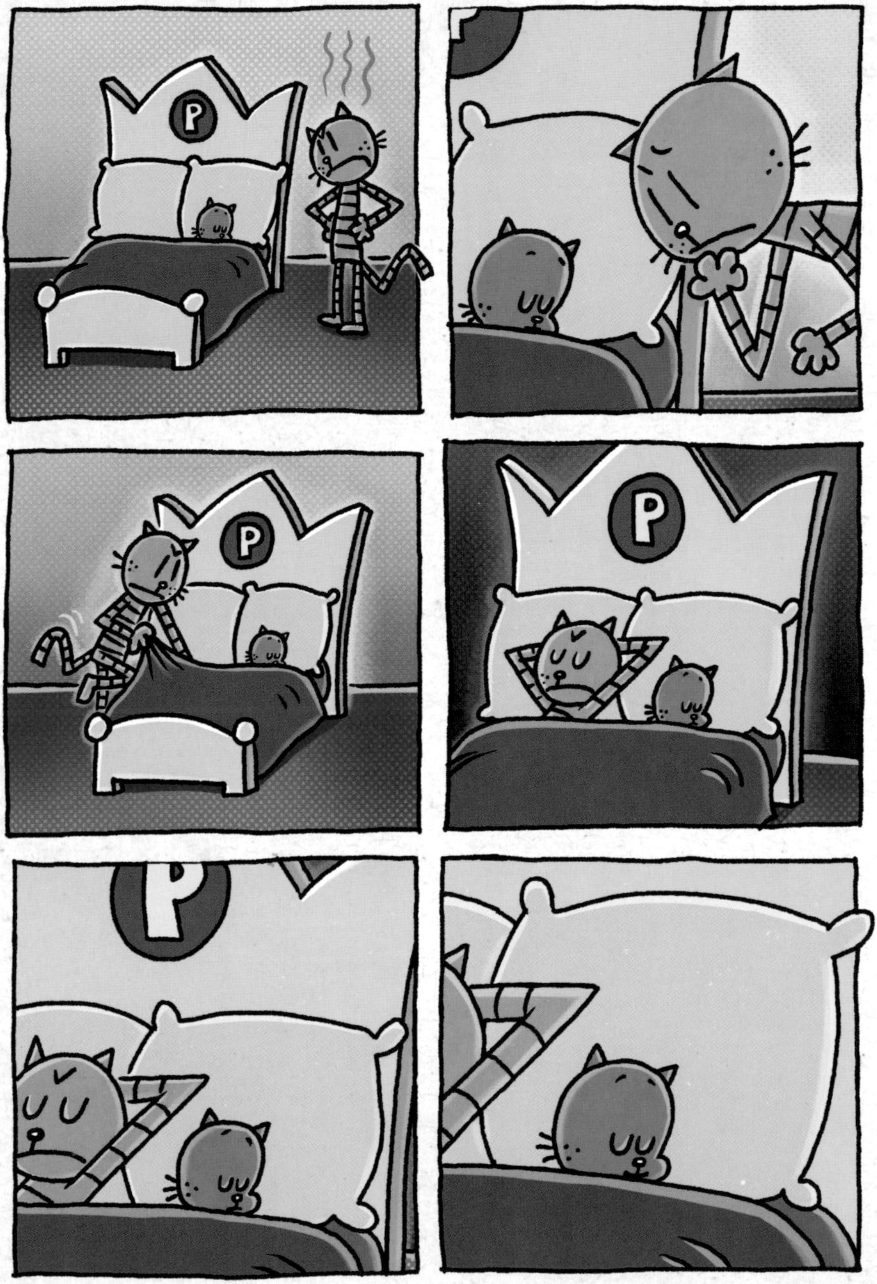

CAPÍTULO 6

Un Montón de cosas que Sucedieron después

cárcel de gatos

mientras tanto, en la cárcel de gatos...

Juan el Gordo se preparaba para dormir.

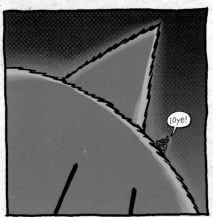

¡Oye!

¿Por qué tenemos que cargarte, Piggy?

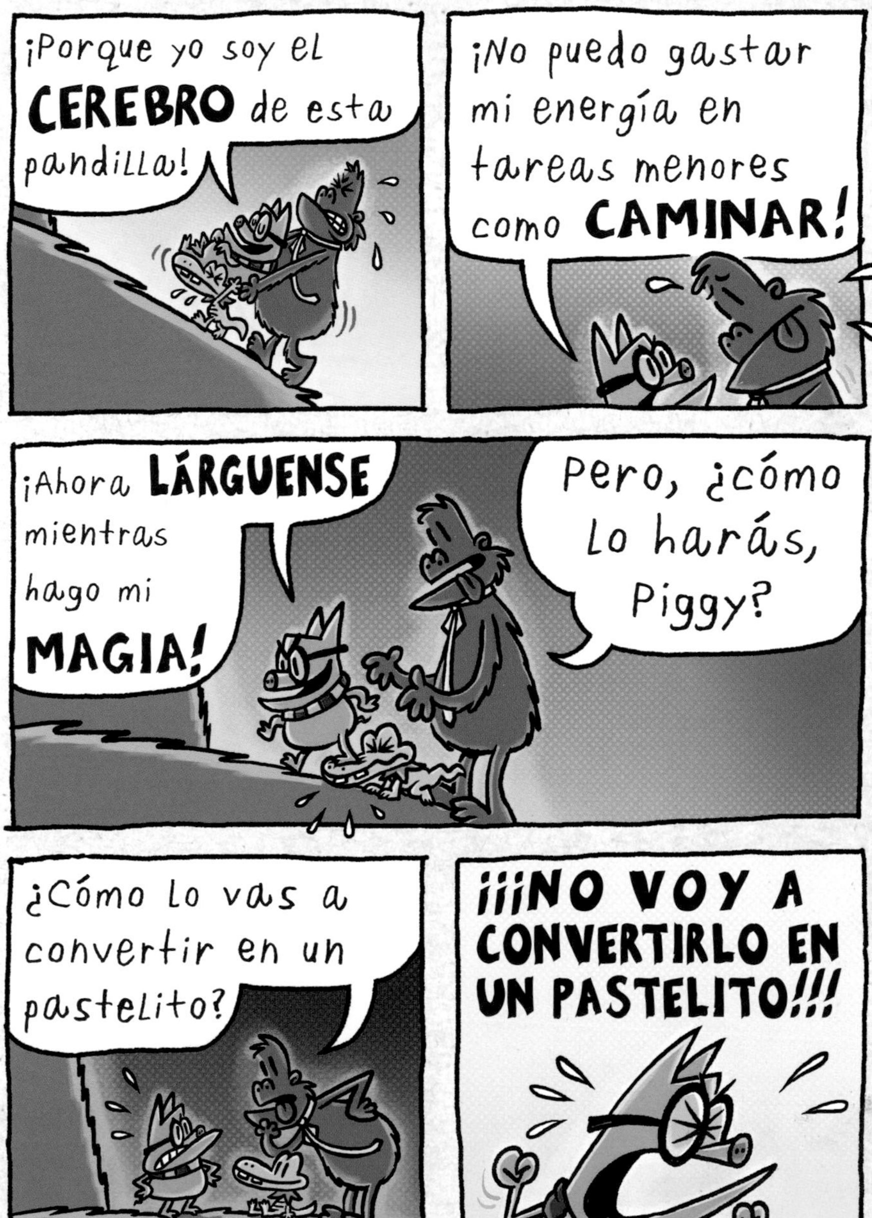
¡Porque yo soy el CEREBRO de esta pandilla!
¡No puedo gastar mi energía en tareas menores como CAMINAR!
¡Ahora LÁRGUENSE mientras hago mi MAGIA!
Pero, ¿cómo lo harás, Piggy?
¿Cómo lo vas a convertir en un pastelito?
¡¡¡NO VOY A CONVERTIRLO EN UN PASTELITO!!!

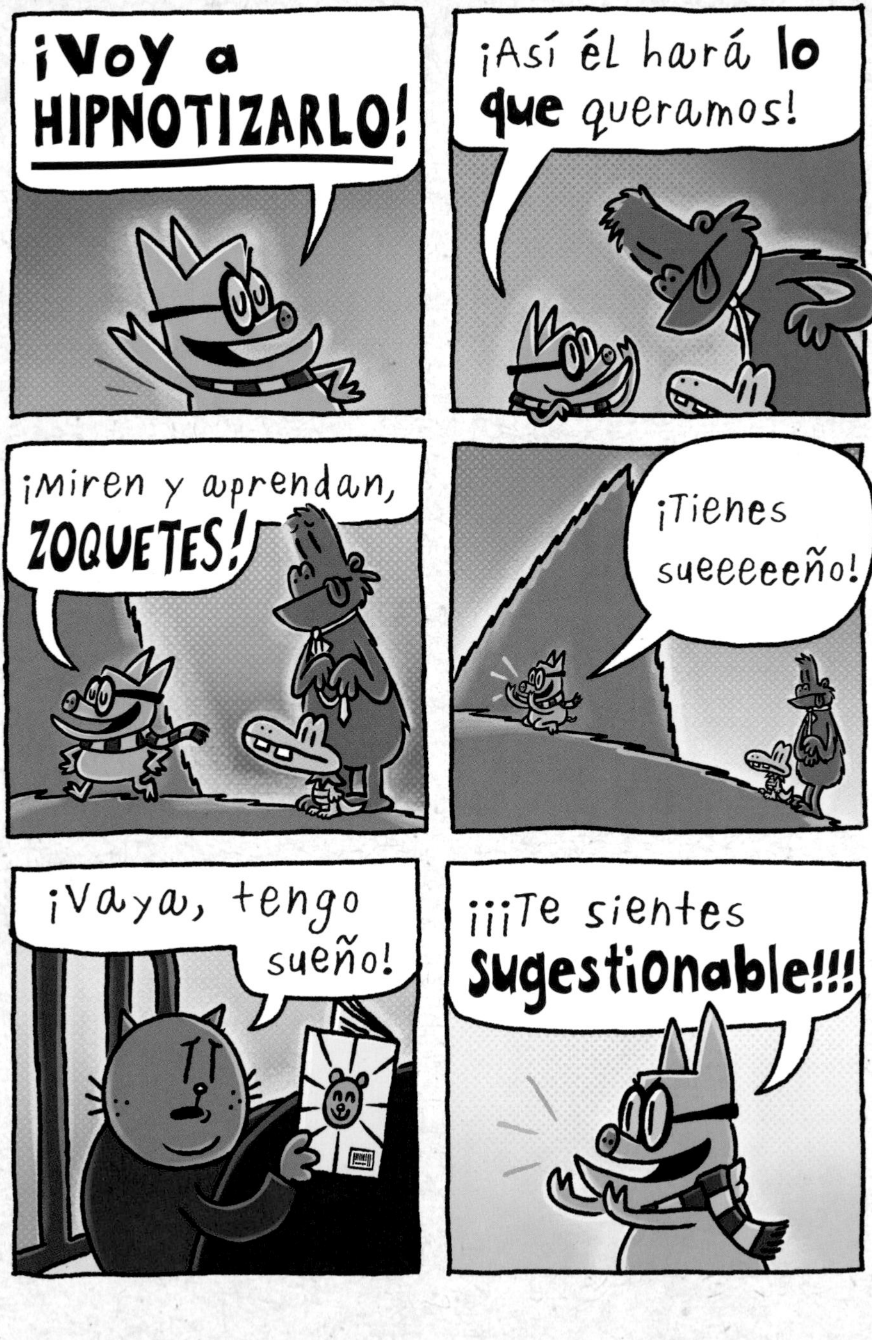
¡Voy a HIPNOTIZARLO!
¡Así él hará lo que queramos!
¡Miren y aprendan, ZOQUETES!
¡Tienes sueeeeeeño!
¡Vaya, tengo sueño!
¡¡¡Te sientes sugestionable!!!

¡Vaya! ¡me siento **masticable!**

¡obedecerás todas nuestras órdenes!

¡oye! ¡¡¡obedeceré esas voces raras en mi cabeza!!!

¡oye, Gerardo! ¡¡¡se me ocurre una idea!!!

¡Vamos!

97

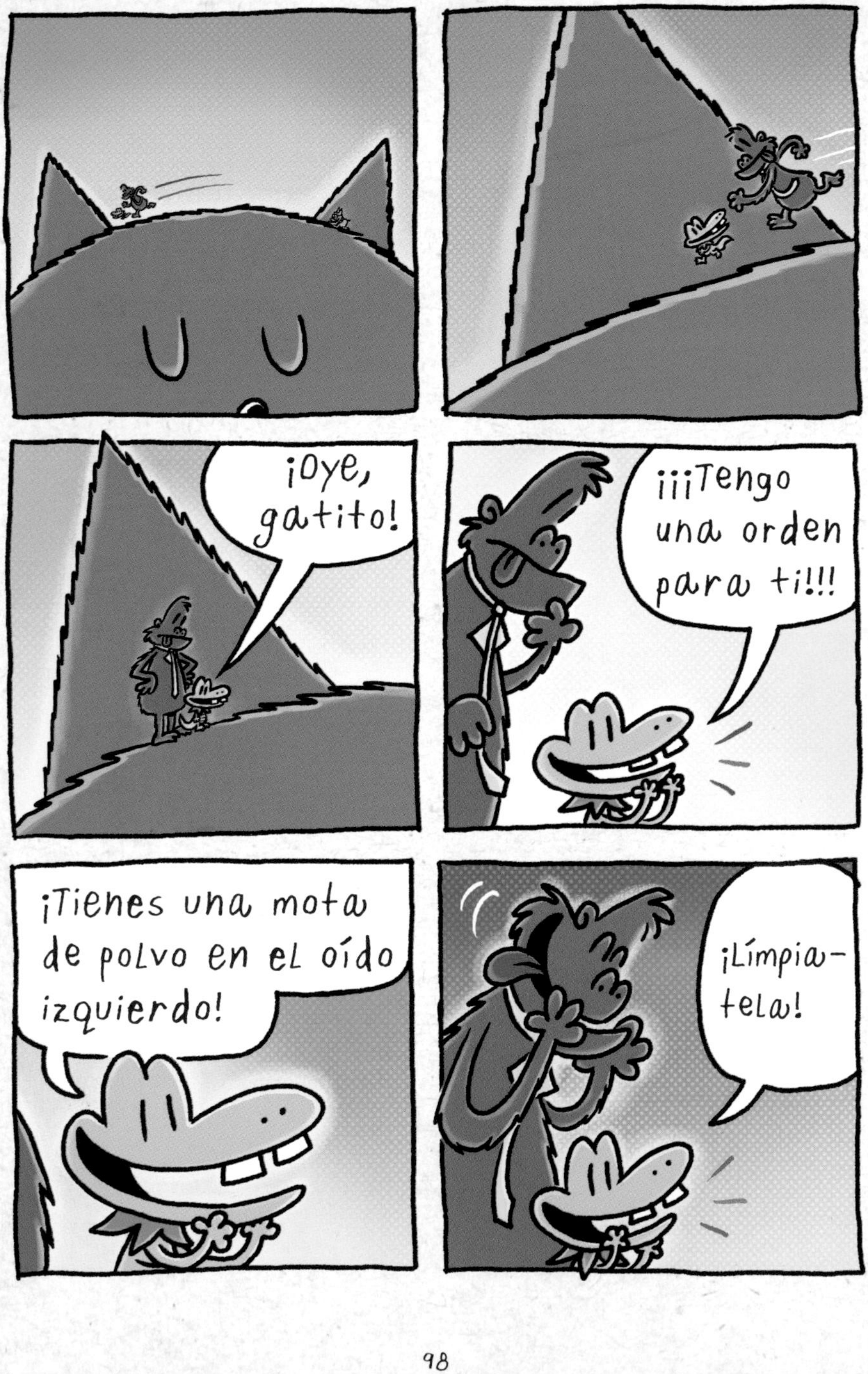
¡Oye, gatito!
¡¡¡Tengo una orden para ti!!!
¡Tienes una mota de polvo en el oído izquierdo!
¡Límpiatela!

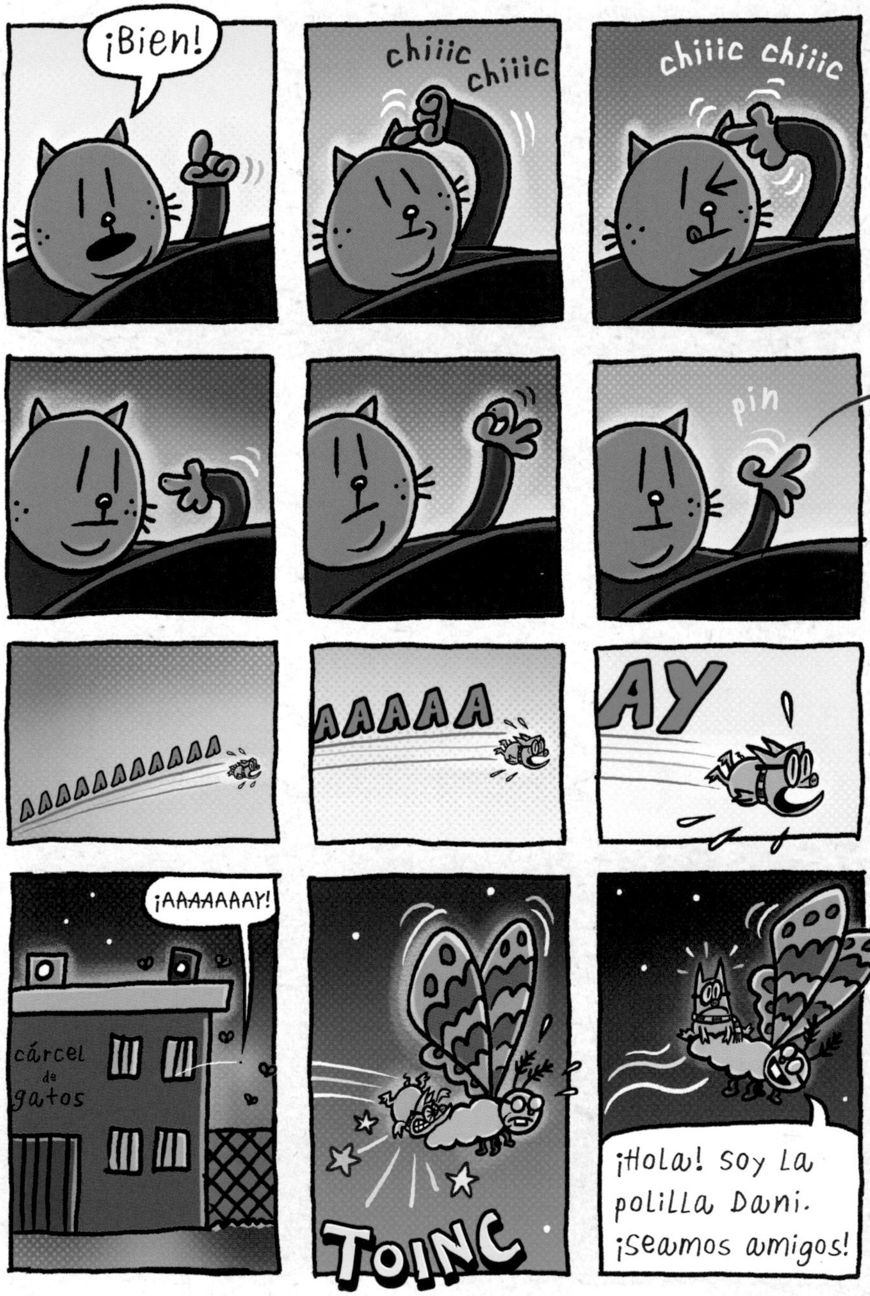
¡Bien!
chiiic chiiic
chiiic chiiic
pin
AAAAAAAAAAAA
AAAAA
AY
¡AAAAAAAY!
cárcel de gatos
TOINC
¡Hola! Soy la polilla Dani. ¡Seamos amigos!

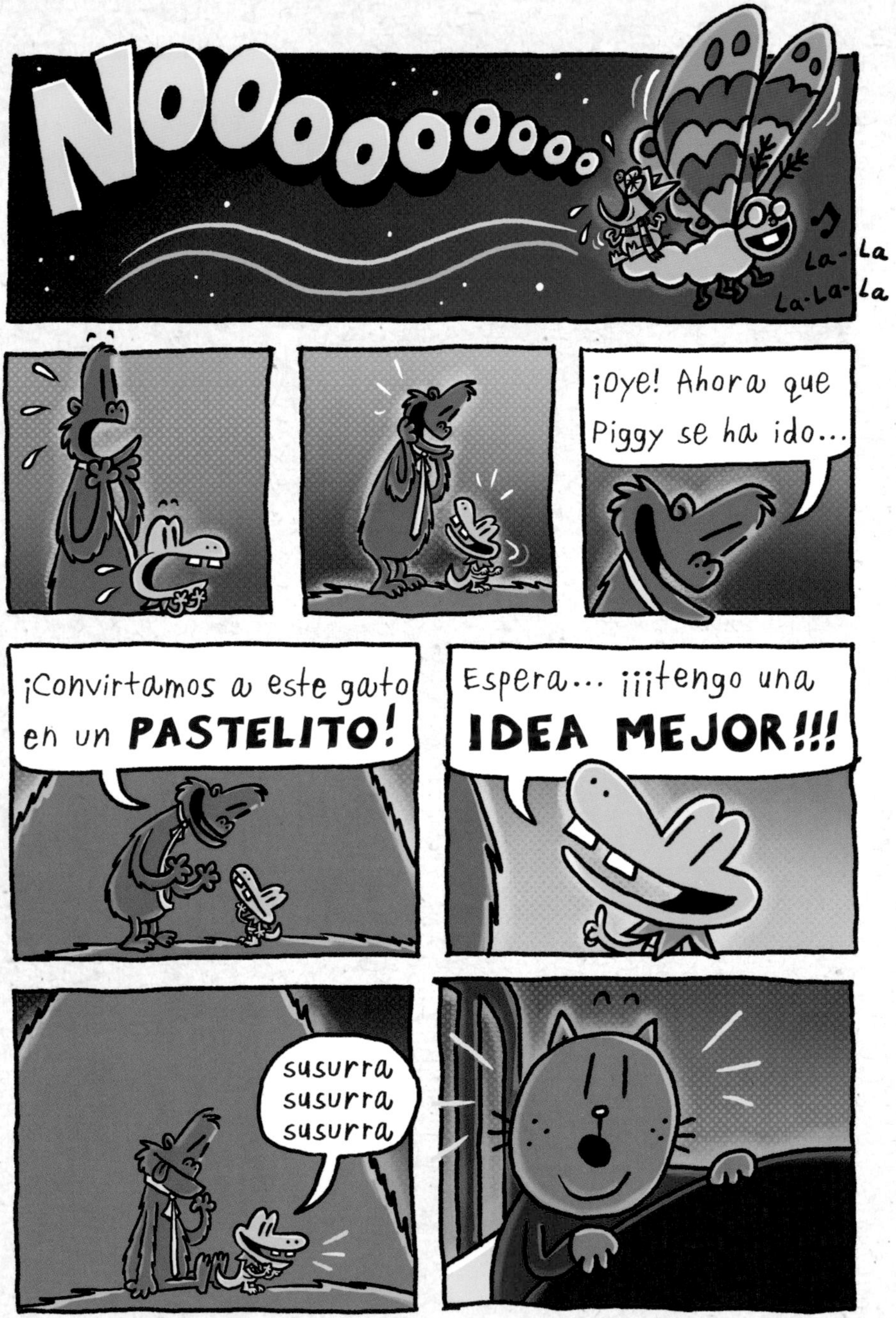
NOOOOOOOOO
La-La
La-La-La
¡Oye! Ahora que Piggy se ha ido...
¡Convirtamos a este gato en un PASTELITO!
Espera... ¡¡¡tengo una IDEA MEJOR!!!
susurra susurra susurra

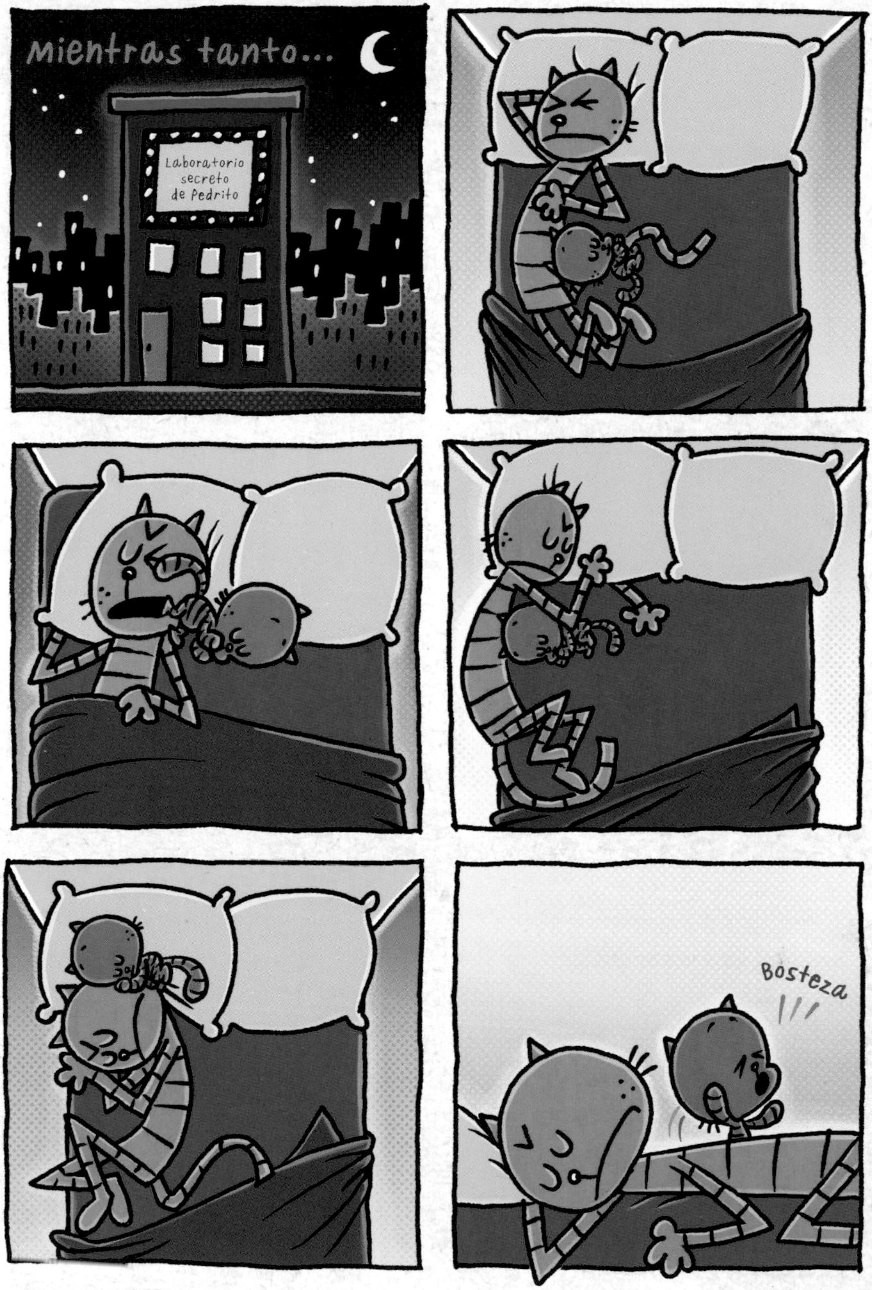
Mientras tanto...
Laboratorio secreto de Pedrito
Bosteza

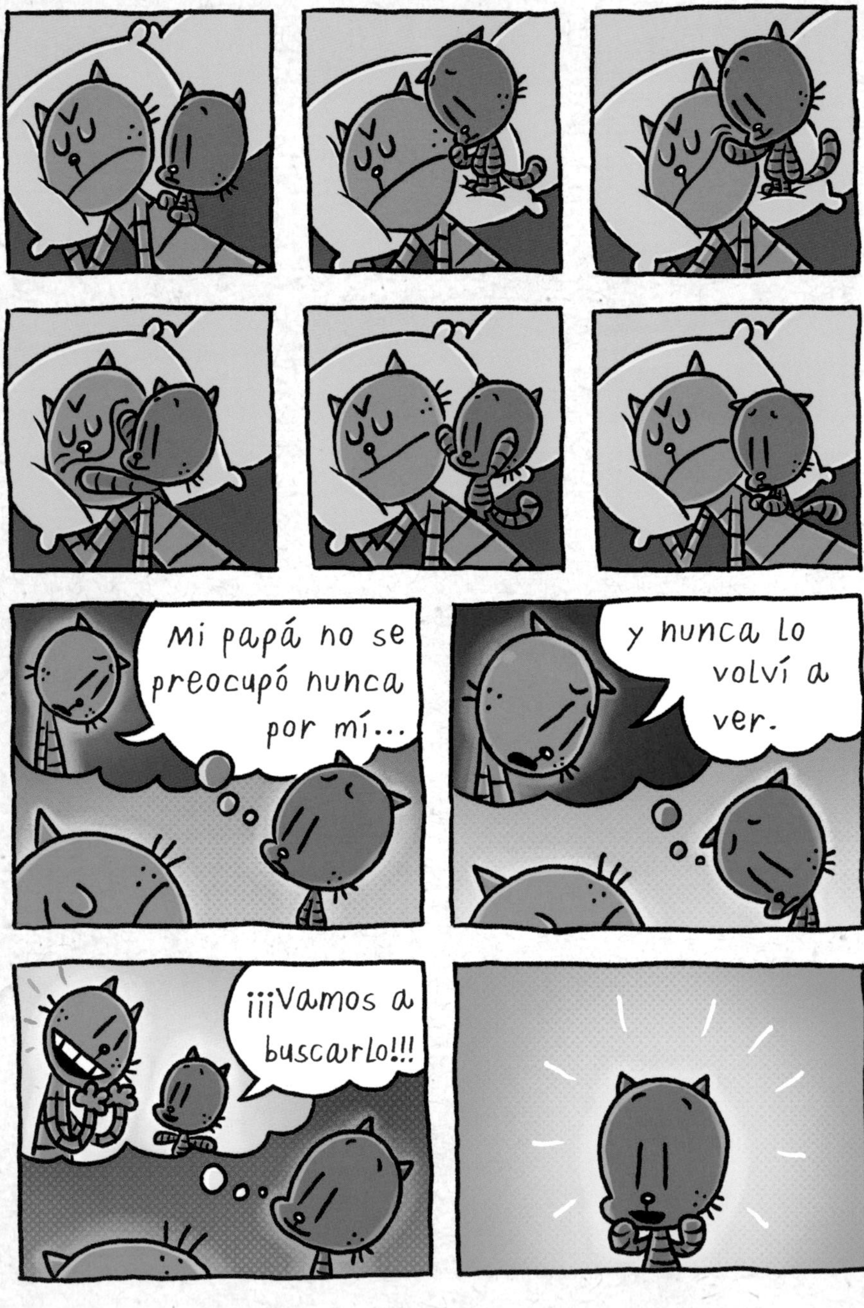
Mi papá no se preocupó nunca por mí...
y nunca lo volví a ver.
¡¡¡Vamos a buscarlo!!!

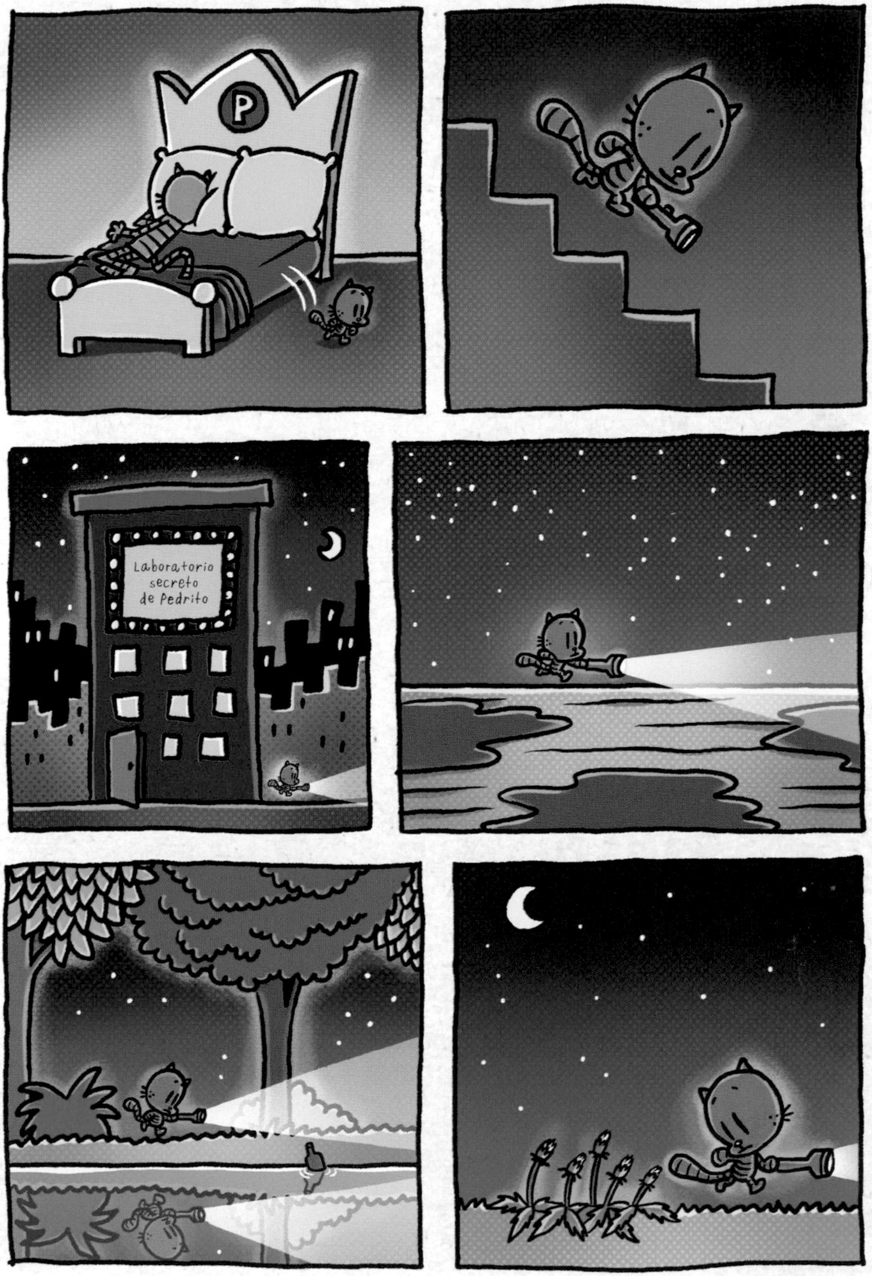
P
Laboratorio
secreto
de Pedrito

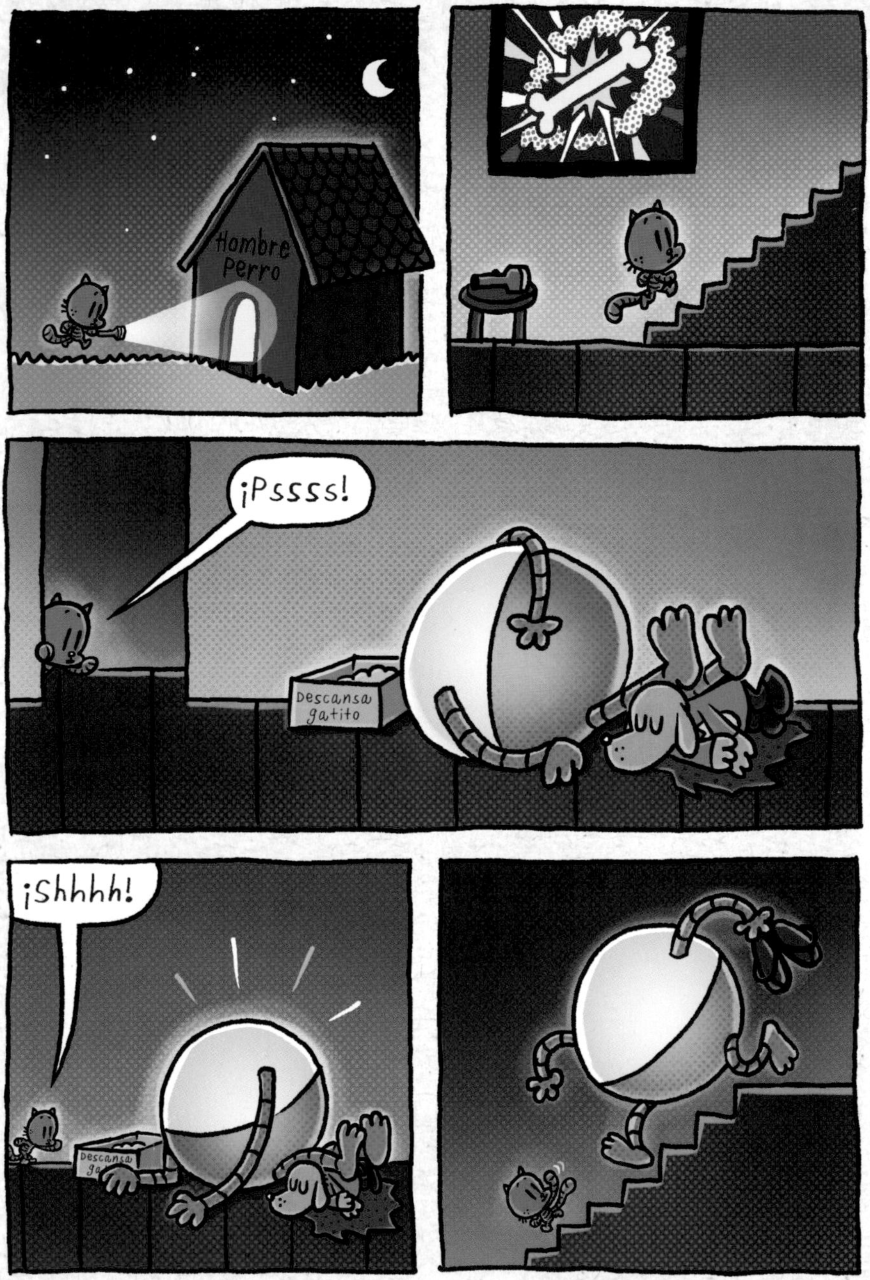
Hombre Perro
¡Pssss!
Descansa gatito
¡Shhhh!
Descansa

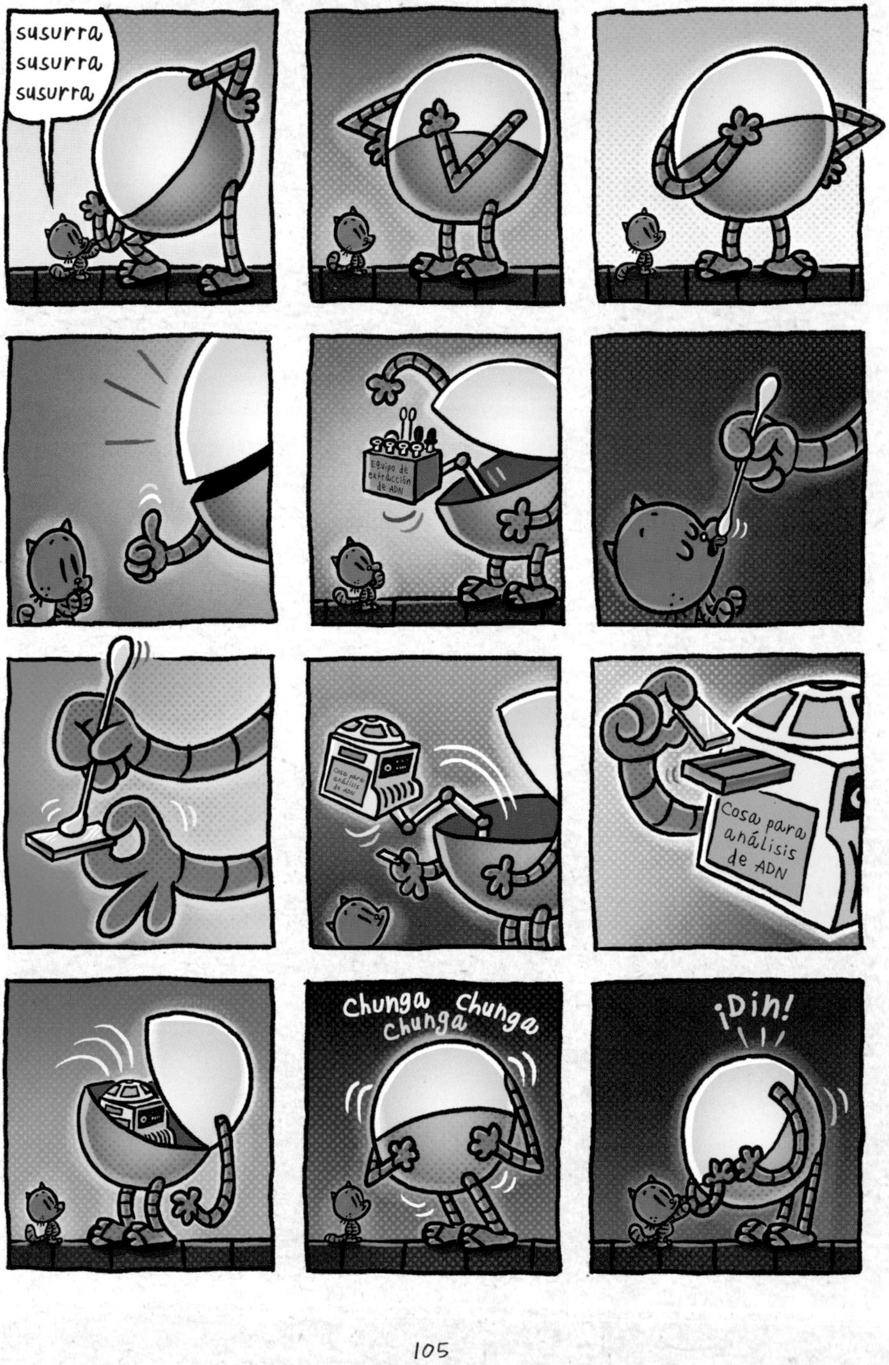
susurra
susurra
susurra
Equipo de extracción de ADN
Cosa para análisis de ADN
Cosa para análisis de ADN
Chunga chunga chunga
¡Din!

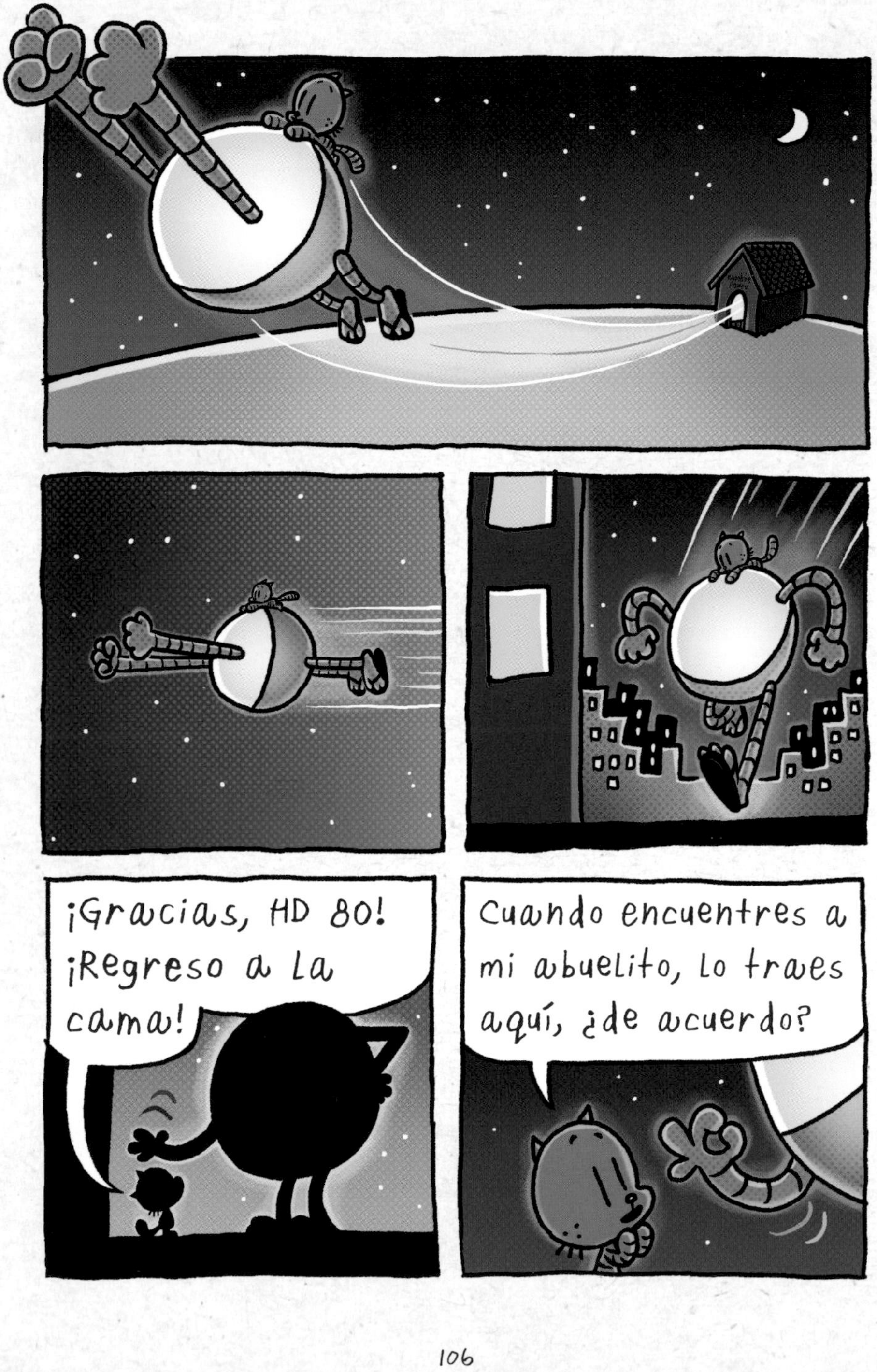
¡Gracias, HD 80! ¡Regreso a la cama!
Cuando encuentres a mi abuelito, lo traes aquí, ¿de acuerdo?

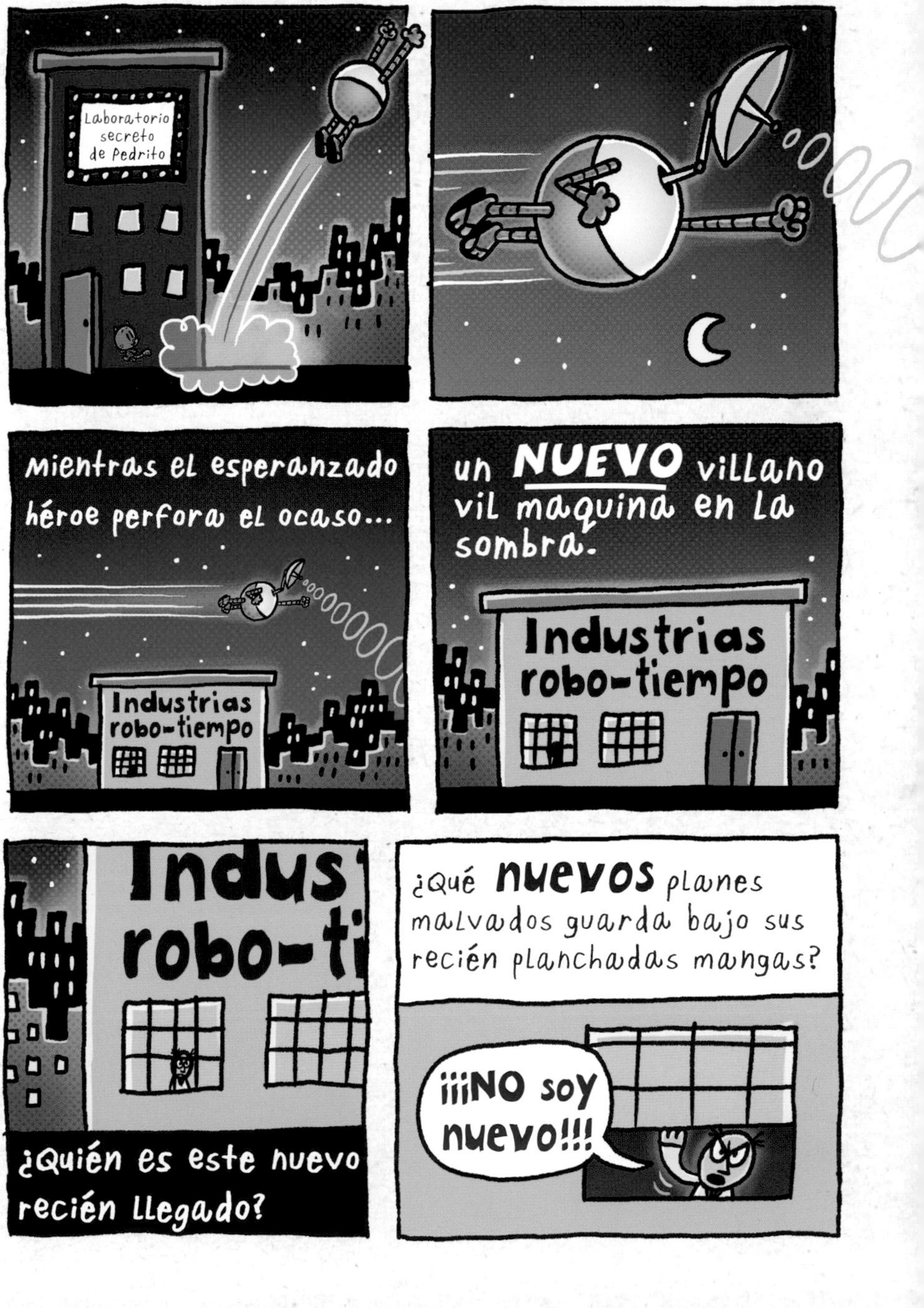

Laboratorio secreto de Pedrito
Mientras el esperanzado héroe perfora el ocaso...
Industrias robo-tiempo
un NUEVO villano vil maquina en la sombra.
Industrias robo-tiempo
Indus
robo-ti
¿Quién es este nuevo recién llegado?
¿Qué nuevos planes malvados guarda bajo sus recién planchadas mangas?
¡¡¡NO soy nuevo!!!

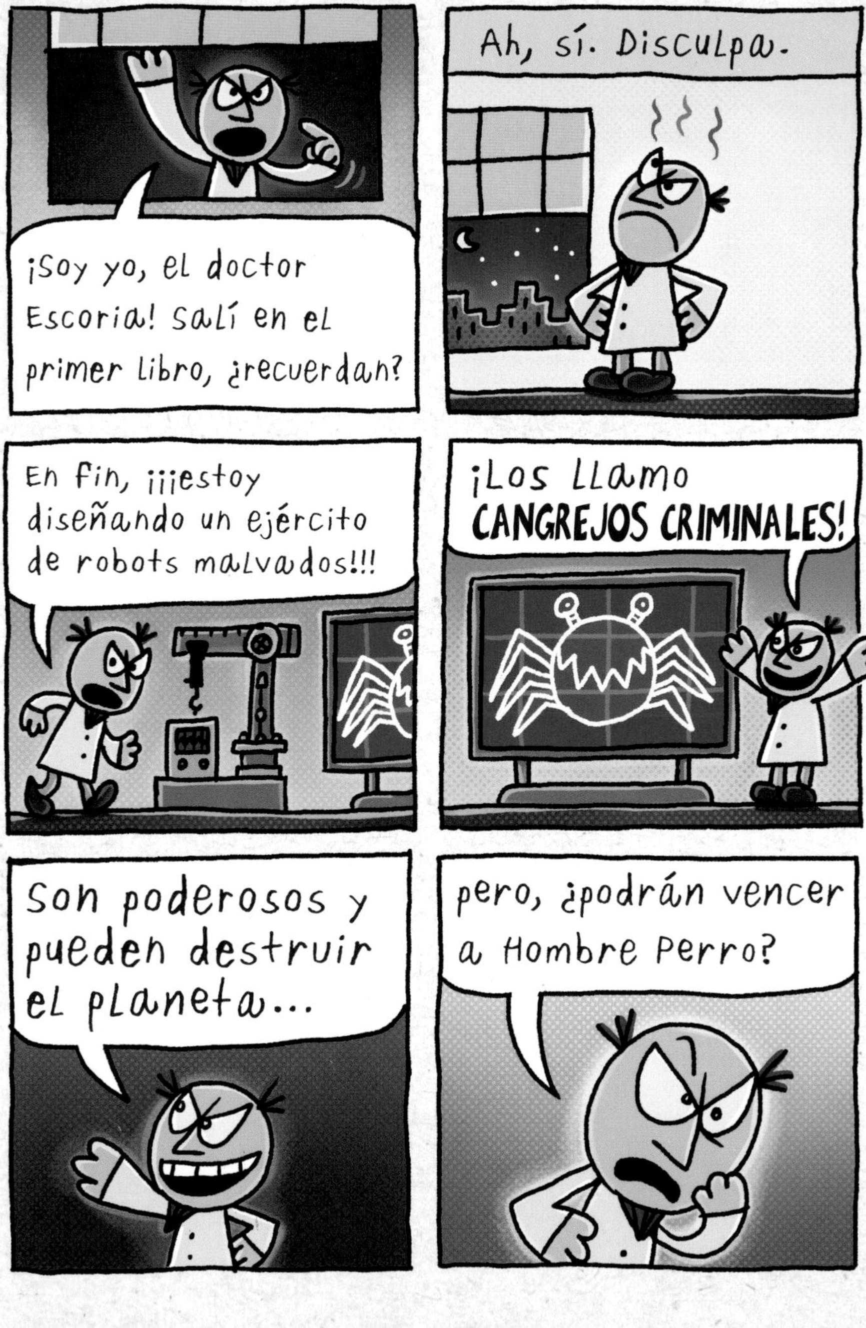
¡Soy yo, el doctor Escoria! Salí en el primer libro, ¿recuerdan?
Ah, sí. Disculpa.
En fin, ¡¡¡estoy diseñando un ejército de robots malvados!!!
¡Los llamo CANGREJOS CRIMINALES!
Son poderosos y pueden destruir el planeta...
pero, ¿podrán vencer a Hombre Perro?

CAPÍTULO 7

¡Adivina quién viene a desayunar!

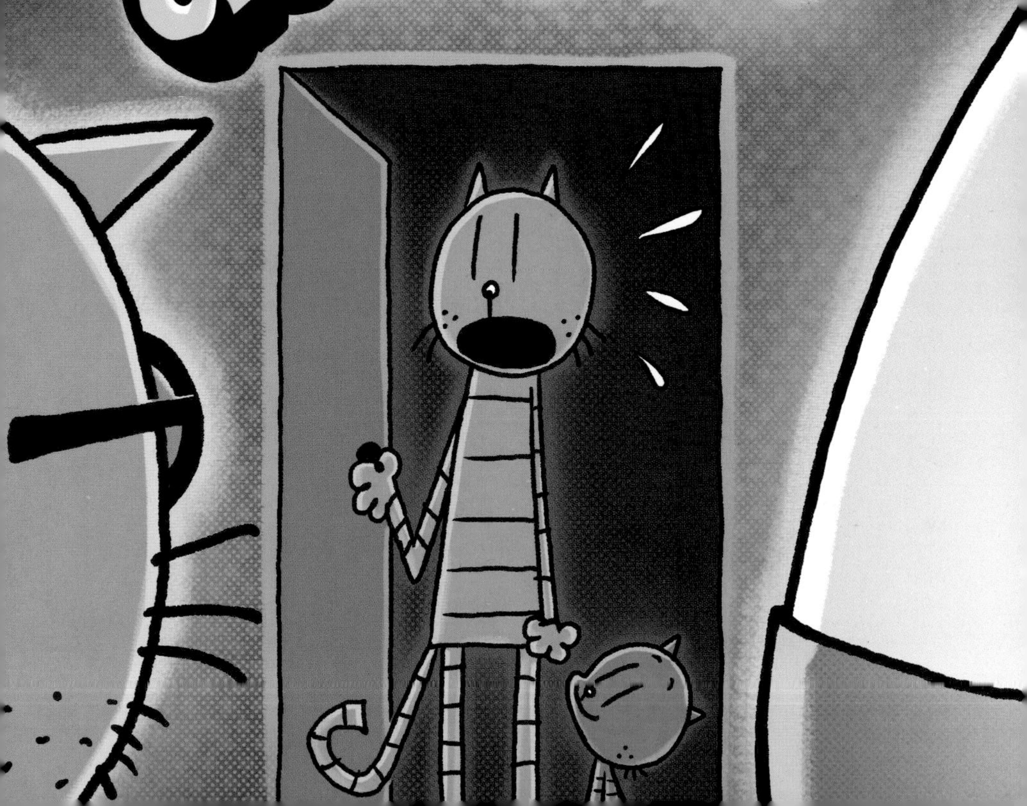

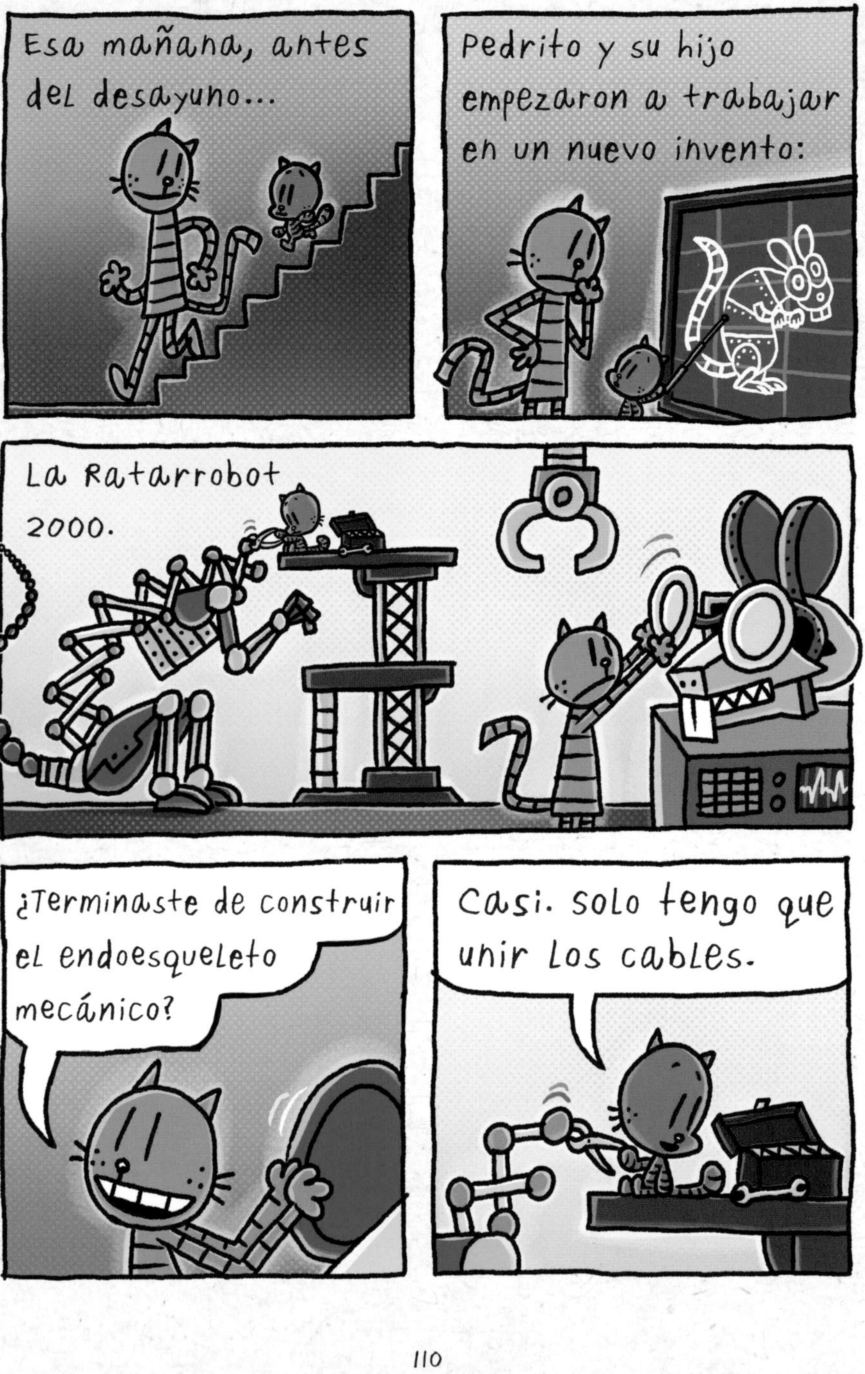
Esa mañana, antes del desayuno...
Pedrito y su hijo empezaron a trabajar en un nuevo invento:
La Ratarrobot 2000.
¿Terminaste de construir el endoesqueleto mecánico?
Casi. Solo tengo que unir los cables.

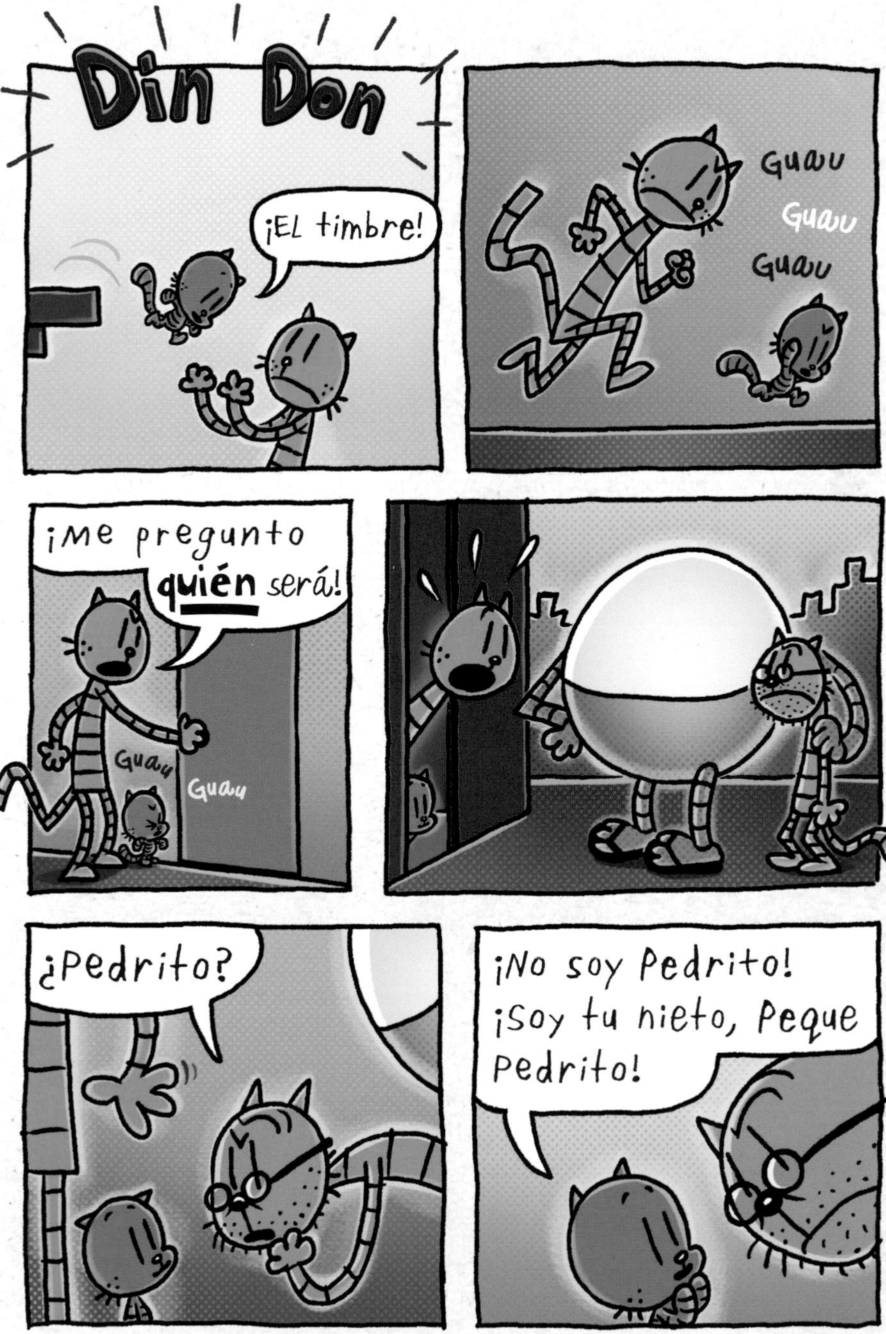
Din Don
¡EL timbre!
Guau
Guau
Guau
¡Me pregunto **quién** será!
Guau
Guau
¿Pedrito?
¡No soy Pedrito! ¡Soy tu nieto, Peque Pedrito!

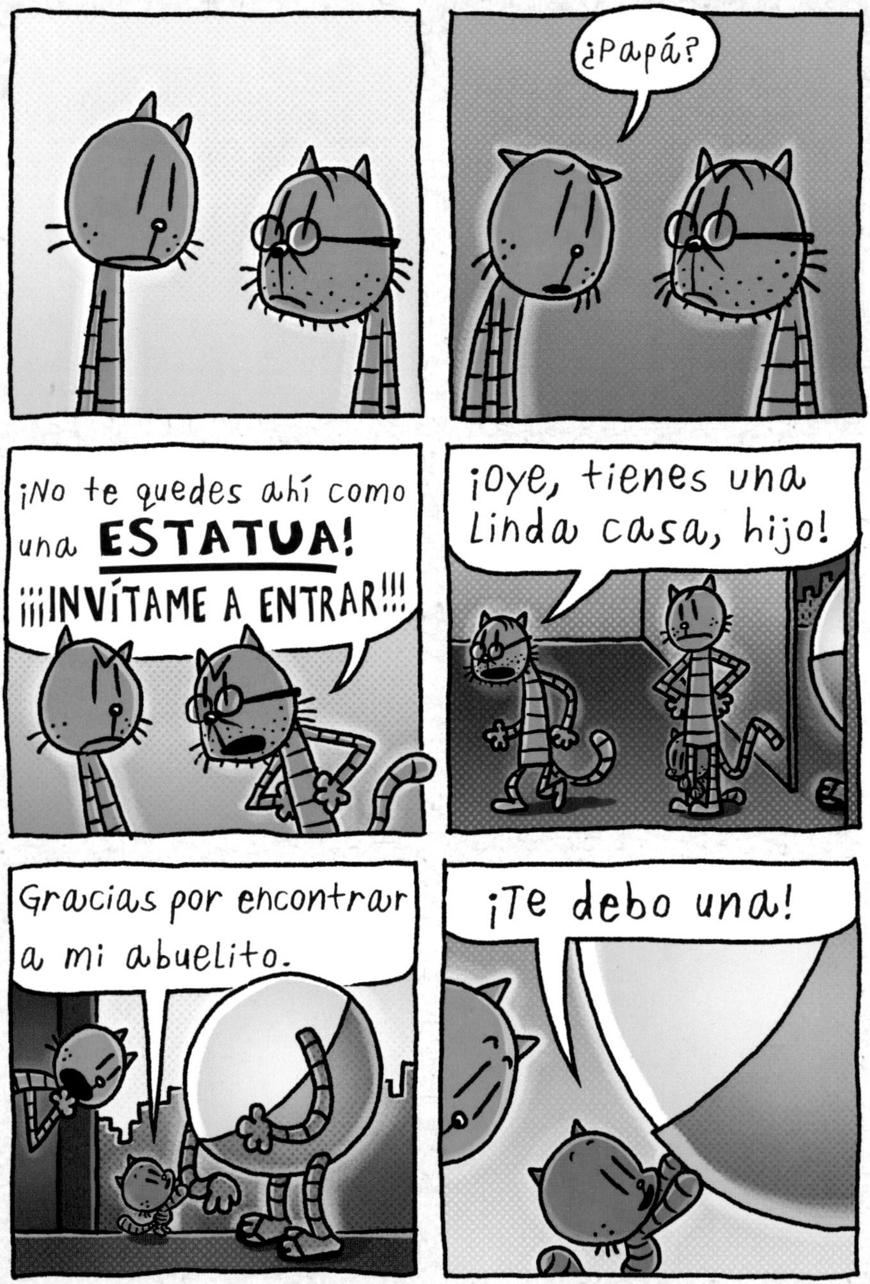
¿Papá?
¡No te quedes ahí como una ESTATUA! ¡¡¡INVÍTAME A ENTRAR!!!
¡Oye, tienes una linda casa, hijo!
Gracias por encontrar a mi abuelito.
¡Te debo una!

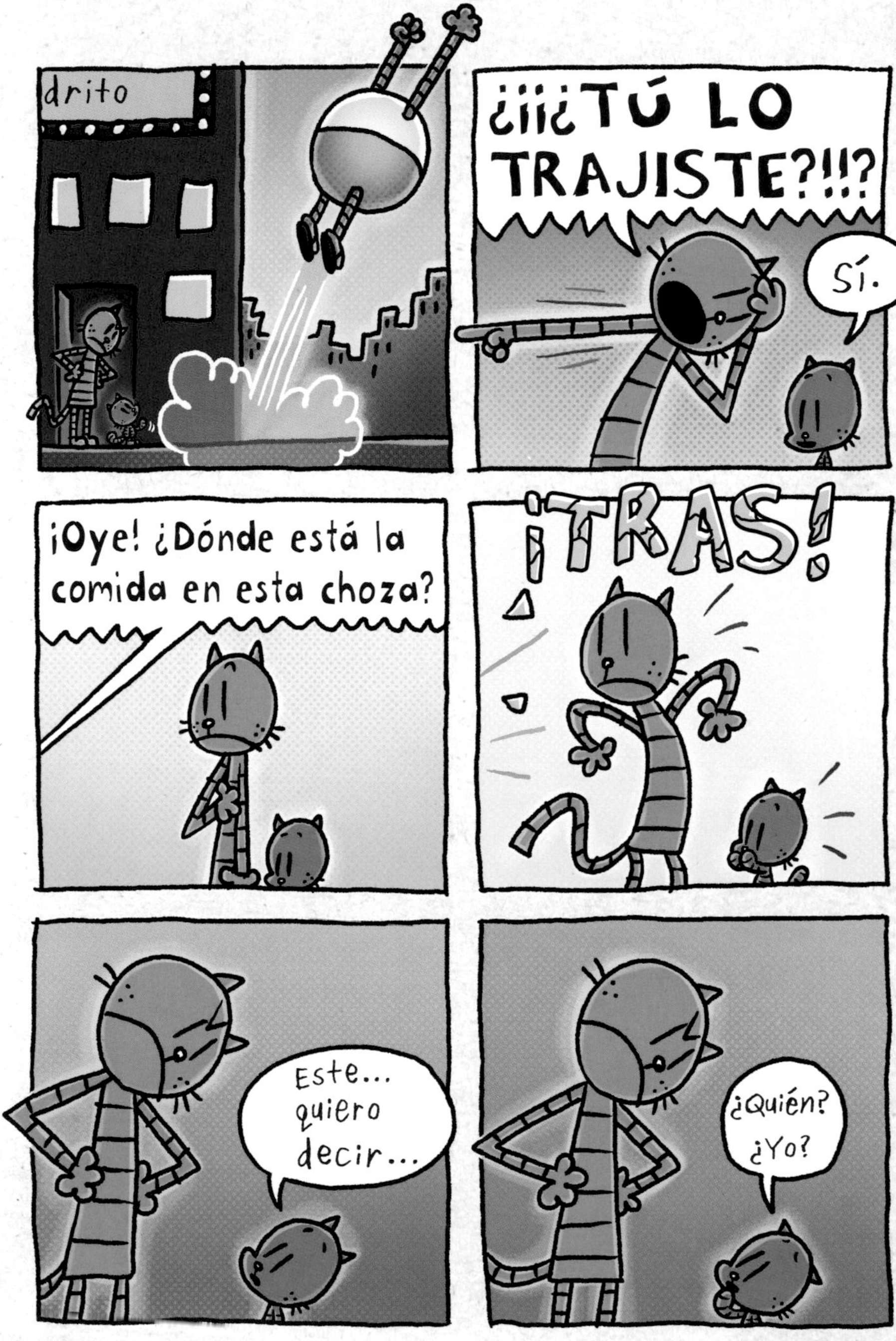
drito
¿¡¡¿TÚ LO TRAJISTE?!!?
SÍ.
¡Oye! ¿Dónde está la comida en esta choza?
¡TRAS!
Este... quiero decir...
¿Quién? ¿Yo?

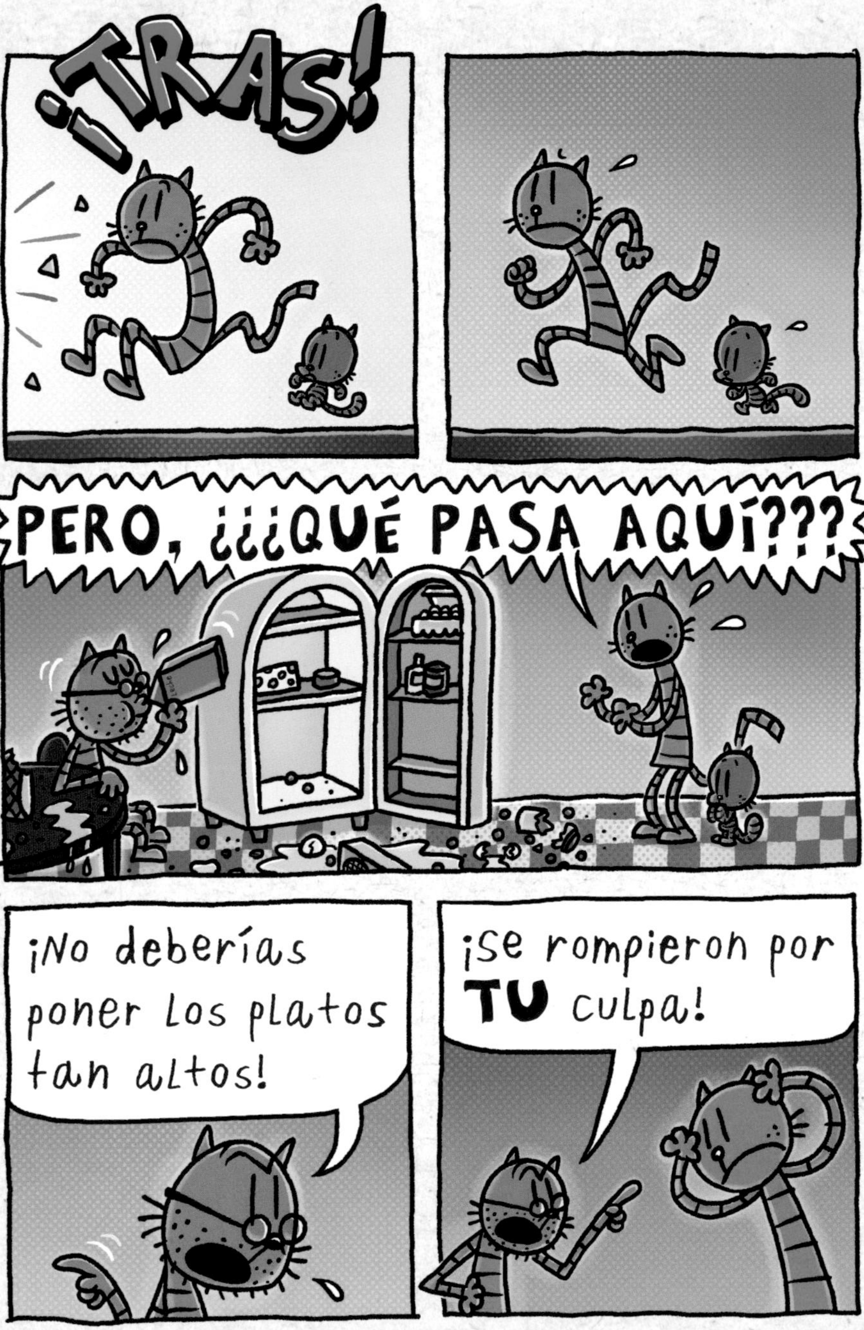
¡TRAS!
PERO, ¿¿¿QUÉ PASA AQUÍ???
¡No deberías poner los platos tan altos!
¡Se rompieron por TU culpa!

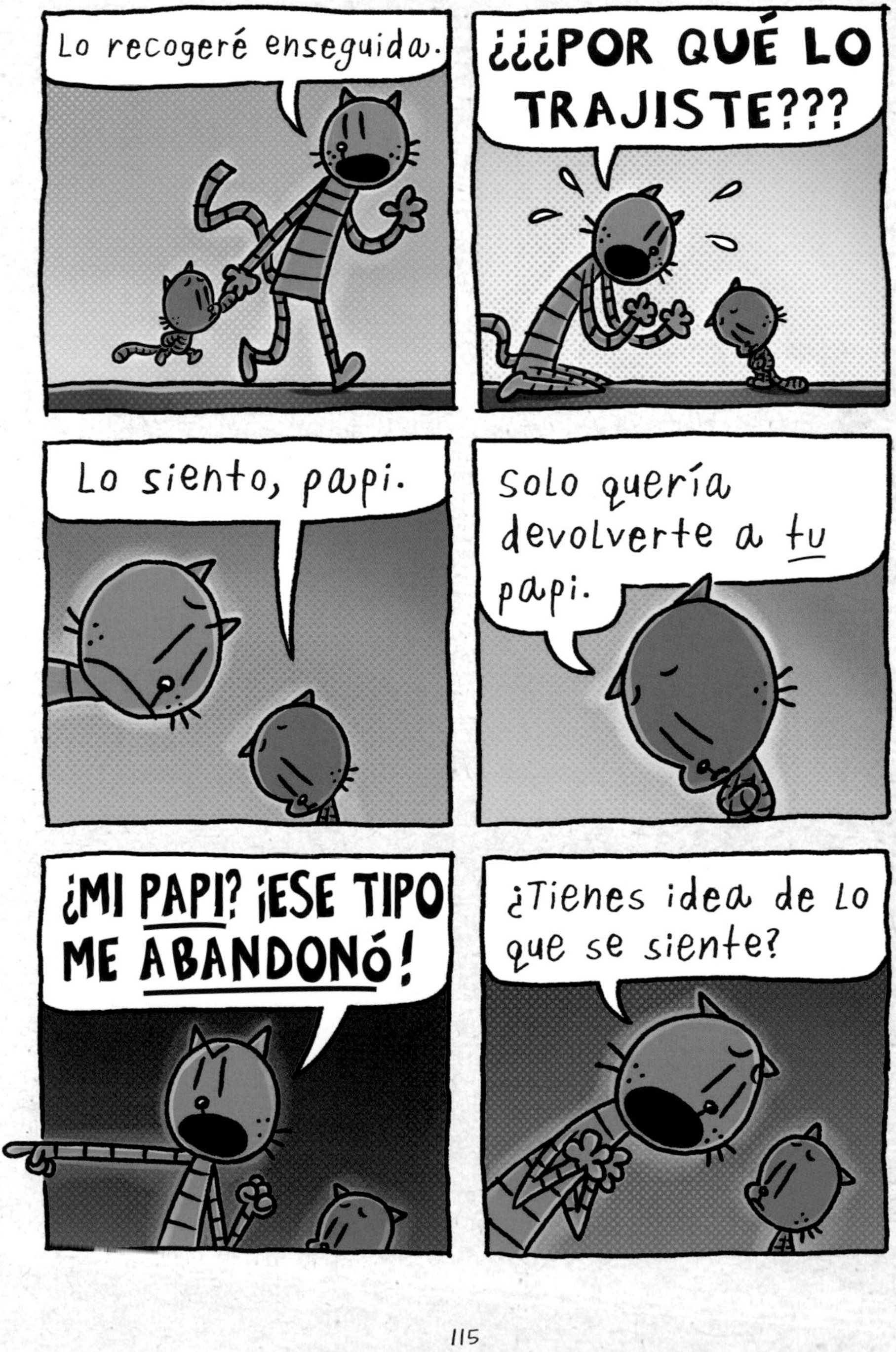
Lo recogeré enseguida.
¿¿¿POR QUÉ LO TRAJISTE???
Lo siento, papi.
Solo quería devolverte a tu papi.
¿MI PAPI? ¡ESE TIPO ME ABANDONÓ!
¿Tienes idea de lo que se siente?

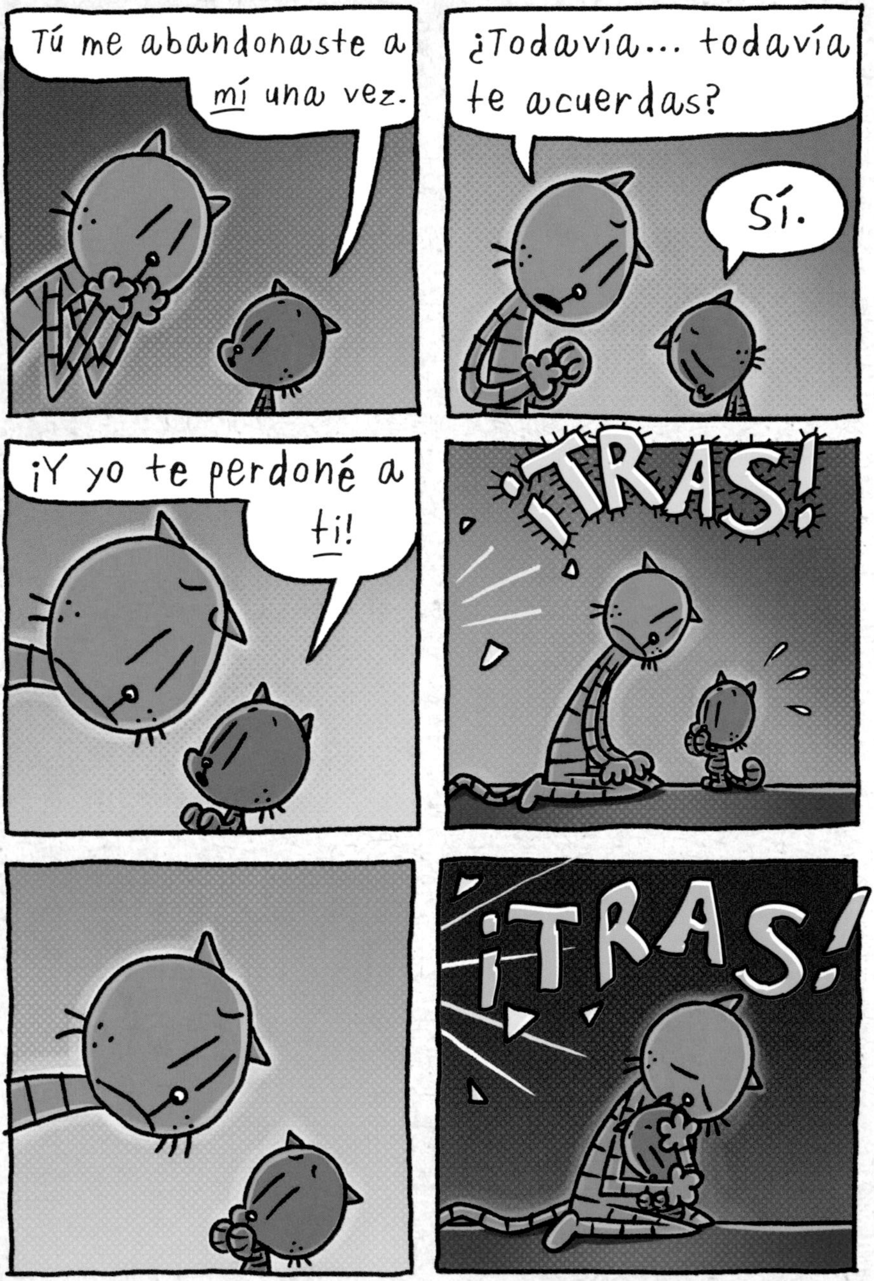
Tú me abandonaste a mí una vez.
¿Todavía... todavía te acuerdas?
Sí.
¡Y yo te perdoné a ti!
¡TRAS!
¡TRAS!

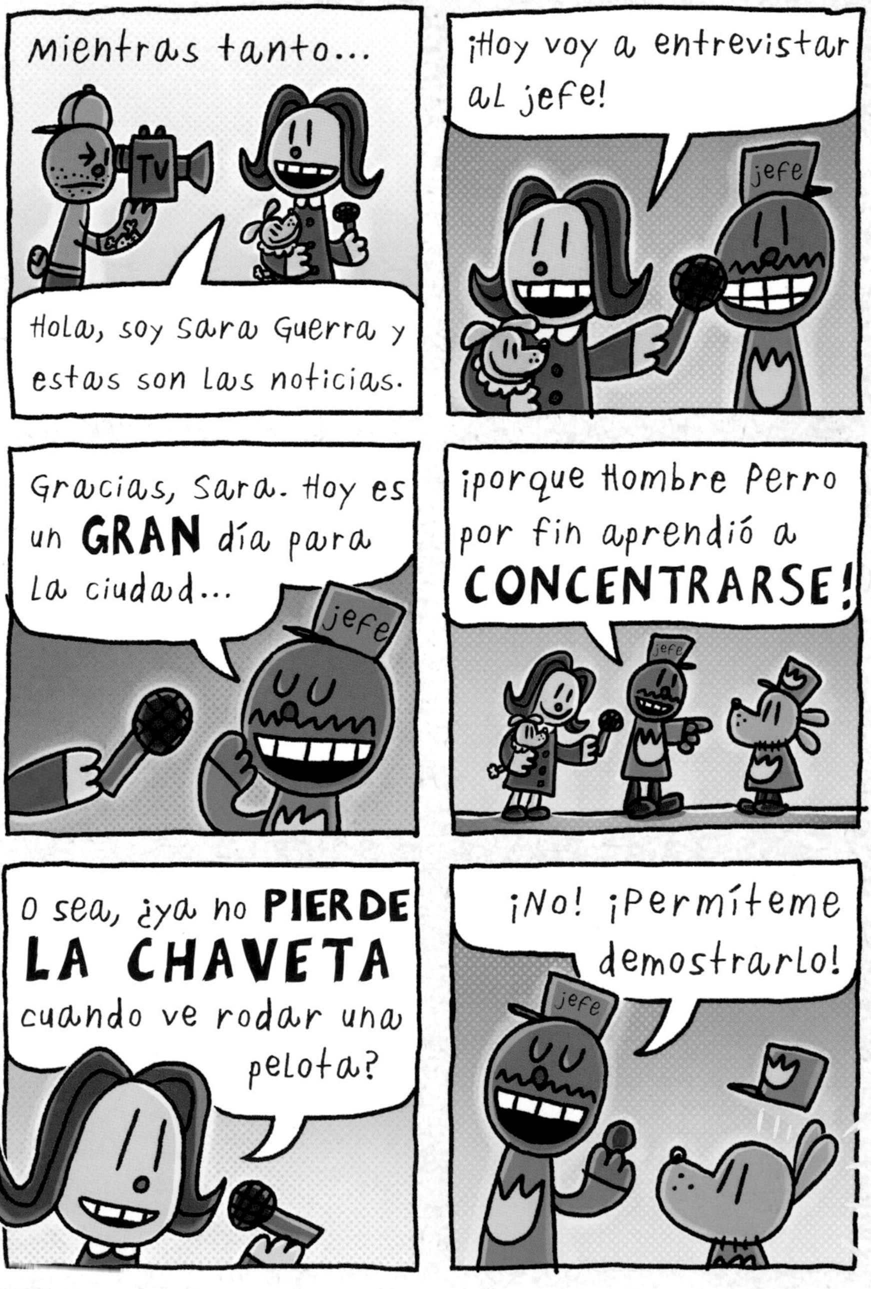
Mientras tanto...
Hola, soy Sara Guerra y estas son las noticias.
TV
¡Hoy voy a entrevistar al jefe!
jefe
Gracias, Sara. Hoy es un **GRAN** día para la ciudad...
jefe
¡porque Hombre Perro por fin aprendió a **CONCENTRARSE**!
jefe
O sea, ¿ya no **PIERDE LA CHAVETA** cuando ve rodar una pelota?
¡No! ¡Permíteme demostrarlo!
jefe

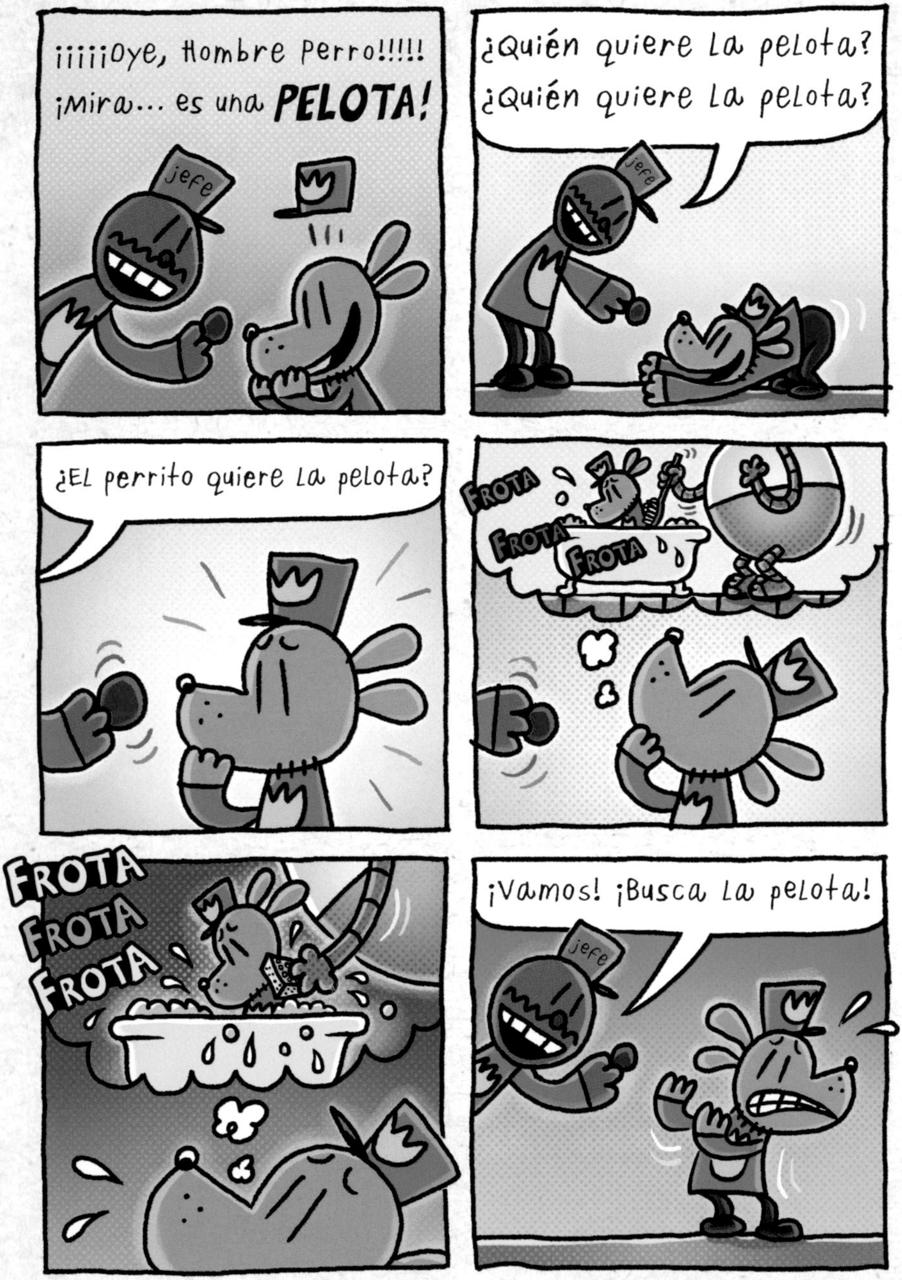
¡¡¡¡¡Oye, Hombre Perro!!!!!
¡Mira... es una PELOTA!
jefe
¿Quién quiere la pelota?
¿Quién quiere la pelota?
jefe
¿El perrito quiere la pelota?
FROTA
FROTA
FROTA
FROTA
FROTA
FROTA
¡Vamos! ¡Busca la pelota!
jefe

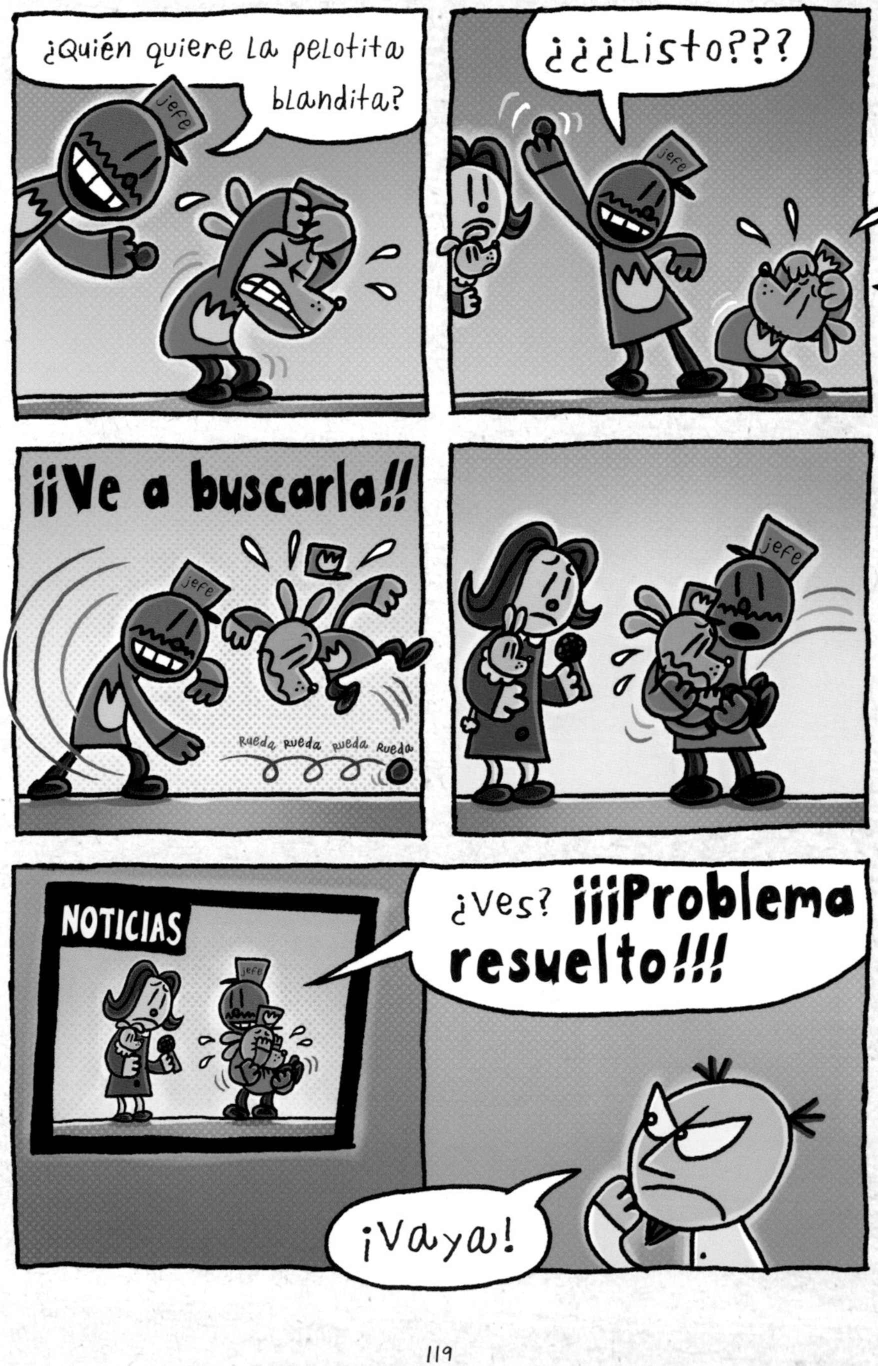
¿Quién quiere la pelotita blandita?
jefe
¿¿¿Listo???
jefe
¡¡Ve a buscarla!!
jefe
Rueda Rueda Rueda Rueda
jefe
NOTICIAS
jefe
¿Ves? ¡¡¡Problema resuelto!!!
¡Vaya!

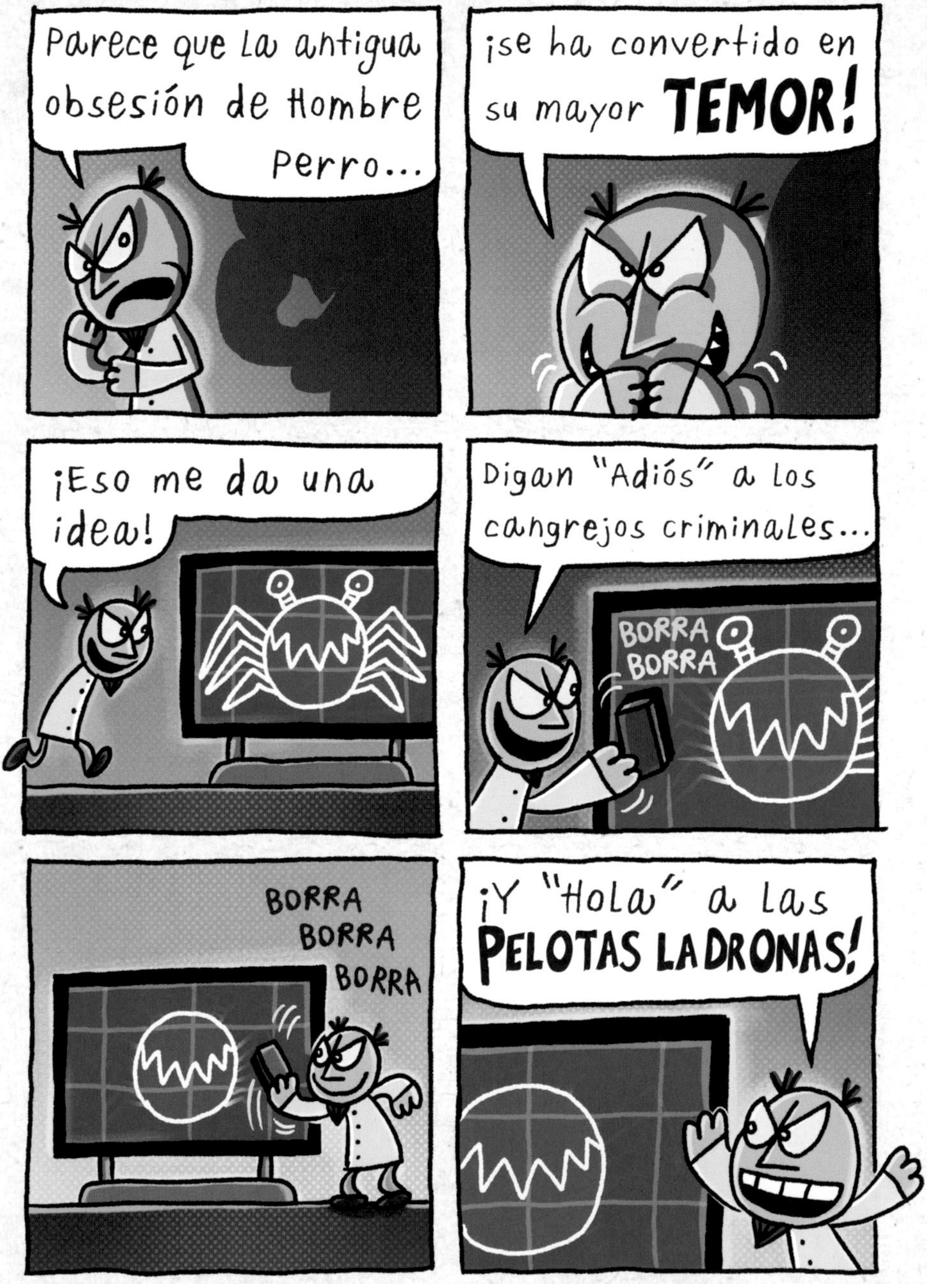
Parece que la antigua obsesión de Hombre Perro...
¡se ha convertido en su mayor TEMOR!
¡Eso me da una idea!
Digan "Adiós" a los cangrejos criminales...
BORRA BORRA
BORRA BORRA BORRA
¡Y "Hola" a las PELOTAS LADRONAS!

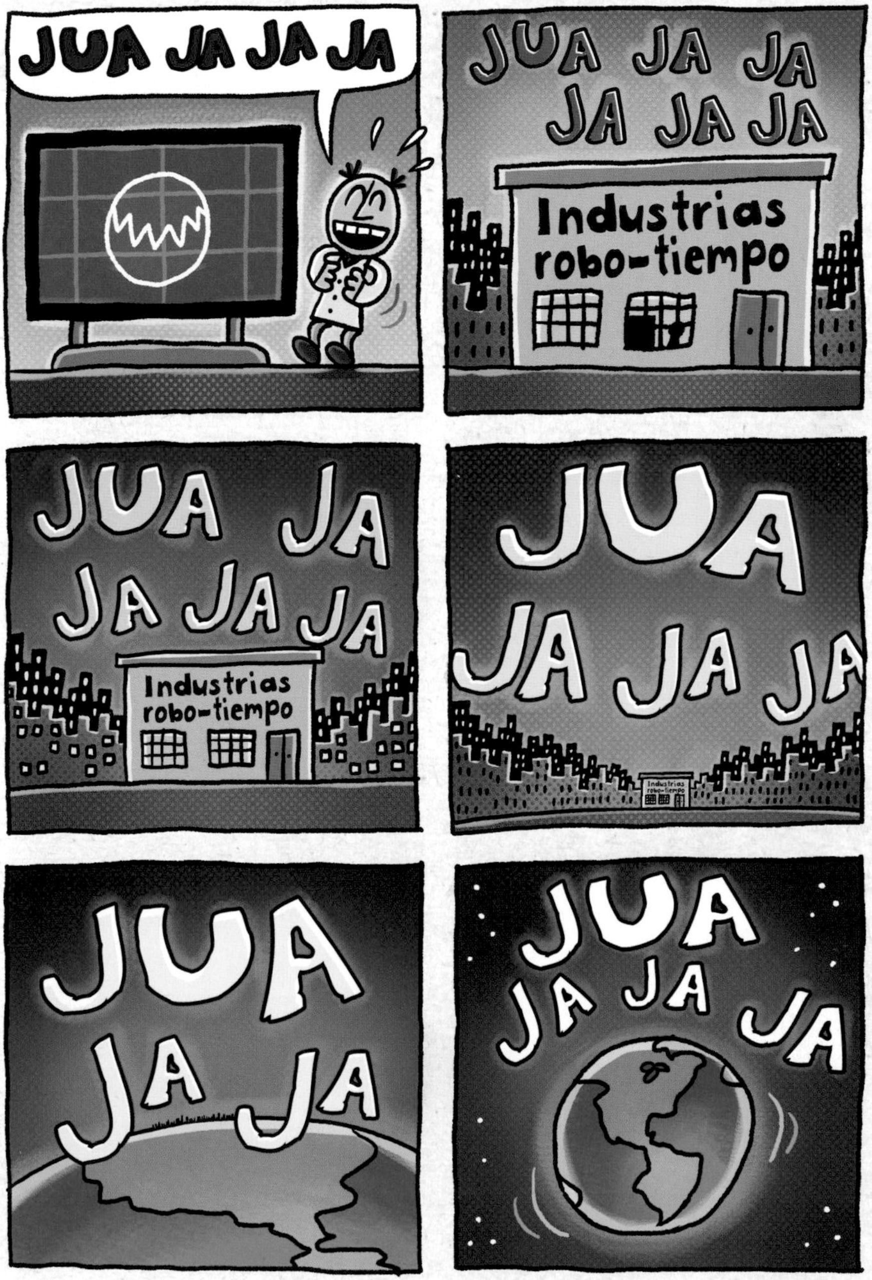
JUA JA JA JA
JUA JA JA
JA JA JA
Industrias robo-tiempo
JUA JA
JA JA JA
Industrias robo-tiempo
JUA
JA JA JA
Industrias robo-tiempo
JUA
JA JA
JUA
JA JA JA

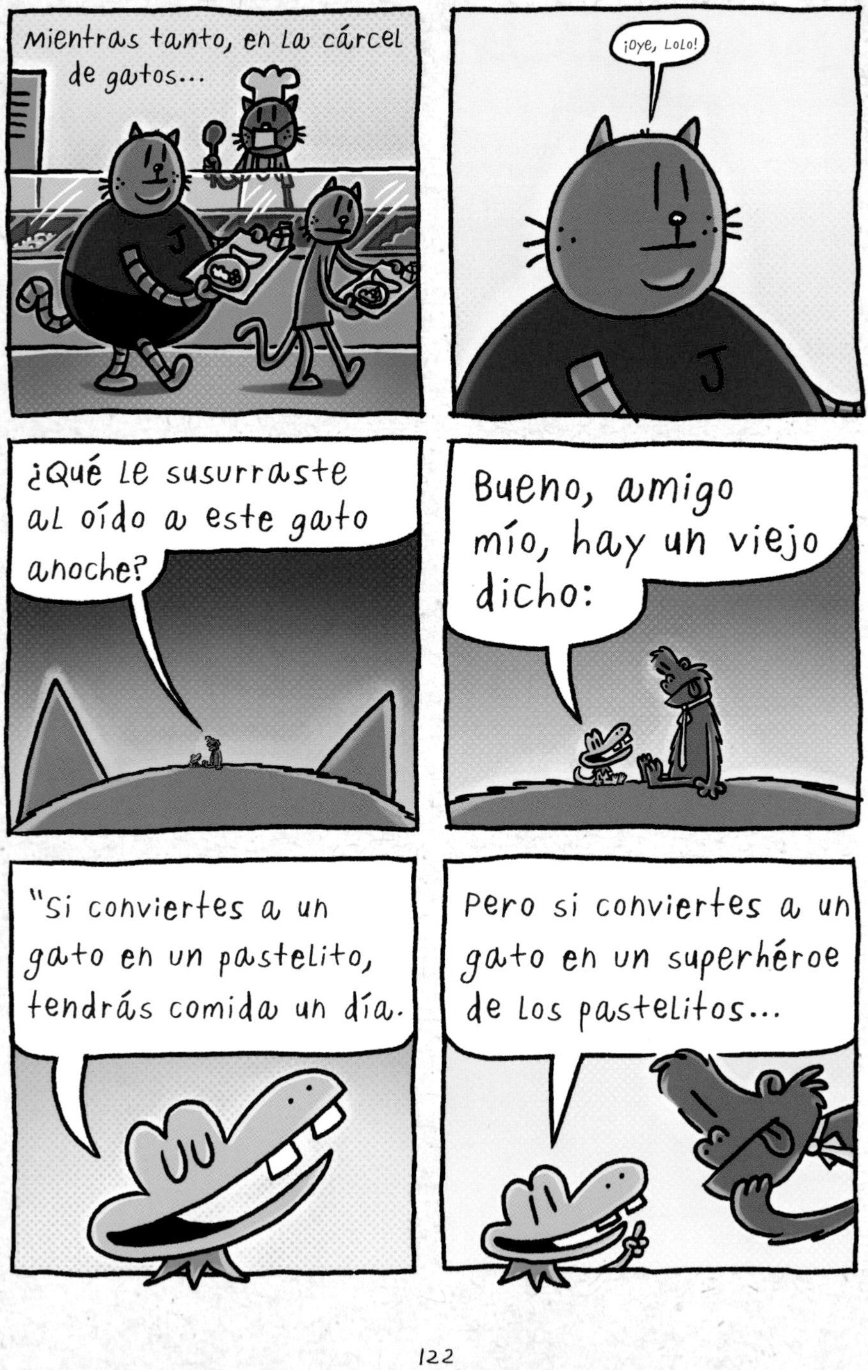
Mientras tanto, en la cárcel de gatos...
¡Oye, Lolo!
¿Qué le susurraste al oído a este gato anoche?
Bueno, amigo mío, hay un viejo dicho:
"Si conviertes a un gato en un pastelito, tendrás comida un día.
Pero si conviertes a un gato en un superhéroe de los pastelitos...

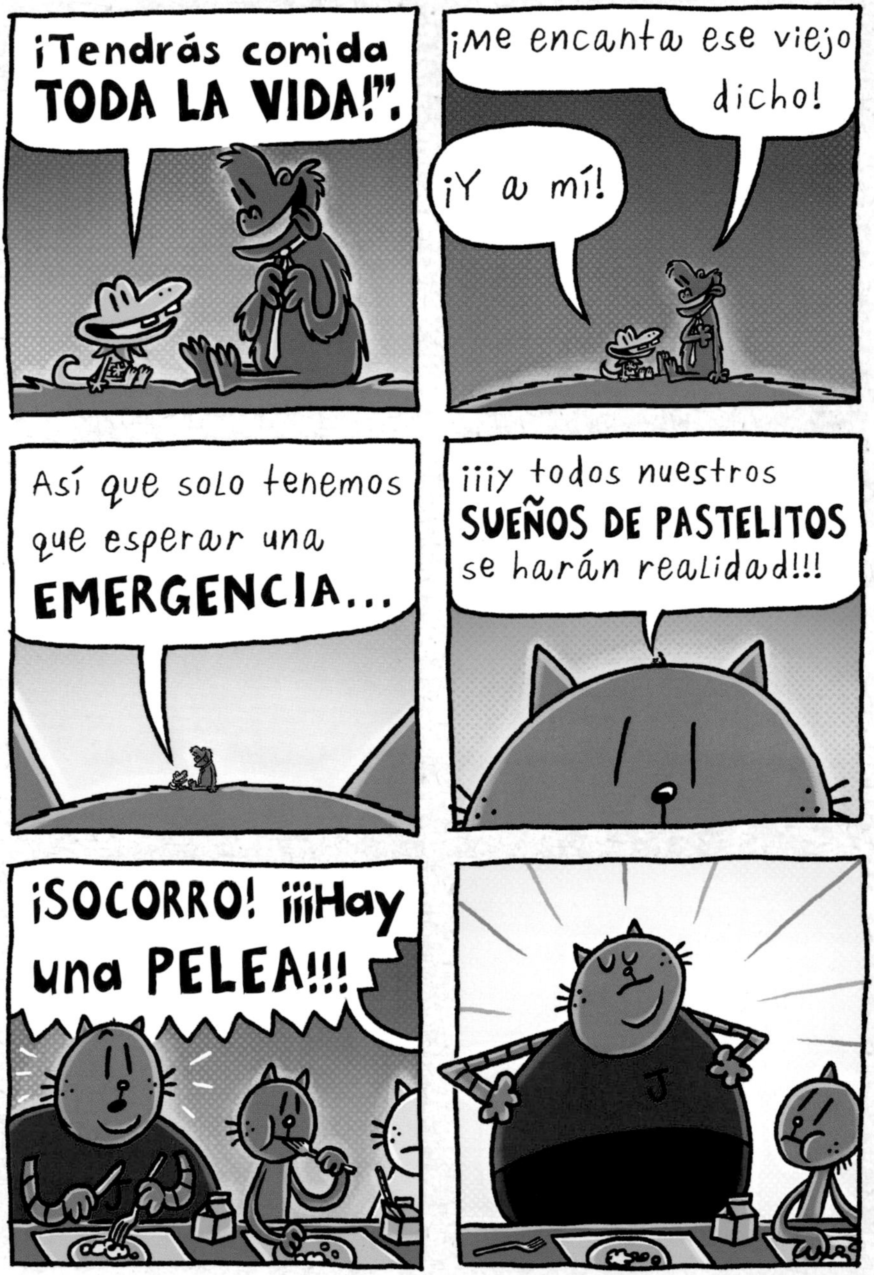
¡Tendrás comida TODA LA VIDA!".
¡Me encanta ese viejo dicho!
¡Y a mí!
Así que solo tenemos que esperar una EMERGENCIA...
¡¡¡Y todos nuestros SUEÑOS DE PASTELITOS se harán realidad!!!
¡SOCORRO! ¡¡¡Hay una PELEA!!!
J
J

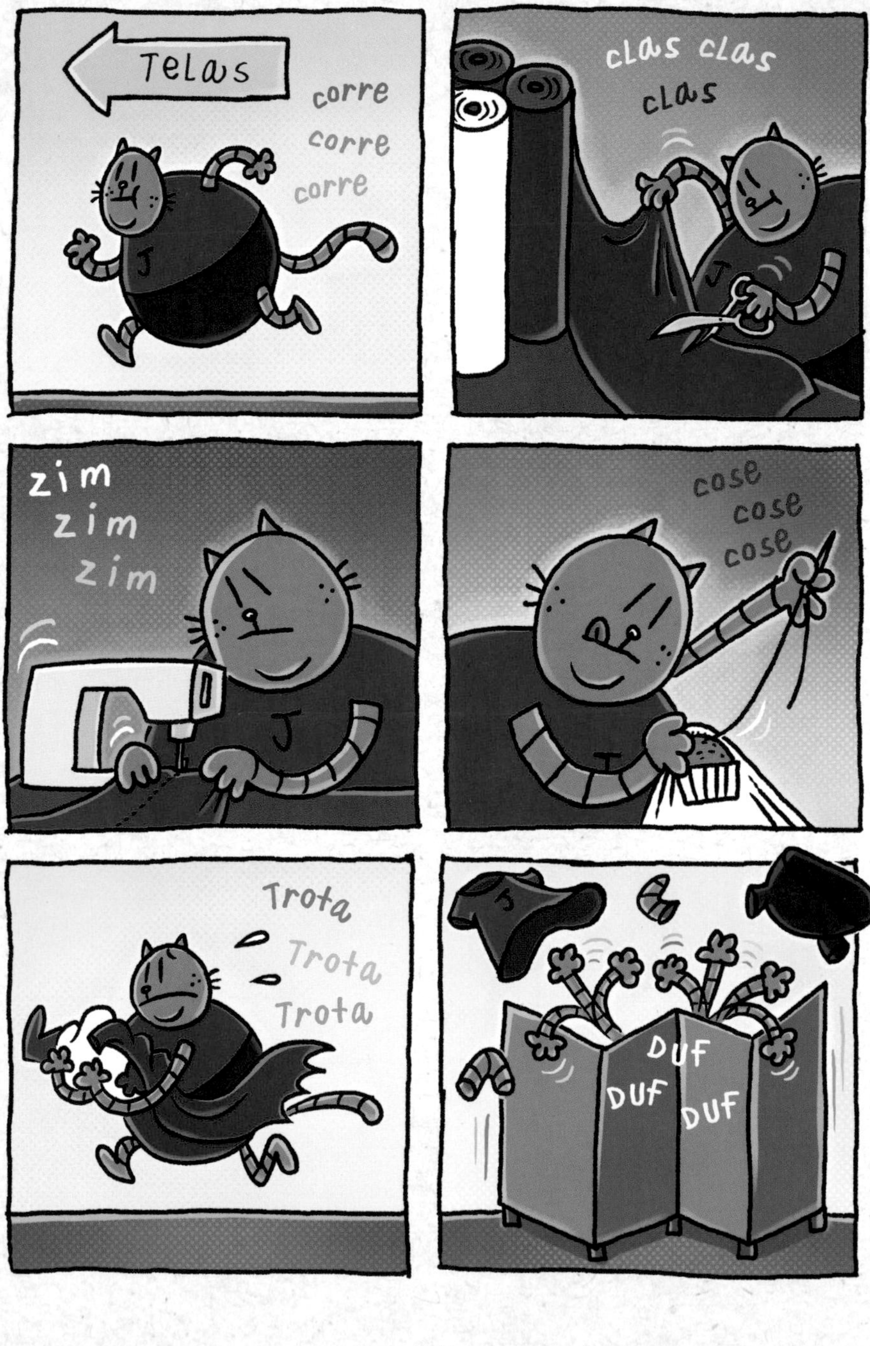
Telas
corre
corre
corre
clas clas
clas
zim
zim
zim
cose
cose
cose
Trota
Trota
Trota
DUF
DUF
DUF

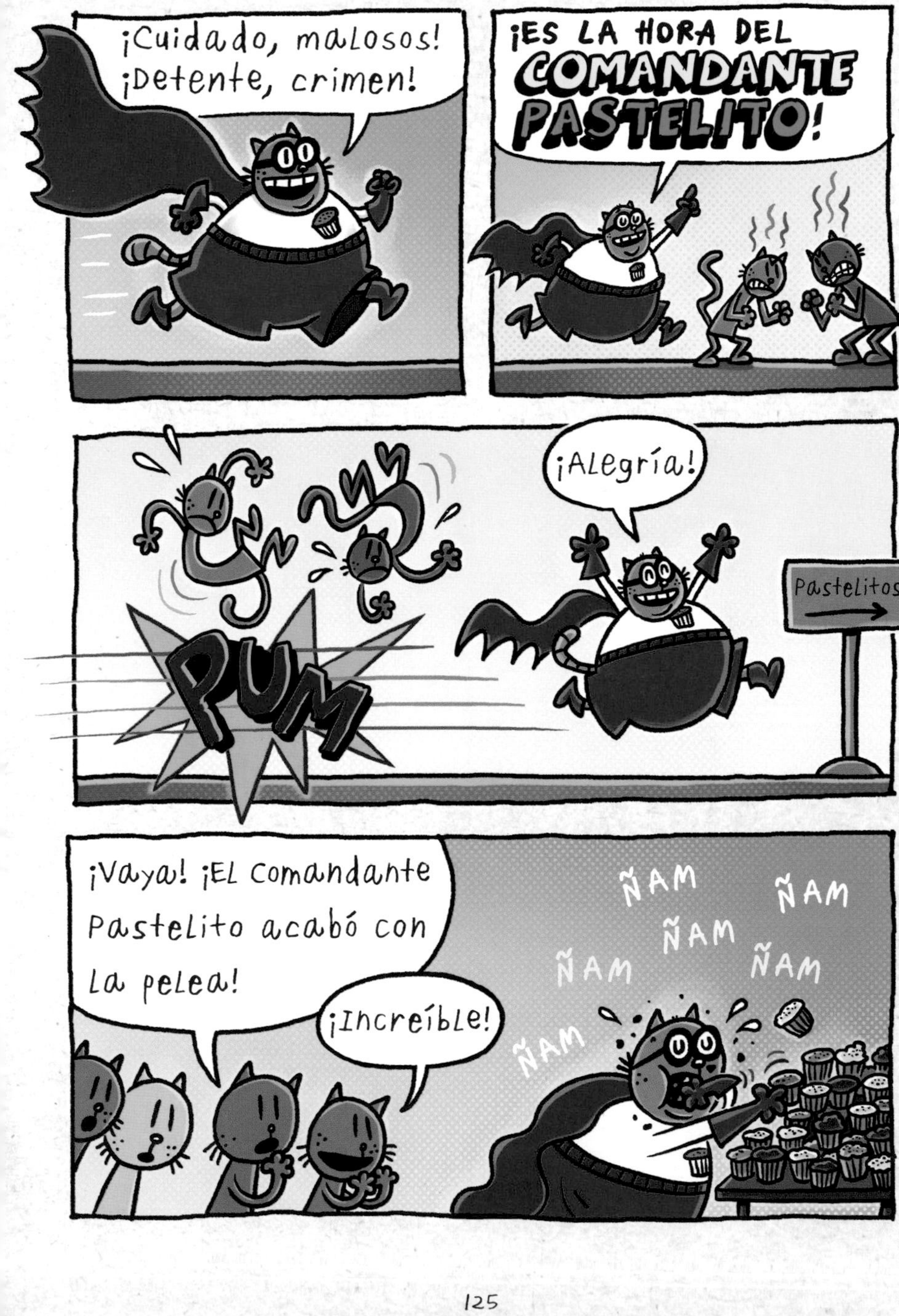
¡Cuidado, malosos! ¡Detente, crimen!
¡ES LA HORA DEL COMANDANTE PASTELITO!
PUM
¡Alegría!
Pastelitos
¡Vaya! ¡EL comandante Pastelito acabó con La pelea!
¡Increíble!
ÑAM
ÑAM
ÑAM
ÑAM
ÑAM
ÑAM

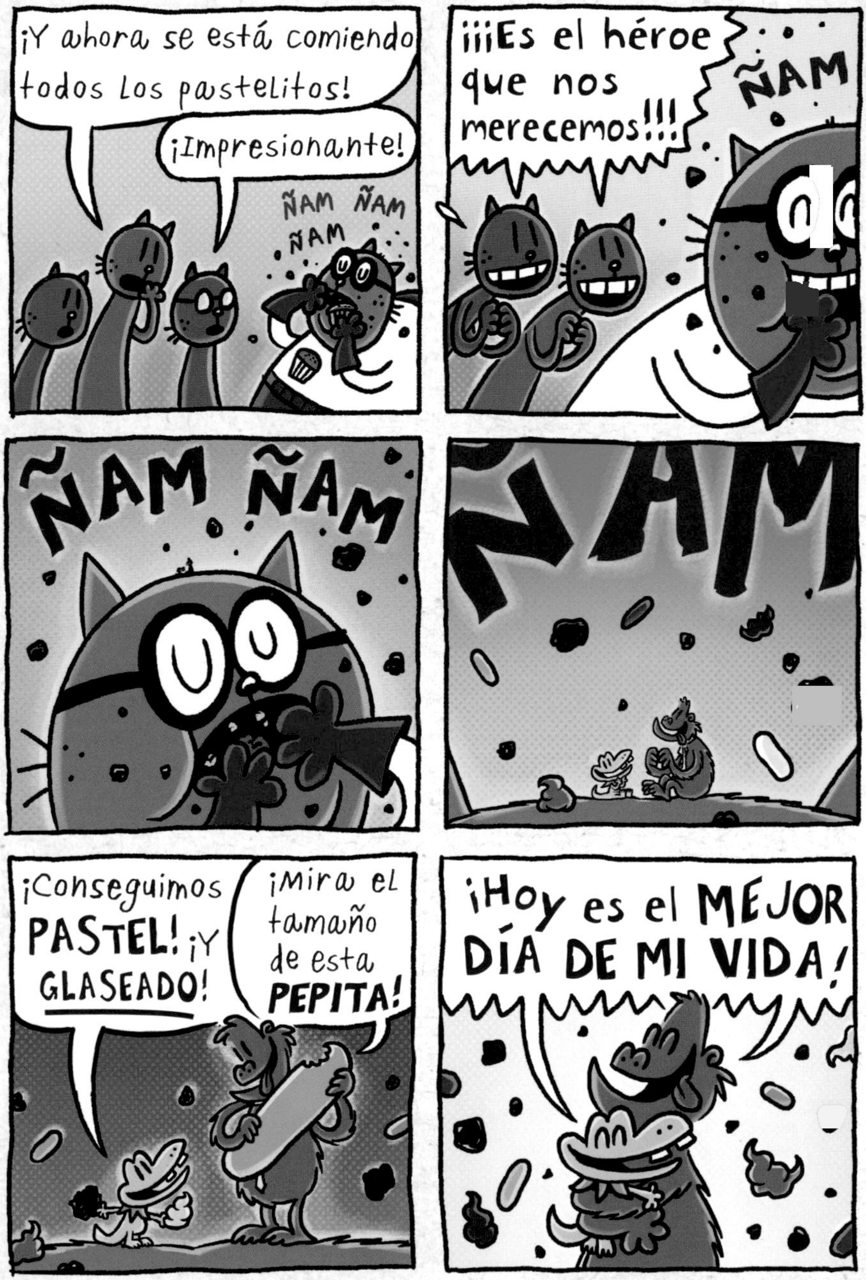
¡Y ahora se está comiendo todos los pastelitos!
¡Impresionante!
ÑAM ÑAM ÑAM
¡¡¡Es el héroe que nos merecemos!!!
ÑAM
ÑAM ÑAM
ÑAM
¡Conseguimos PASTEL! ¡Y GLASEADO!
¡Mira el tamaño de esta PEPITA!
¡Hoy es el MEJOR DÍA DE MI VIDA!

CAPÍTULO 8

EL VIEJO Y LAS GALLETITAS DE MARISCO

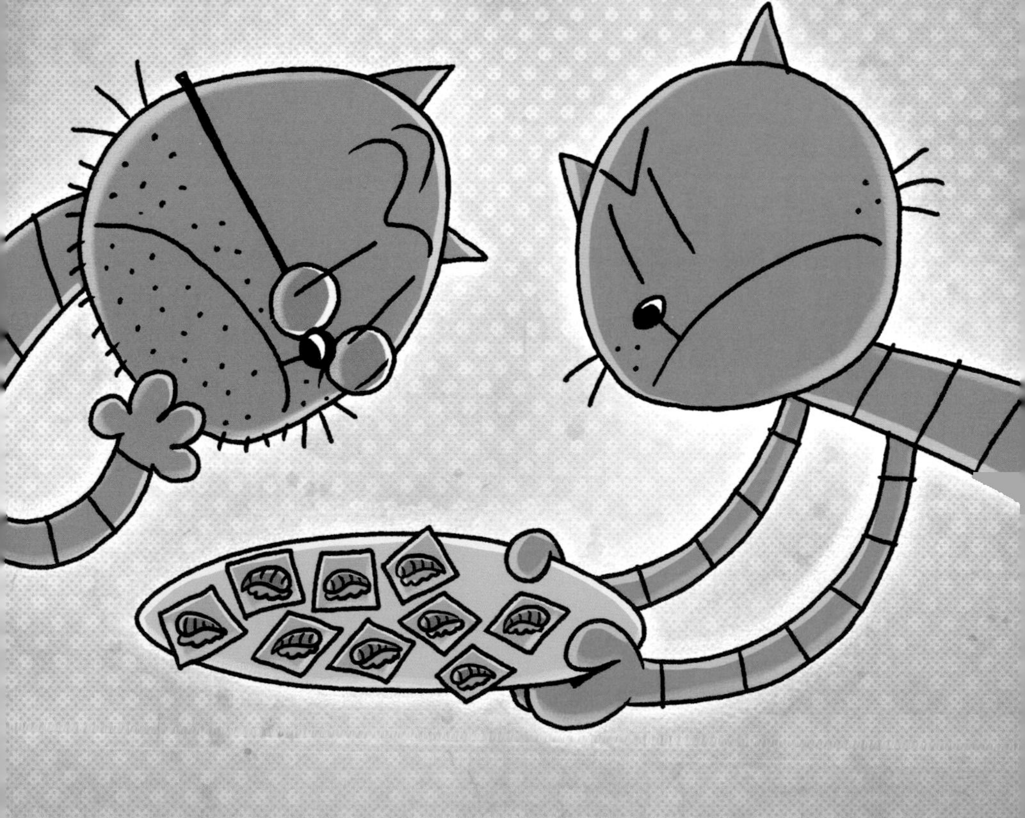

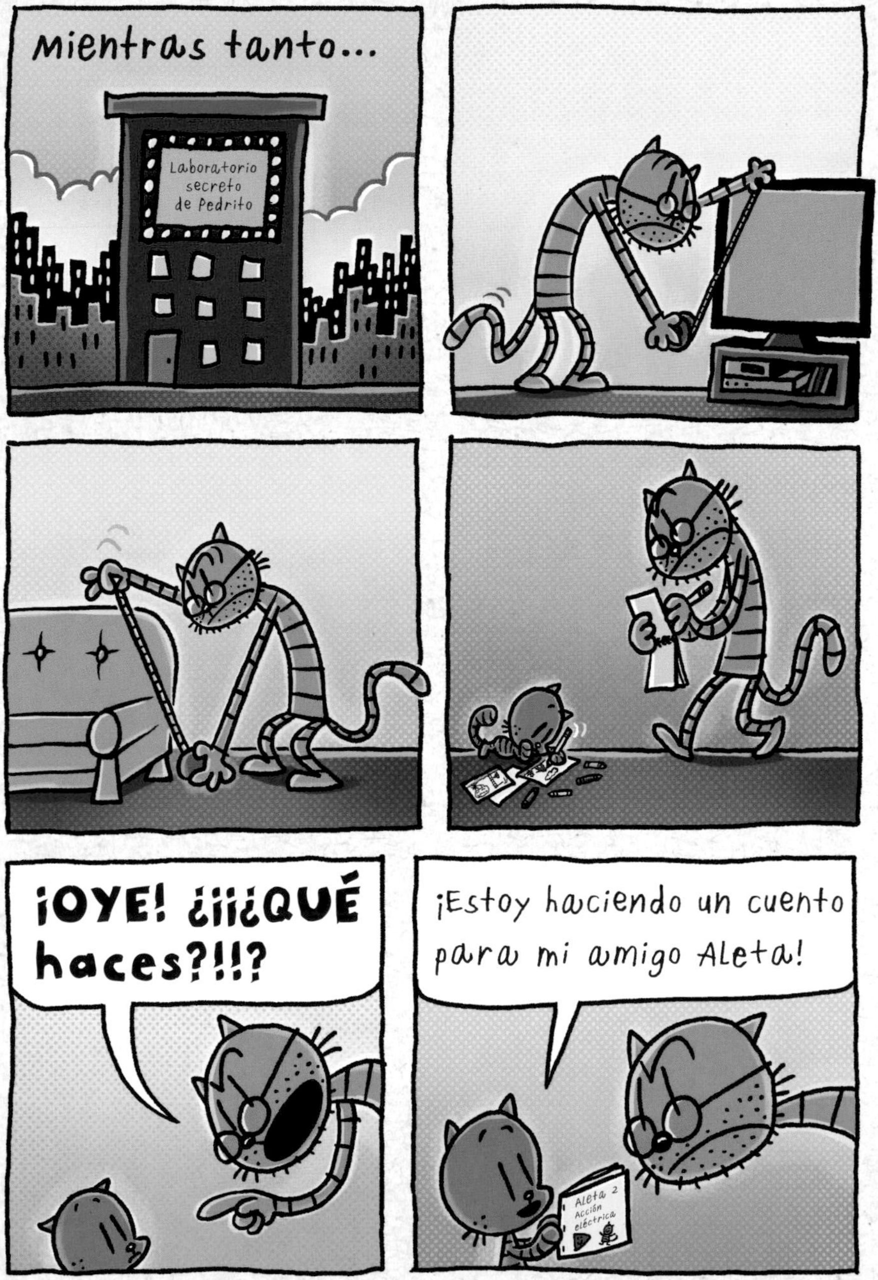
Mientras tanto...
Laboratorio secreto de Pedrito
¡OYE! ¿¡¡¿QUÉ haces?!!?
¡Estoy haciendo un cuento para mi amigo Aleta!
Aleta 2 Acción eléctrica

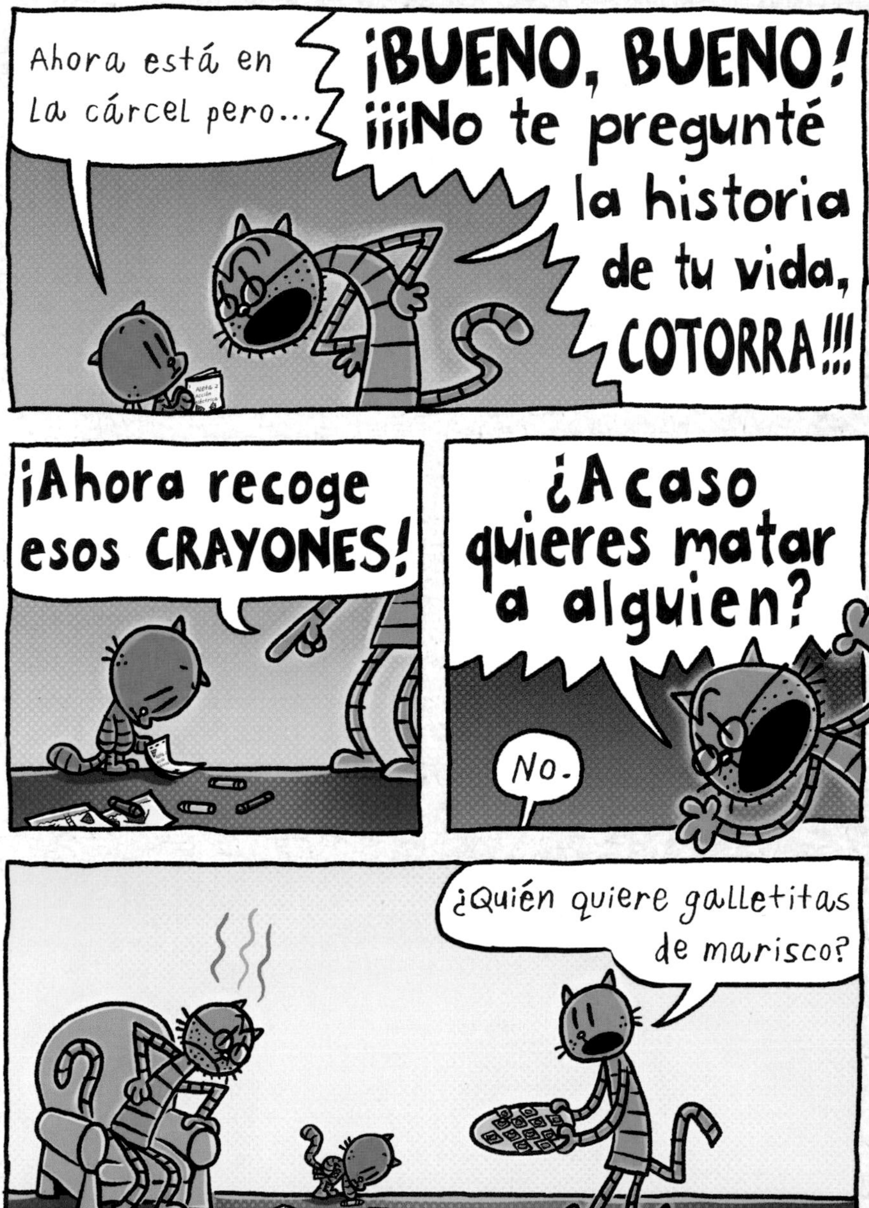
Ahora está en la cárcel pero...
¡BUENO, BUENO! ¡¡¡No te pregunté la historia de tu vida, COTORRA!!!
¡Ahora recoge esos CRAYONES!
¿Acaso quieres matar a alguien?
No.
¿Quién quiere galletitas de marisco?

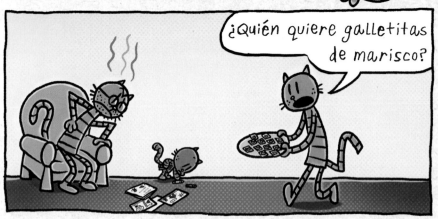

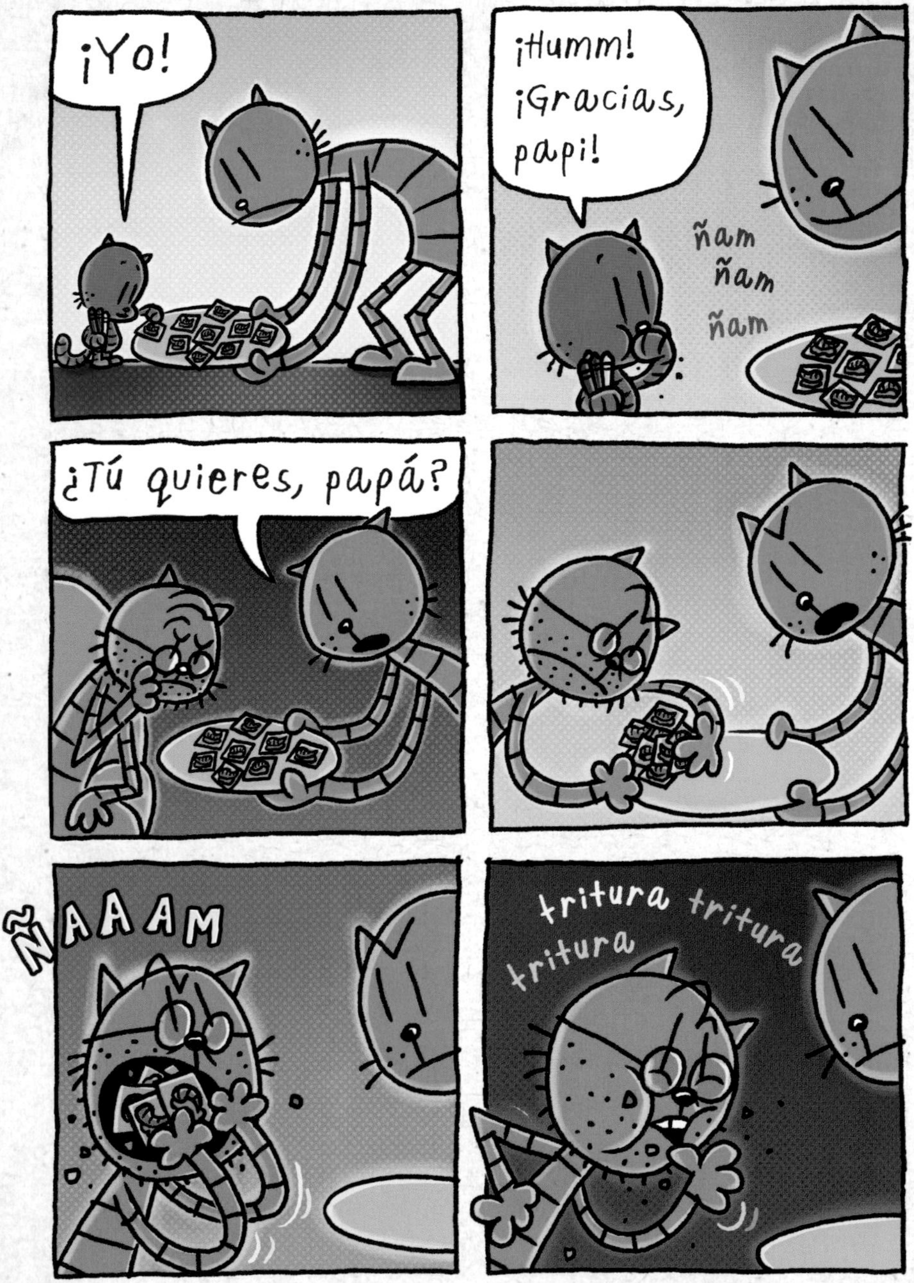
¡Yo!
¡Humm! ¡Gracias, papi!
ñam
ñam
ñam
¿Tú quieres, papá?
ÑAAAM
tritura tritura
tritura

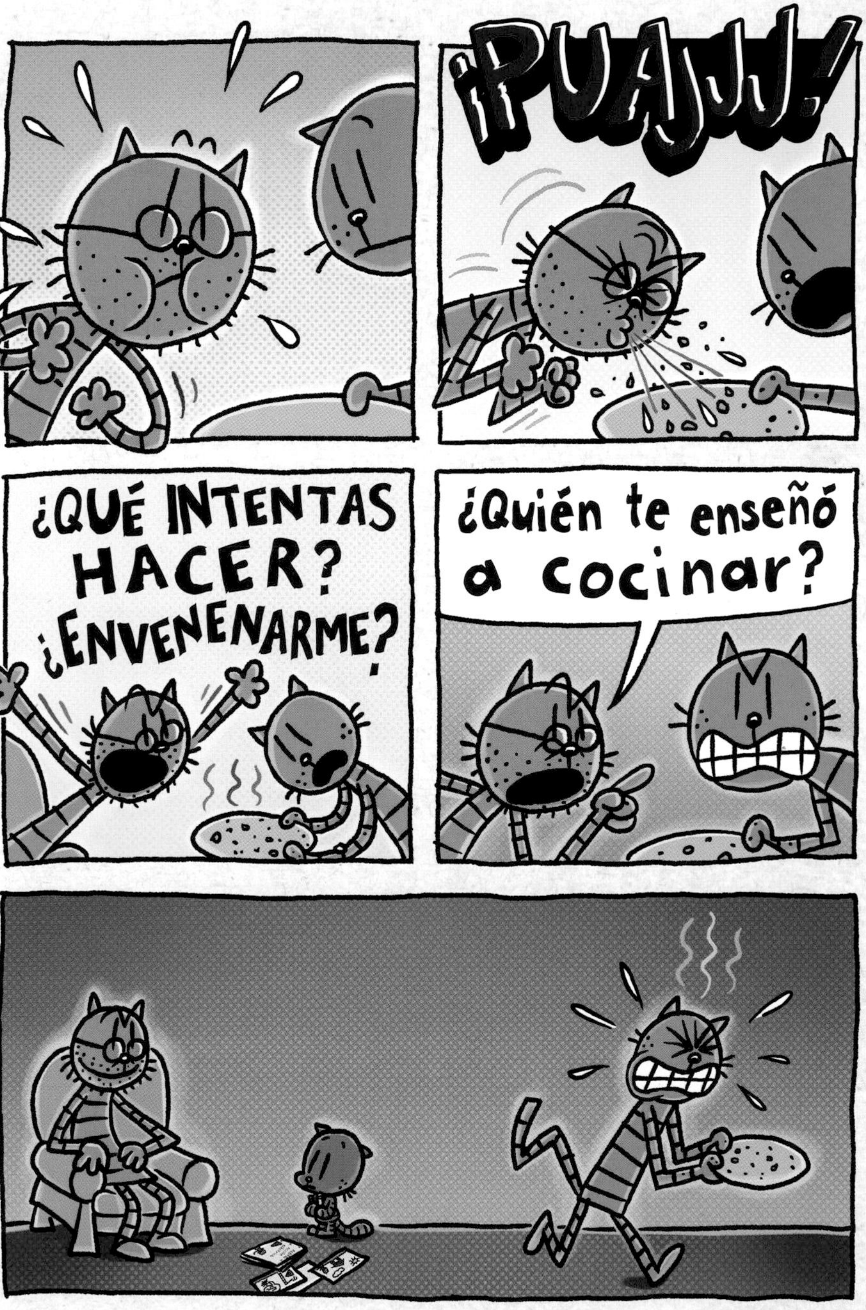
¡PUAJJJ!
¿QUÉ INTENTAS HACER? ¿ENVENENARME?
¿Quién te enseñó a cocinar?

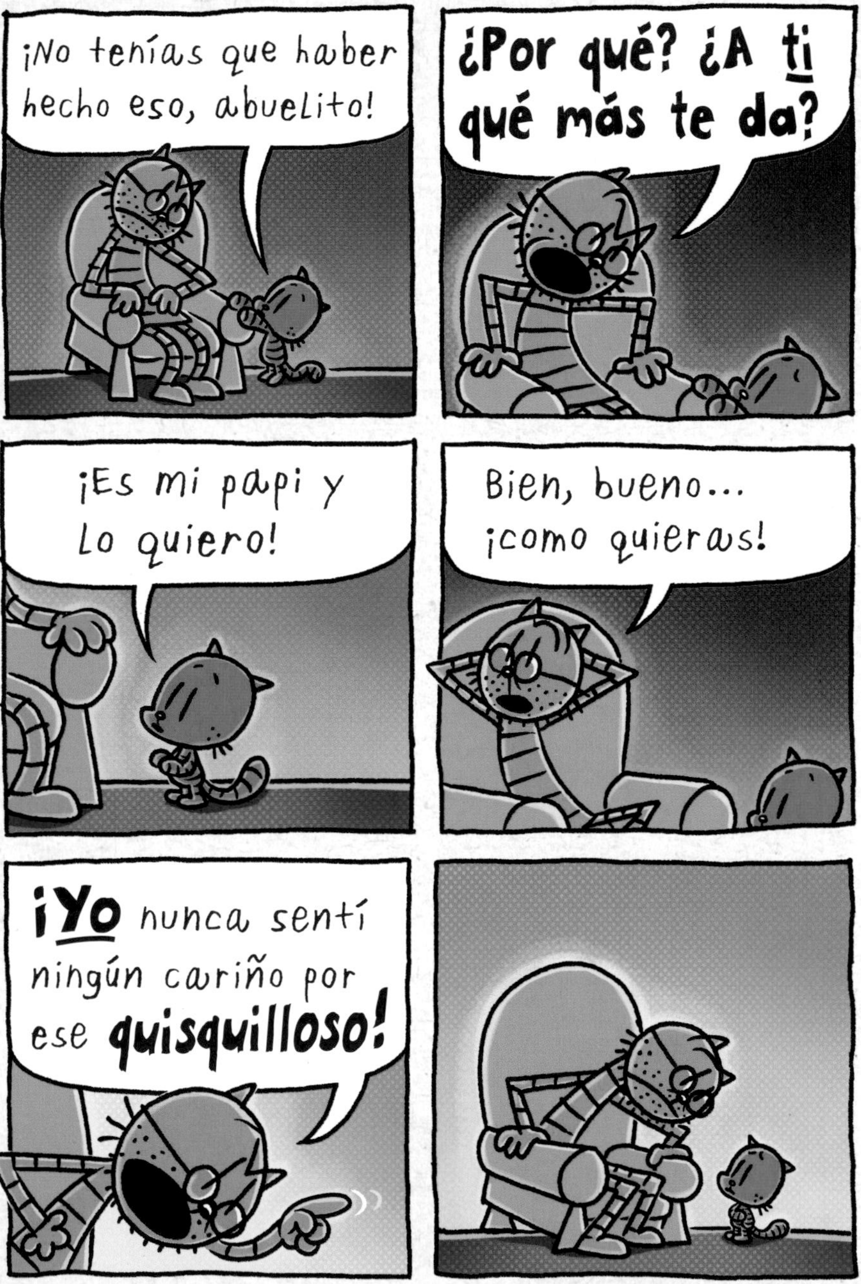
¡No tenías que haber hecho eso, abuelito!
¿Por qué? ¿A ti qué más te da?
¡Es mi papi y lo quiero!
Bien, bueno... ¡como quieras!
¡YO nunca sentí ningún cariño por ese quisquilloso!

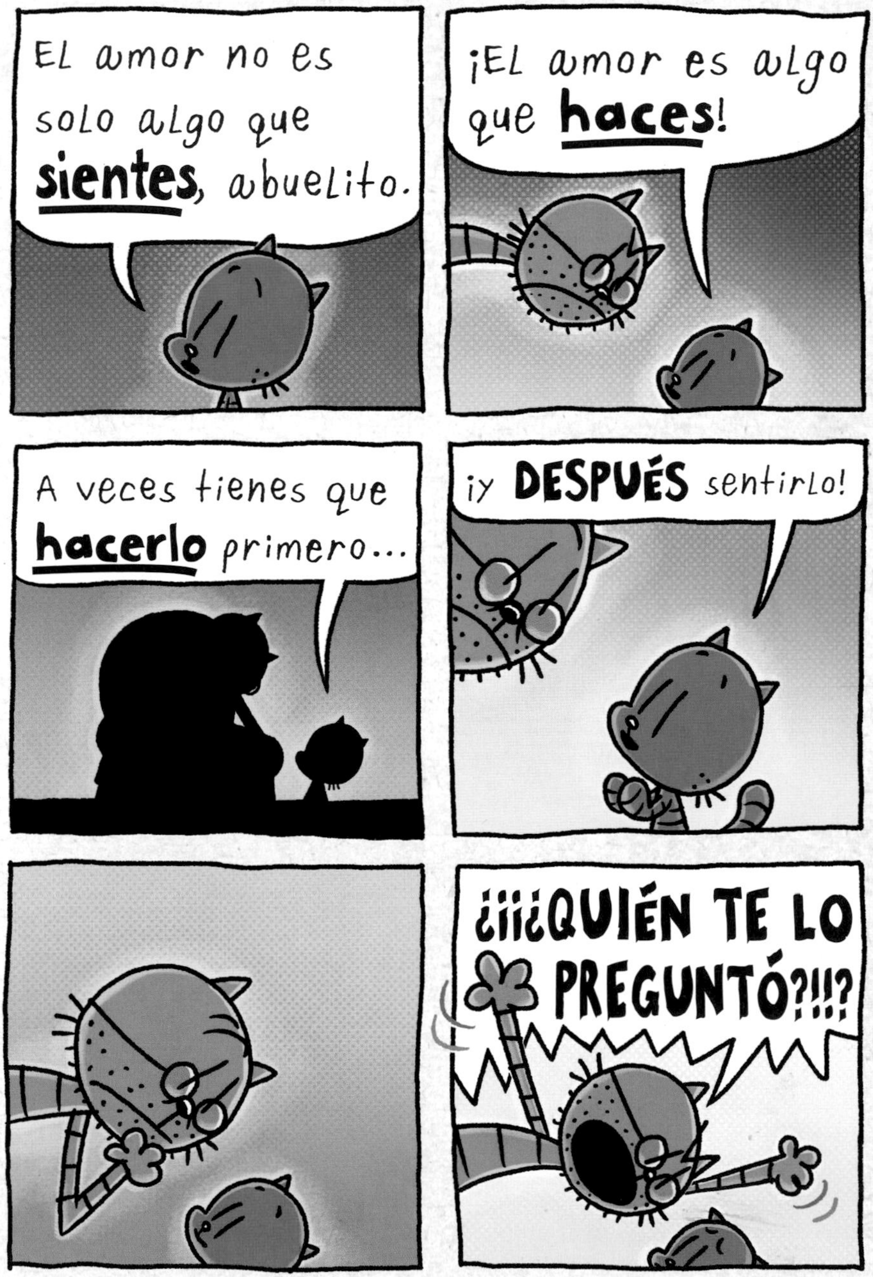

El amor no es solo algo que **sientes**, abuelito.
¡El amor es algo que **haces**!
A veces tienes que **hacerlo** primero...
¡y **DESPUÉS** sentirlo!
¿¡¡¿QUIÉN TE LO PREGUNTÓ?!!?

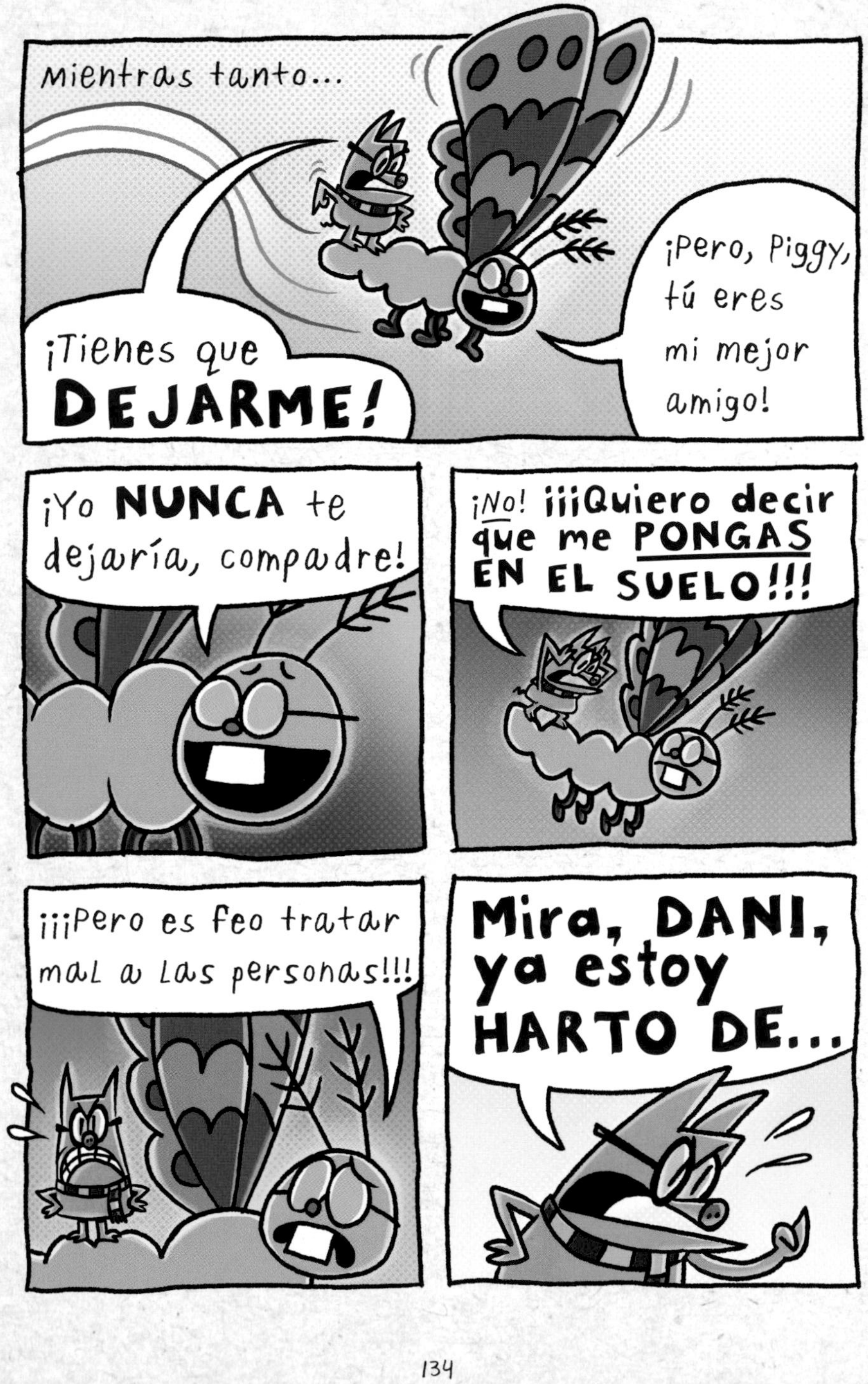
Mientras tanto...
¡Tienes que DEJARME!
¡Pero, Piggy, tú eres mi mejor amigo!
¡Yo NUNCA te dejaría, compadre!
¡No! ¡¡¡Quiero decir que me PONGAS EN EL SUELO!!!
¡¡¡Pero es feo tratar mal a las personas!!!
Mira, DANI, ya estoy HARTO DE...

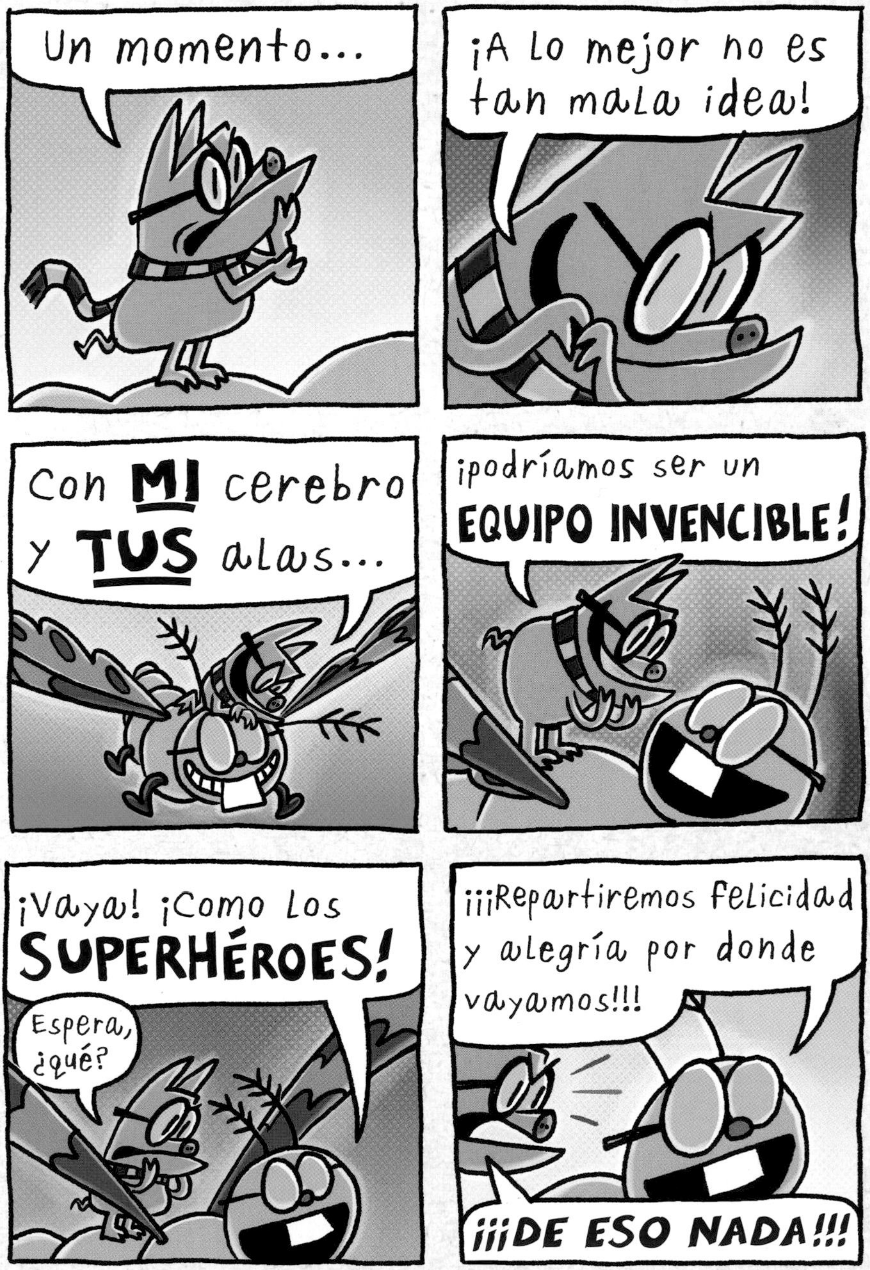
Un momento...
¡A lo mejor no es tan mala idea!
Con MI cerebro y TUS alas...
¡podríamos ser un EQUIPO INVENCIBLE!
¡Vaya! ¡Como los SUPERHÉROES!
Espera, ¿qué?
¡¡¡Repartiremos felicidad y alegría por donde vayamos!!!
¡¡¡DE ESO NADA!!!

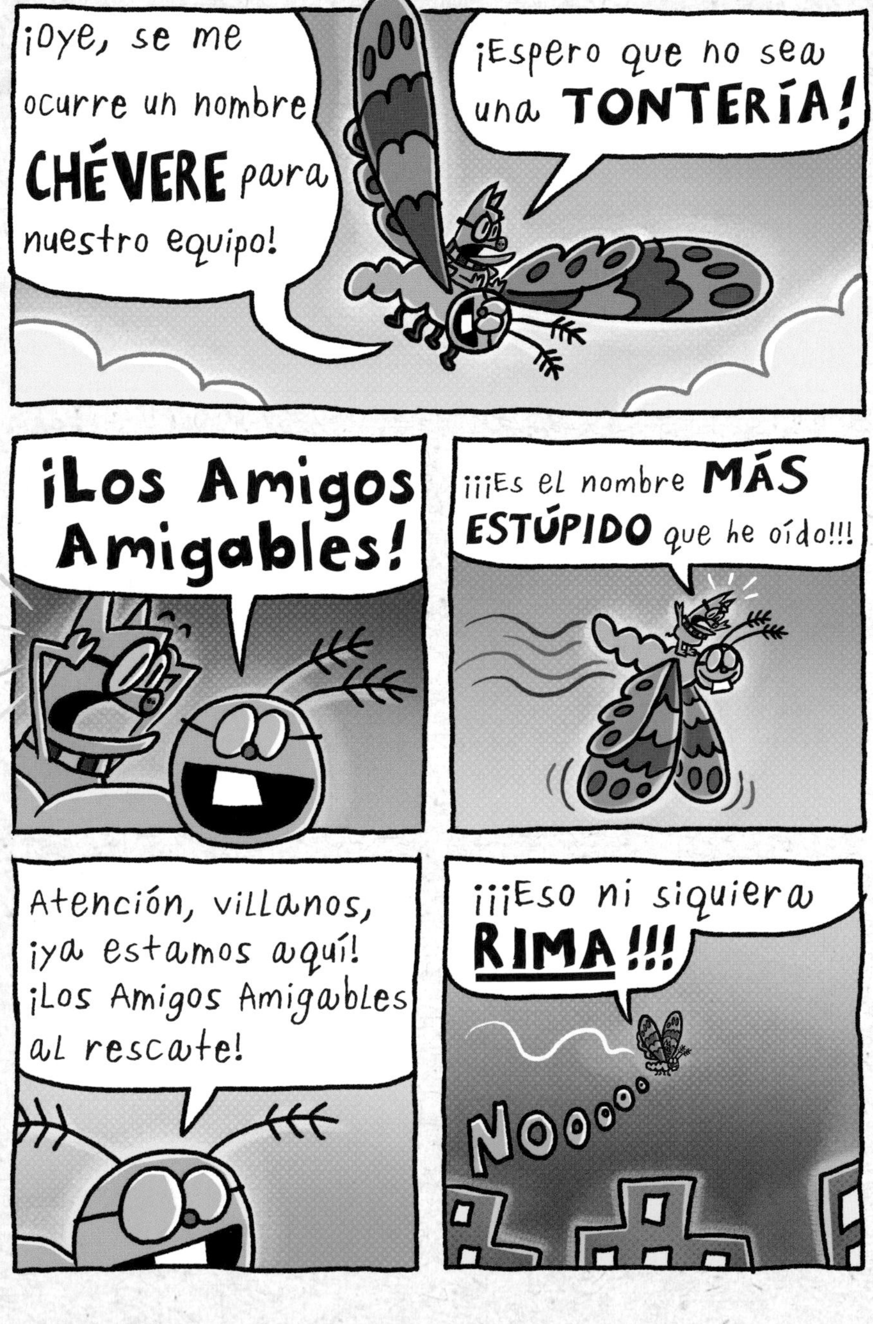
¡Oye, se me ocurre un nombre CHÉVERE para nuestro equipo!
¡Espero que no sea una TONTERÍA!
¡Los Amigos Amigables!
¡¡¡Es el nombre MÁS ESTÚPIDO que he oído!!!
Atención, villanos, ¡ya estamos aquí! ¡Los Amigos Amigables al rescate!
¡¡¡Eso ni siquiera RIMA!!!
NOooooo

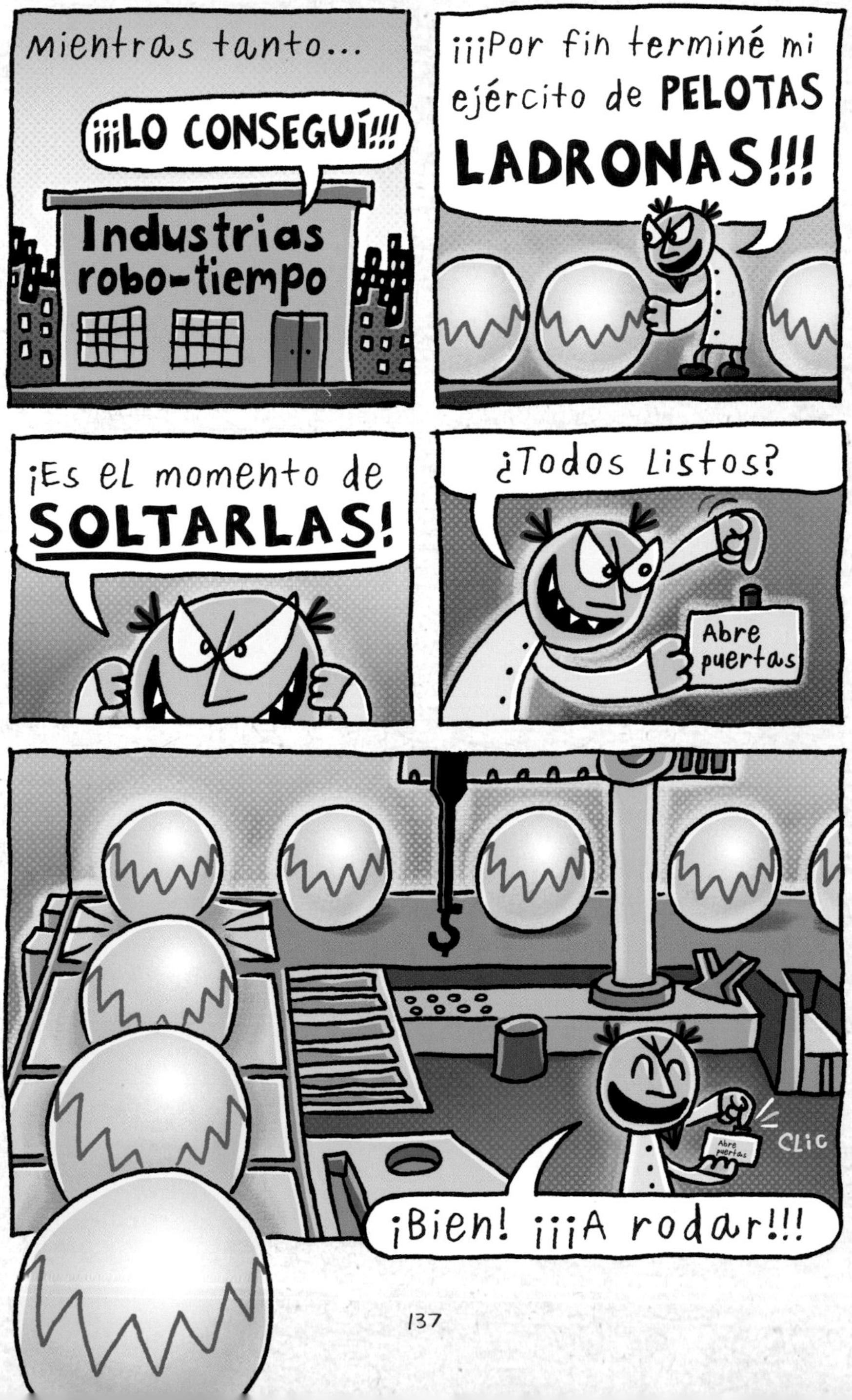
Mientras tanto...
¡¡¡LO CONSEGUÍ!!!
Industrias robo-tiempo
¡¡¡Por fin terminé mi ejército de PELOTAS LADRONAS!!!
¡Es el momento de SOLTARLAS!
¿Todos listos?
Abre puertas
CLIC
Abre puertas
¡Bien! ¡¡¡A rodar!!!

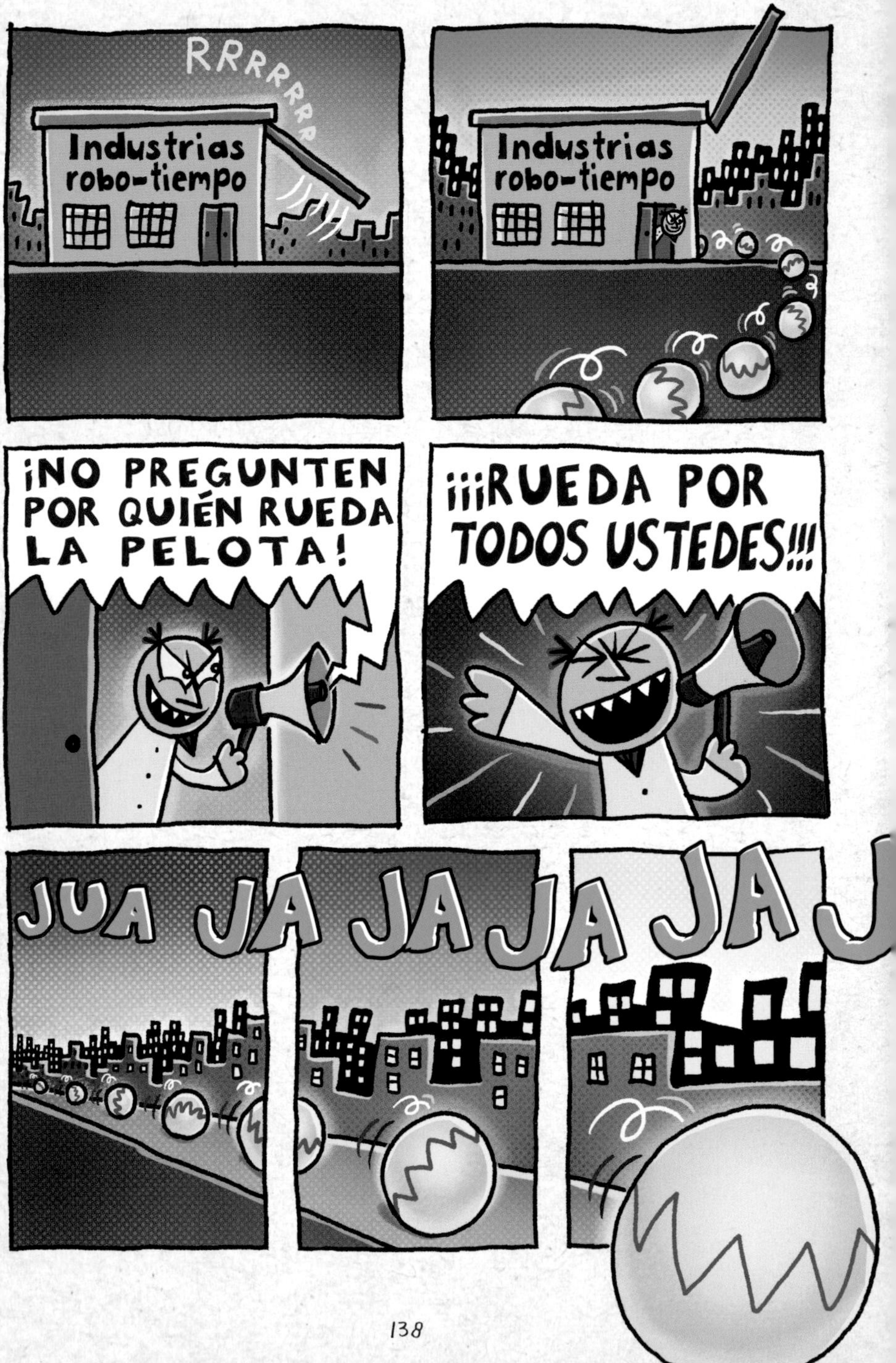
RRRRRRRR
Industrias robo-tiempo
Industrias robo-tiempo
¡NO PREGUNTEN POR QUIÉN RUEDA LA PELOTA!
¡¡¡RUEDA POR TODOS USTEDES!!!
JUA JA JA JA JA J

CAPÍTULO 9

EL ATAQUE DE LAS PELOTAS LADRONAS

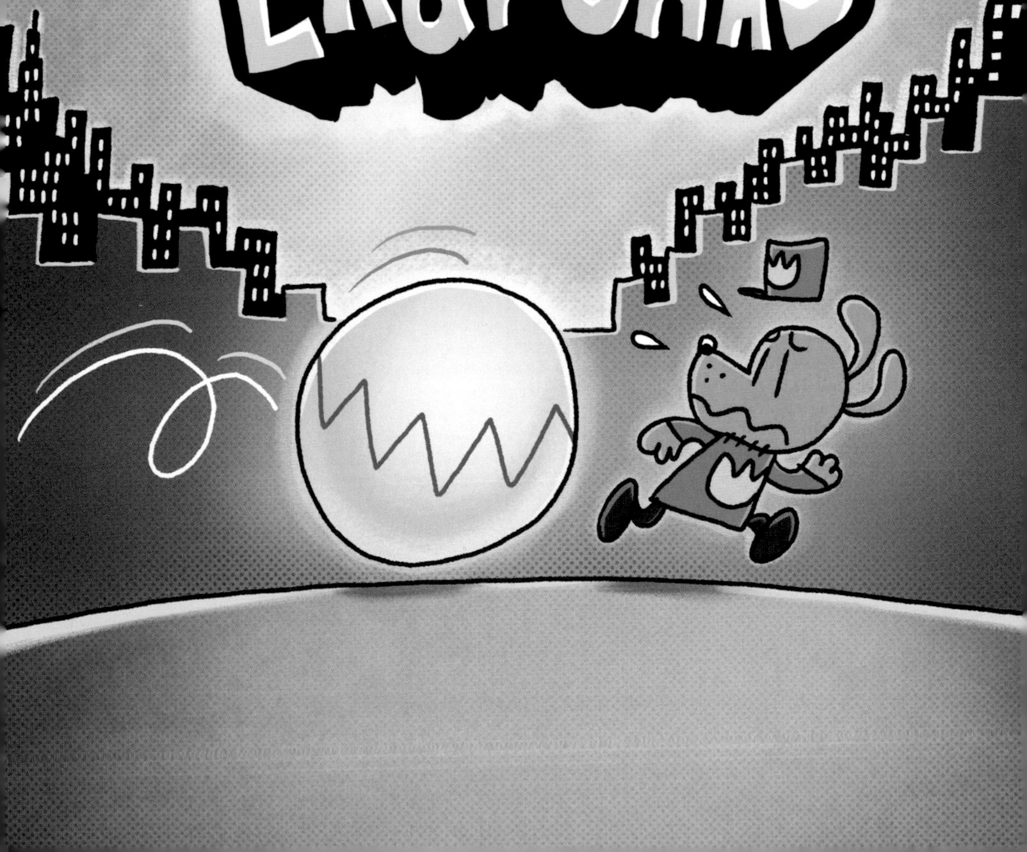

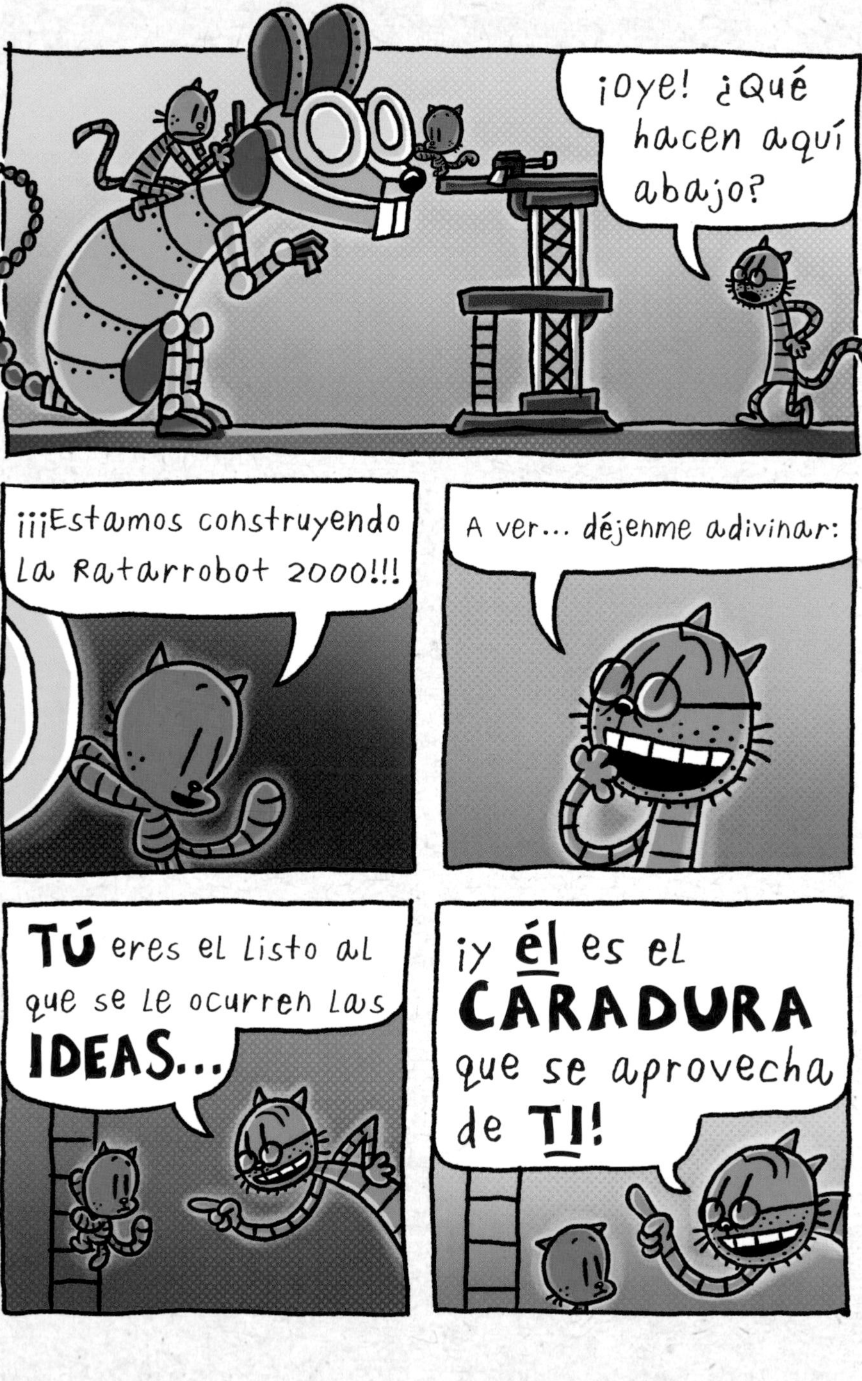
¡Oye! ¿Qué hacen aquí abajo?
¡¡¡Estamos construyendo La Ratarrobot 2000!!!
A ver... déjenme adivinar:
TÚ eres el listo al que se le ocurren las IDEAS...
¡y él es el CARADURA que se aprovecha de TI!

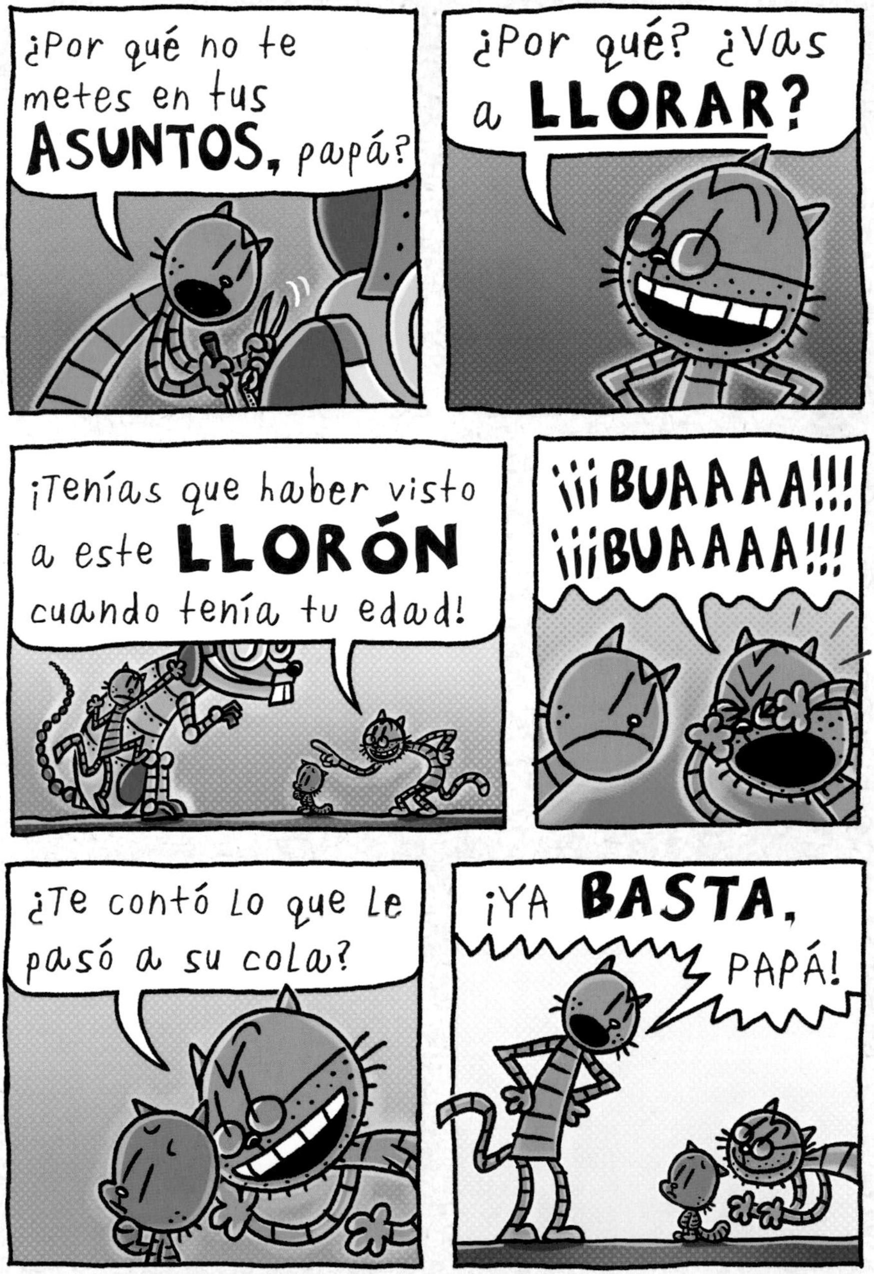
¿Por qué no te metes en tus ASUNTOS, papá?
¿Por qué? ¿Vas a LLORAR?
¡Tenías que haber visto a este LLORÓN cuando tenía tu edad!
¡¡¡BUAAAAA!!! ¡¡¡BUAAAAA!!!
¿Te contó lo que le pasó a su cola?
¡YA BASTA, PAPÁ!

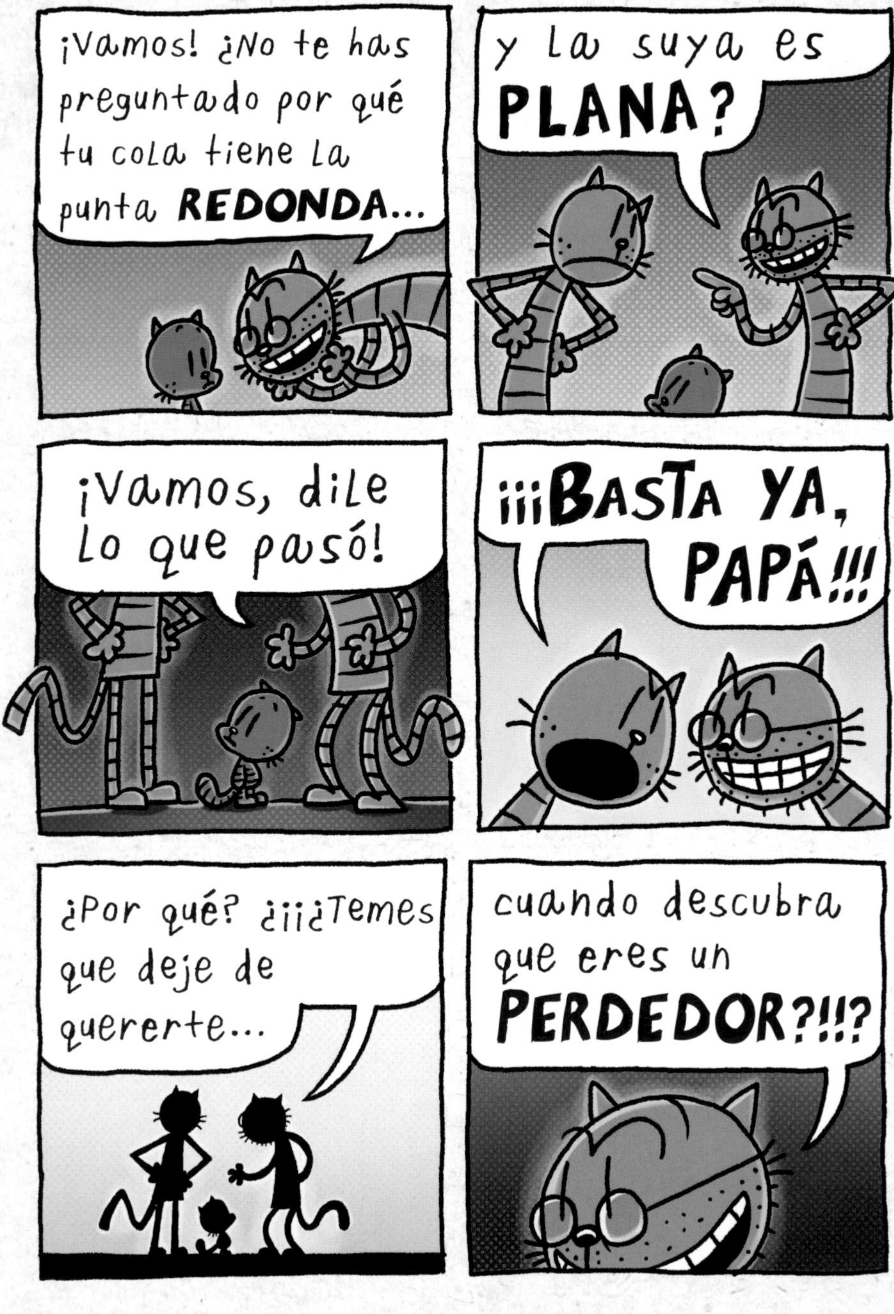
¡Vamos! ¿No te has preguntado por qué tu cola tiene la punta REDONDA...
y la suya es PLANA?
¡Vamos, dile lo que pasó!
¡¡¡BASTA YA, PAPÁ!!!
¿Por qué? ¿¿¿Temes que deje de quererte...
cuando descubra que eres un PERDEDOR?!!?

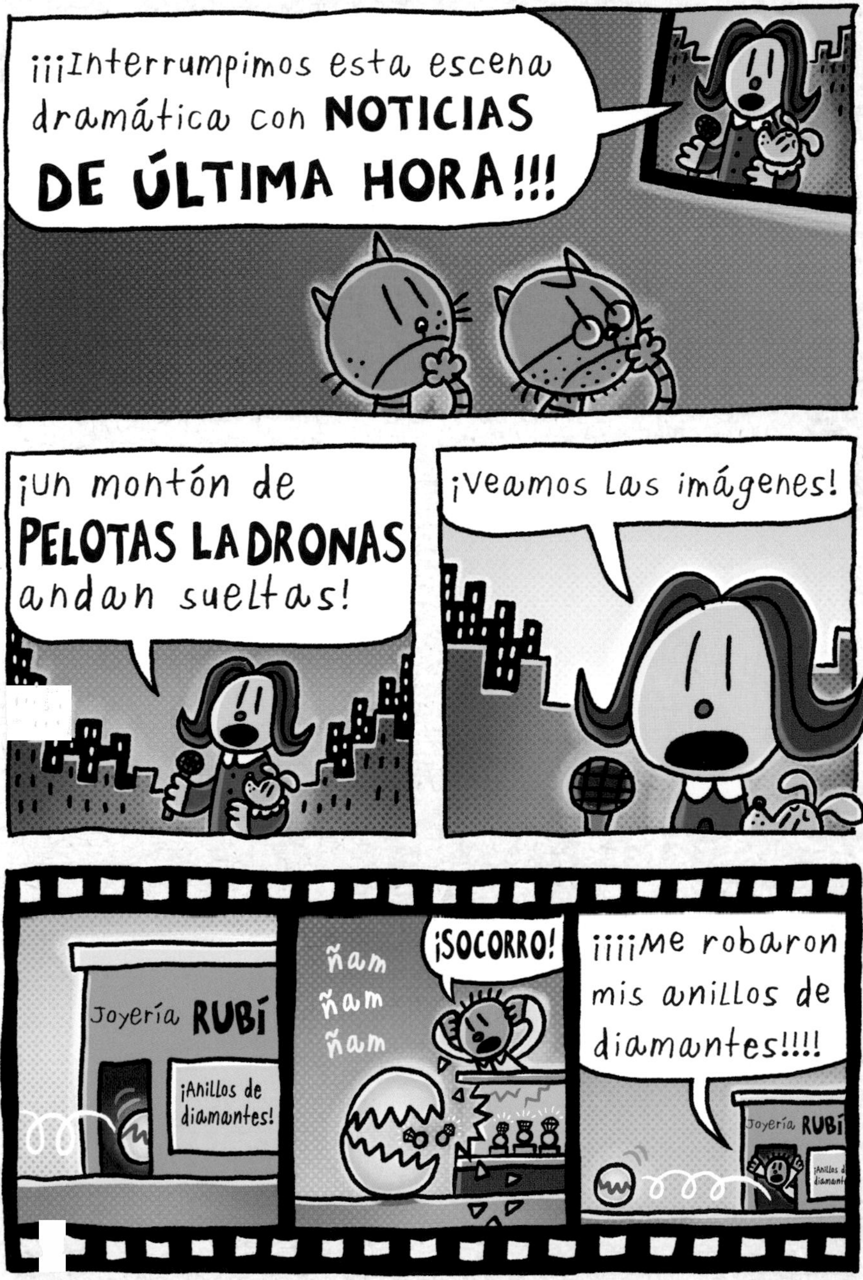
¡¡¡Interrumpimos esta escena dramática con NOTICIAS DE ÚLTIMA HORA!!!
¡Un montón de PELOTAS LADRONAS andan sueltas!
¡Veamos las imágenes!
Joyería RUBÍ
¡Anillos de diamantes!
ñam ñam ñam
¡SOCORRO!
¡¡¡¡Me robaron mis anillos de diamantes!!!!
Joyería RUBÍ

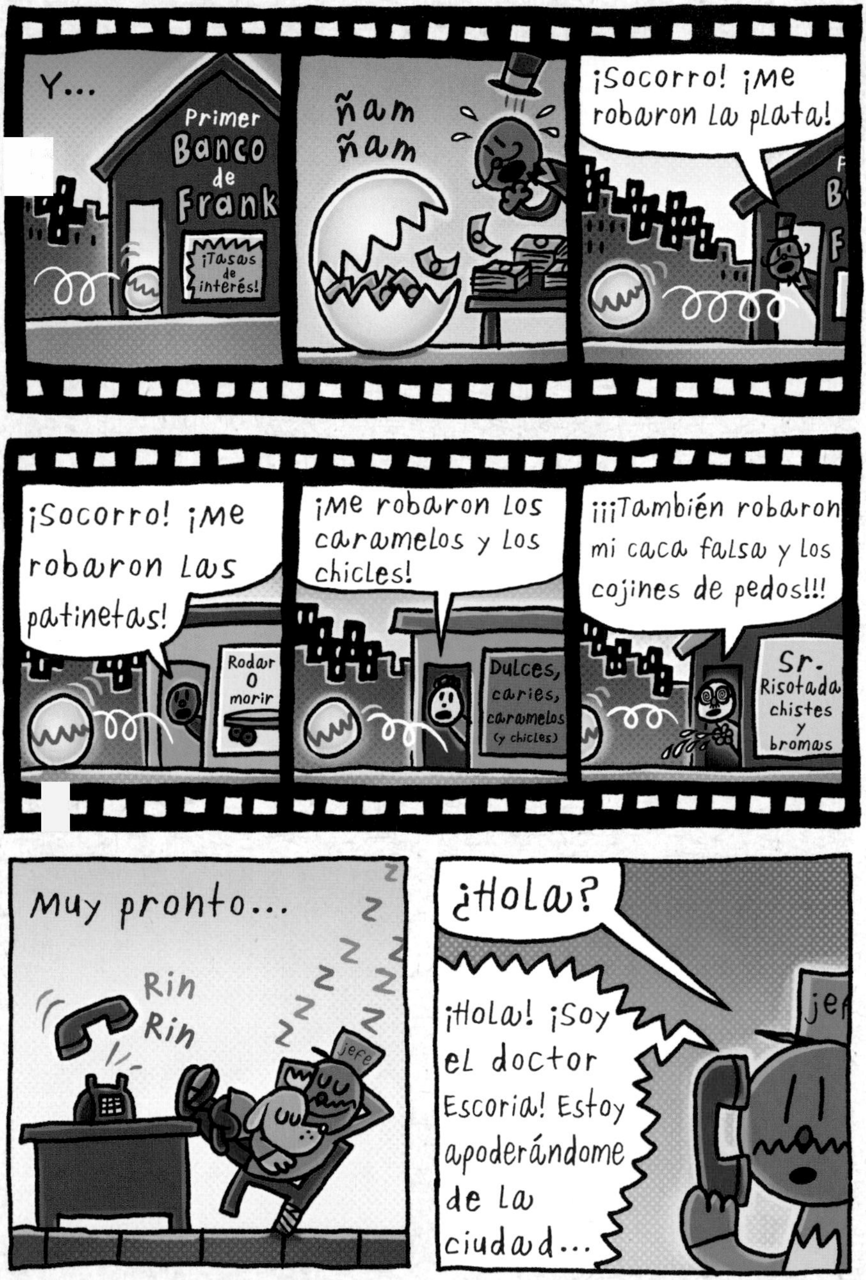

Y...
Primer Banco de Frank
¡Tasas de interés!
ñam ñam
¡Socorro! ¡Me robaron la plata!
¡Socorro! ¡Me robaron las patinetas!
Rodar o morir
¡Me robaron los caramelos y los chicles!
Dulces, caries, caramelos (y chicles)
¡¡¡También robaron mi caca falsa y los cojines de pedos!!!
Sr. Risotada chistes y bromas
Muy pronto...
Rin Rin
jefe
¿Hola?
¡Hola! ¡Soy el doctor Escoria! Estoy apoderándome de la ciudad...

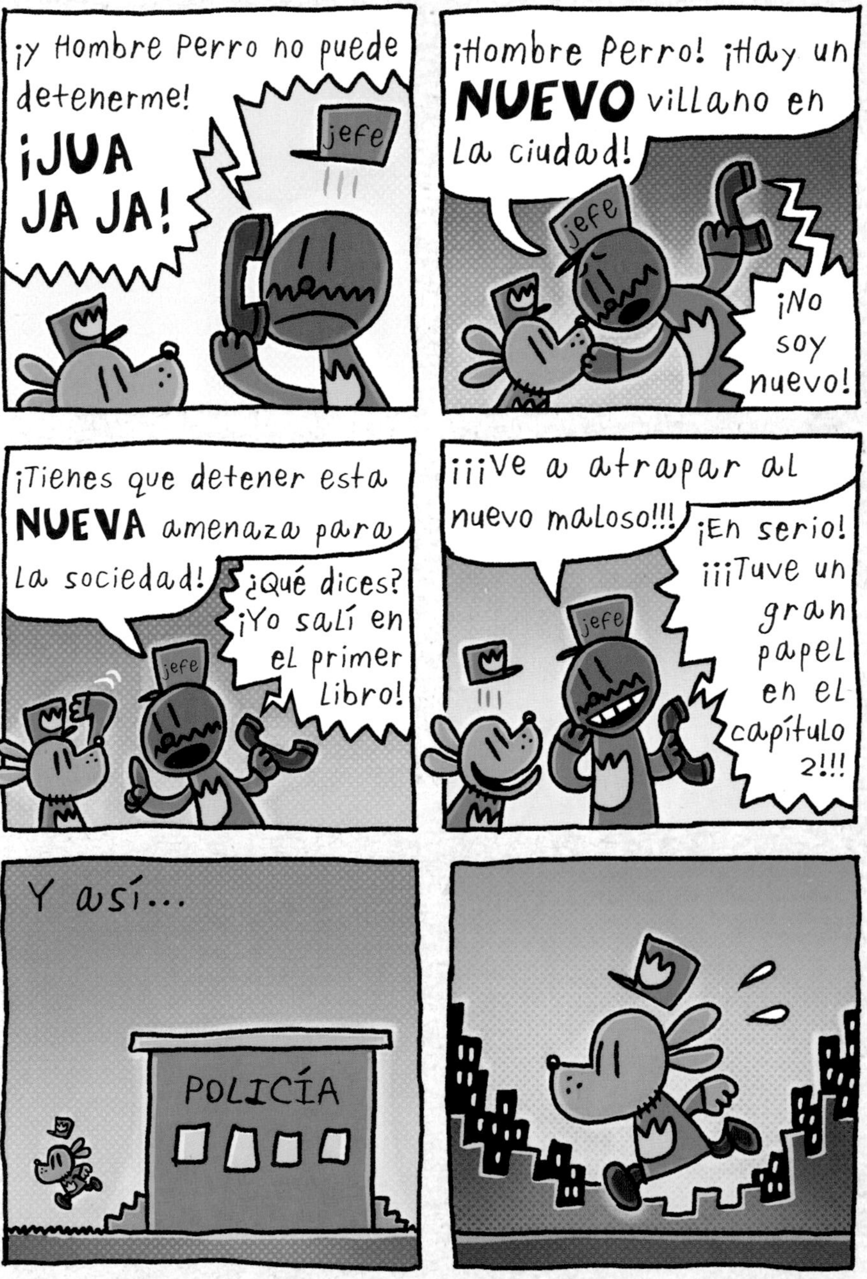
¡Y Hombre Perro no puede detenerme!
¡JUA JA JA!
jefe
¡Hombre Perro! ¡Hay un NUEVO villano en la ciudad!
jefe
¡No soy nuevo!
¡Tienes que detener esta NUEVA amenaza para la sociedad!
jefe
¿Qué dices? ¡Yo salí en el primer libro!
¡¡¡Ve a atrapar al nuevo maloso!!!
jefe
¡En serio! ¡¡¡Tuve un gran papel en el capítulo 2!!!
Y así...
POLICÍA

¡Miren! ¡Aquí viene Hombre Perro!
TV
¡Detendrá a esas molestas pelotas ladronas!
TV
Pero...
GRRRR...
PELOTA
PLAS

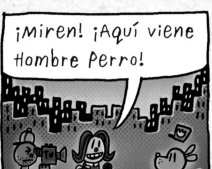

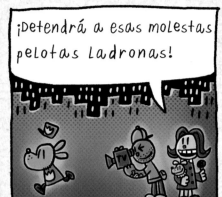

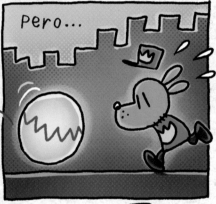

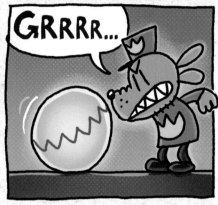

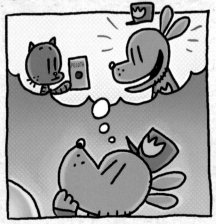

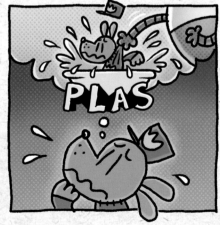

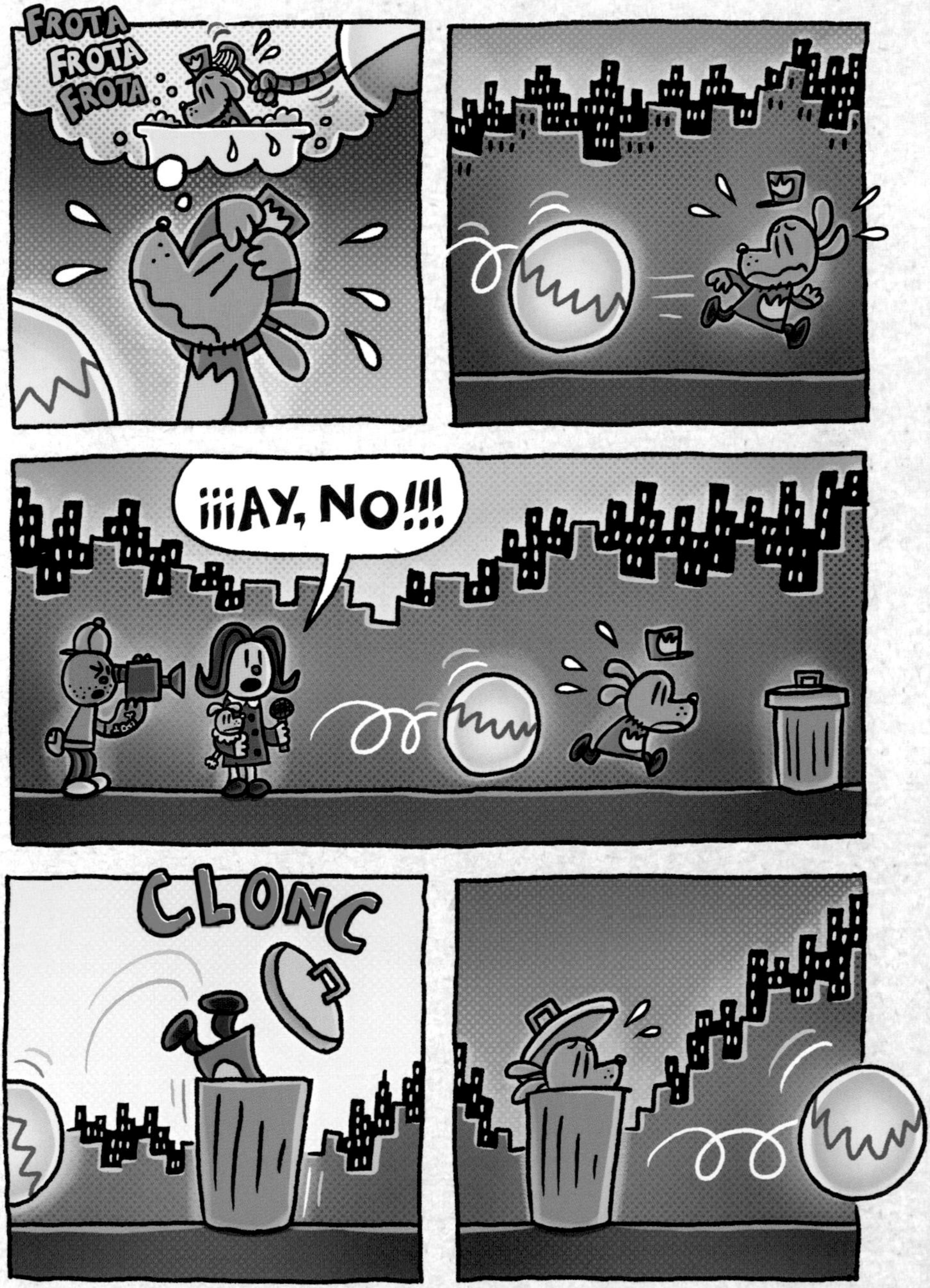
FROTA FROTA FROTA
¡¡¡AY, NO!!!
CLONC

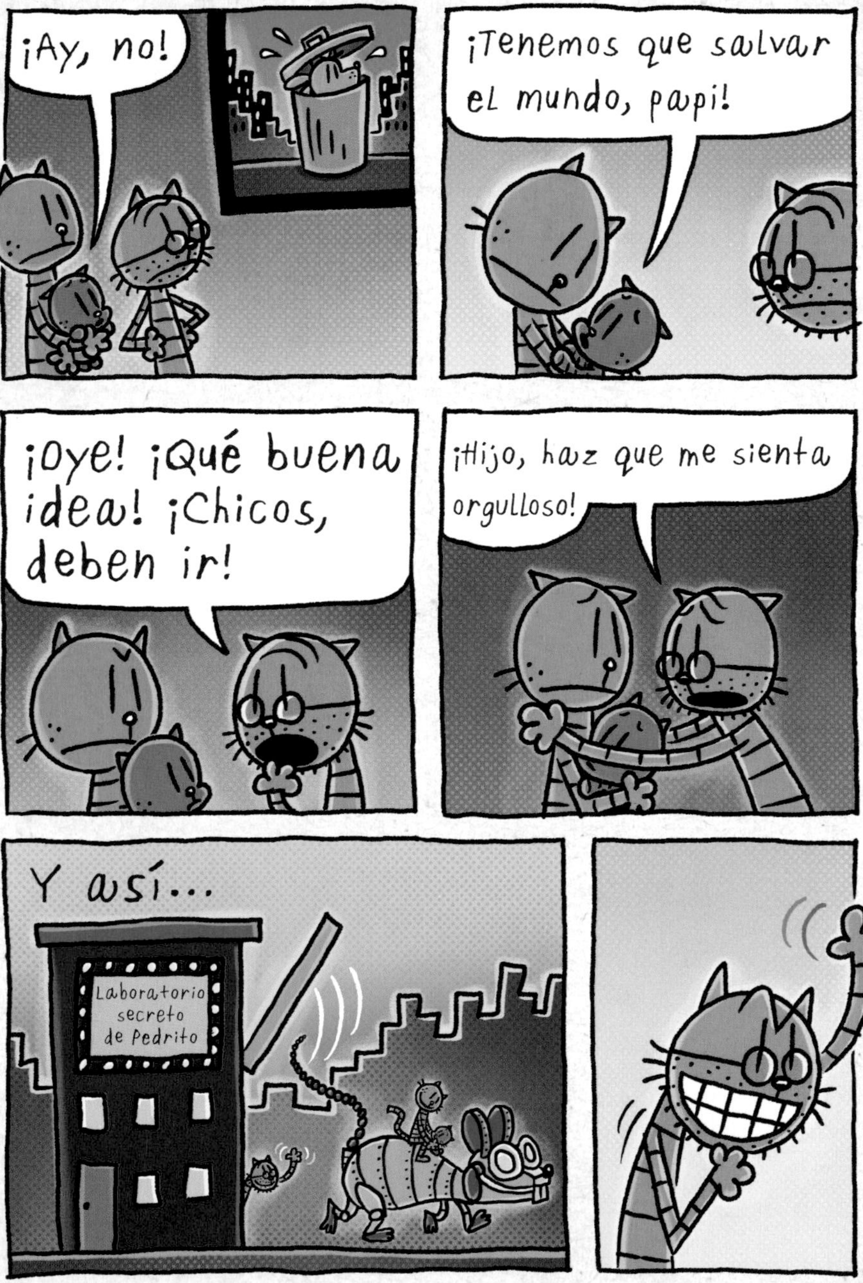
¡Ay, no!
¡Tenemos que salvar el mundo, papi!
¡Oye! ¡Qué buena idea! ¡Chicos, deben ir!
¡Hijo, haz que me sienta orgulloso!
Y así...
Laboratorio secreto de Pedrito

CAPÍTULO 10
HAZ EL BIEN

Ganador del premio a la madurez   Ganador del premio a la madurez

Por Jorge Betanzos y Berto Henares

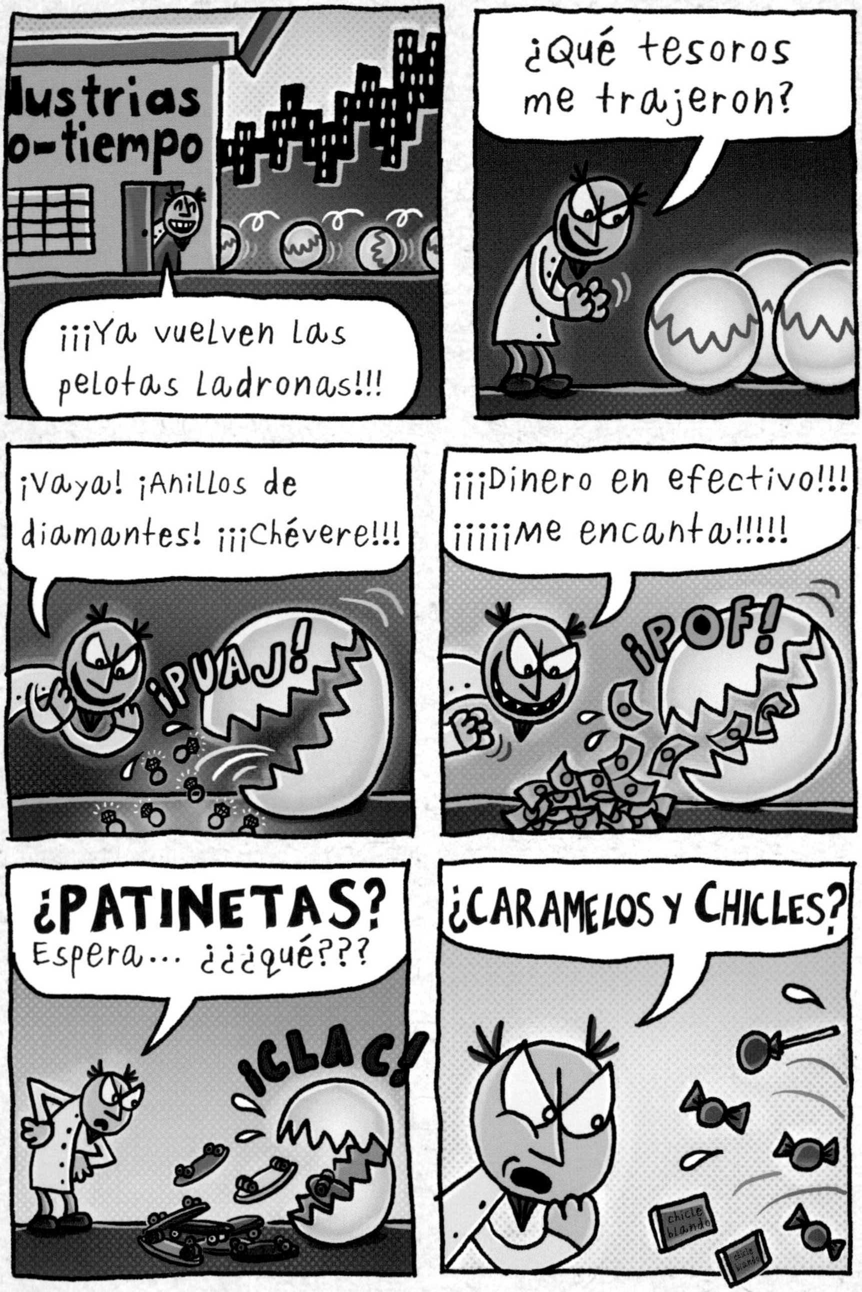

lustrias
o-tiempo
¡¡¡Ya vuelven las pelotas ladronas!!!
¿Qué tesoros me trajeron?
¡Vaya! ¡Anillos de diamantes! ¡¡¡Chévere!!!
¡PUAJ!
¡¡¡Dinero en efectivo!!! ¡¡¡¡¡Me encanta!!!!!
¡POF!
¡PATINETAS? Espera... ¿¿¿qué???
¡CLAC!
¿CARAMELOS Y CHICLES?
chicle blando
chicle blando

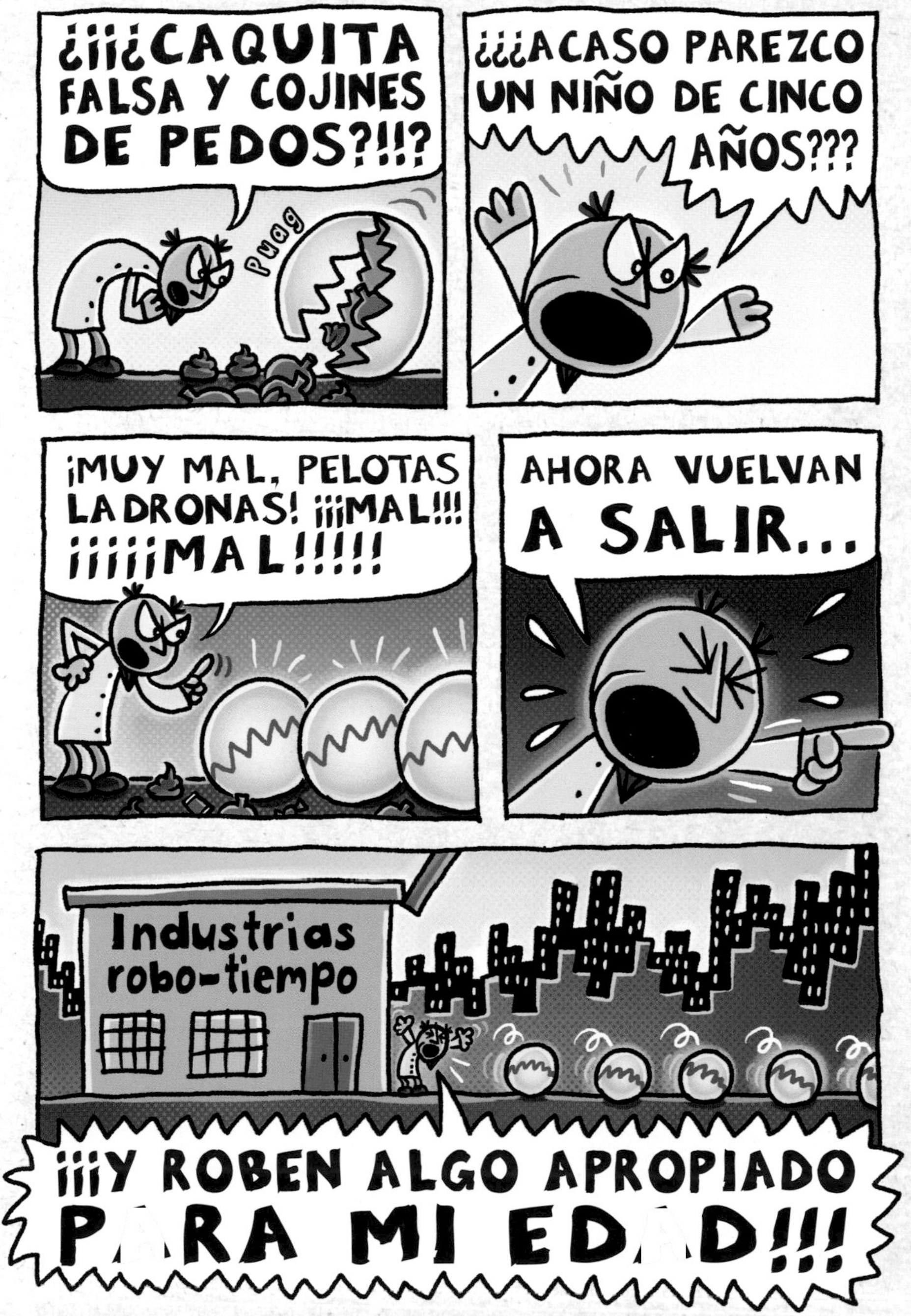
¿¡¡¿CAQUITA FALSA Y COJINES DE PEDOS?!!?
Puag
¿¿¿ACASO PAREZCO UN NIÑO DE CINCO AÑOS???
¡MUY MAL, PELOTAS LADRONAS! ¡¡¡MAL!!! ¡¡¡¡¡MAL!!!!!
AHORA VUELVAN A SALIR...
Industrias robo-tiempo
¡¡¡Y ROBEN ALGO APROPIADO PARA MI EDAD!!!

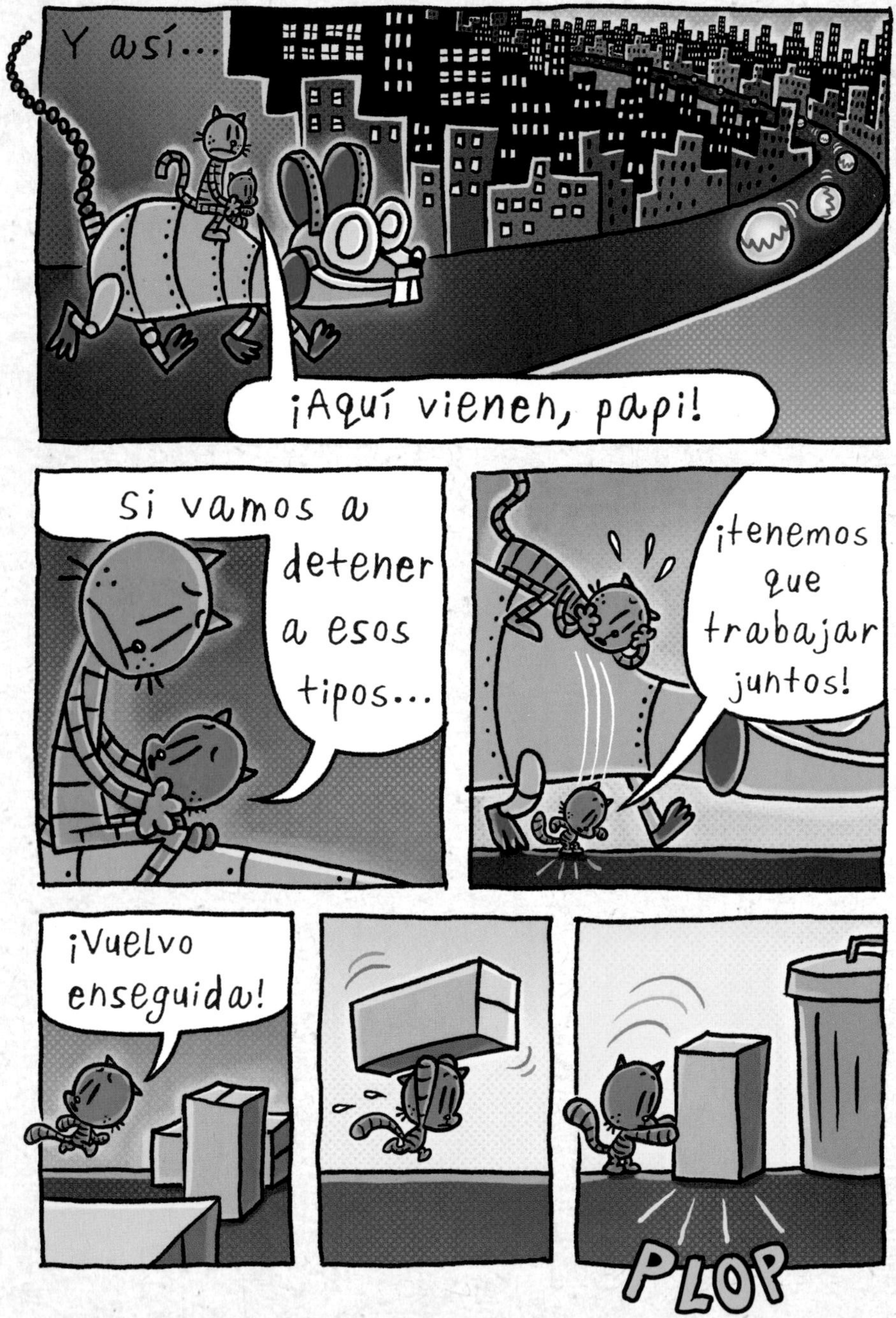
Y así...
¡Aquí vienen, papi!
Si vamos a detener a esos tipos...
¡tenemos que trabajar juntos!
¡Vuelvo enseguida!
PLOP

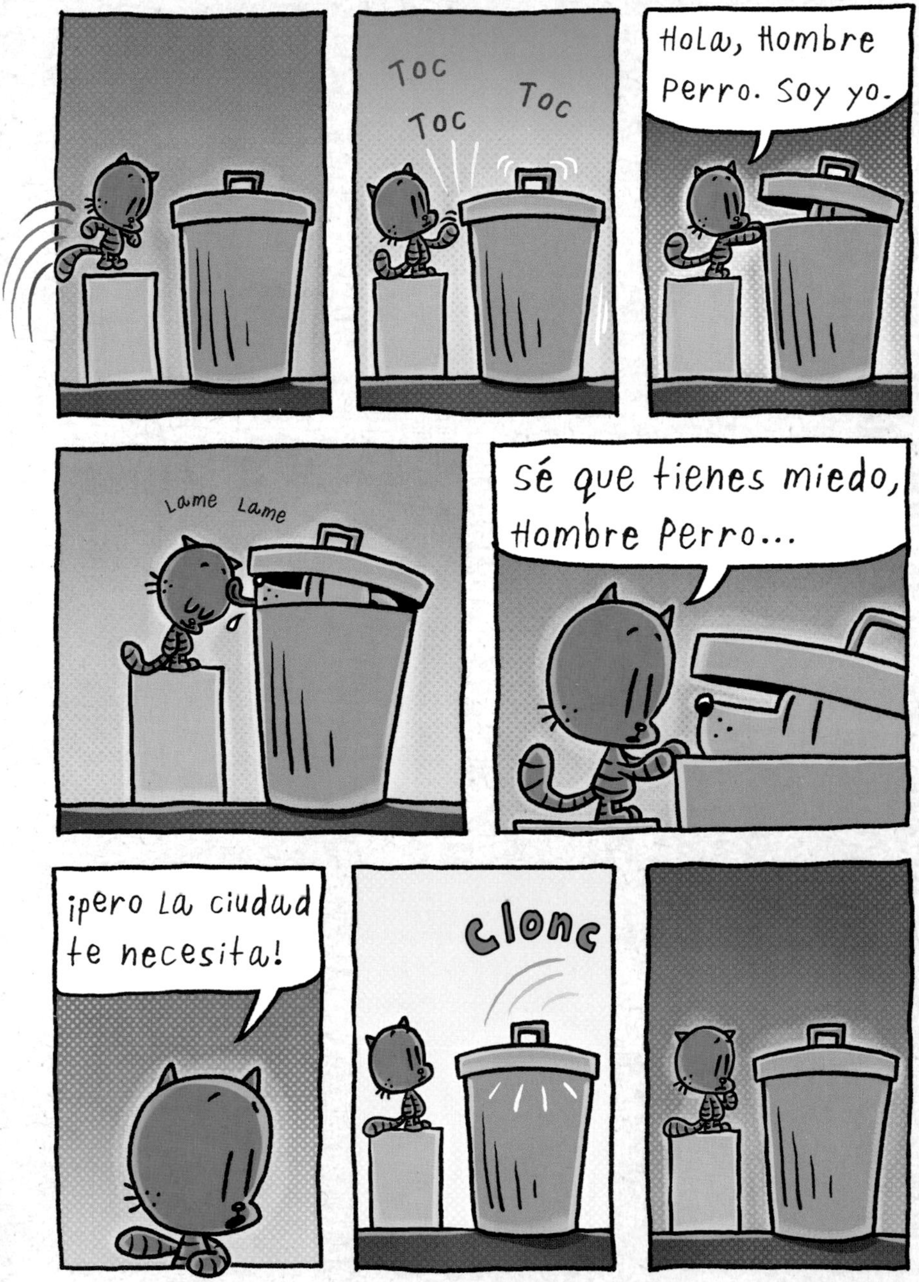
TOC
TOC
TOC
Hola, Hombre Perro. Soy yo.
Lame Lame
Sé que tienes miedo, Hombre Perro...
¡pero la ciudad te necesita!
Clonc

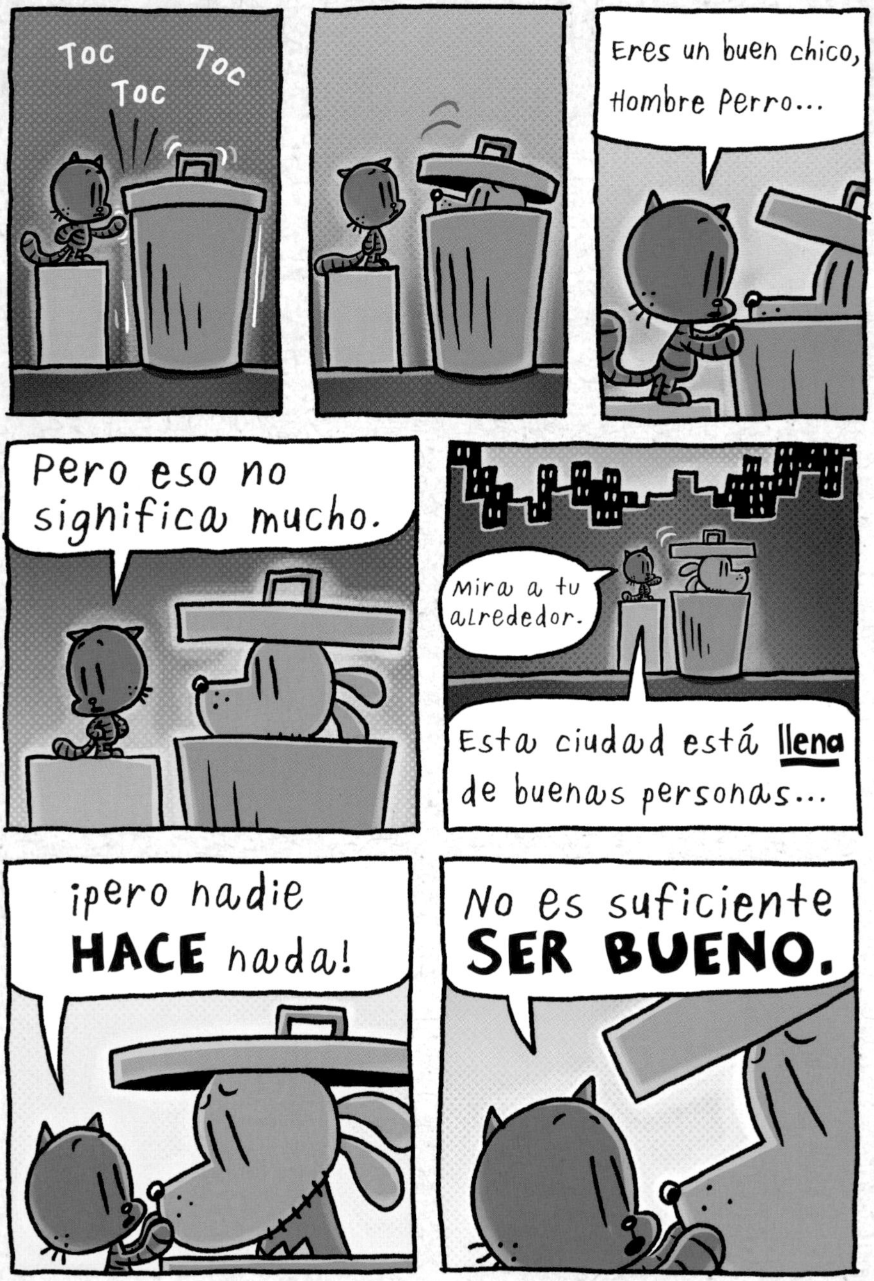
TOC
TOC
TOC
Eres un buen chico, Hombre Perro...
Pero eso no significa mucho.
Mira a tu alrededor.
Esta ciudad está llena de buenas personas...
¡pero nadie HACE nada!
No es suficiente SER BUENO.

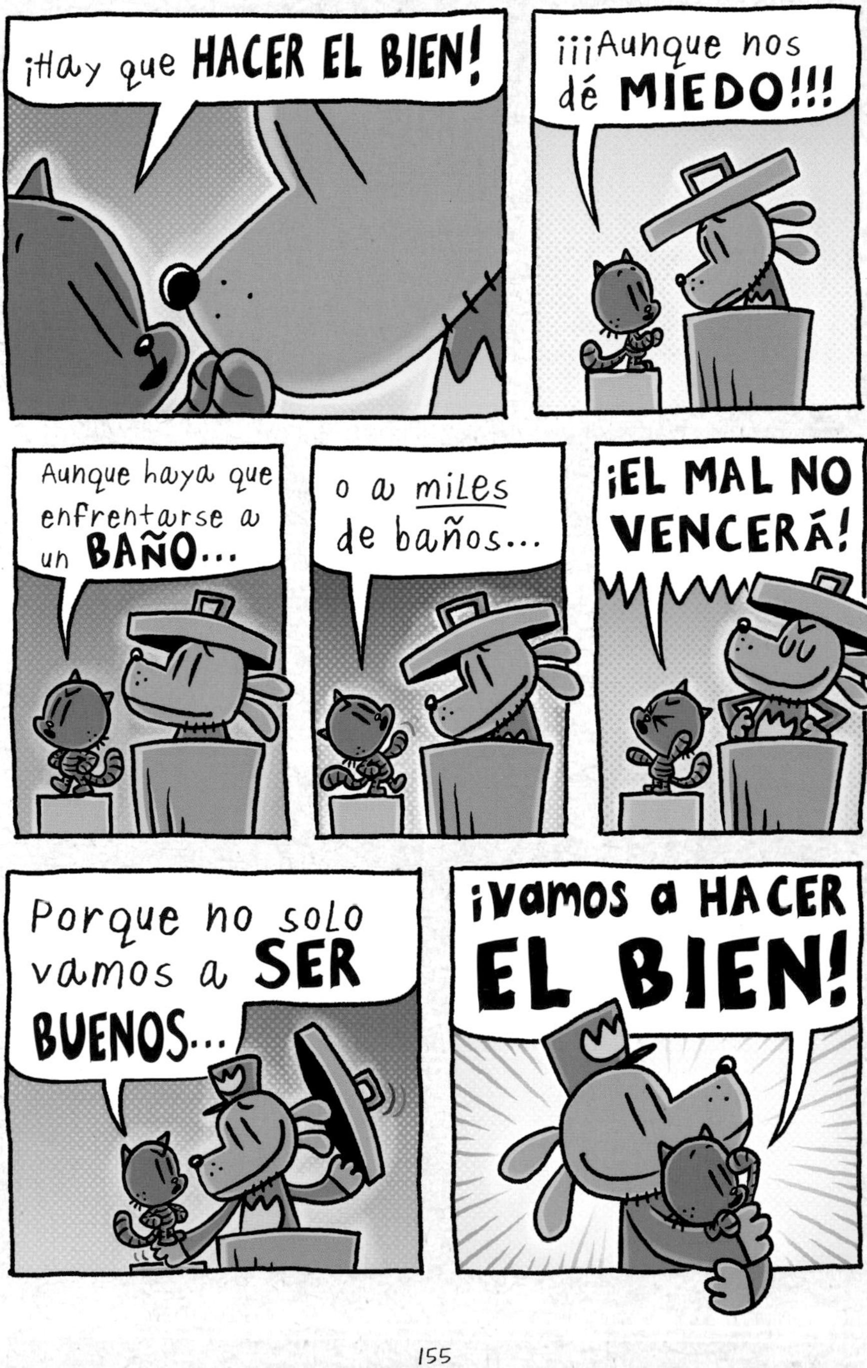
¡Hay que HACER EL BIEN!
¡¡¡Aunque nos dé MIEDO!!!
Aunque haya que enfrentarse a un BAÑO...
o a miles de baños...
¡EL MAL NO VENCERÁ!
Porque no solo vamos a SER BUENOS...
¡Vamos a HACER EL BIEN!

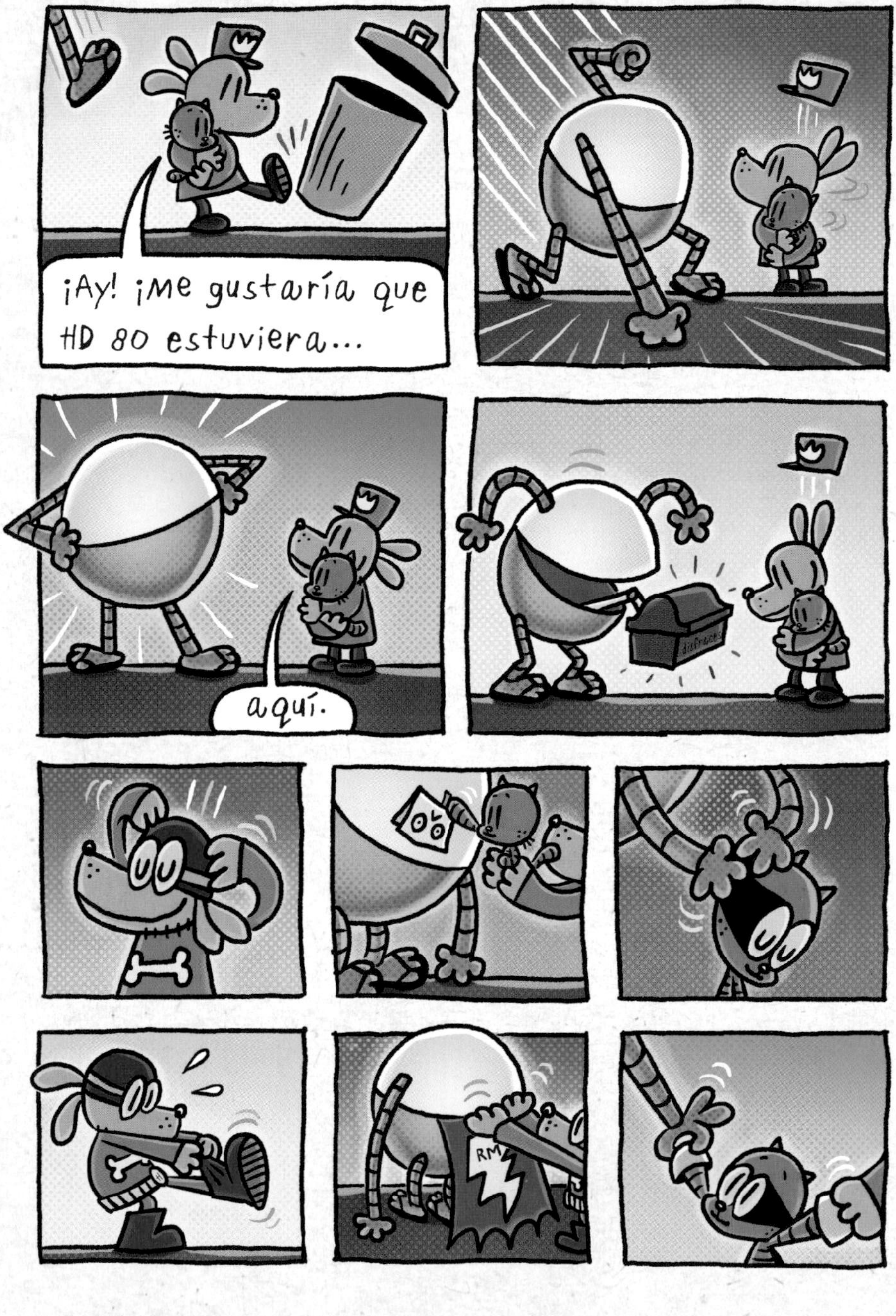
¡Ay! ¡Me gustaría que HD 80 estuviera...
aquí.

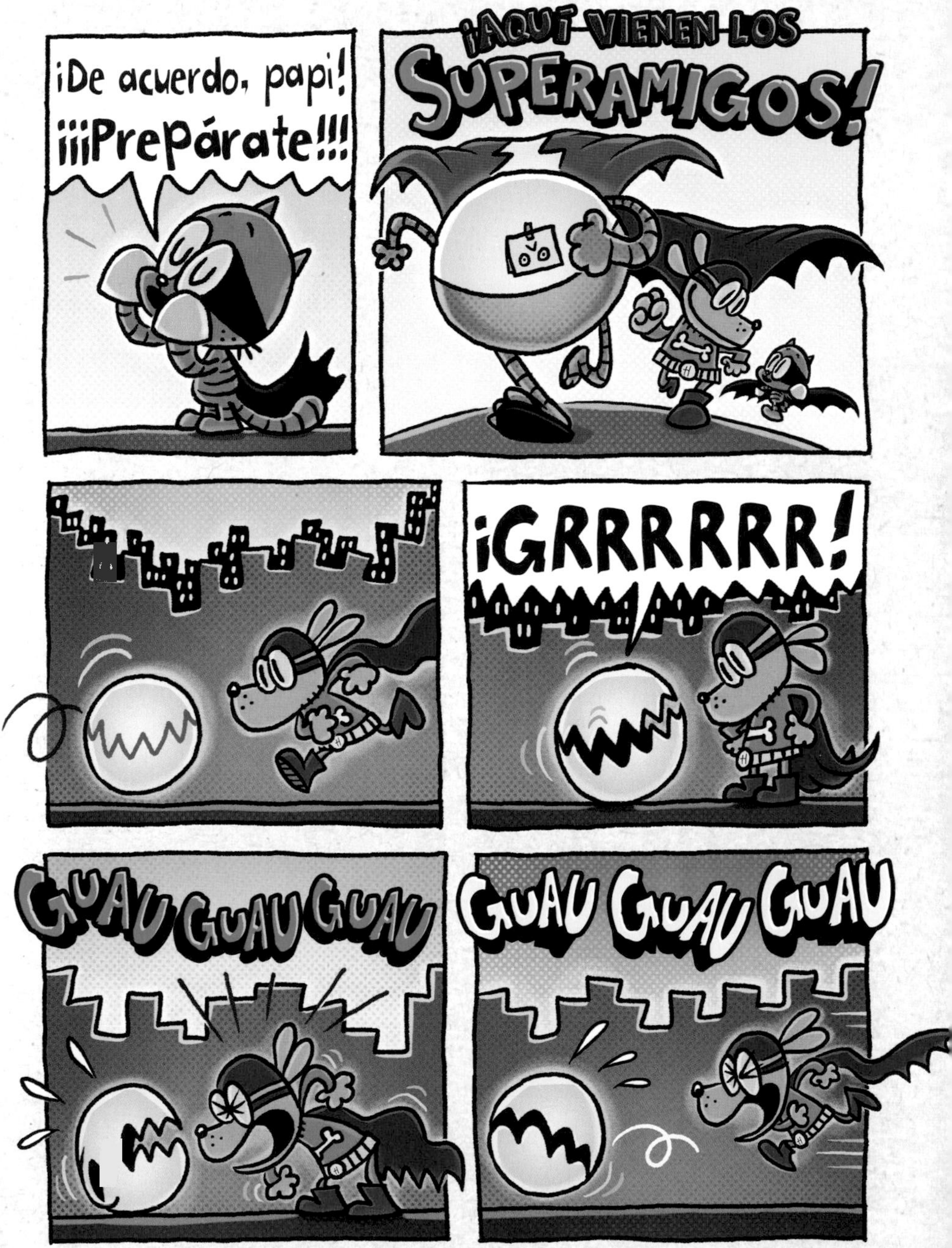
¡De acuerdo, papi!
¡¡¡Prepárate!!!
¡AQUÍ VIENEN LOS SUPERAMIGOS!
¡GRRRRRRR!
GUAU GUAU GUAU
GUAU GUAU GUAU

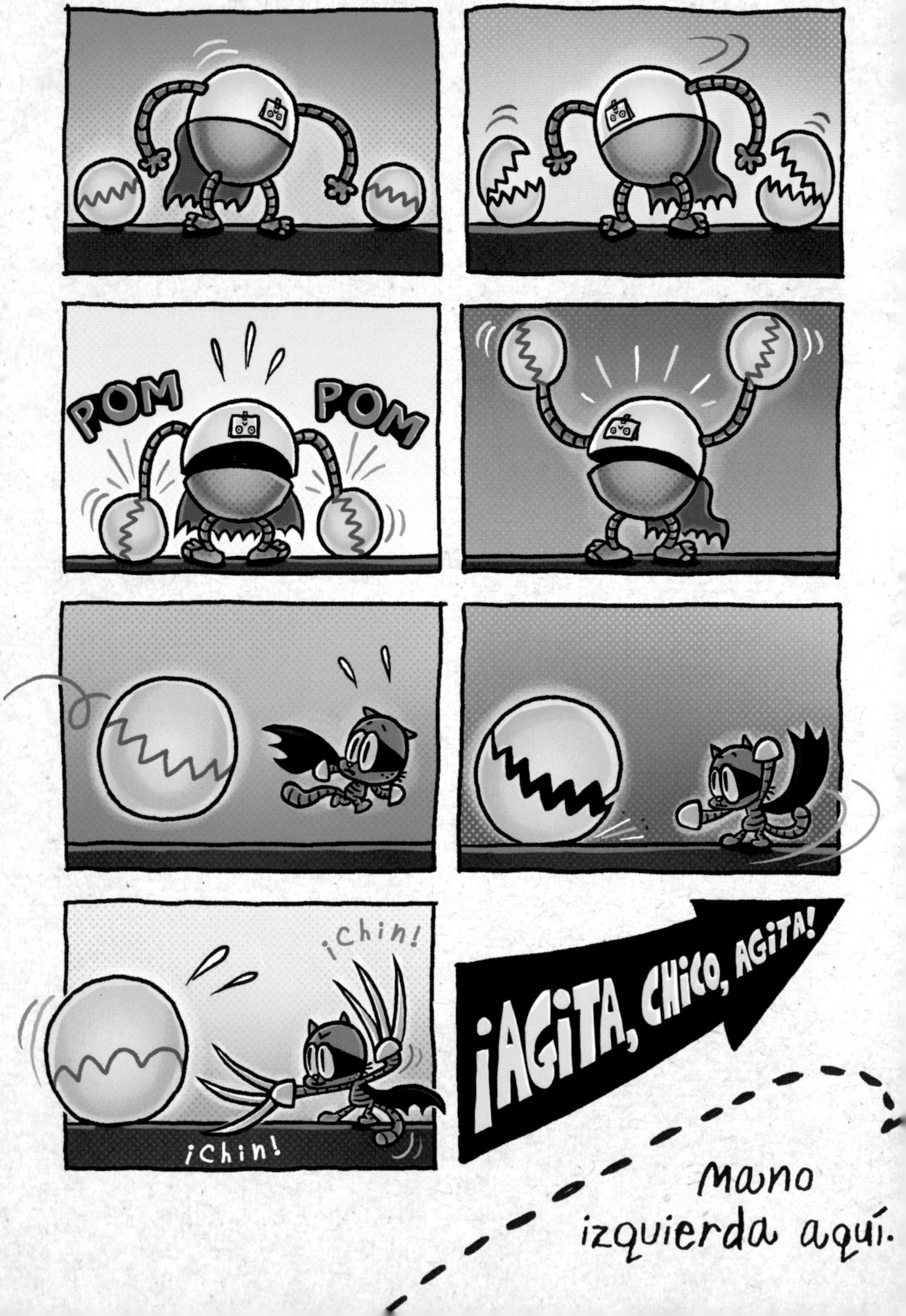
POM
POM
¡Chin!
¡Chin!
¡AGITA, CHICO, AGITA!
Mano
izquierda aquí.

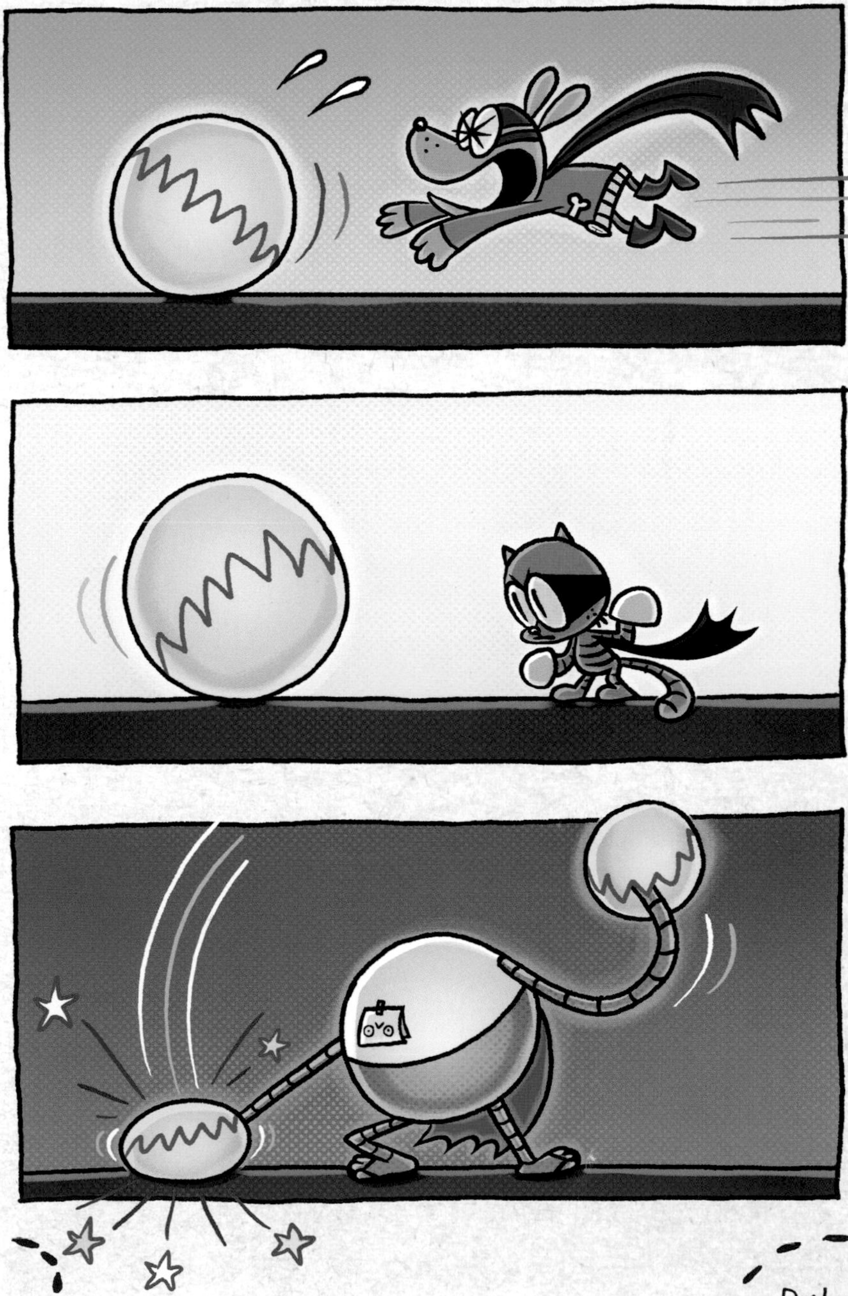

Pulgar
derecho
aquí.

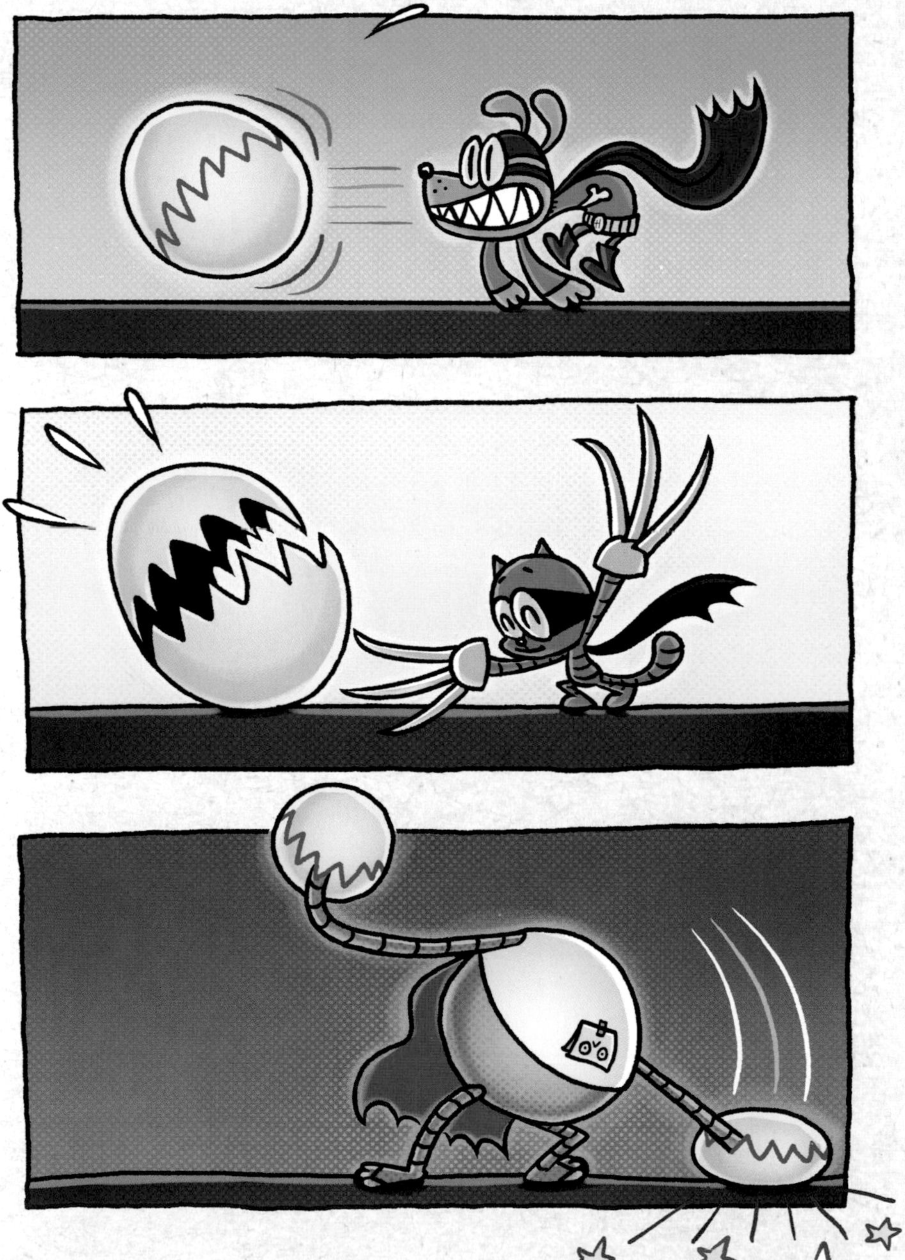

GUAU GUAU GUAU
¡GLUP!
¿? ¿? ¿?
¿? ¿? ¿?
¡GLUP!

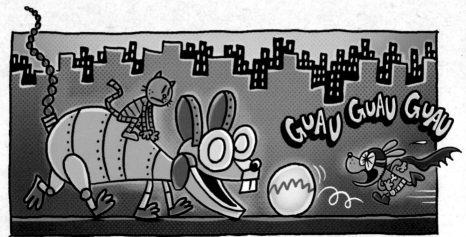

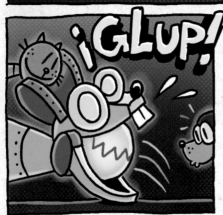

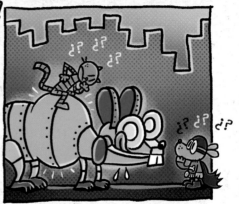

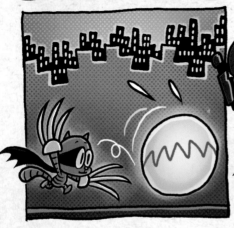

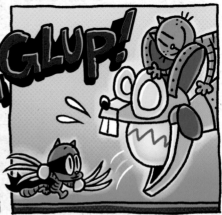

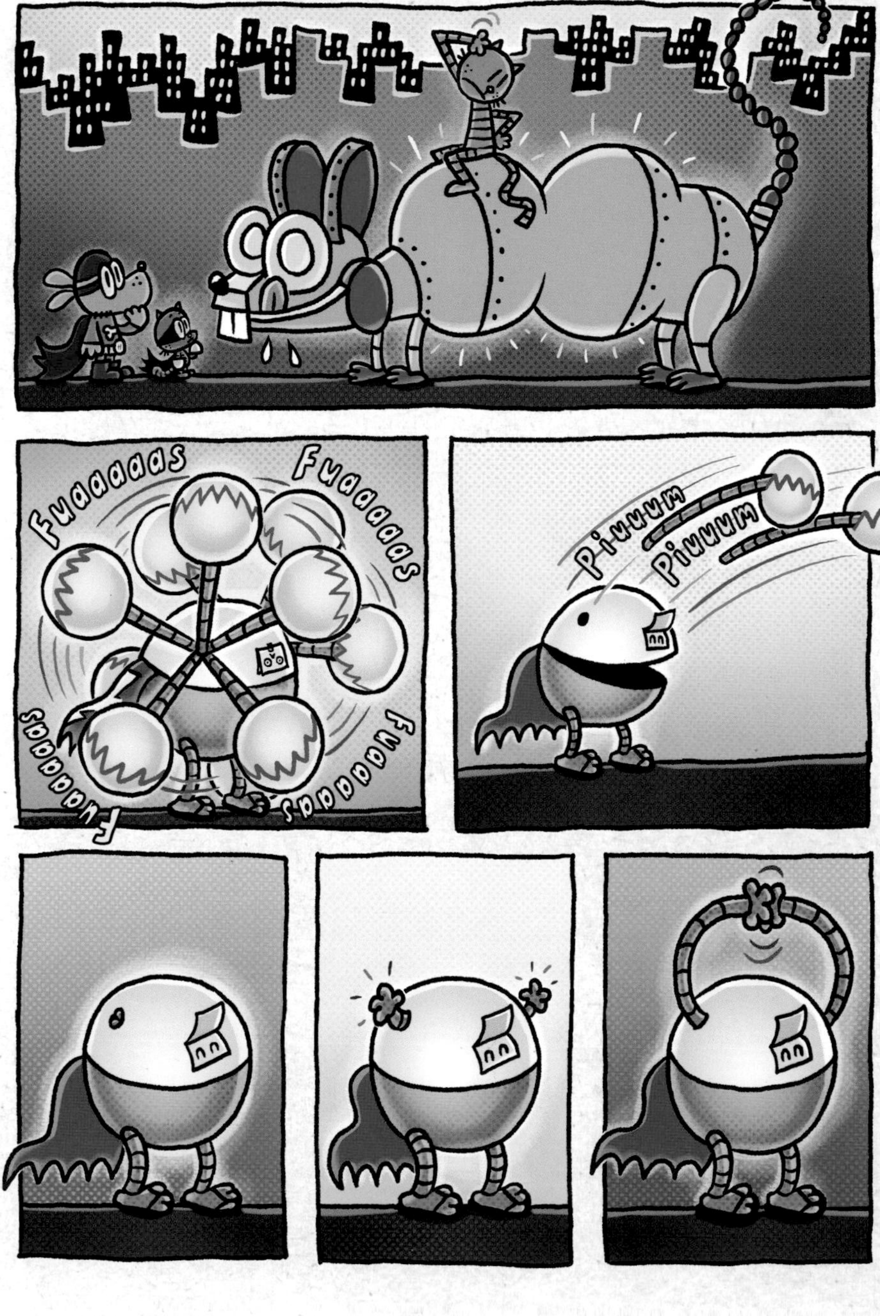
Fuaaaaas
Fuaaaaas
Fuaaaaas
Fuaaaaas
Piuuum
Piuuum

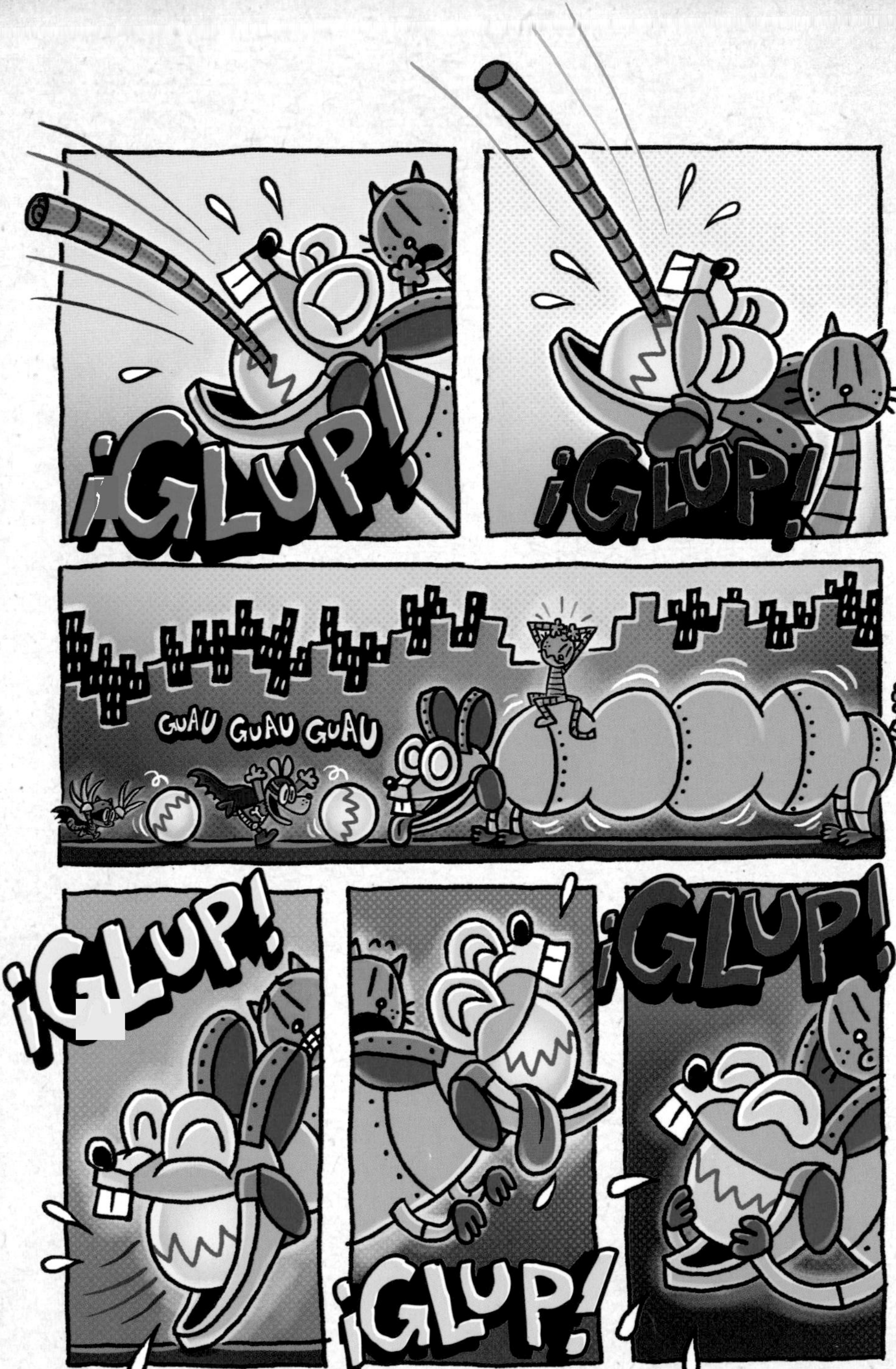
¡GLUP!
¡GLUP!
GUAU GUAU GUAU
¡GLUP!
¡GLUP!
¡GLUP!

CUENTOS
CASAENRAMA
presenta
con
orgullo

Capítulo II

La rata-oruga muy hambrienta

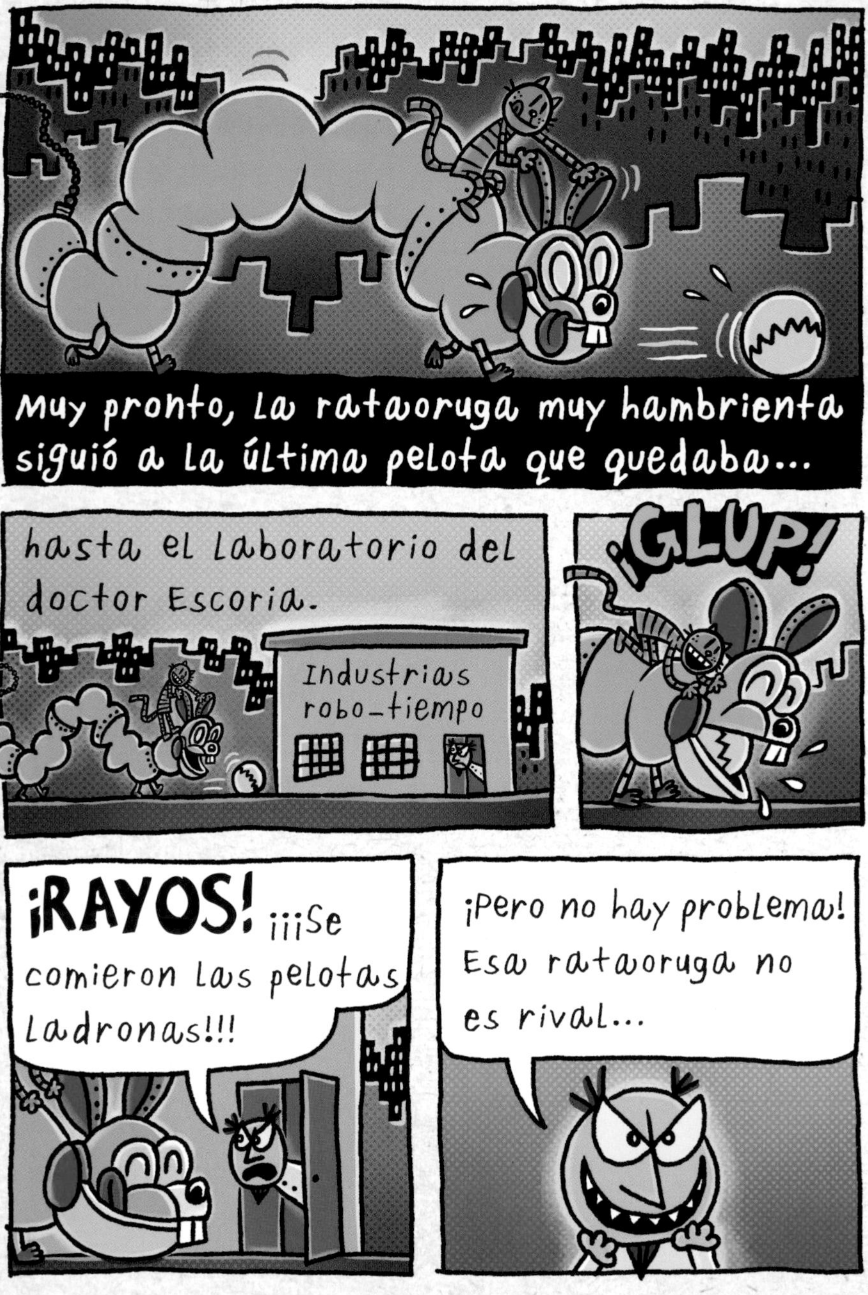

Muy pronto, la rataoruga muy hambrienta siguió a la última pelota que quedaba...
hasta el laboratorio del doctor Escoria.
Industrias robo-tiempo
¡GLUP!
¡RAYOS! ¡¡¡Se comieron las pelotas ladronas!!!
¡Pero no hay problema! Esa rataoruga no es rival...

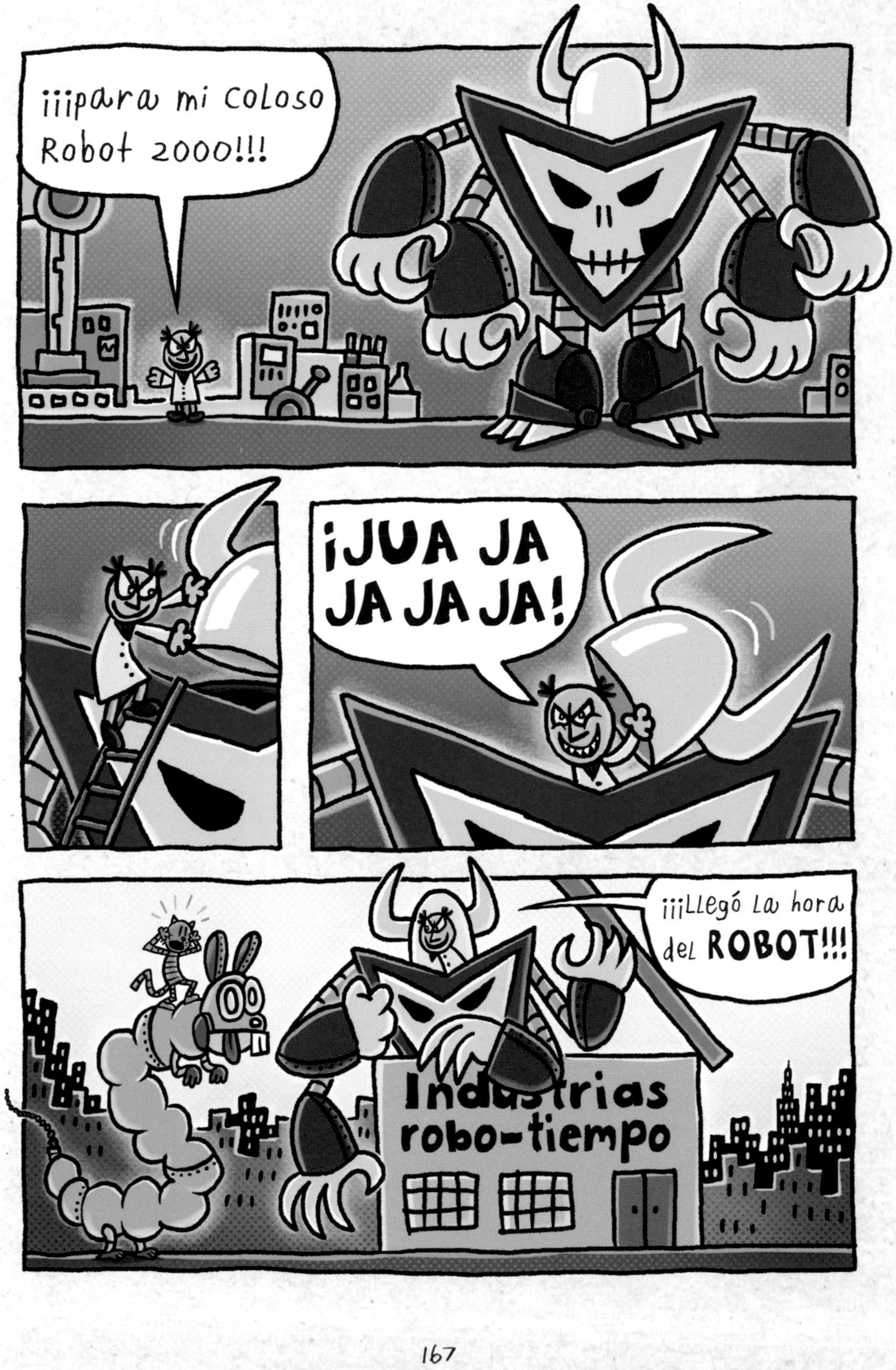
¡¡¡para mi coloso Robot 2000!!!
¡JUA JA JA JA JA!
¡¡¡Llegó la hora del ROBOT!!!
Industrias robo-tiempo

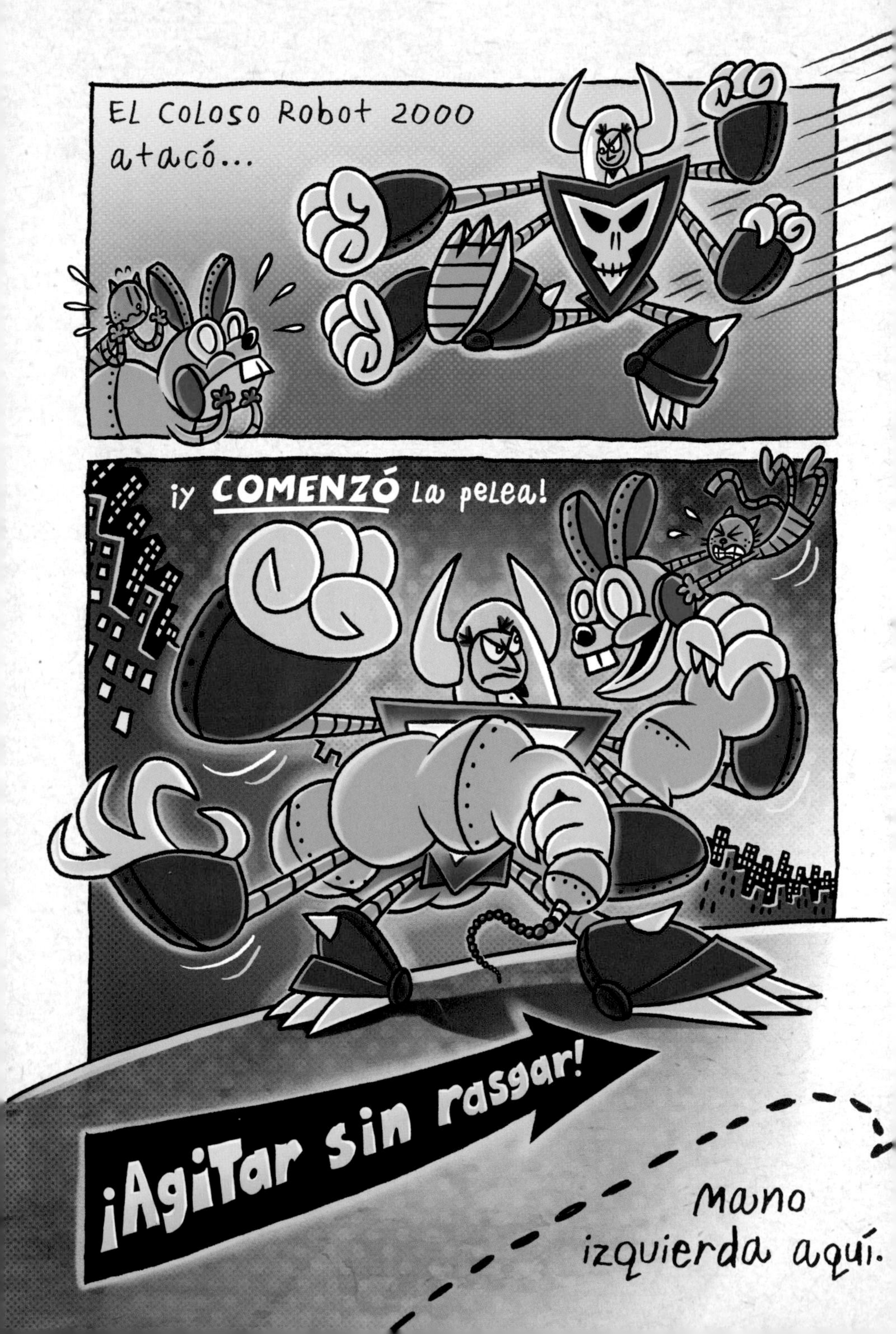

EL COLOSO Robot 2000 atacó...
¡y COMENZÓ la pelea!
¡AgiTar sin rasgar!
Mano izquierda aquí.

Pulgar
derecho
aquí.

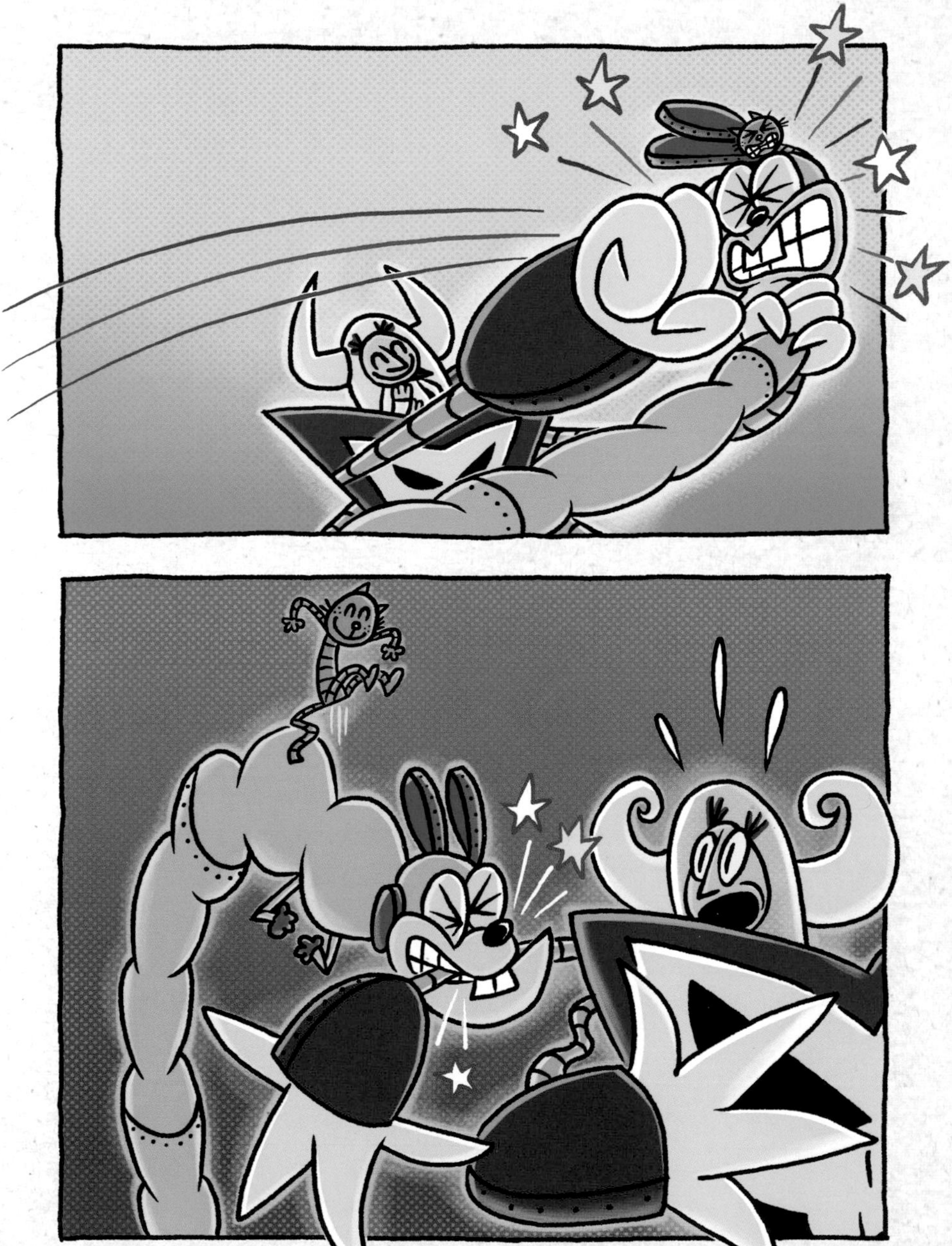

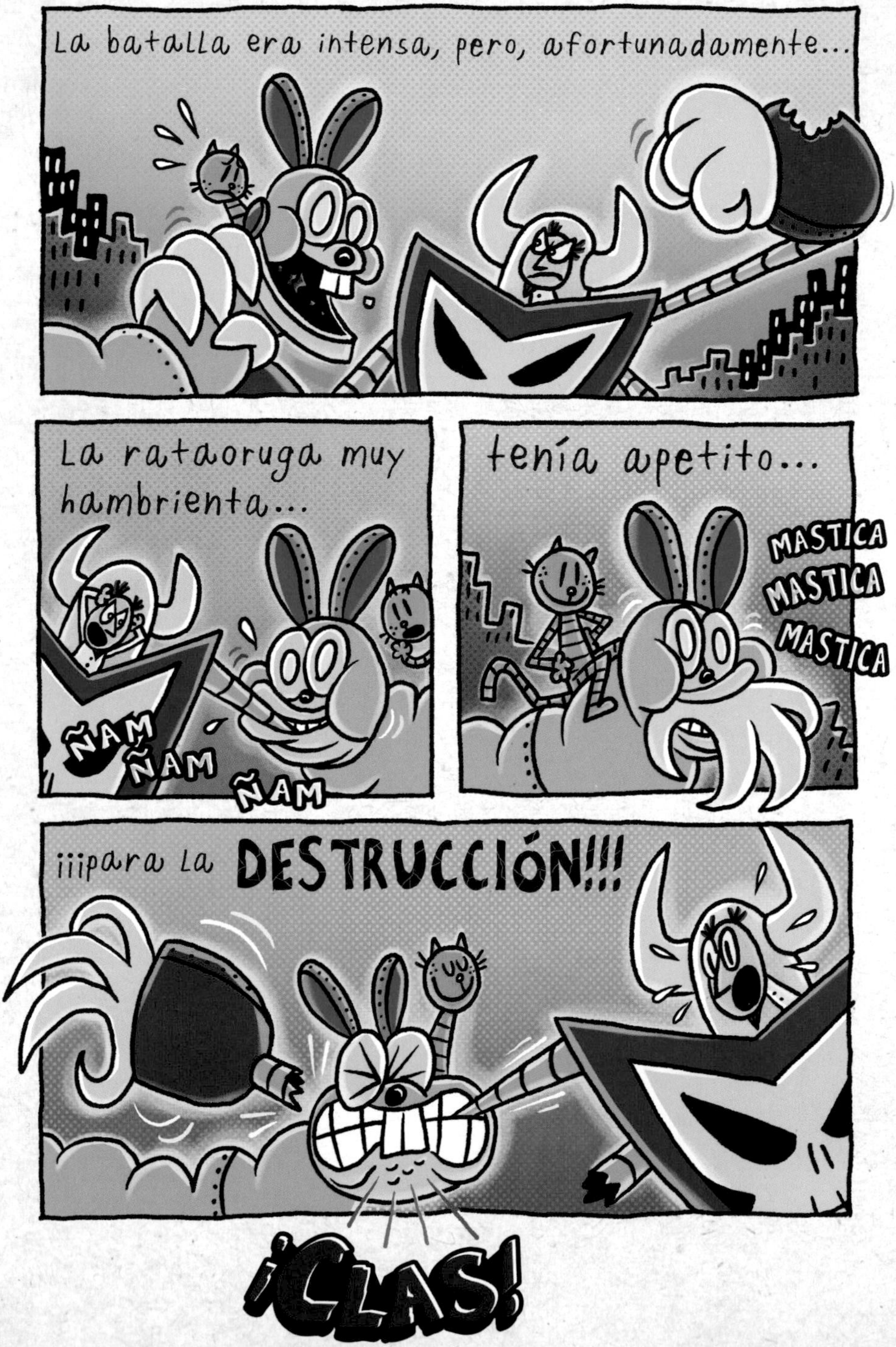

La batalla era intensa, pero, afortunadamente...
La rataoruga muy hambrienta...
ÑAM
ÑAM
ÑAM
tenía apetito...
MASTICA
MASTICA
MASTICA
¡¡¡para la DESTRUCCIÓN!!!
¡CLAS!

CAPÍTULO 12

Adiós a los brazos

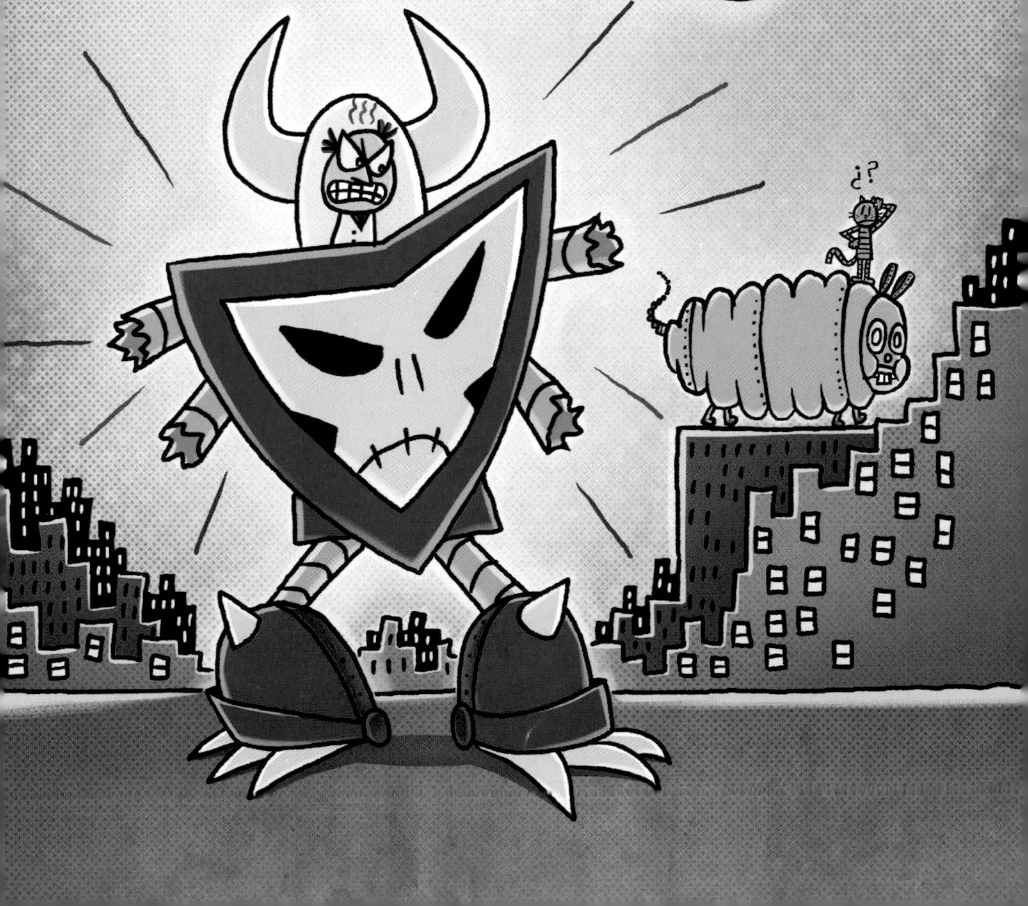
¿?

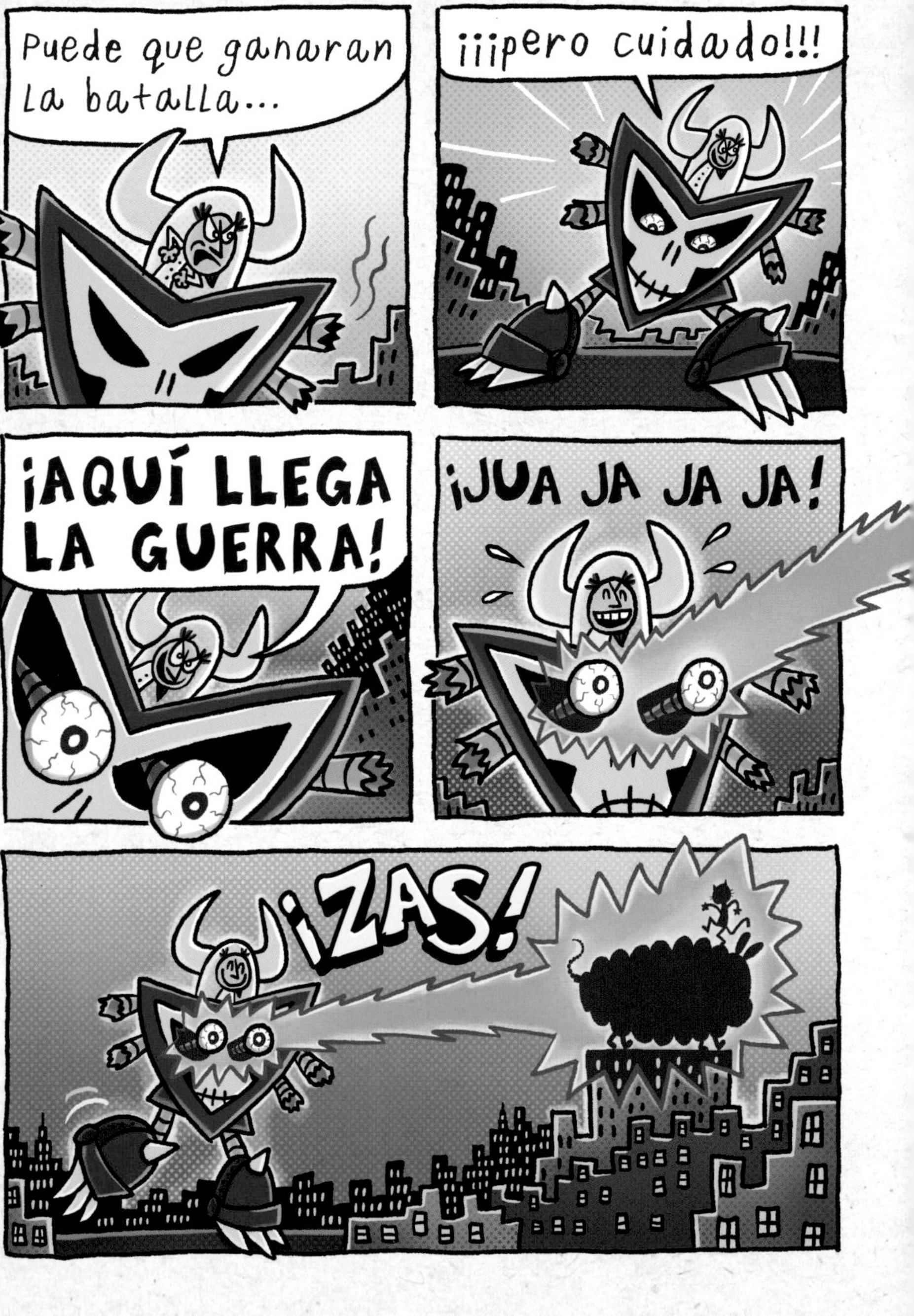
Puede que ganaran la batalla...
¡¡¡pero cuidado!!!
¡AQUÍ LLEGA LA GUERRA!
¡JUA JA JA JA!
¡ZAS!

Pedrito y la rataoruga muy hambrienta fueron encerrados en un **SARCÓFAGO** carbonizado...

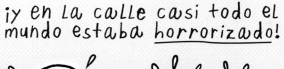

¡y en la calle casi todo el mundo estaba <u>horrorizado</u>!

¡No se preocupen, casi todo el mundo!

¡Creo que sé lo que va a pasar!

susurra, susurra, susurra

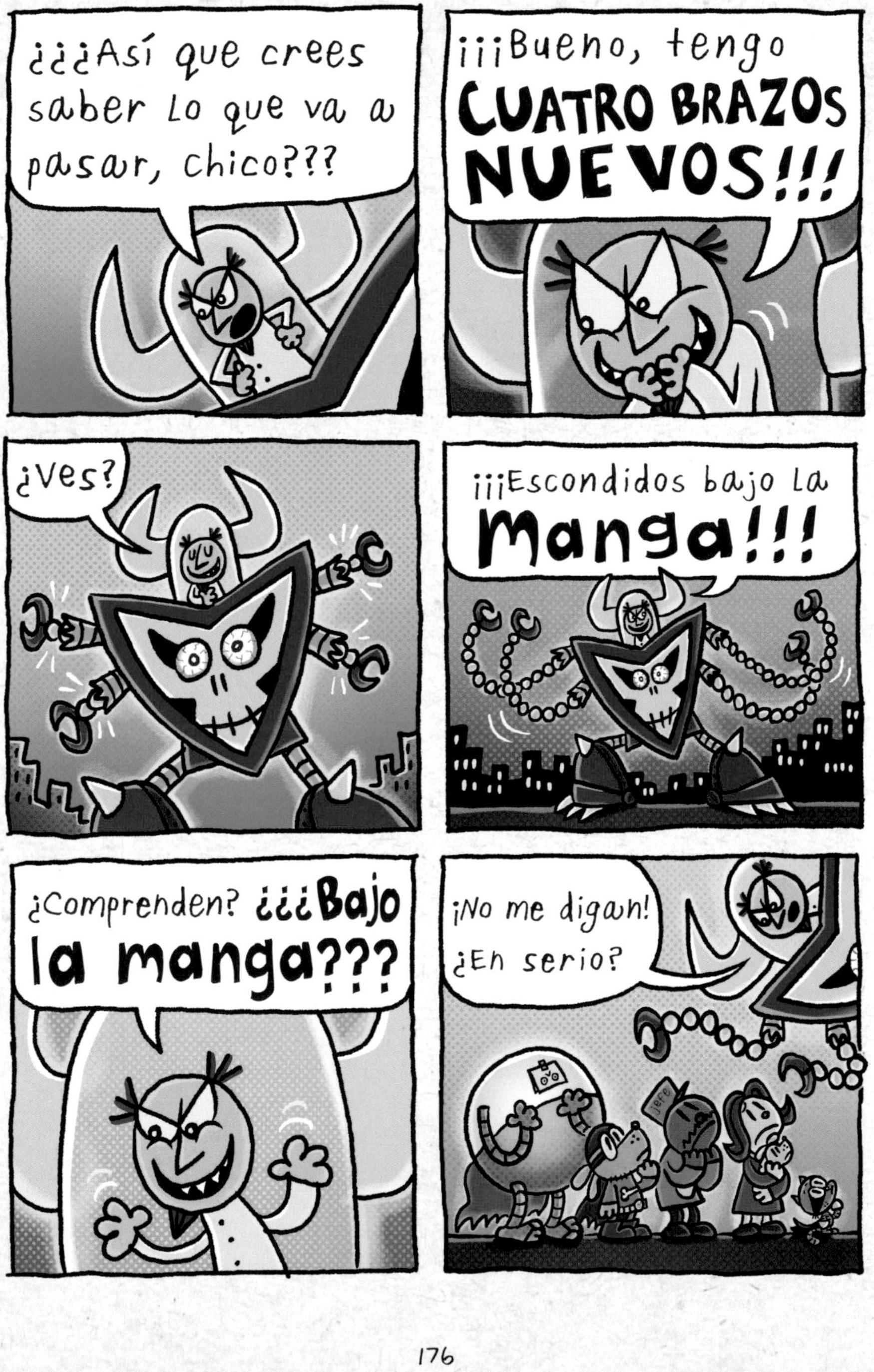
¿¿¿Así que crees saber lo que va a pasar, chico???
¡¡¡Bueno, tengo CUATRO BRAZOS NUEVOS!!!
¿Ves?
¡¡¡Escondidos bajo la manga!!!
¿Comprenden? ¿¿¿Bajo la manga???
¡No me digan! ¿En serio?

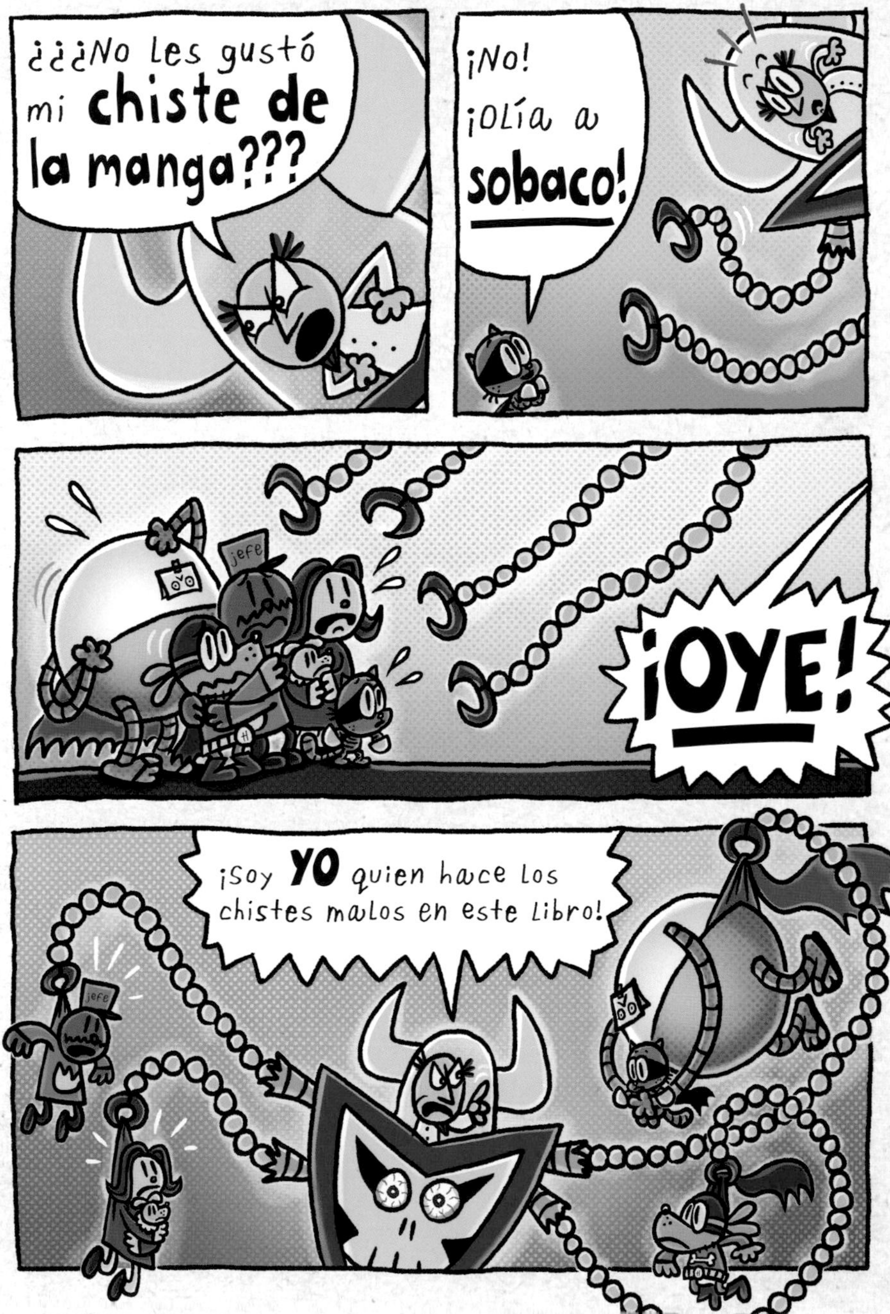
¿¿¿No les gustó mi chiste de la manga???
¡No! ¡Olía a sobaco!
jefe
¡OYE!
¡Soy YO quien hace los chistes malos en este libro!
jefe

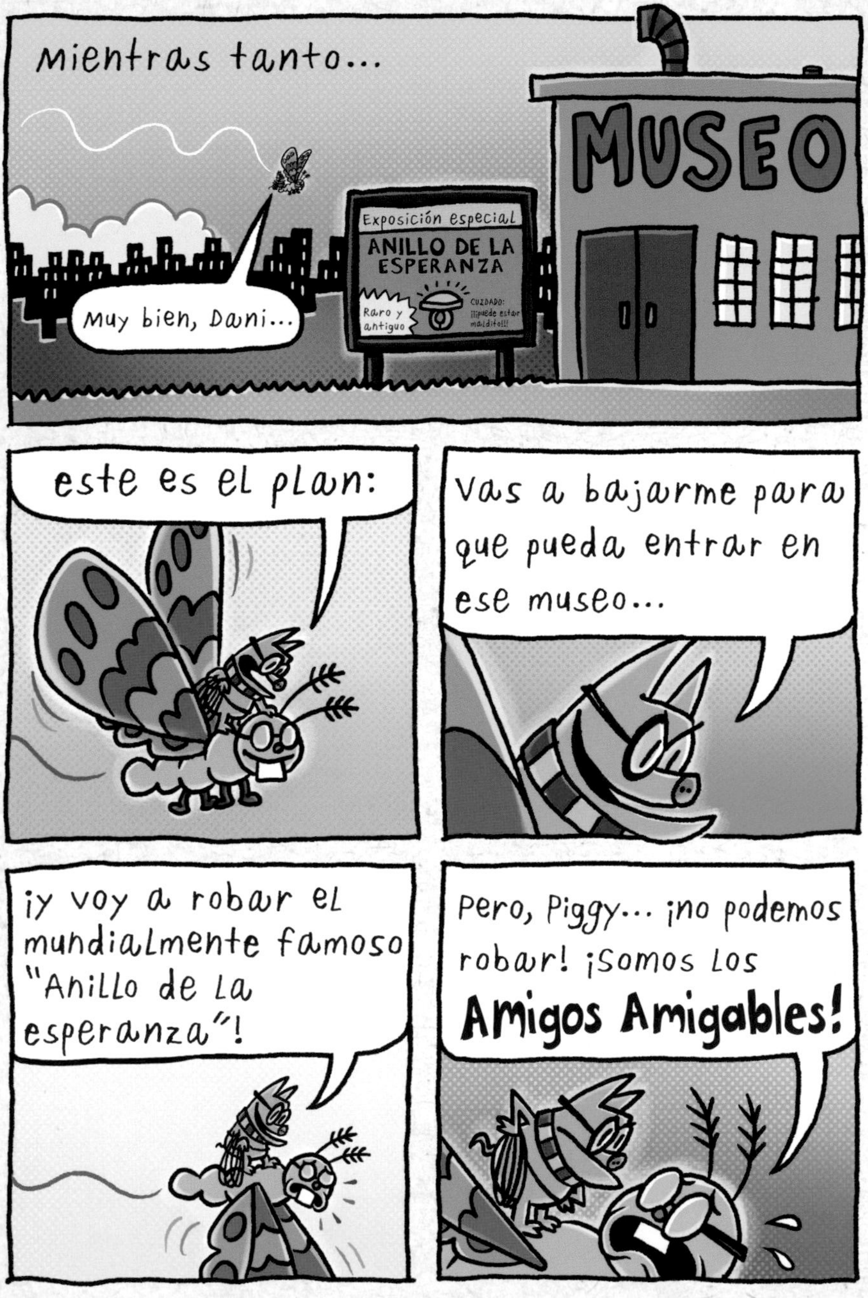
Mientras tanto...
MUSEO
Exposición especial
ANILLO DE LA ESPERANZA
Raro y antiguo
CUIDADO: ¡¡¡puede estar maldito!!!
Muy bien, Dani...
este es el plan:
Vas a bajarme para que pueda entrar en ese museo...
¡y voy a robar el mundialmente famoso "Anillo de la esperanza"!
Pero, Piggy... ¡no podemos robar! ¡Somos los **Amigos Amigables**!

¿Dije **ROBAR?** ¡Quise decir "PROTEGER"!

Verás, un grupo de ladrones intentará robarlo...

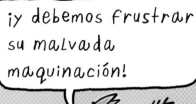

¡y debemos frustrar su malvada maquinación!

¡GENIAL! ¡¡¡Las máquinas son relucientes!!!

¡Eeeso! Ahora bájame por ese respiradero...

¡Y no me subas hasta que te dé la señal!

¡Bien!

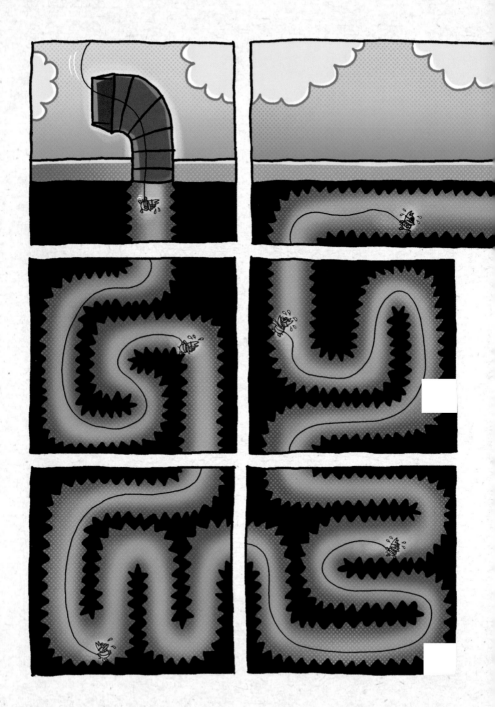

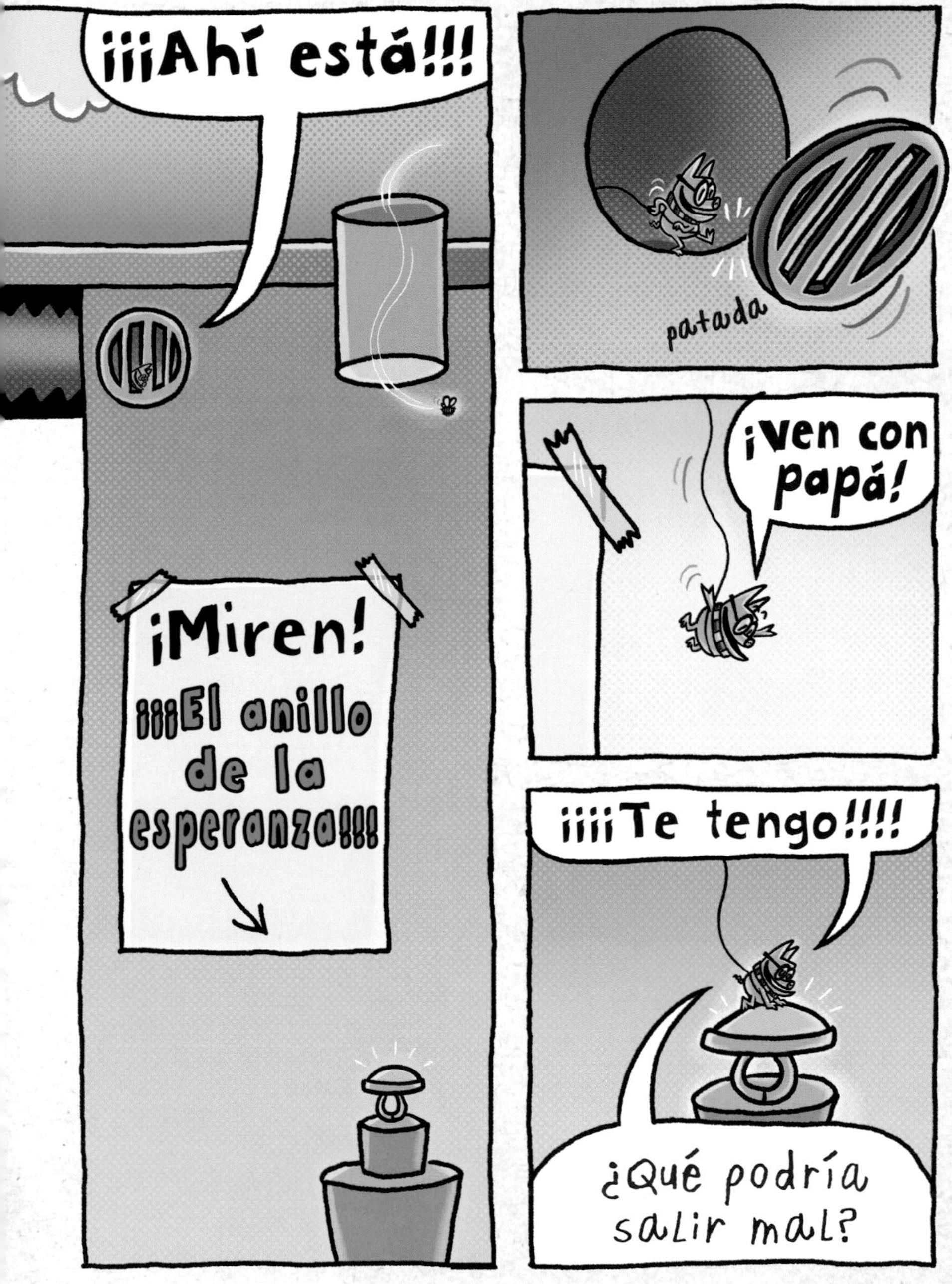
¡¡¡Ahí está!!!
¡Miren!
¡¡¡El anillo de la esperanza!!!
patada
¡Ven con papá!
¡¡¡¡Te tengo!!!!
¿Qué podría salir mal?

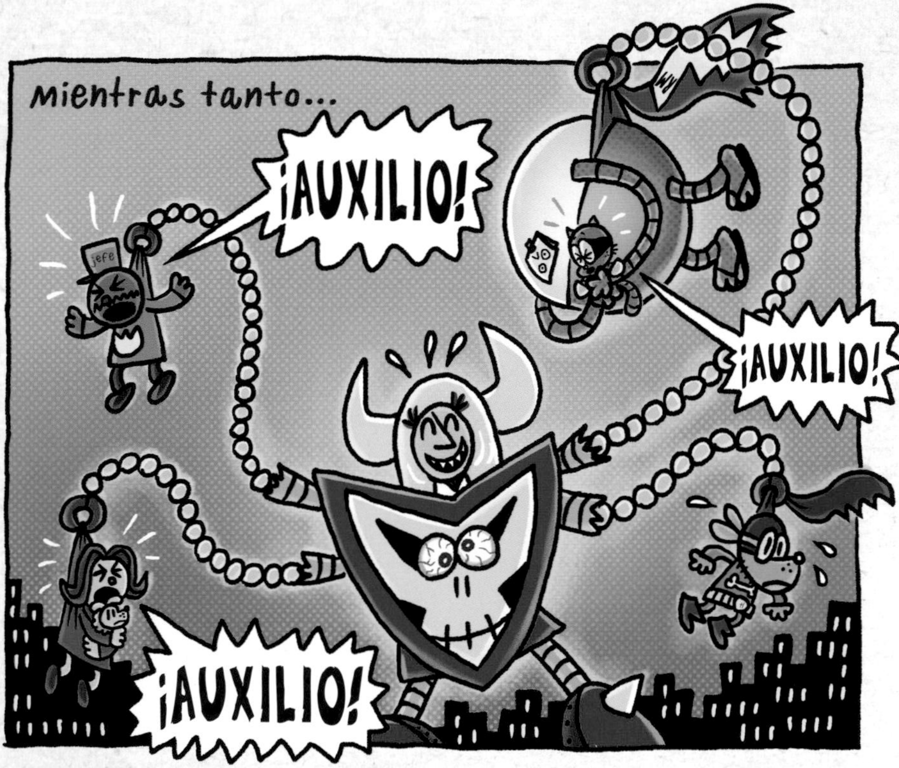
Mientras tanto...
¡AUXILIO!
¡AUXILIO!
¡AUXILIO!
jefe

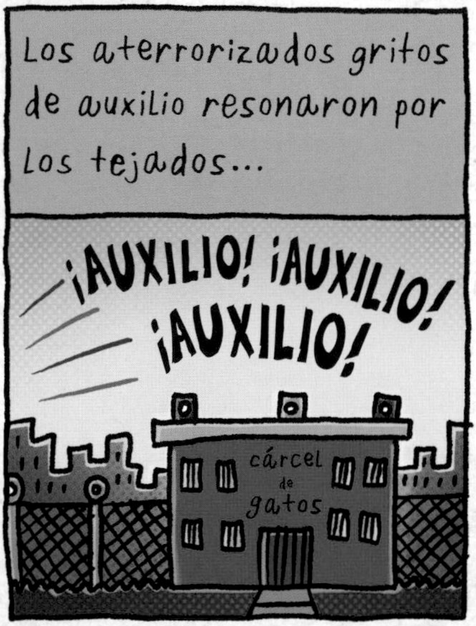
Los aterrorizados gritos de auxilio resonaron por los tejados...
¡AUXILIO! ¡AUXILIO! ¡AUXILIO!
cárcel de gatos

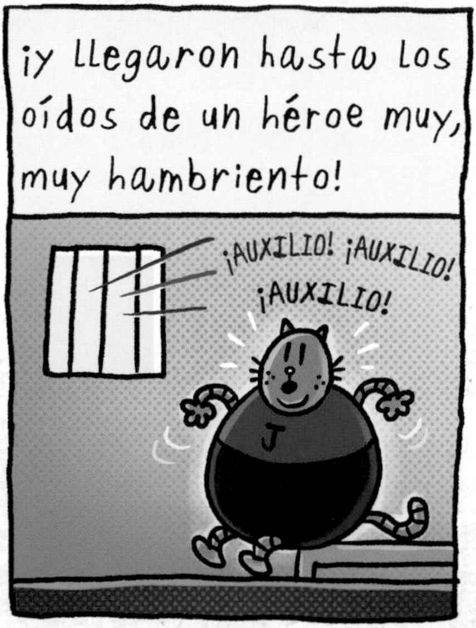
¡y llegaron hasta los oídos de un héroe muy, muy hambriento!
¡AUXILIO! ¡AUXILIO! ¡AUXILIO!
J

CAPÍTULO 13

EL COMANDANTE PASTELITO REGRESA

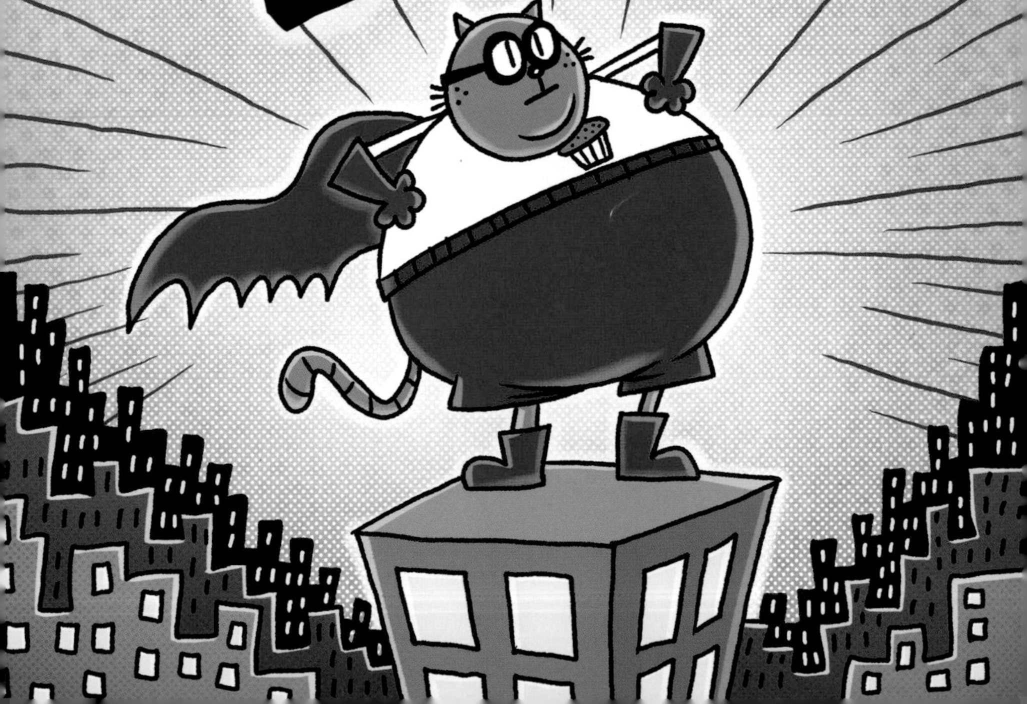

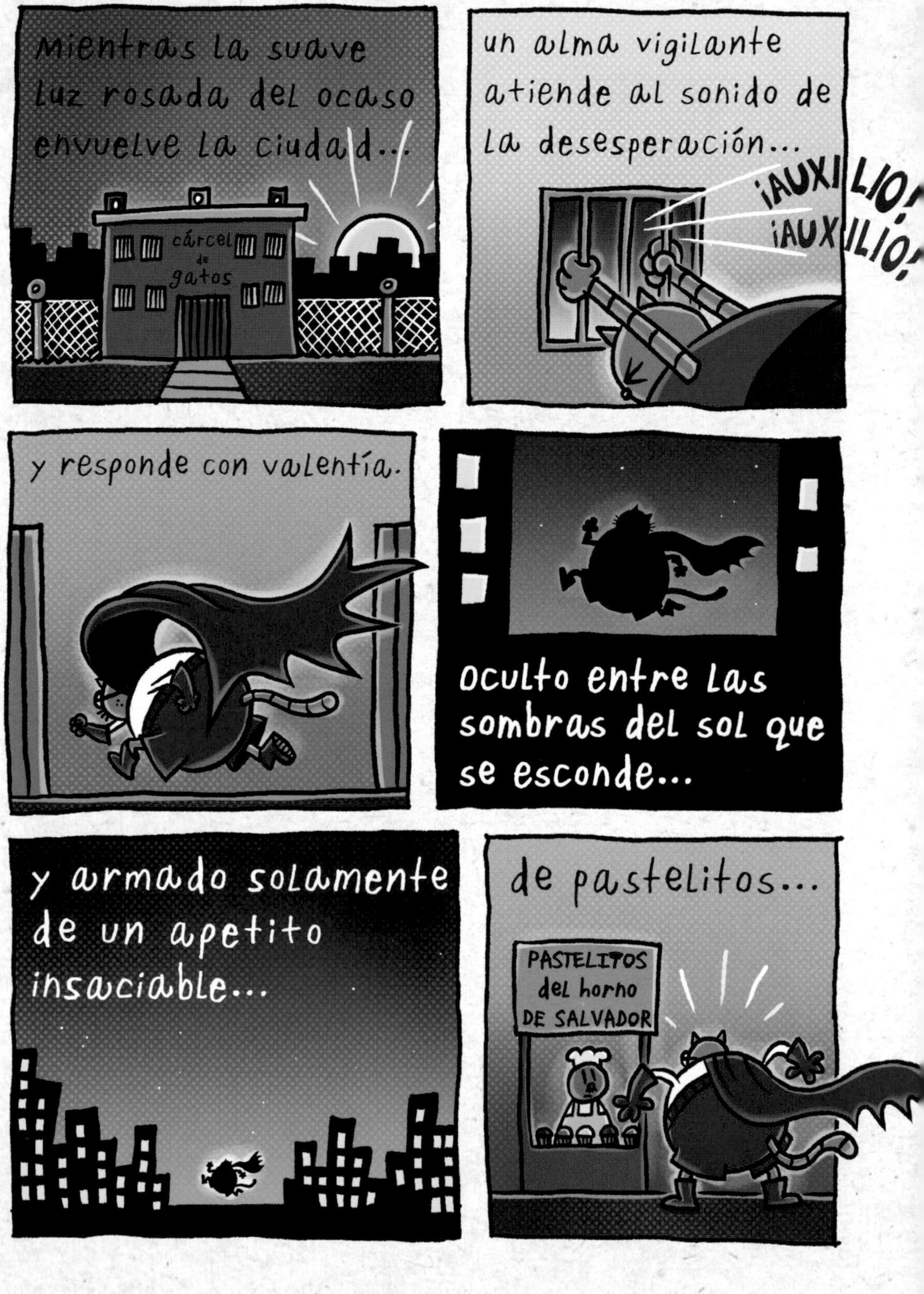
Mientras la suave luz rosada del ocaso envuelve la ciudad...
cárcel de gatos
un alma vigilante atiende al sonido de la desesperación...
¡AUXILIO! ¡AUXILIO!
y responde con valentía.
Oculto entre las sombras del sol que se esconde...
y armado solamente de un apetito insaciable...
de pastelitos...
PASTELITOS del horno DE SALVADOR

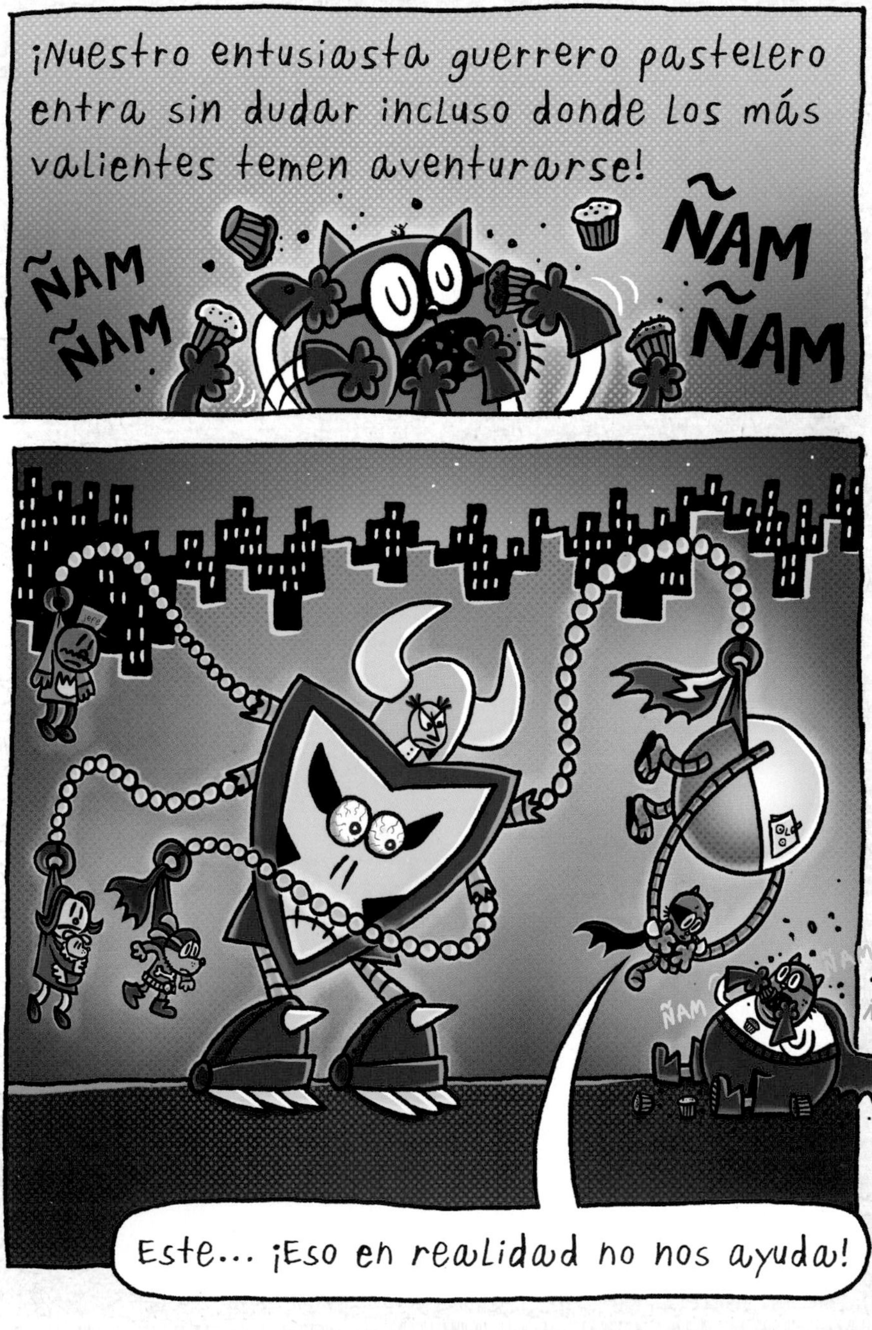
¡Nuestro entusiasta guerrero pastelero entra sin dudar incluso donde los más valientes temen aventurarse!
ÑAM ÑAM
ÑAM ÑAM
jere
ÑAM ÑAM
ÑAM
Este... ¡Eso en realidad no nos ayuda!

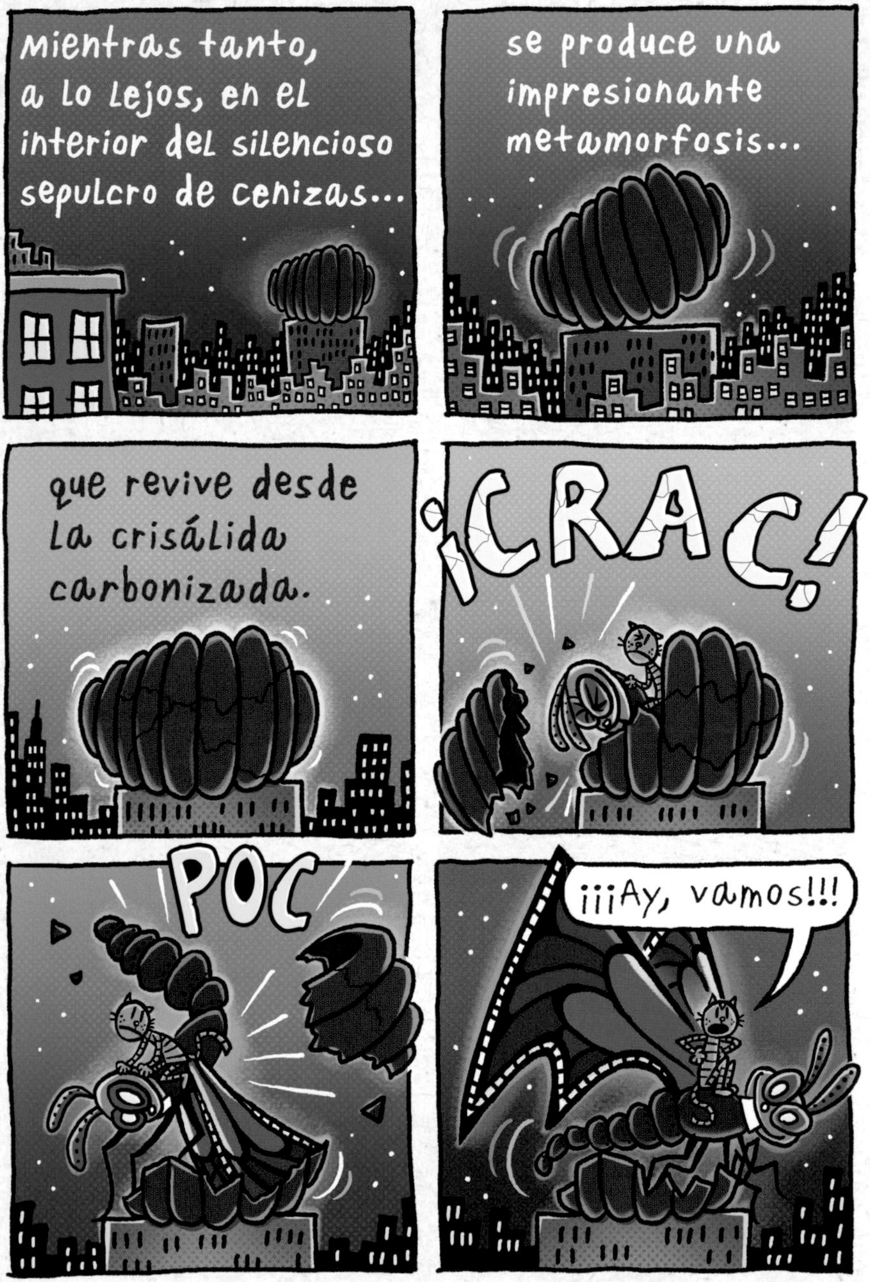
Mientras tanto, a lo lejos, en el interior del silencioso sepulcro de cenizas...
se produce una impresionante metamorfosis...
que revive desde la crisálida carbonizada.
¡CRAC!
POC
¡¡¡Ay, vamos!!!

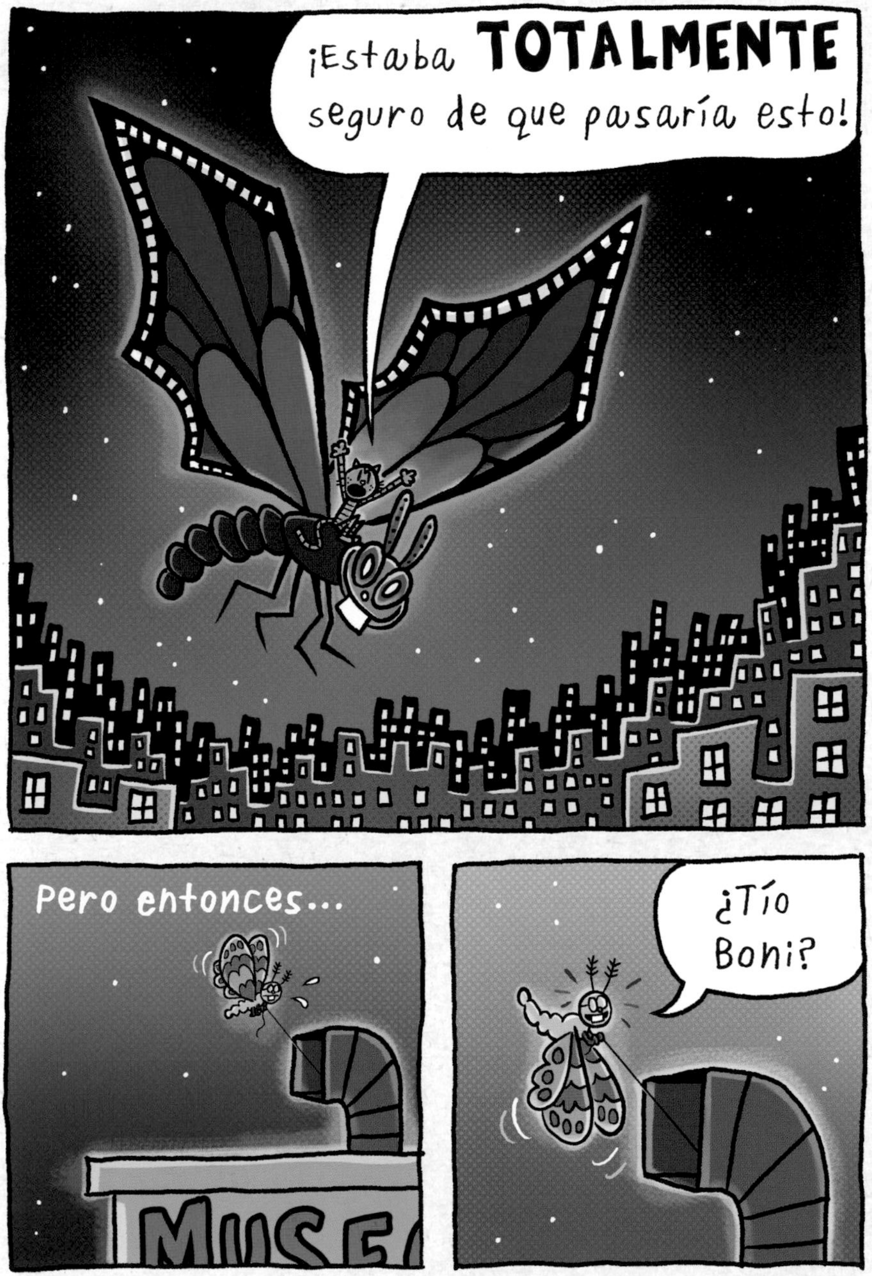
¡Estaba TOTALMENTE seguro de que pasaría esto!
Pero entonces...
MUSE
¿Tío Boni?

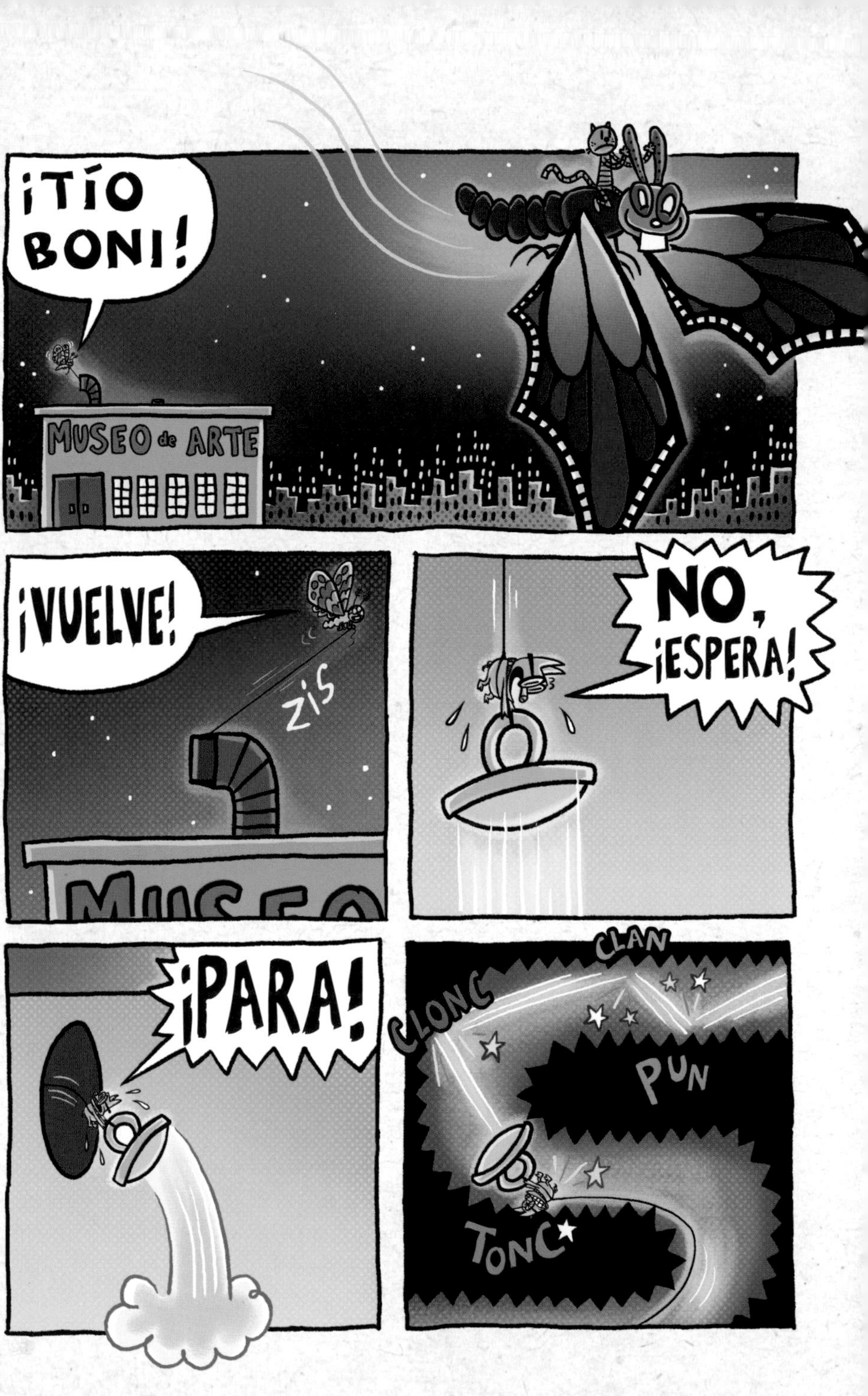
¡TÍO BONI!
MUSEO de ARTE
¡VUELVE!
ZIS
MUSEO
NO, ¡ESPERA!
¡PARA!
CLAN
CLONC
PUN
TONC

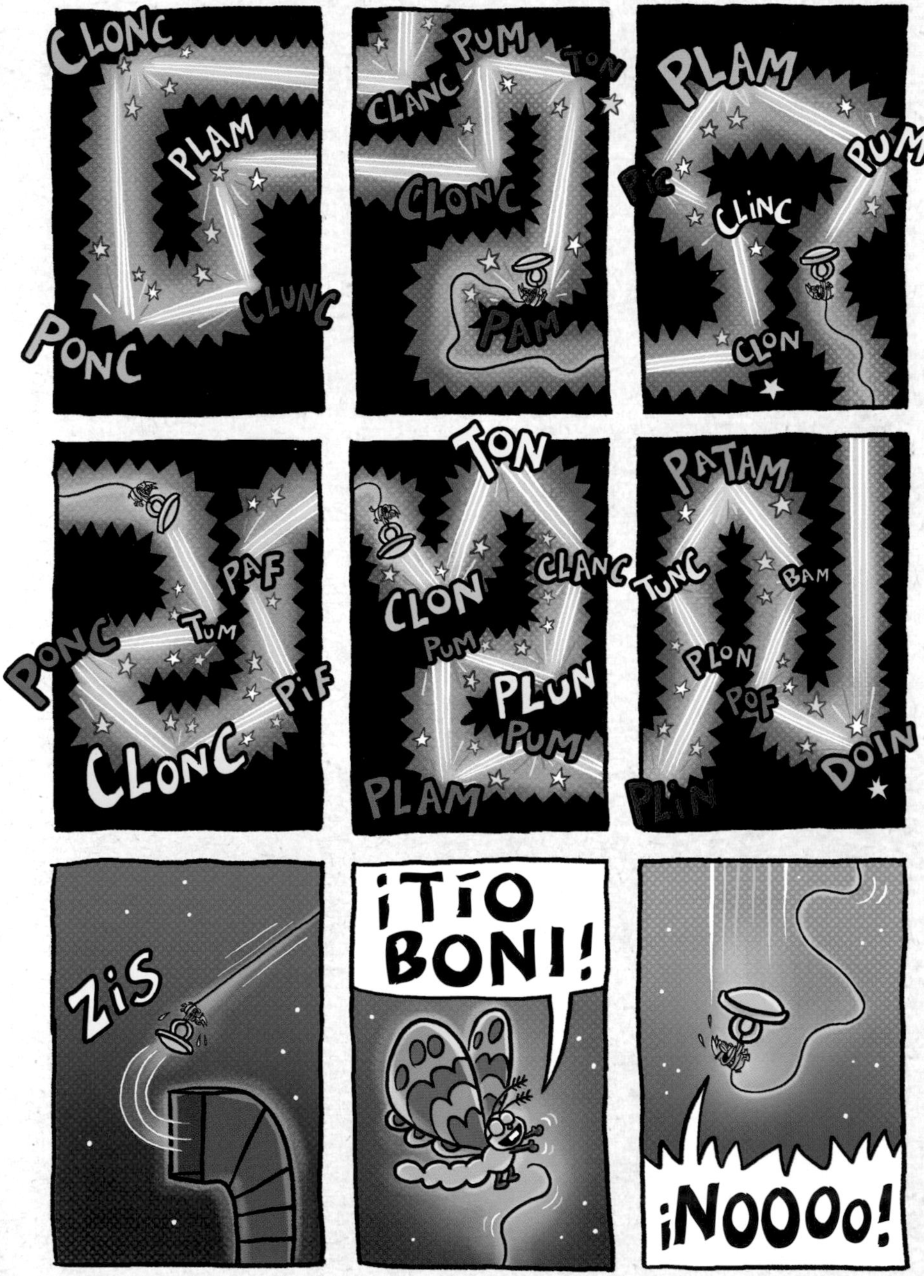
CLONC
PLAM
CLUNC
PONC
PUM
TON
CLANC
CLONC
PAM
PLAM
PIC
CLINC
PUM
CLON
PAF
TUM
PONC
PIF
CLONC
TON
CLANC
CLON
PUM
PLUN
PUM
PLAM
PATAM
TUNC
BAM
PLON
POF
DOIN
PLIN
ZIS
¡TÍO BONI!
¡NOOOo!

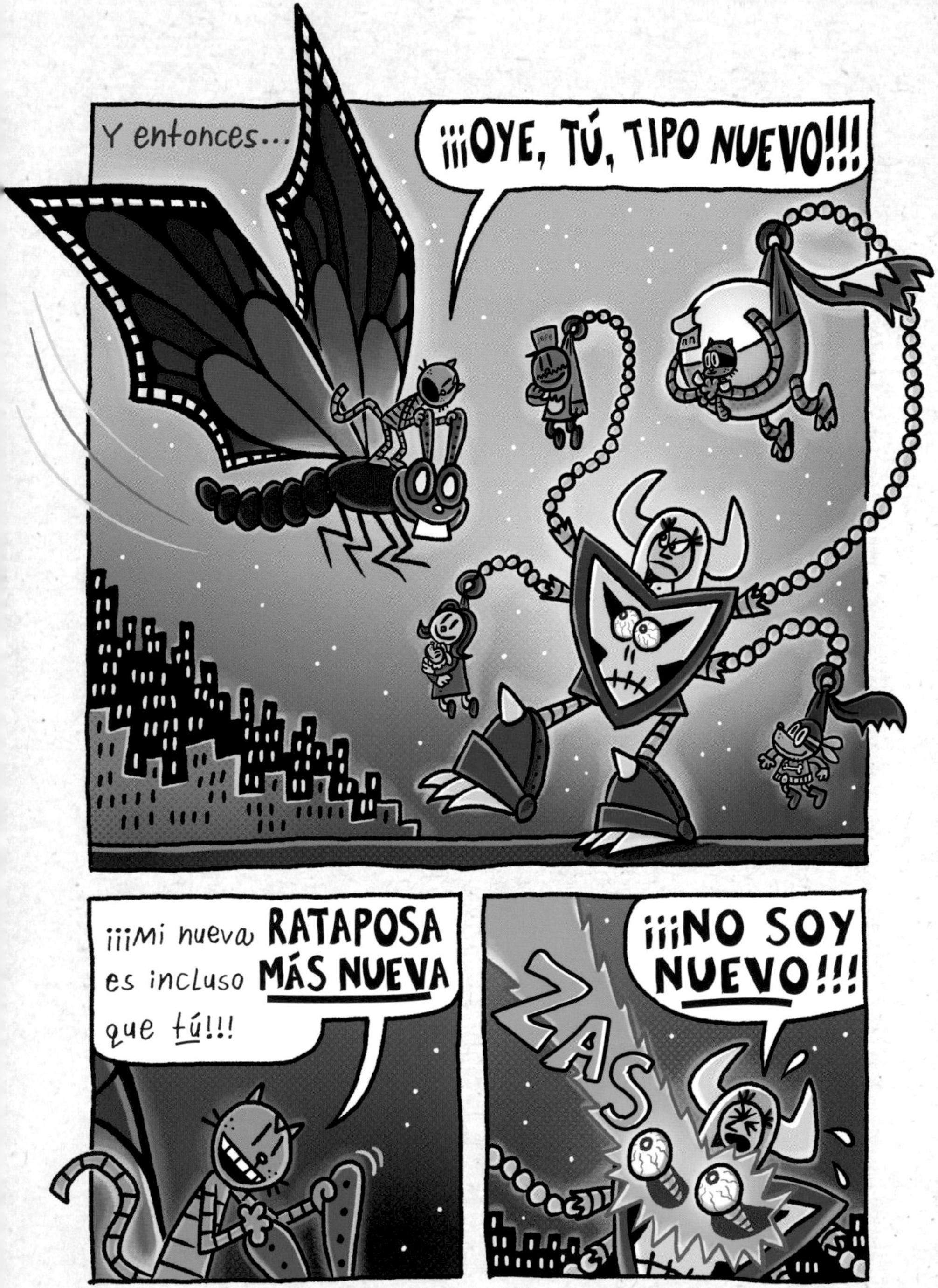
Y entonces...
¡¡¡OYE, TÚ, TIPO NUEVO!!!
¡¡¡Mi nueva RATAPOSA es incluso MÁS NUEVA que tú!!!
¡¡¡NO SOY NUEVO!!!
ZAS

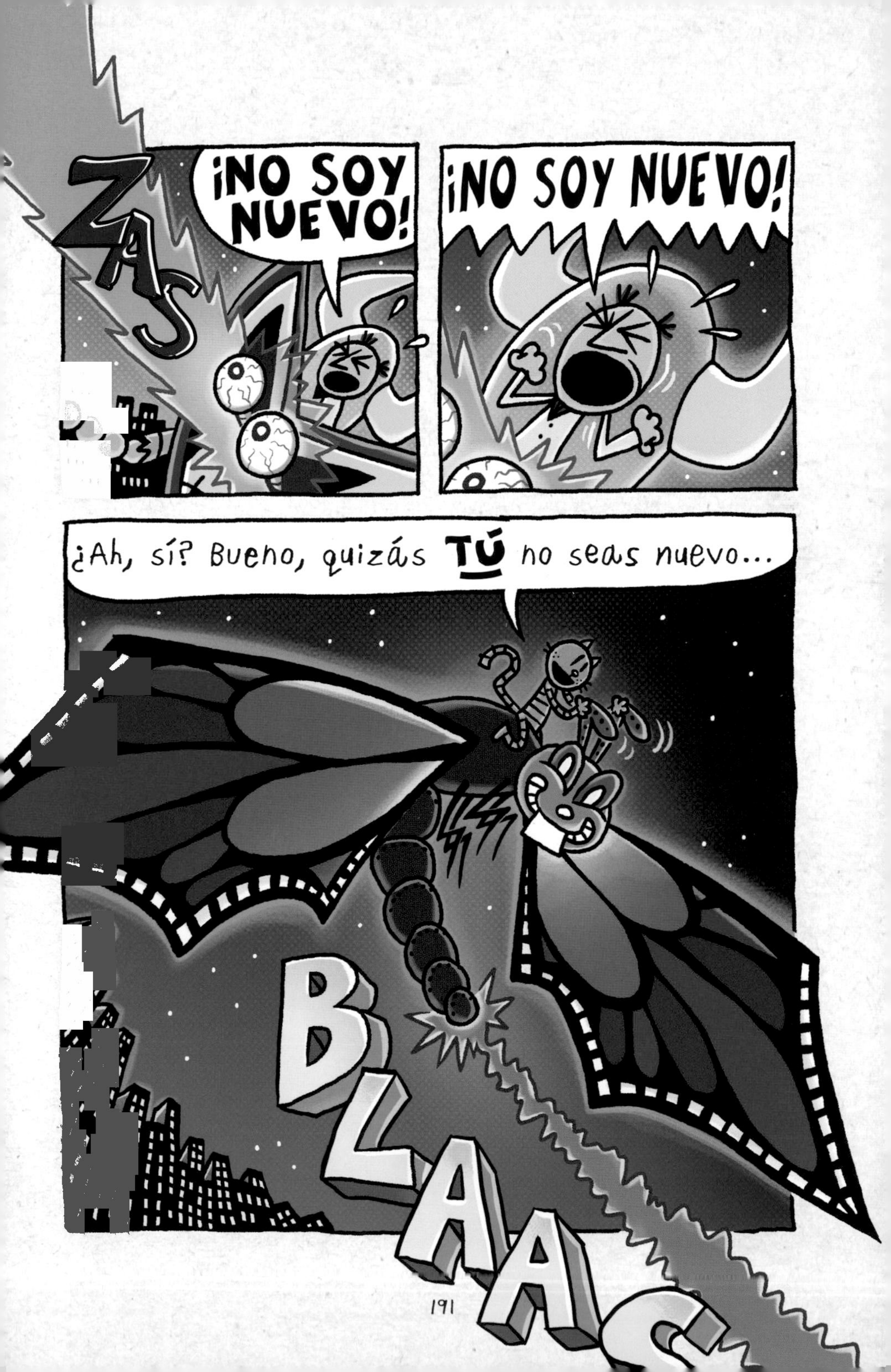
ZAS
¡NO SOY NUEVO!
¡NO SOY NUEVO!
¿Ah, sí? Bueno, quizás TÚ no seas nuevo...
BLAAC

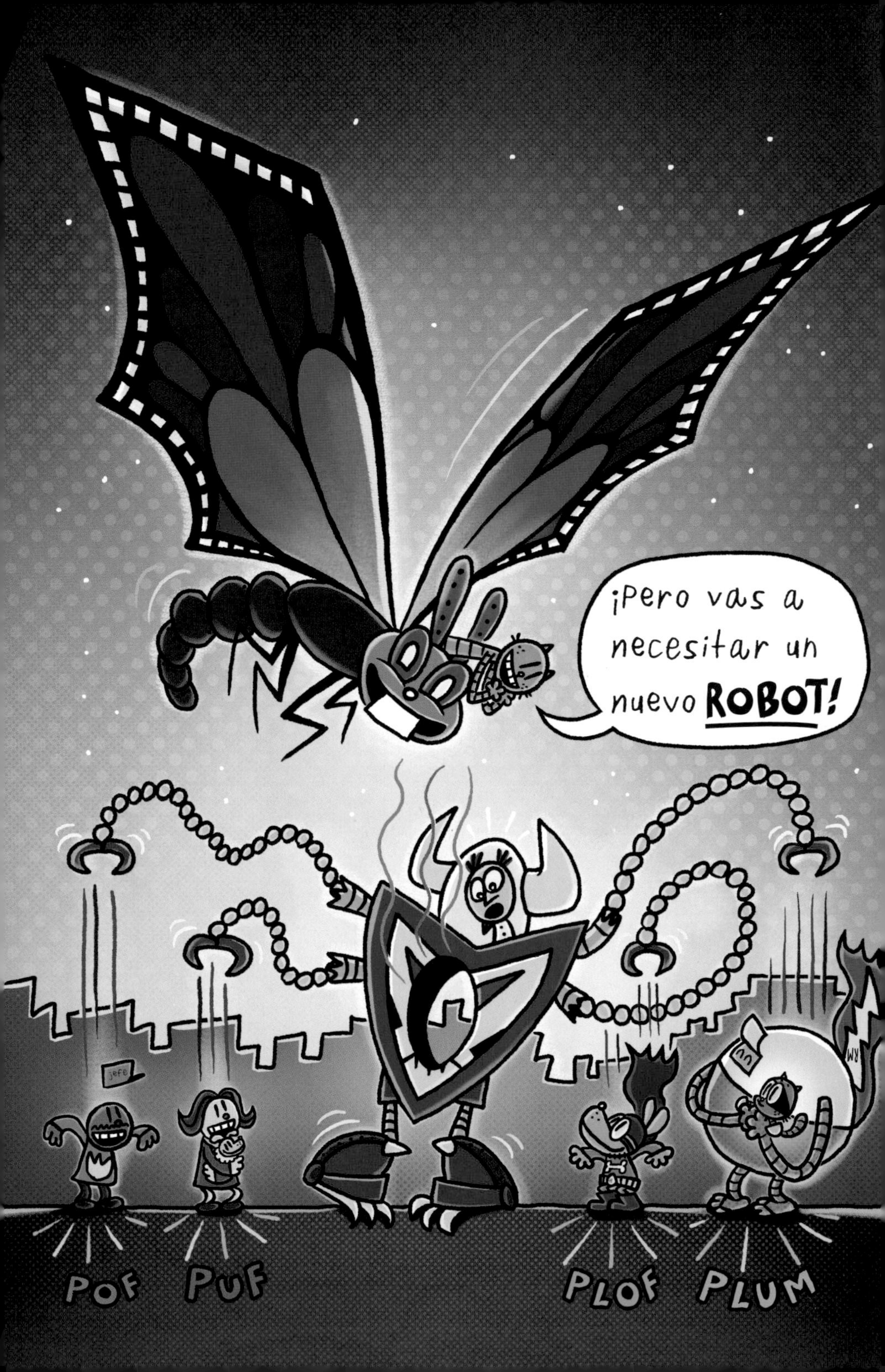
¡Pero vas a necesitar un nuevo ROBOT!
jefe
POF
PUF
PLOF
PLUM

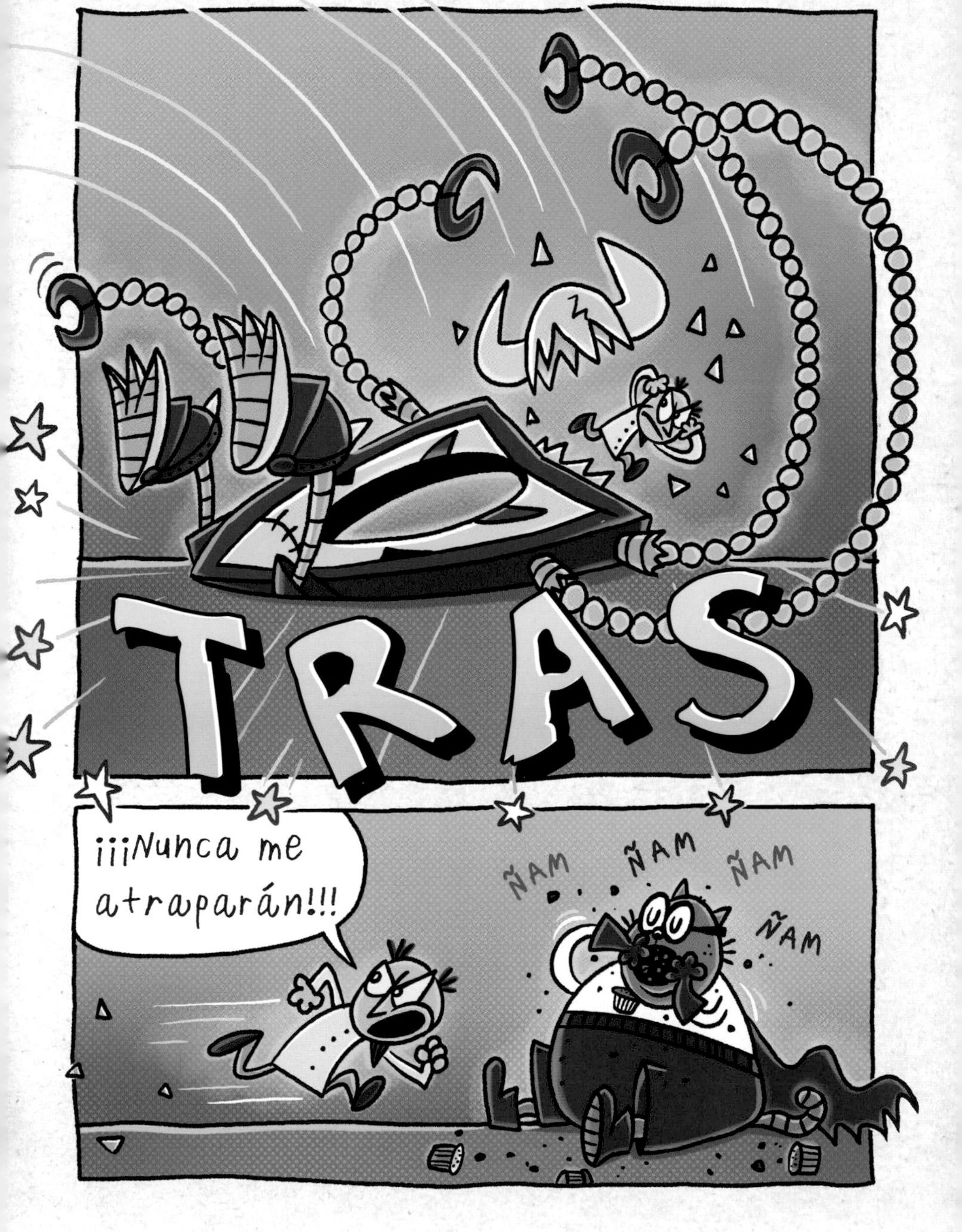
TRAS
¡¡¡Nunca me atraparán!!!
ÑAM ÑAM ÑAM ÑAM

tropieza

ÑAM
ÑAM

PLOM

¡Miren! ¡¡¡EL superhéroe Pastelito acaba de capturar al nuevo villano!!!

¿Cómo lo hiciste?

Bueno, yo...

Noooooooo

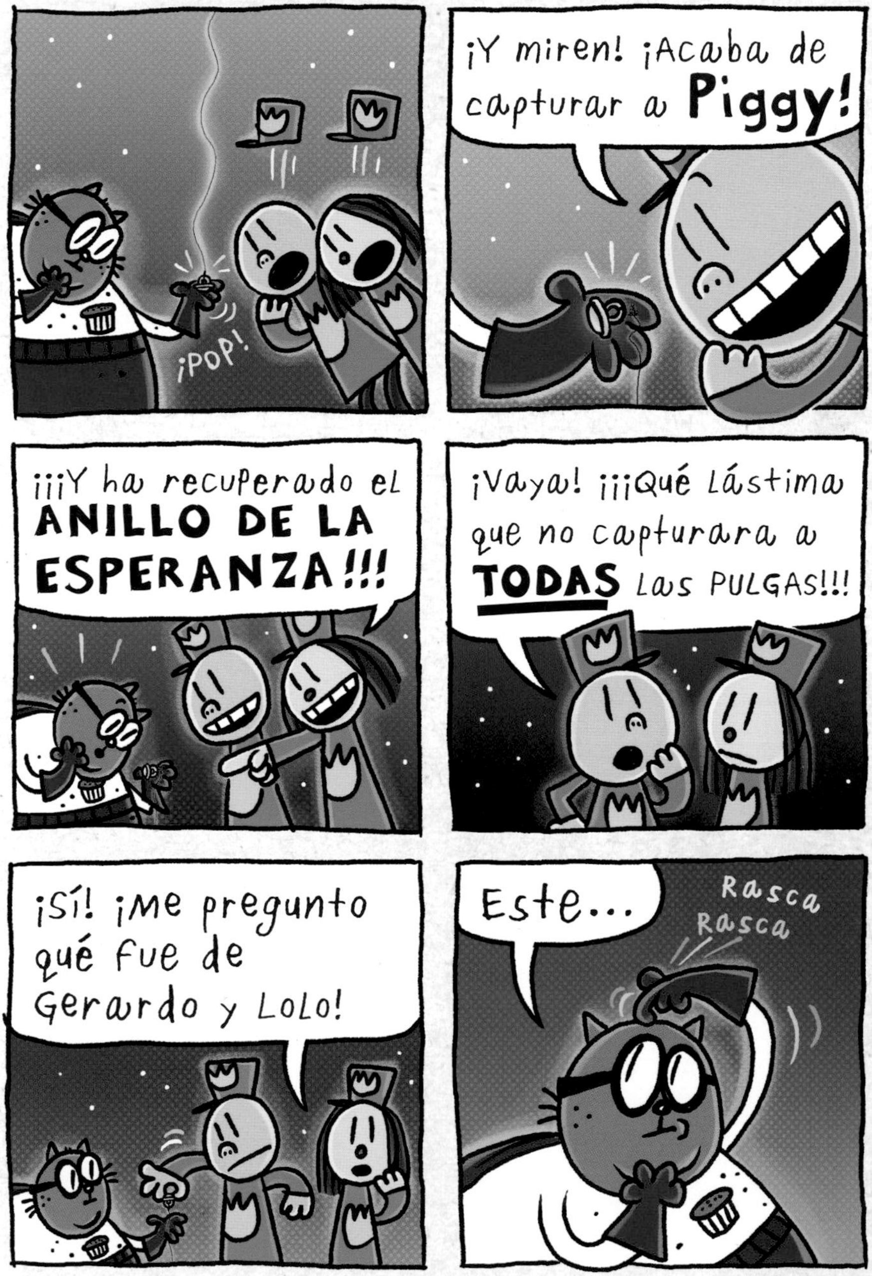

¡POP!
¡Y miren! ¡Acaba de capturar a Piggy!
¡¡¡Y ha recuperado el ANILLO DE LA ESPERANZA!!!
¡Vaya! ¡¡¡Qué lástima que no capturara a TODAS las PULGAS!!!
¡Sí! ¡Me pregunto qué fue de Gerardo y Lolo!
Este...
Rasca
Rasca

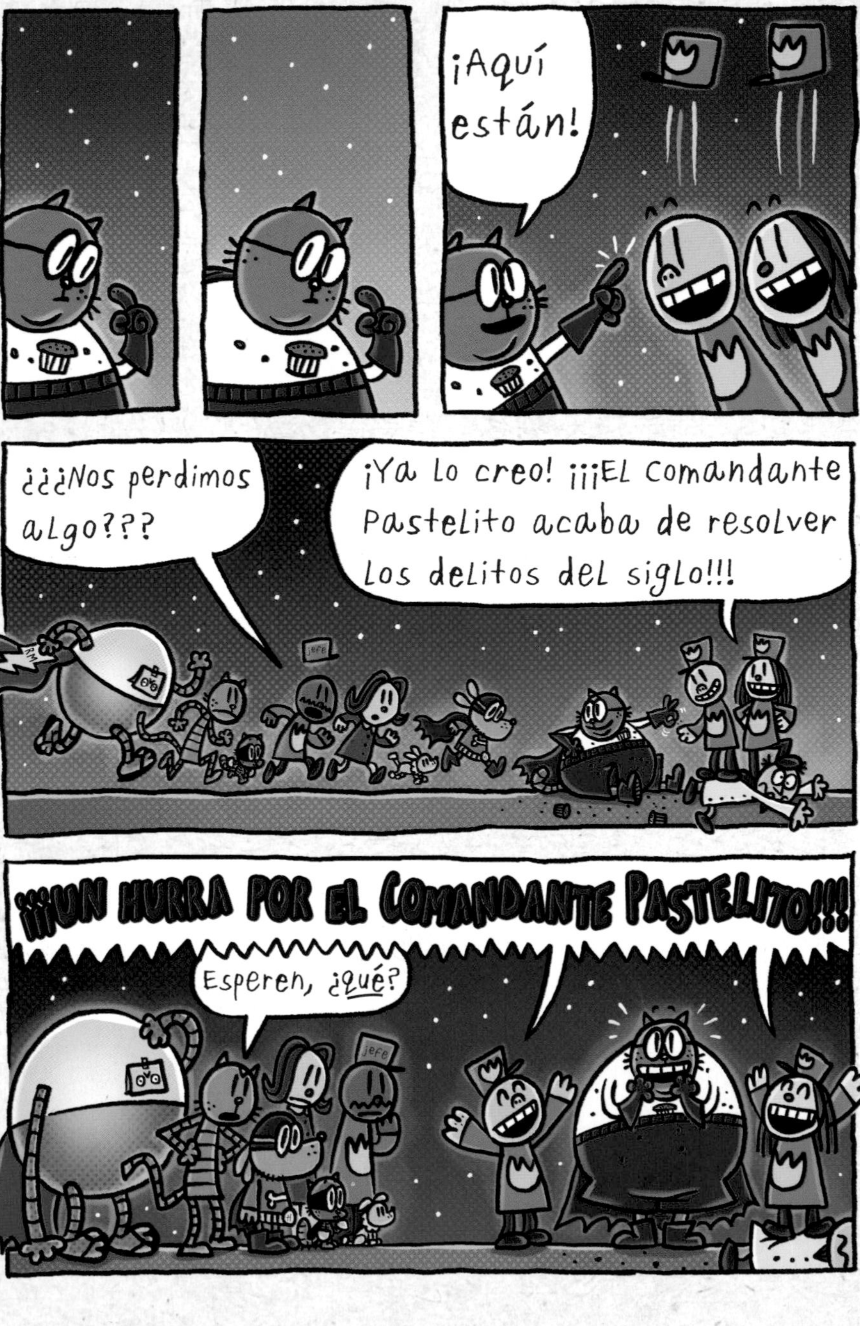

¡Aquí están!
¿¿¿Nos perdimos algo???
¡Ya lo creo! ¡¡¡El comandante Pastelito acaba de resolver los delitos del siglo!!!
jefe
¡¡¡UN HURRA POR EL COMANDANTE PASTELITO!!!
Esperen, ¿qué?
jefe

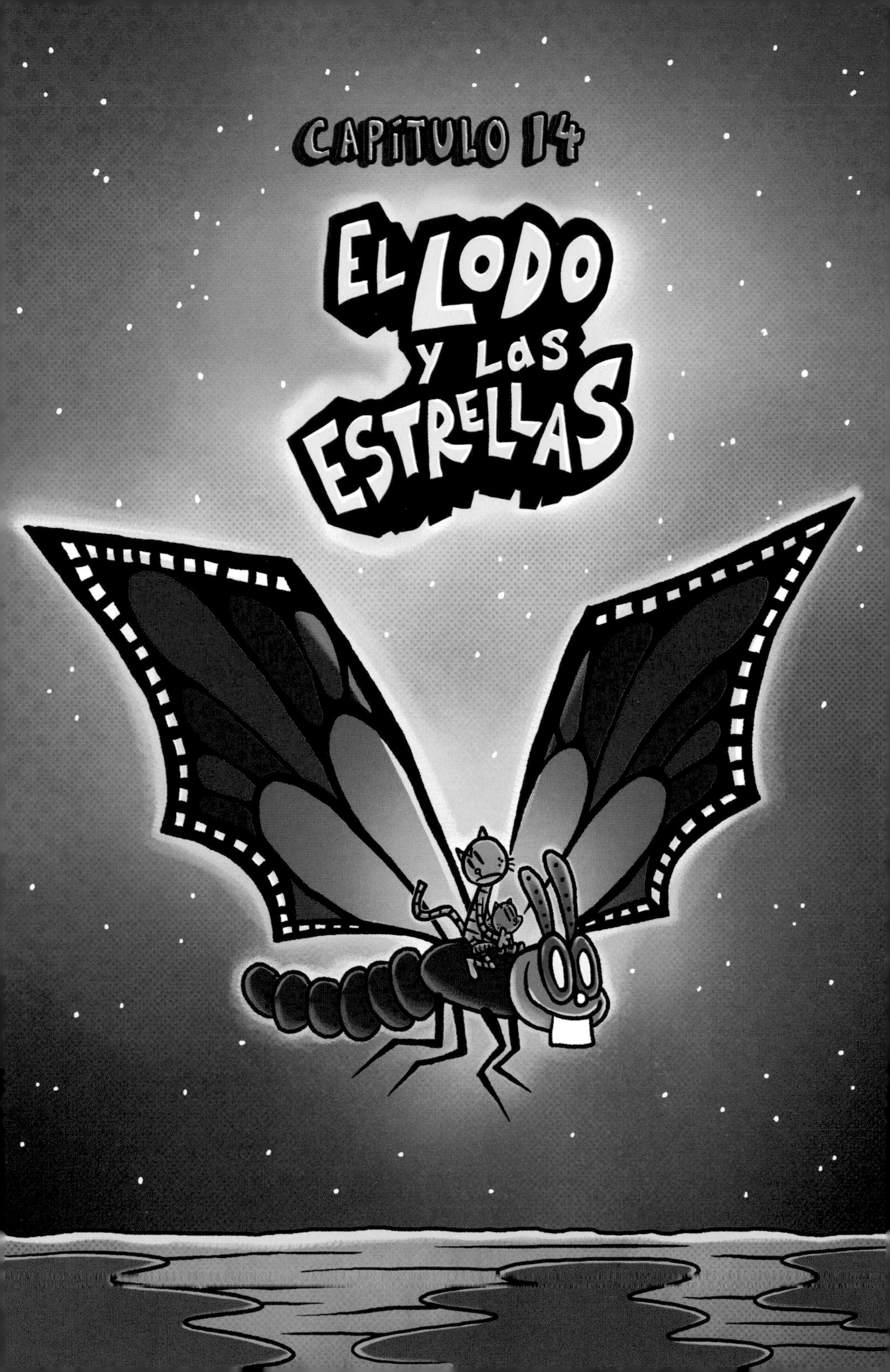
CAPÍTULO 14
EL LODO Y LAS ESTRELLAS

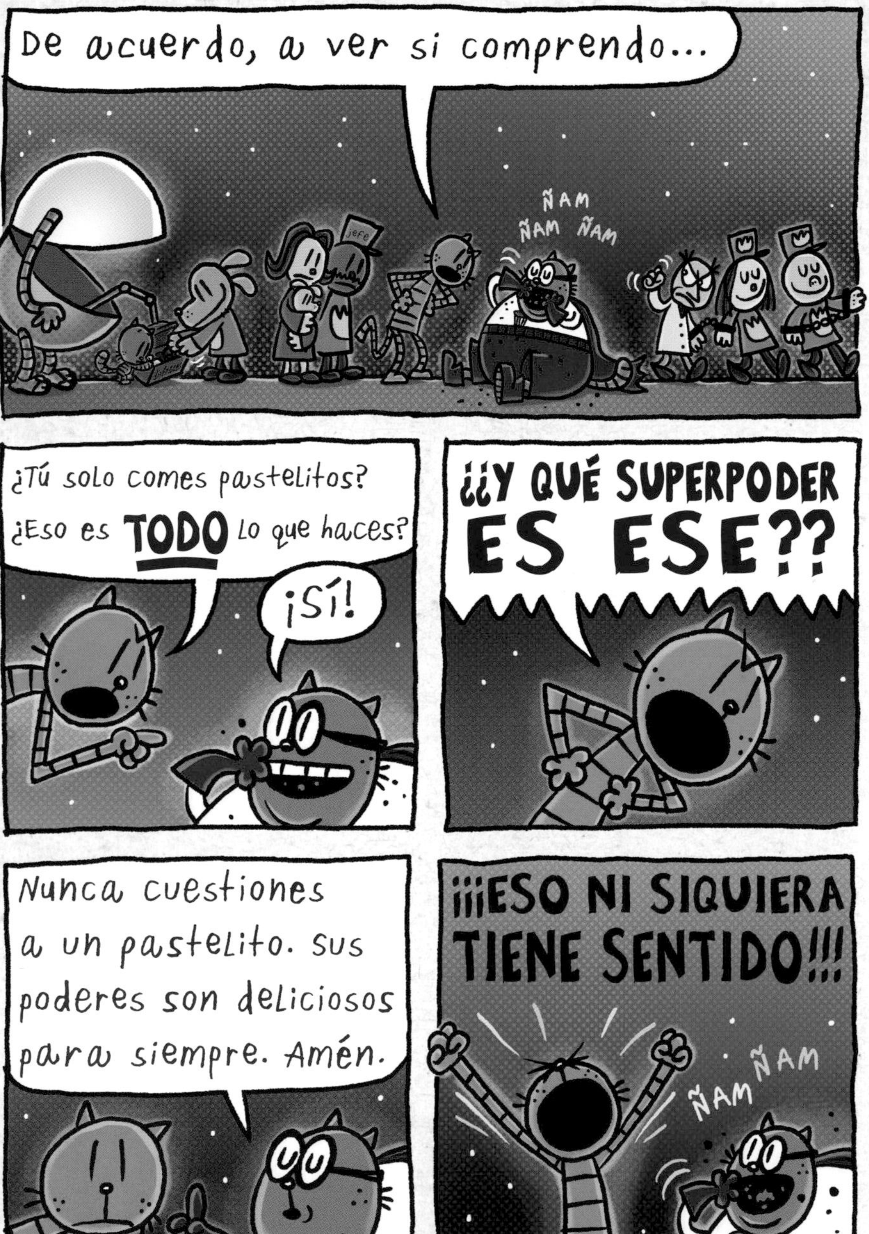
De acuerdo, a ver si comprendo...
JEFE
ÑAM
ÑAM ÑAM
¿Tú solo comes pastelitos?
¿Eso es TODO lo que haces?
¡SÍ!
¿¿Y QUÉ SUPERPODER ES ESE??
Nunca cuestiones a un pastelito. Sus poderes son deliciosos para siempre. Amén.
¡¡¡ESO NI SIQUIERA TIENE SENTIDO!!!
ÑAM
ÑAM

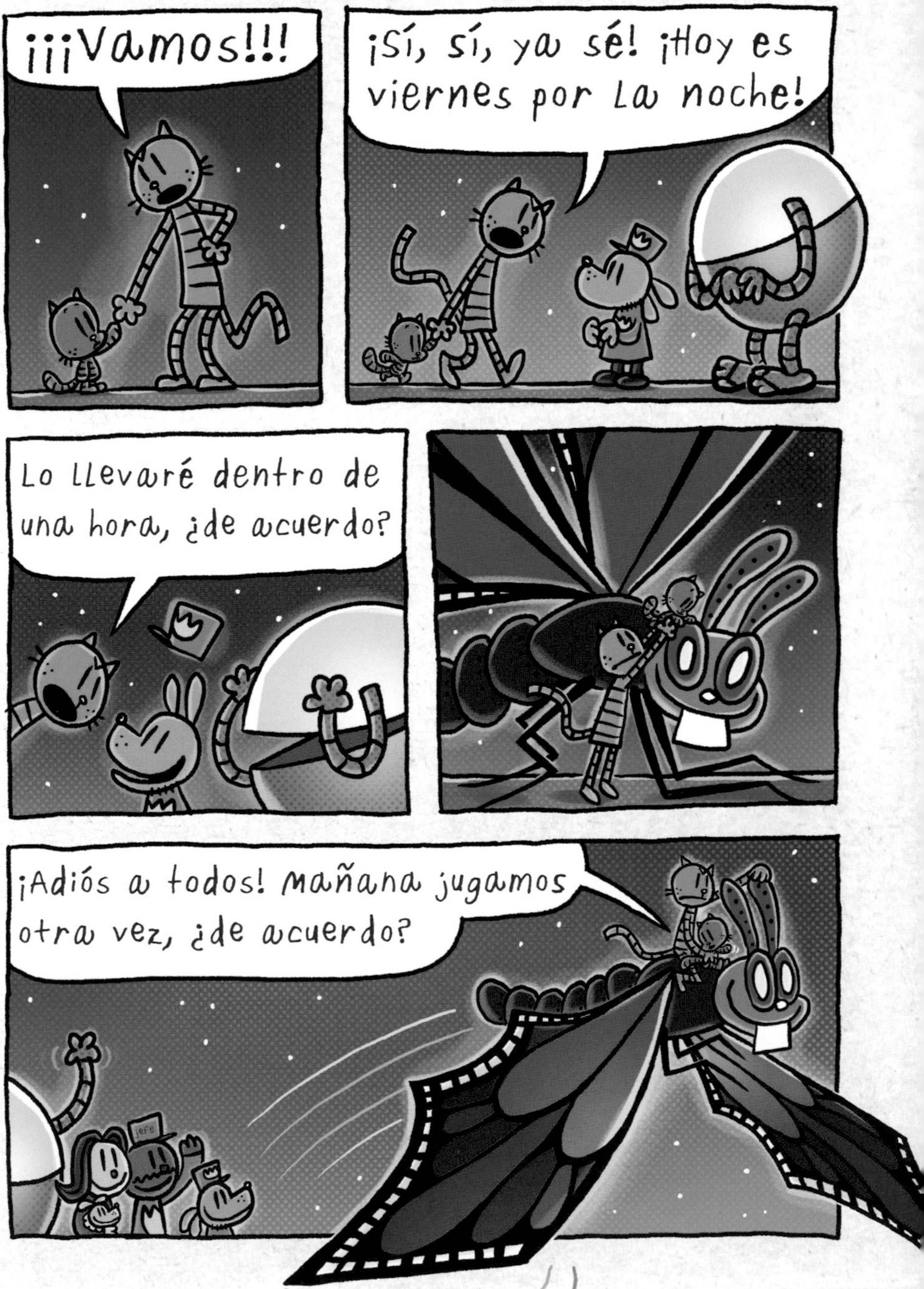
¡¡¡Vamos!!!
¡Sí, sí, ya sé! ¡Hoy es viernes por la noche!
Lo llevaré dentro de una hora, ¿de acuerdo?
¡Adiós a todos! Mañana jugamos otra vez, ¿de acuerdo?
jefe

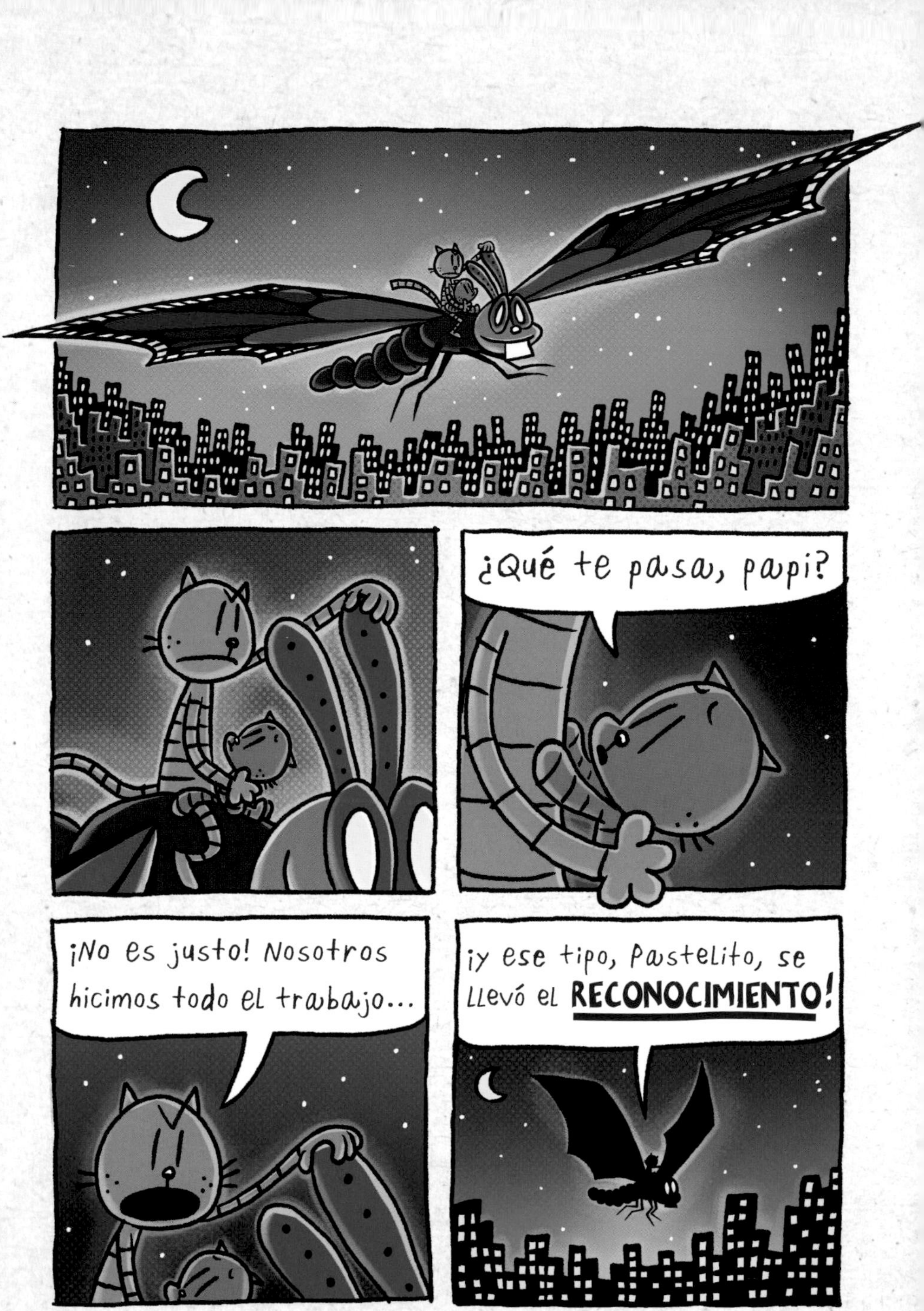
¿Qué te pasa, papi?
¡No es justo! Nosotros hicimos todo el trabajo...
¡y ese tipo, Pastelito, se llevó el RECONOCIMIENTO!

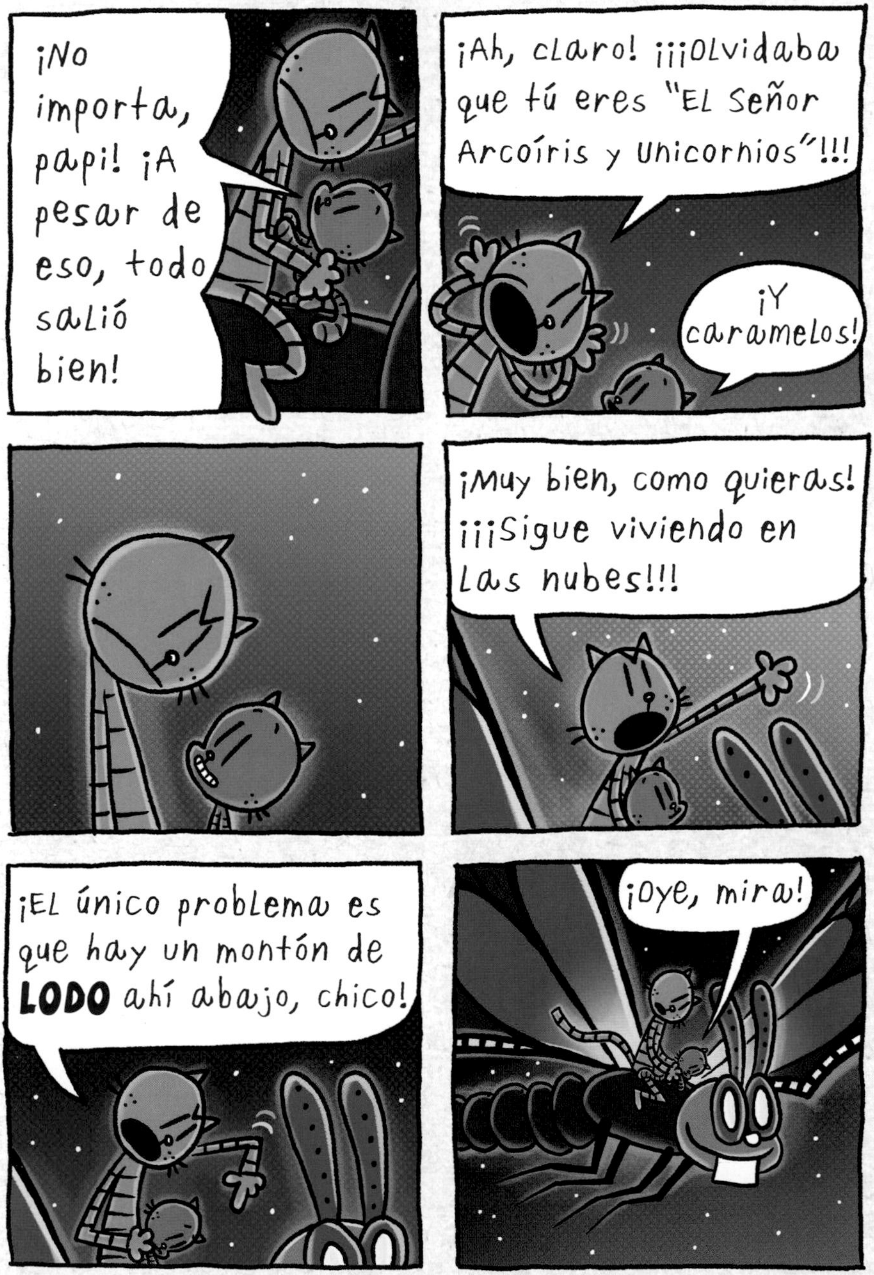
¡No importa, papi! ¡A pesar de eso, todo salió bien!
¡Ah, claro! ¡¡¡Olvidaba que tú eres "El Señor Arcoíris y Unicornios"!!!
¡Y caramelos!
¡Muy bien, como quieras! ¡¡¡Sigue viviendo en las nubes!!!
¡El único problema es que hay un montón de LODO ahí abajo, chico!
¡Oye, mira!

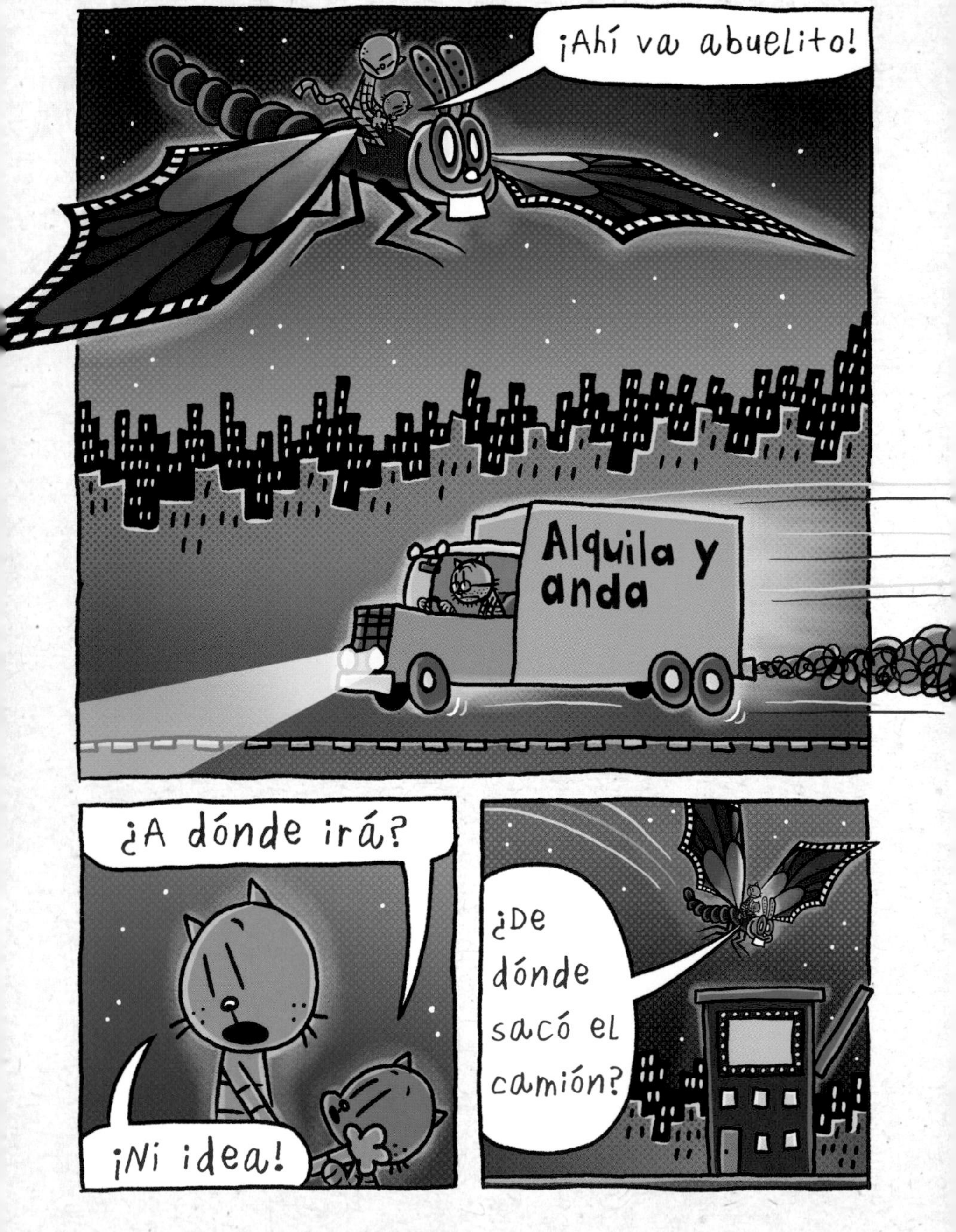
¡Ahí va abuelito!
Alquila y anda
¿A dónde irá?
¡Ni idea!
¿De dónde sacó el camión?

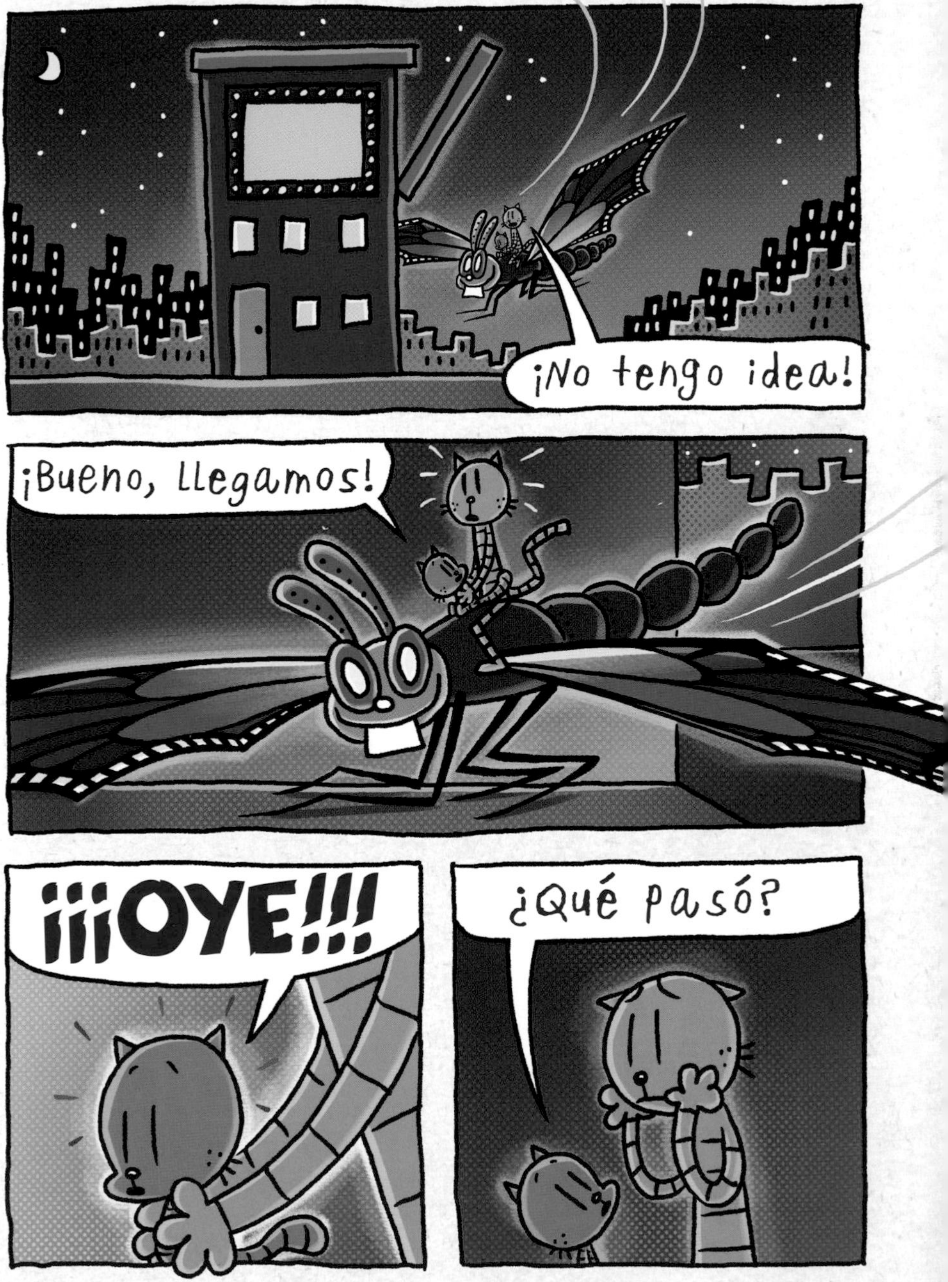
¡No tengo idea!
¡Bueno, Llegamos!
¡¡¡OYE!!!
¿Qué pasó?

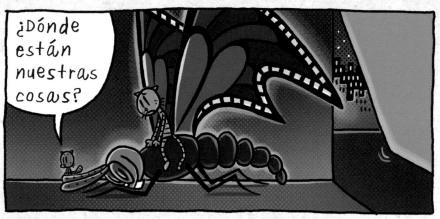

¿Dónde están nuestras cosas?

Se llevaron las computadoras...

Se llevaron las herramientas...

Se llevaron las mesas y las sillas...

el sofá y la televisión...

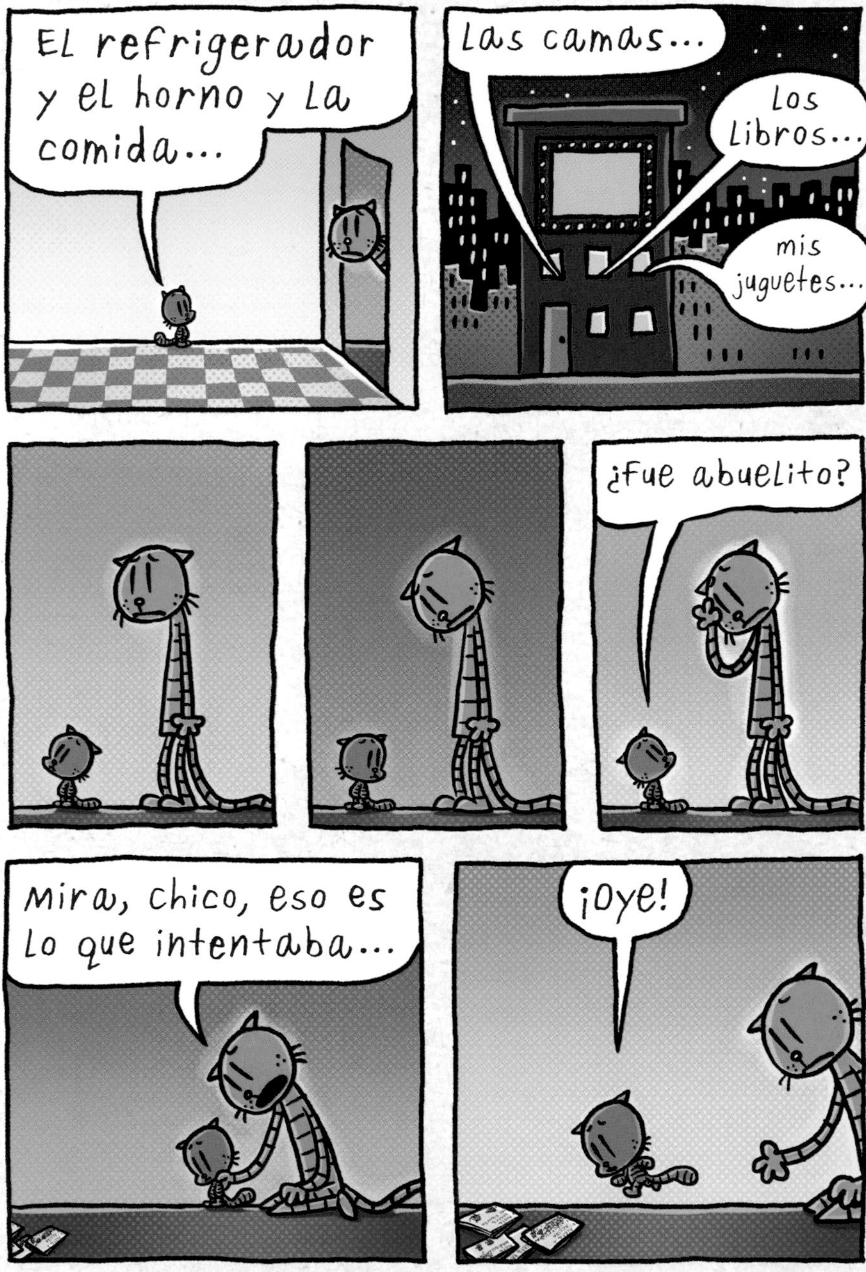
El refrigerador y el horno y la comida...
Las camas...
Los libros...
mis juguetes...
¿Fue abuelito?
Mira, chico, eso es lo que intentaba...
¡Oye!

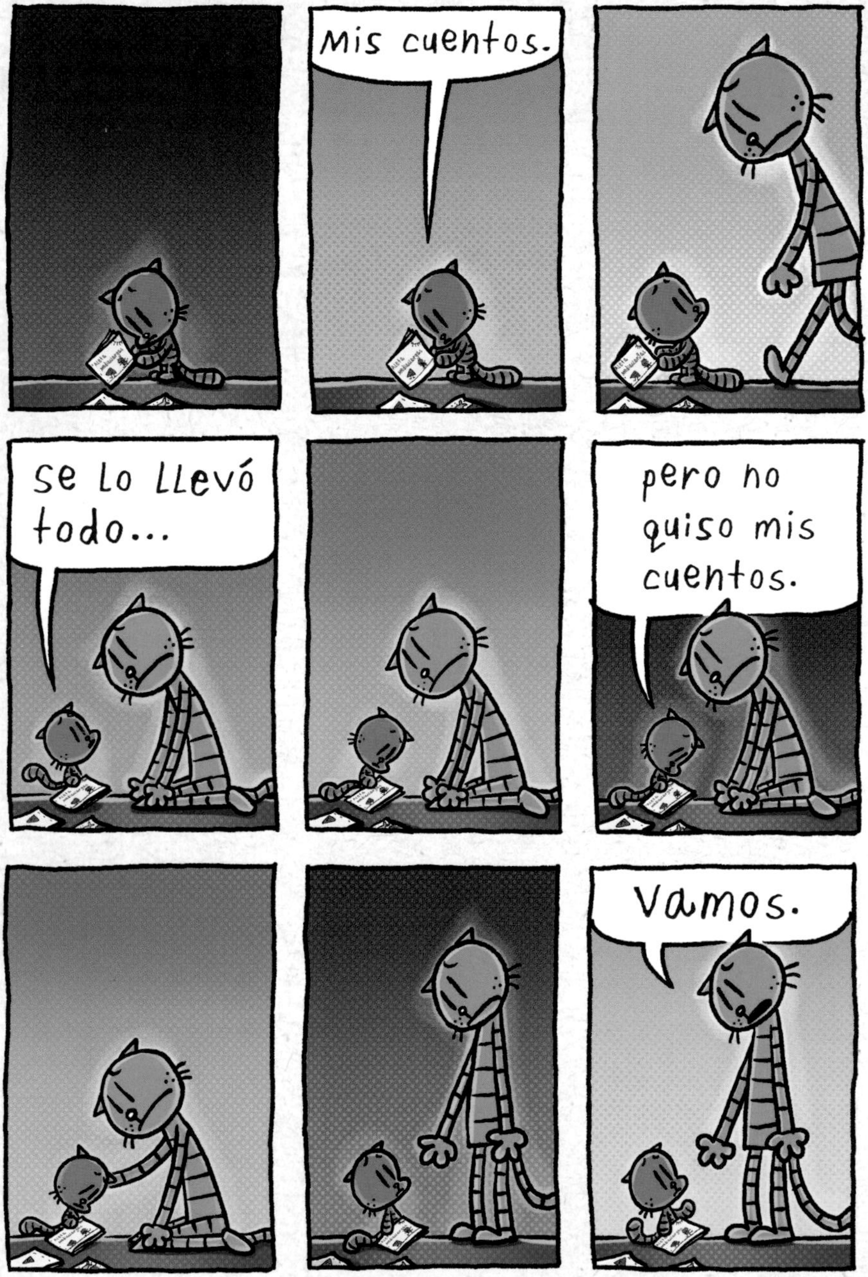
Mis cuentos.
se lo llevó todo...
pero no quiso mis cuentos.
vamos.

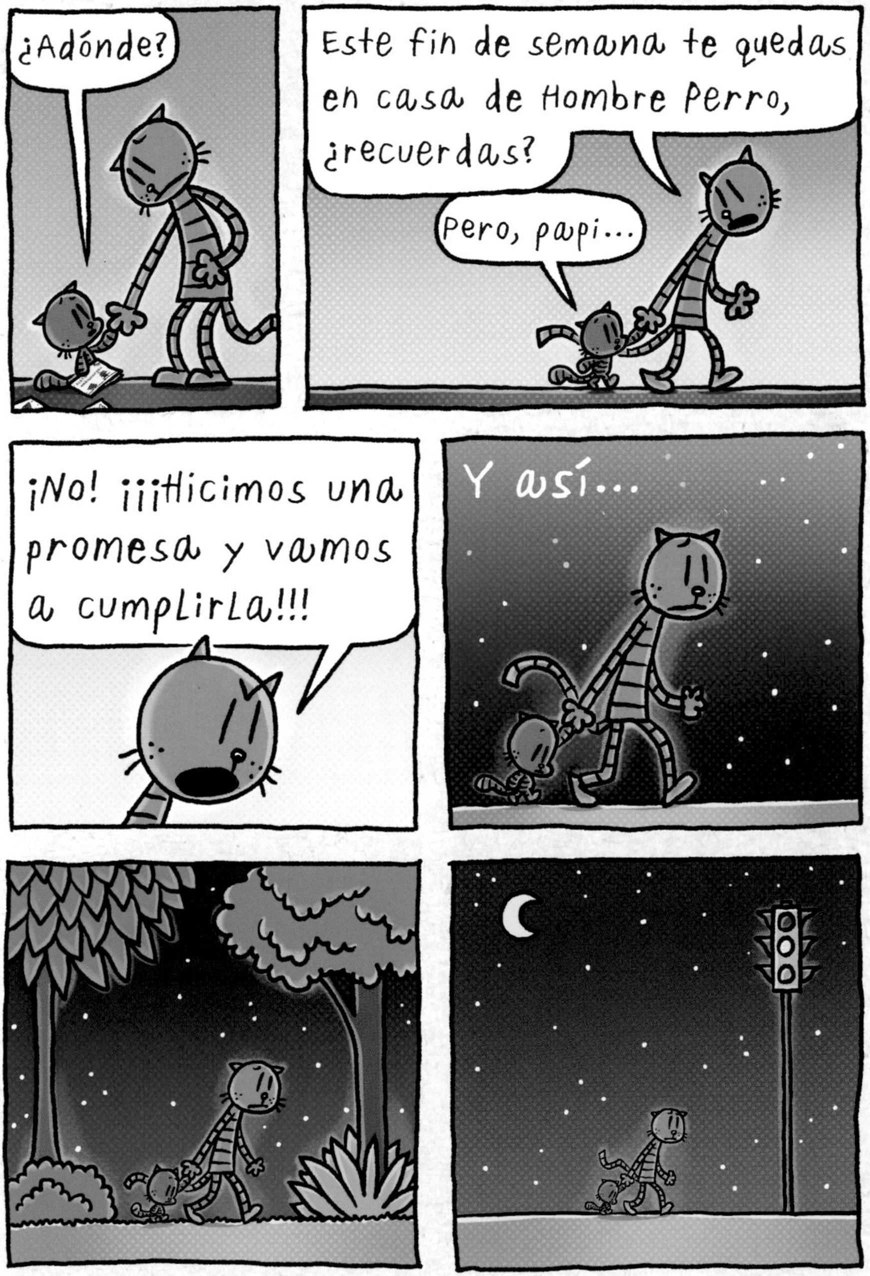
¿Adónde?
Este fin de semana te quedas en casa de Hombre Perro, ¿recuerdas?
Pero, papi...
¡No! ¡¡¡Hicimos una promesa y vamos a cumplirla!!!
Y así...

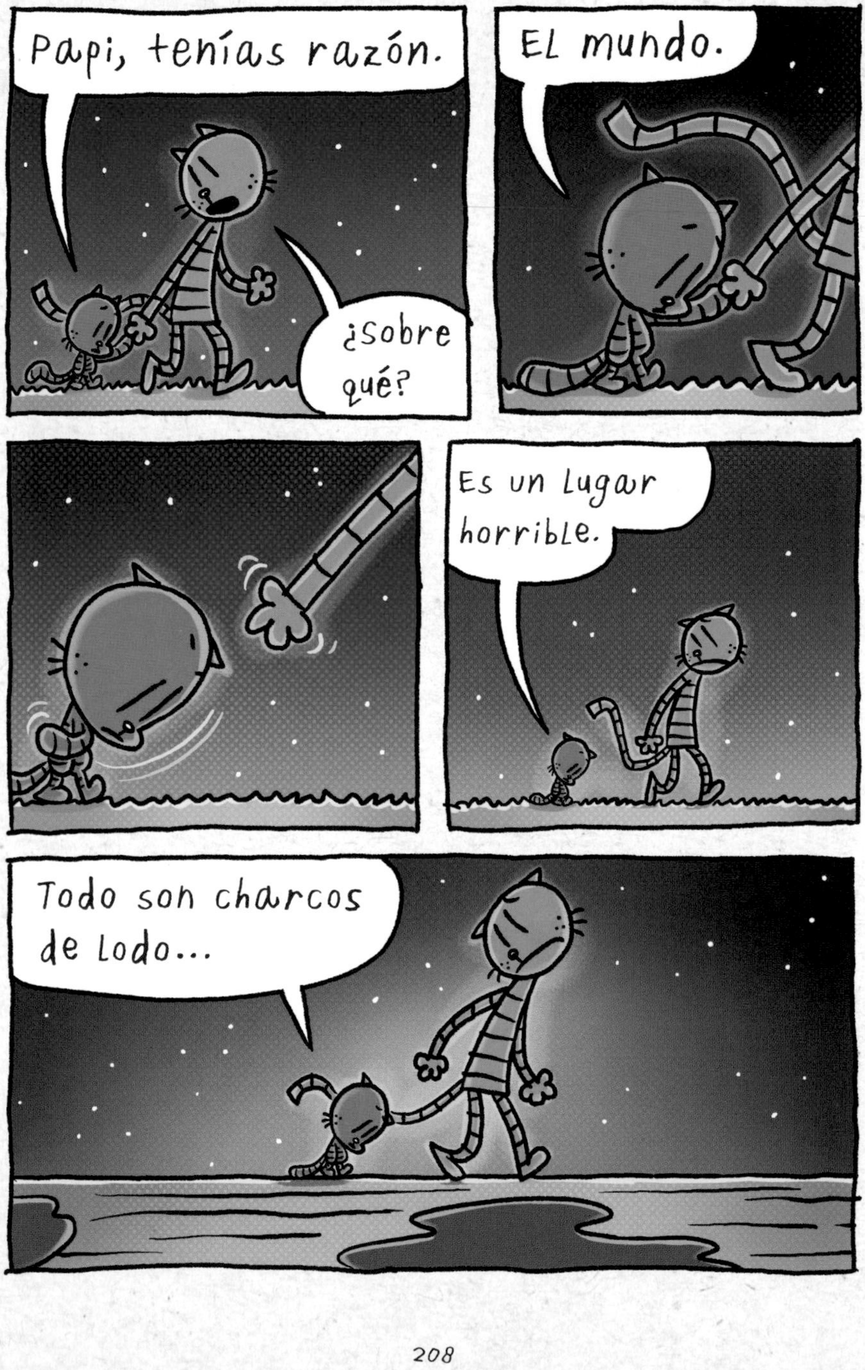
Papi, tenías razón.
¿Sobre qué?
EL mundo.
Es un Lugar horribLe.
Todo son charcos de Lodo...

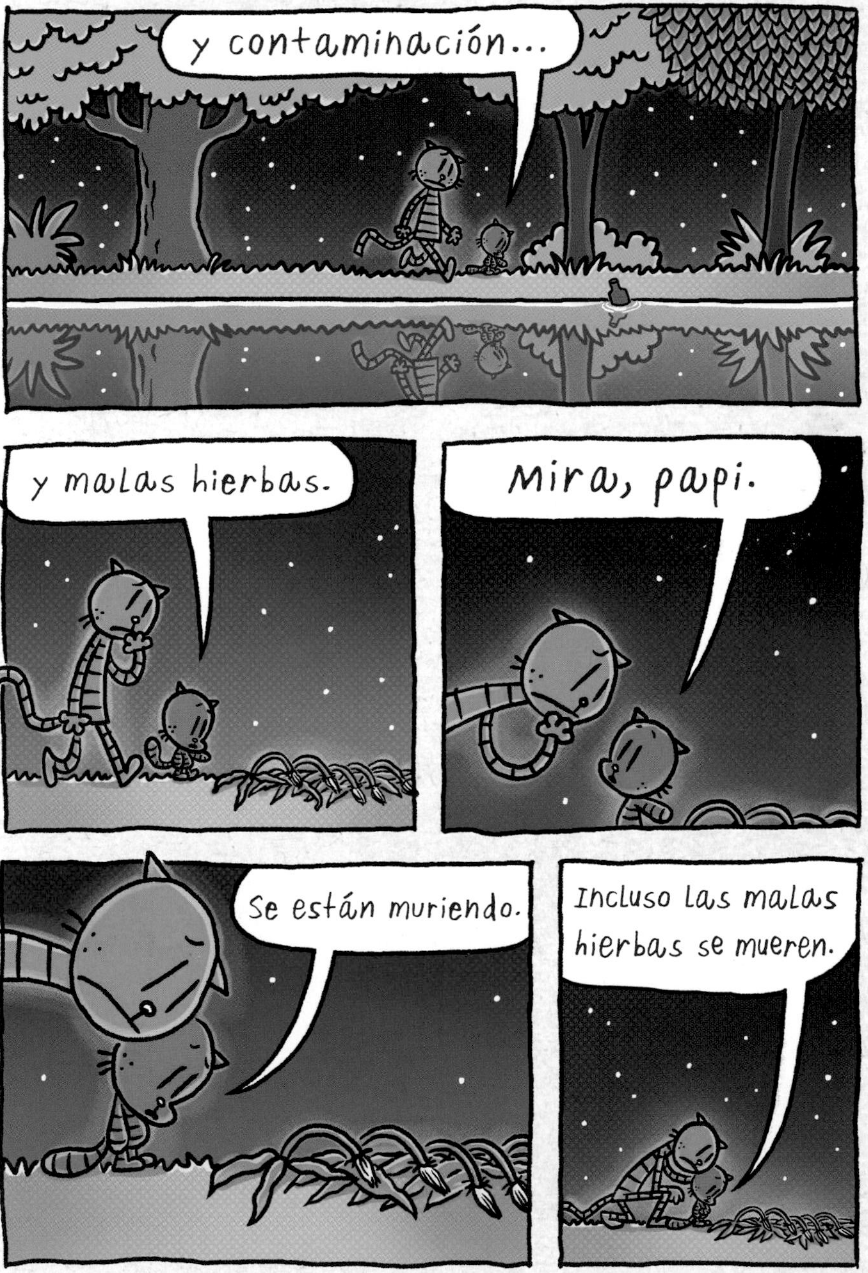
y contaminación...
y malas hierbas.
Mira, papi.
Se están muriendo.
Incluso las malas hierbas se mueren.

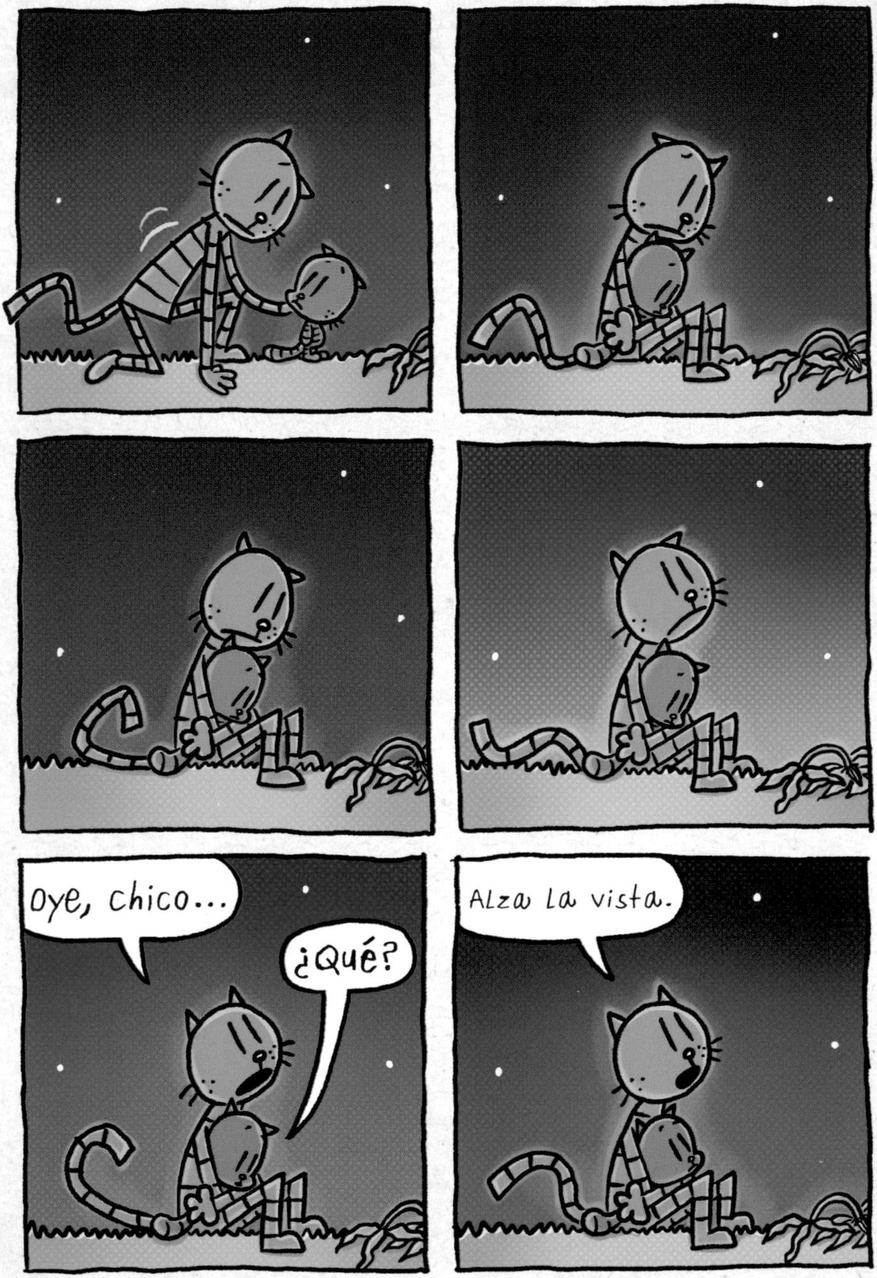
Oye, chico...
¿Qué?
Alza la vista.

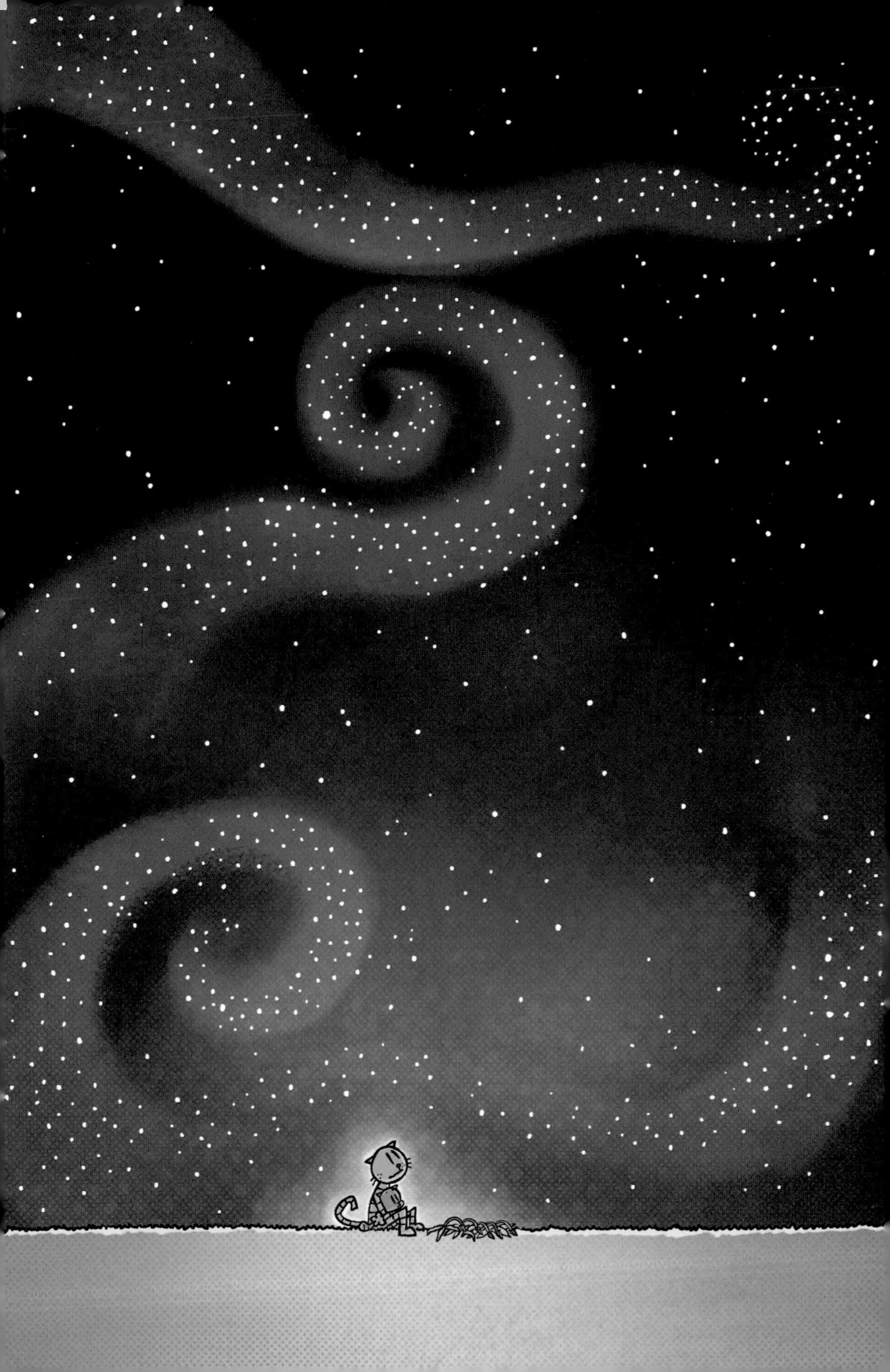

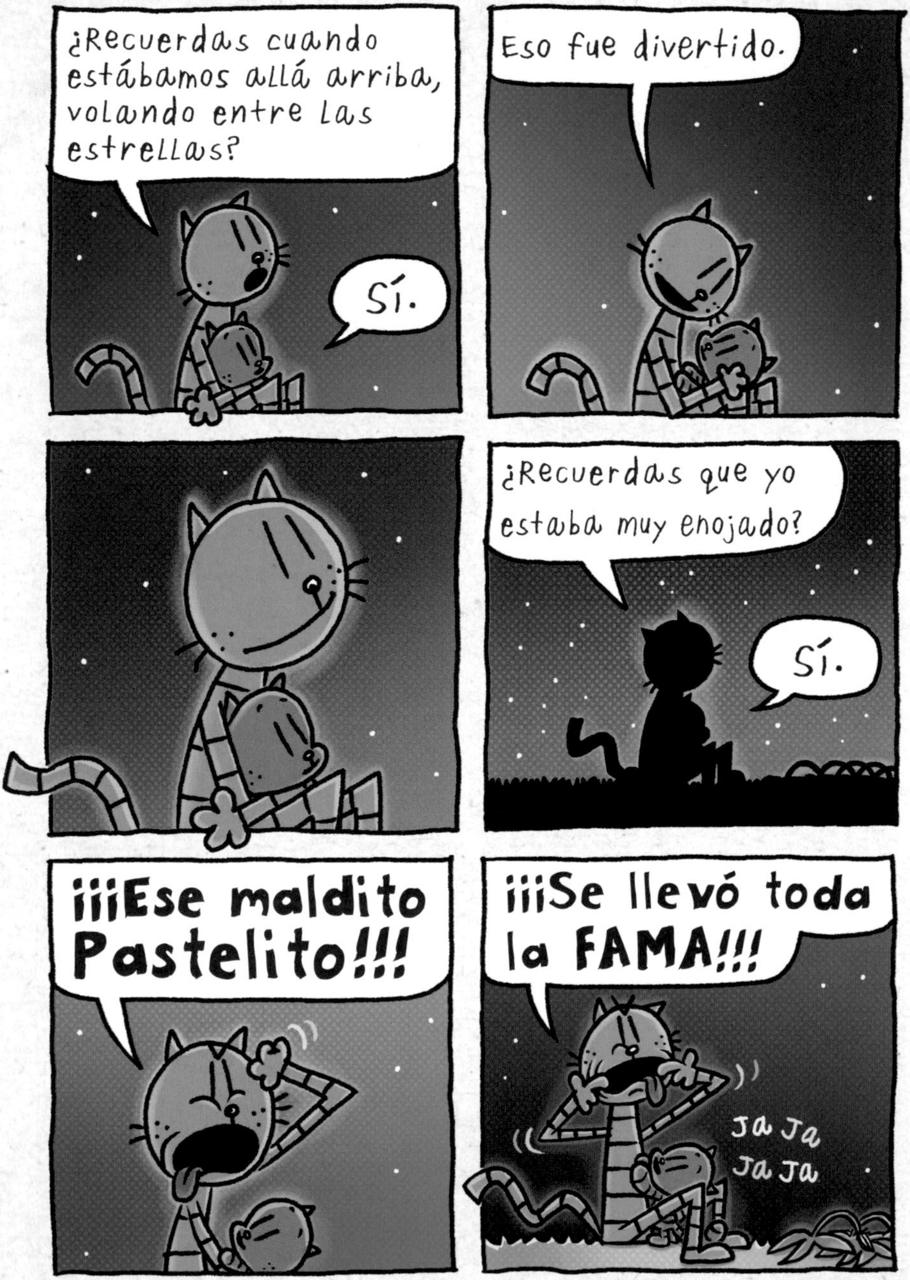
¿Recuerdas cuando estábamos allá arriba, volando entre las estrellas?
Sí.
Eso fue divertido.
¿Recuerdas que yo estaba muy enojado?
Sí.
¡¡¡Ese maldito Pastelito!!!
¡¡¡Se llevó toda la FAMA!!!
JA JA JA JA

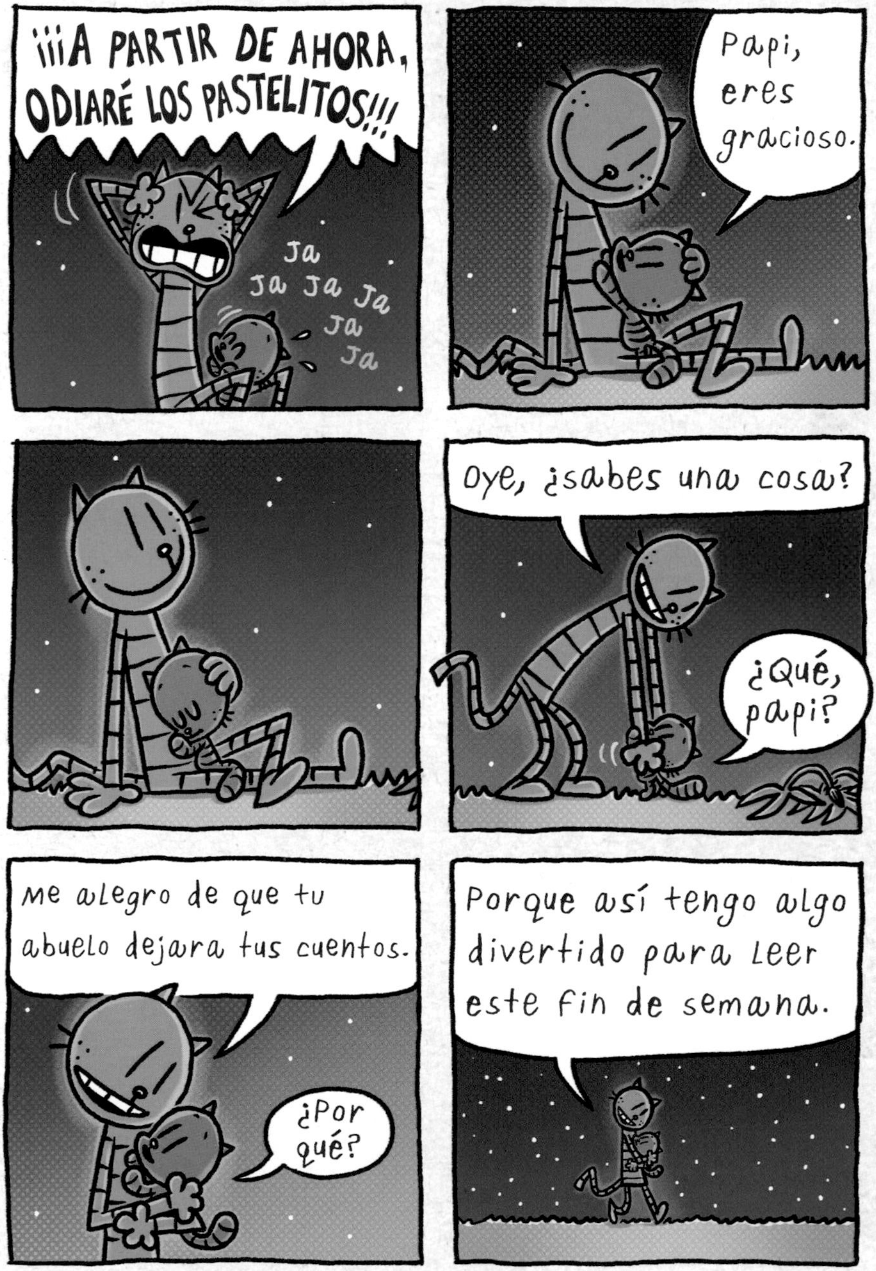
¡¡¡A PARTIR DE AHORA, ODIARÉ LOS PASTELITOS!!!
Ja Ja Ja Ja Ja Ja
Papi, eres gracioso.
Oye, ¿sabes una cosa?
¿Qué, papi?
Me alegro de que tu abuelo dejara tus cuentos.
¿Por qué?
Porque así tengo algo divertido para leer este fin de semana.

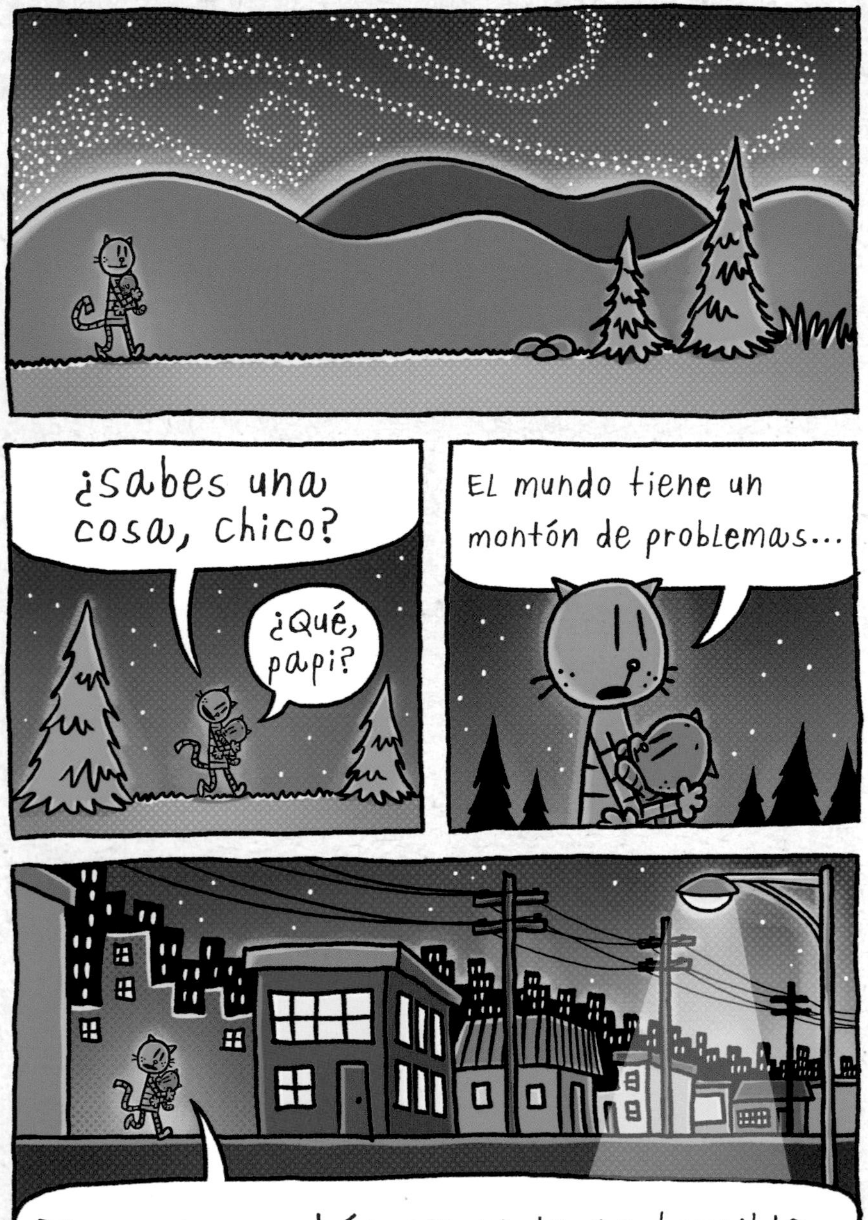
¿Sabes una cosa, chico?
¿Qué, papi?
El mundo tiene un montón de problemas...
Pero nunca podría ser un lugar horrible...

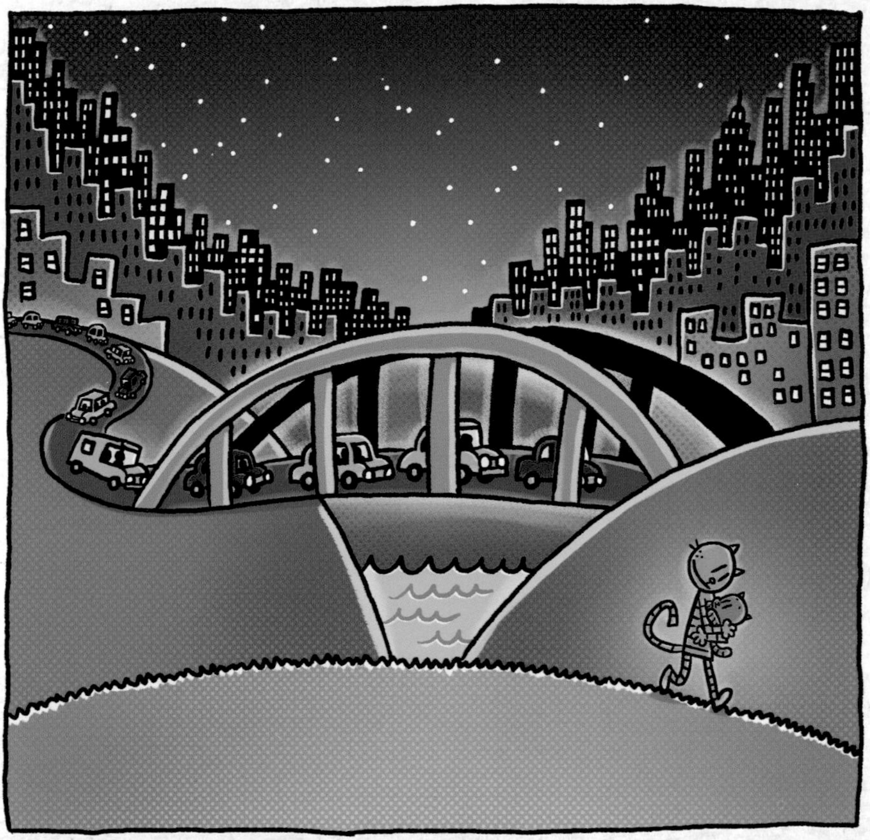

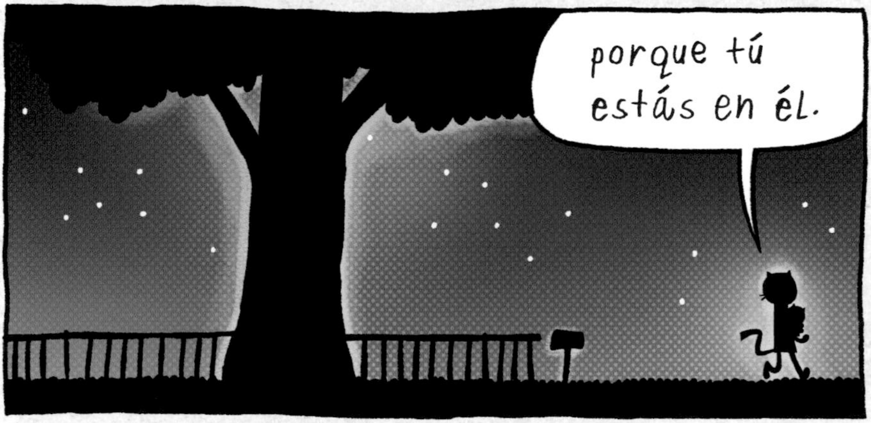
porque tú
estás en él.

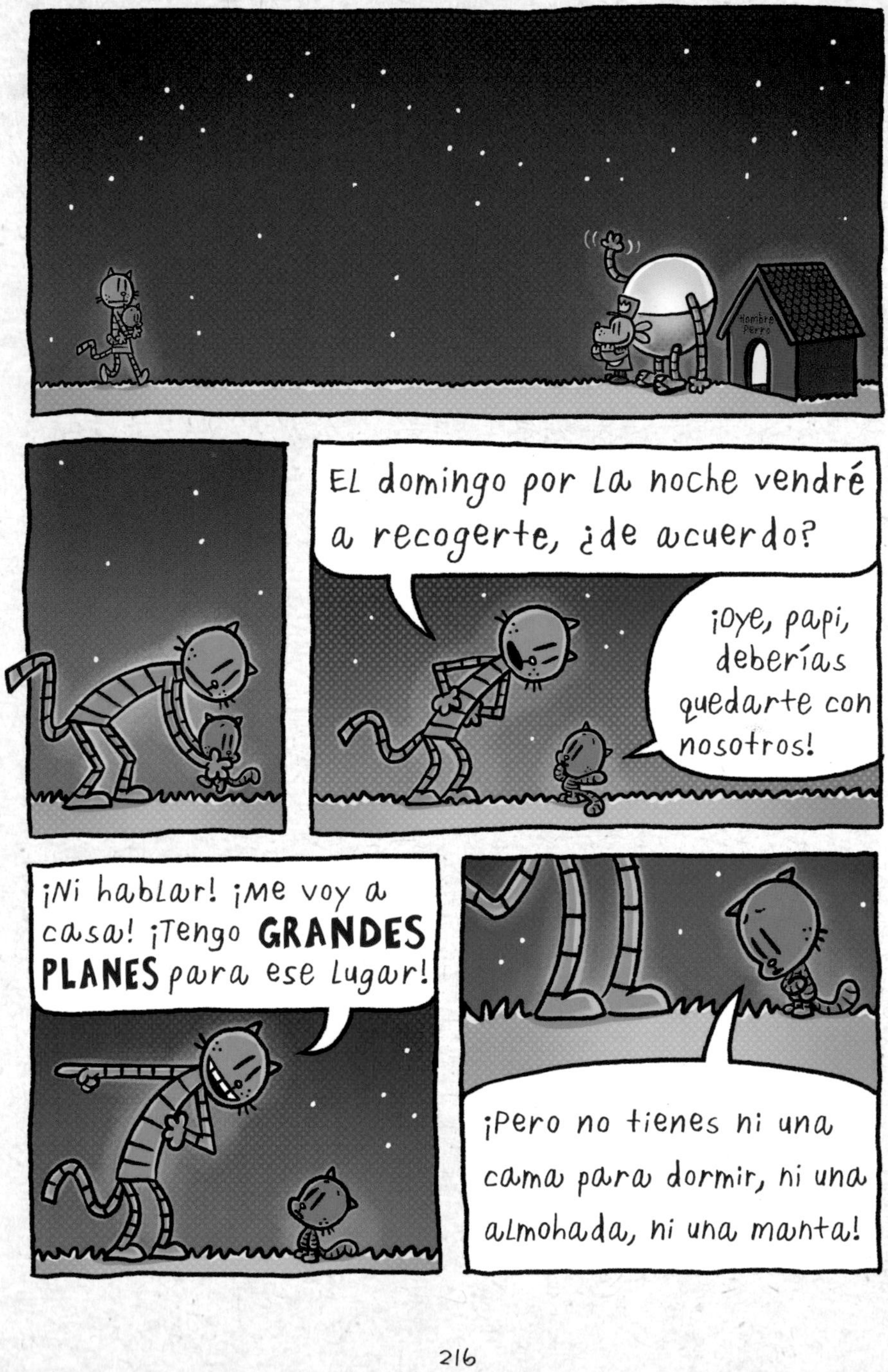
Hombre Perro
EL domingo por La noche vendré a recogerte, ¿de acuerdo?
¡Oye, papi, deberías quedarte con nosotros!
¡Ni hablar! ¡Me voy a casa! ¡Tengo **GRANDES PLANES** para ese Lugar!
¡Pero no tienes ni una cama para dormir, ni una almohada, ni una manta!

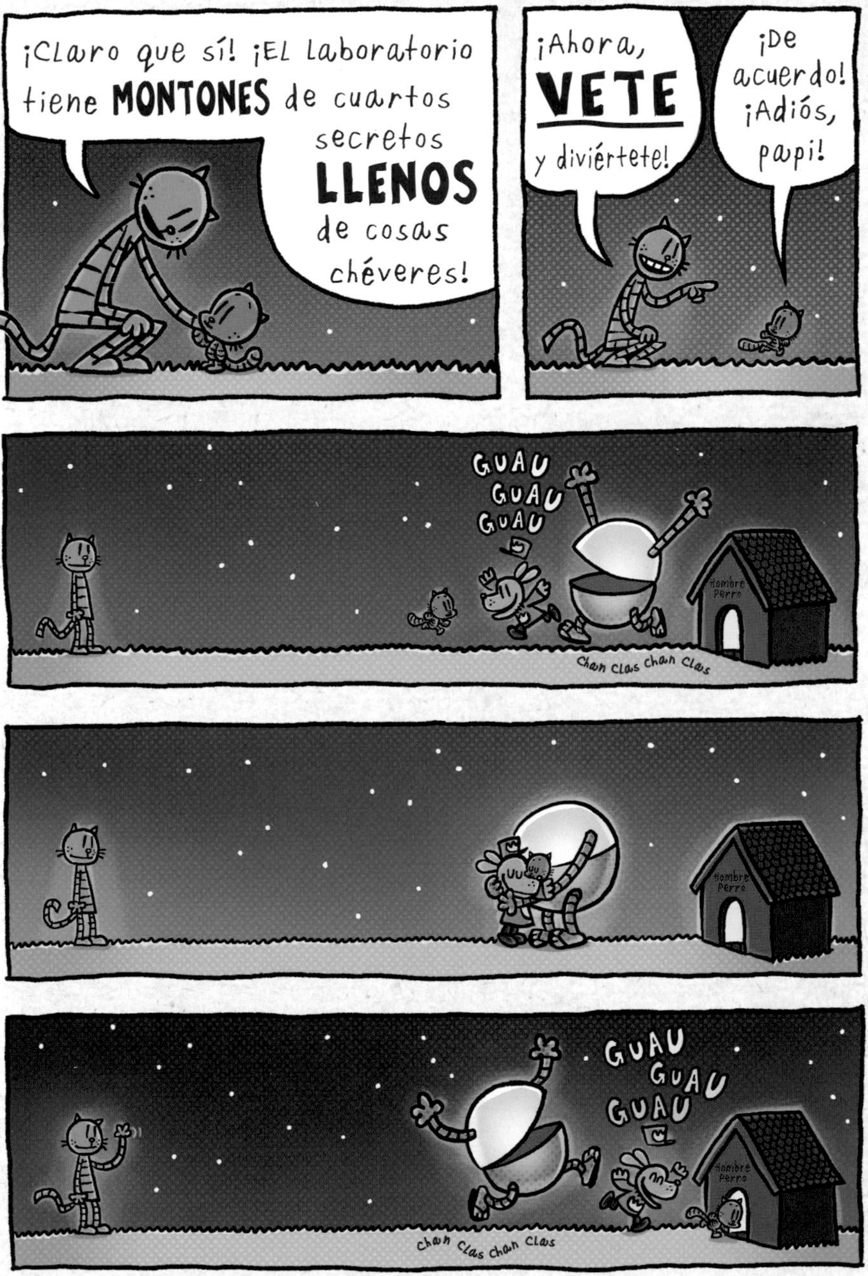
¡Claro que sí! ¡El laboratorio tiene **MONTONES** de cuartos secretos **LLENOS** de cosas chéveres!
¡Ahora, **VETE** y diviértete!
¡De acuerdo! ¡Adiós, papi!
GUAU GUAU GUAU
Hombre Perro
Chan Clas Chan Clas
Hombre Perro
GUAU GUAU GUAU
Hombre Perro
Chan Clas Chan Clas

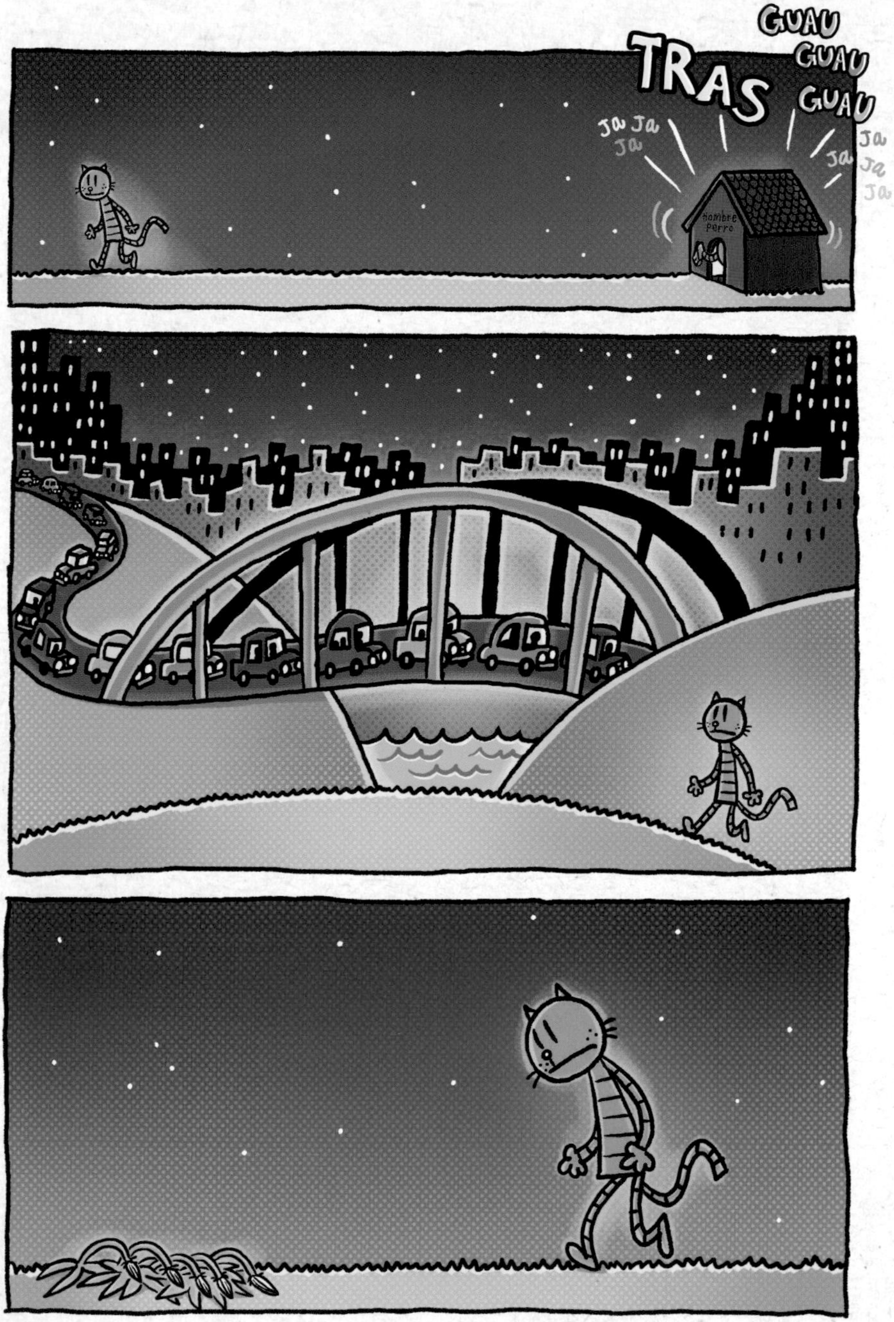
TRAS
GUAU
GUAU
GUAU
Ja Ja
Ja
Ja
Ja
Ja
Ja
Hombre
Perro

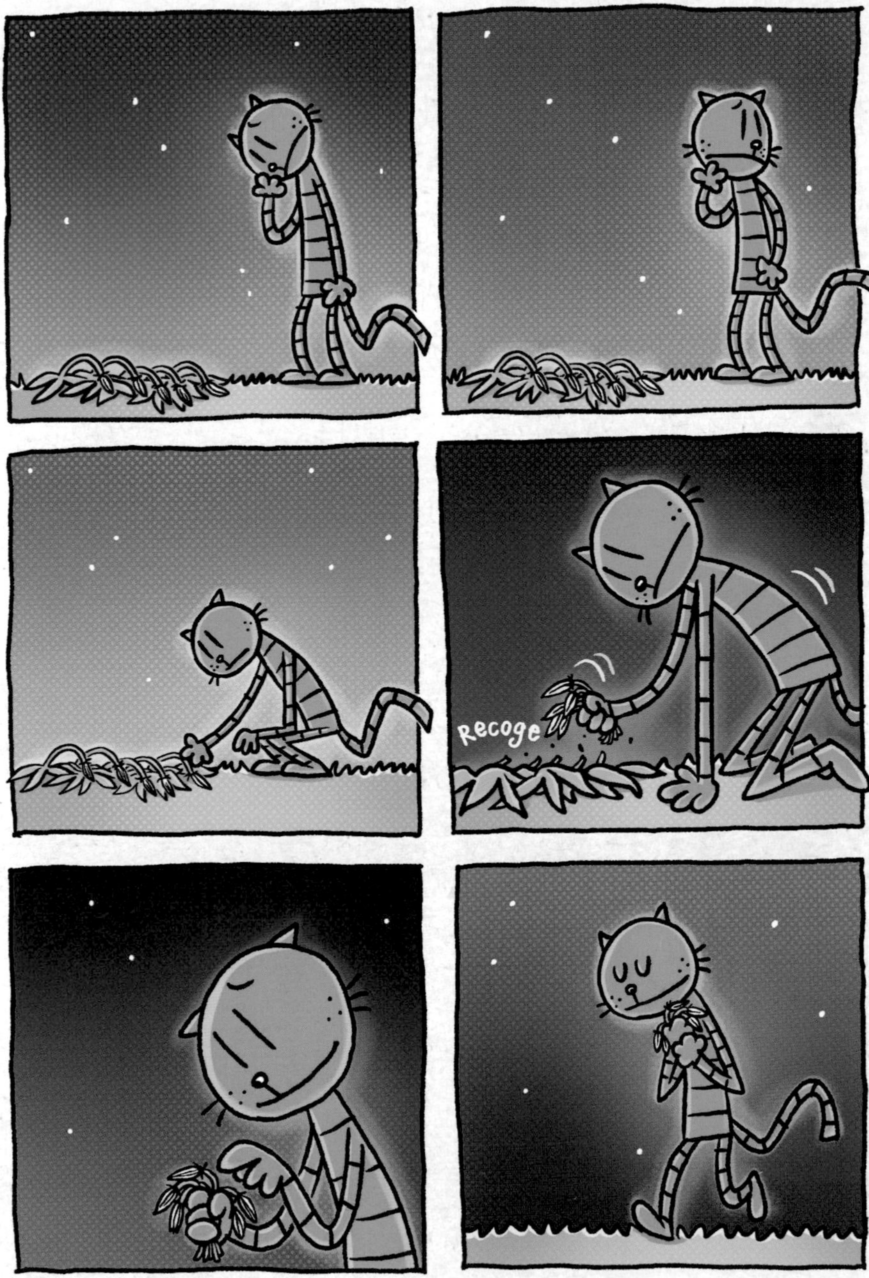
Recoge

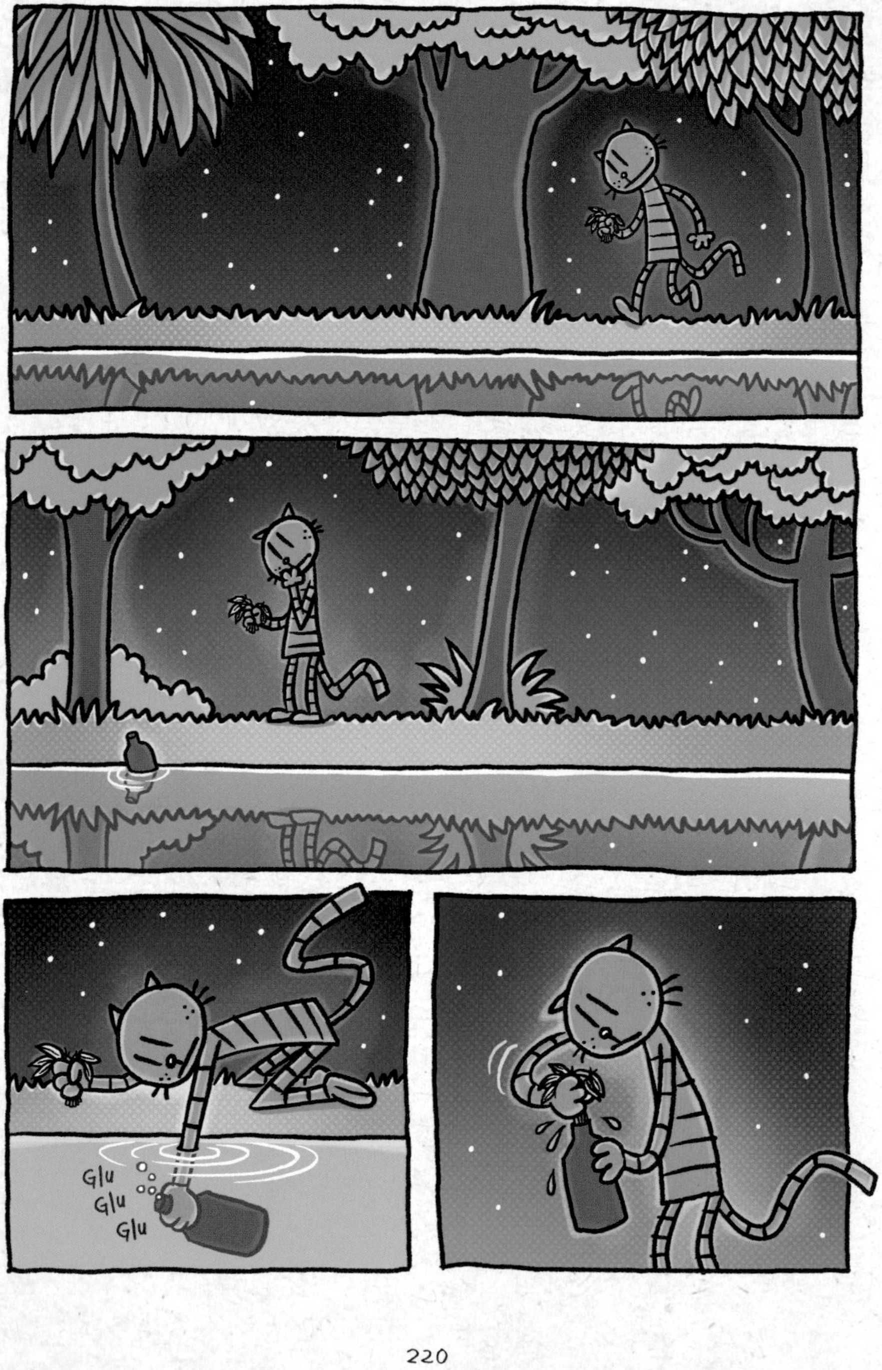
Glu
Glu
Glu

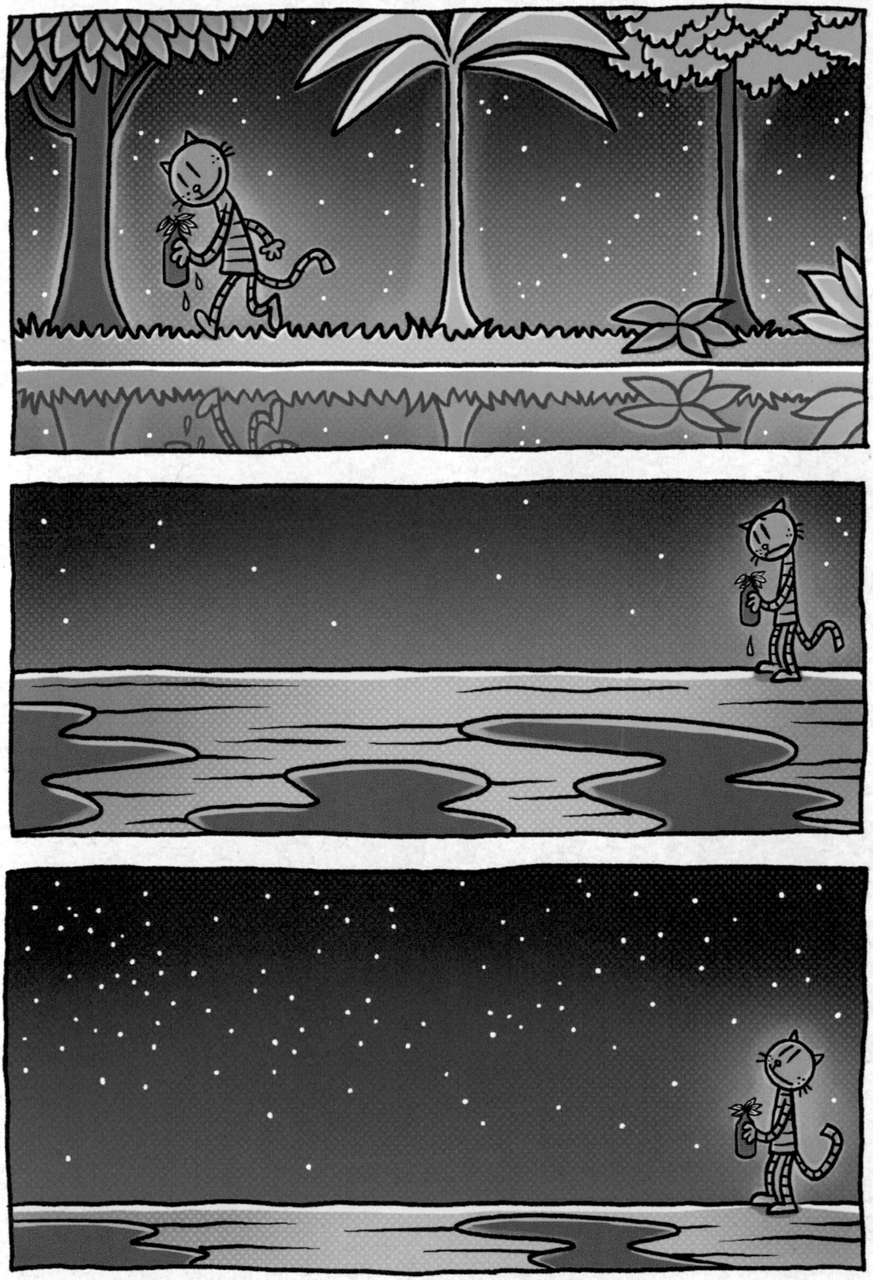

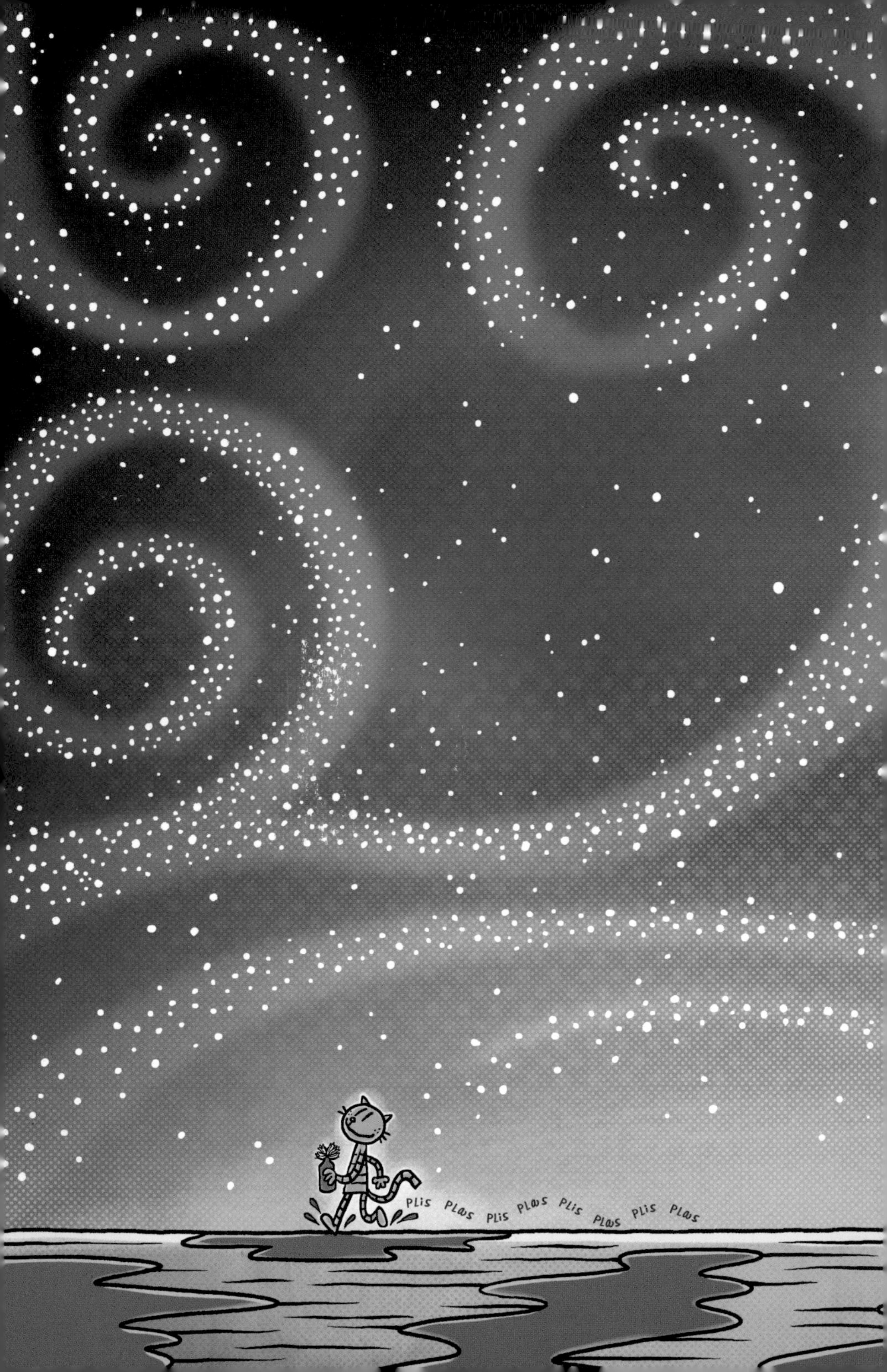
Plis Plas Plis Plas Plis Plas Plis Plas

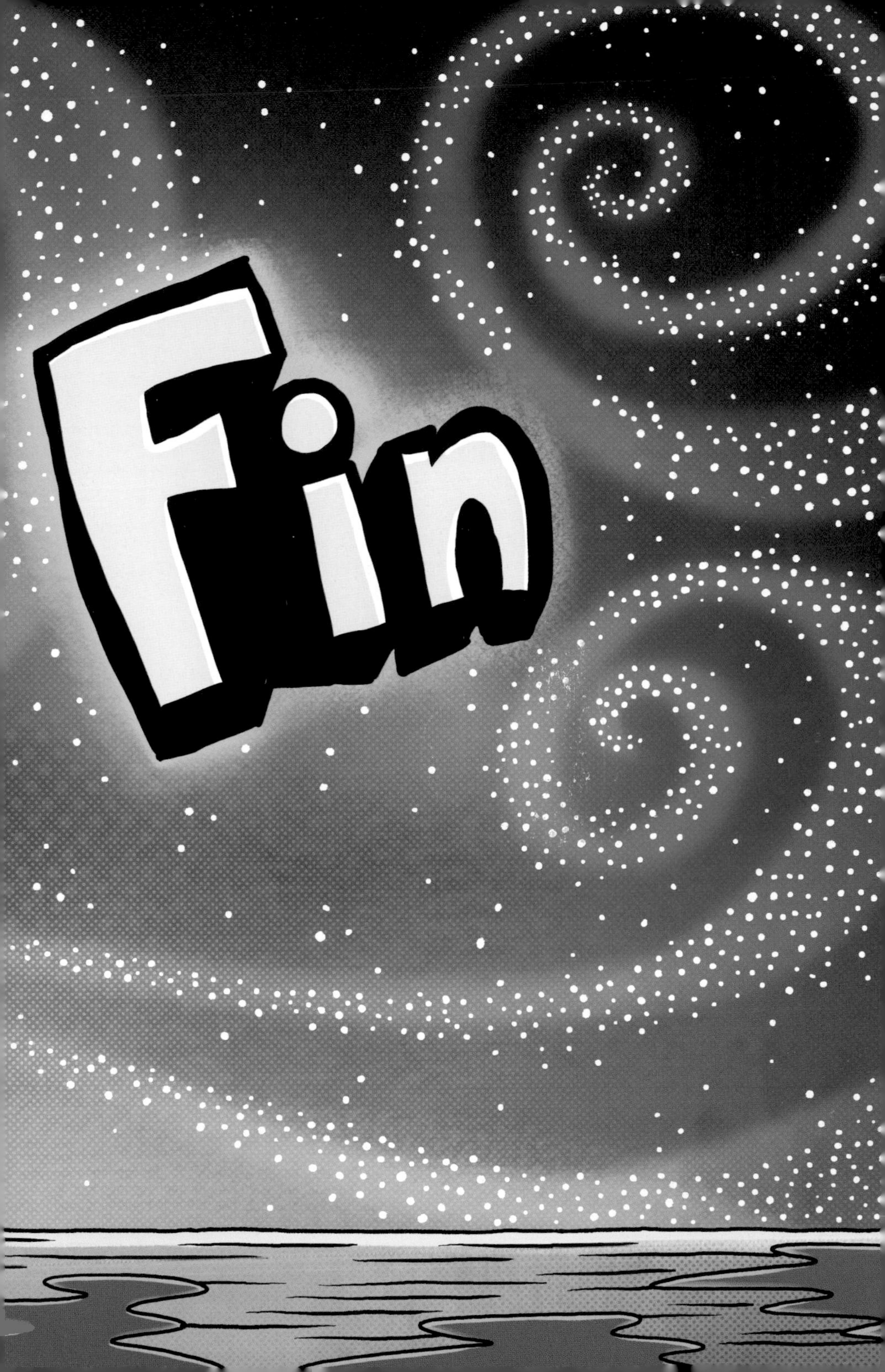
Fin

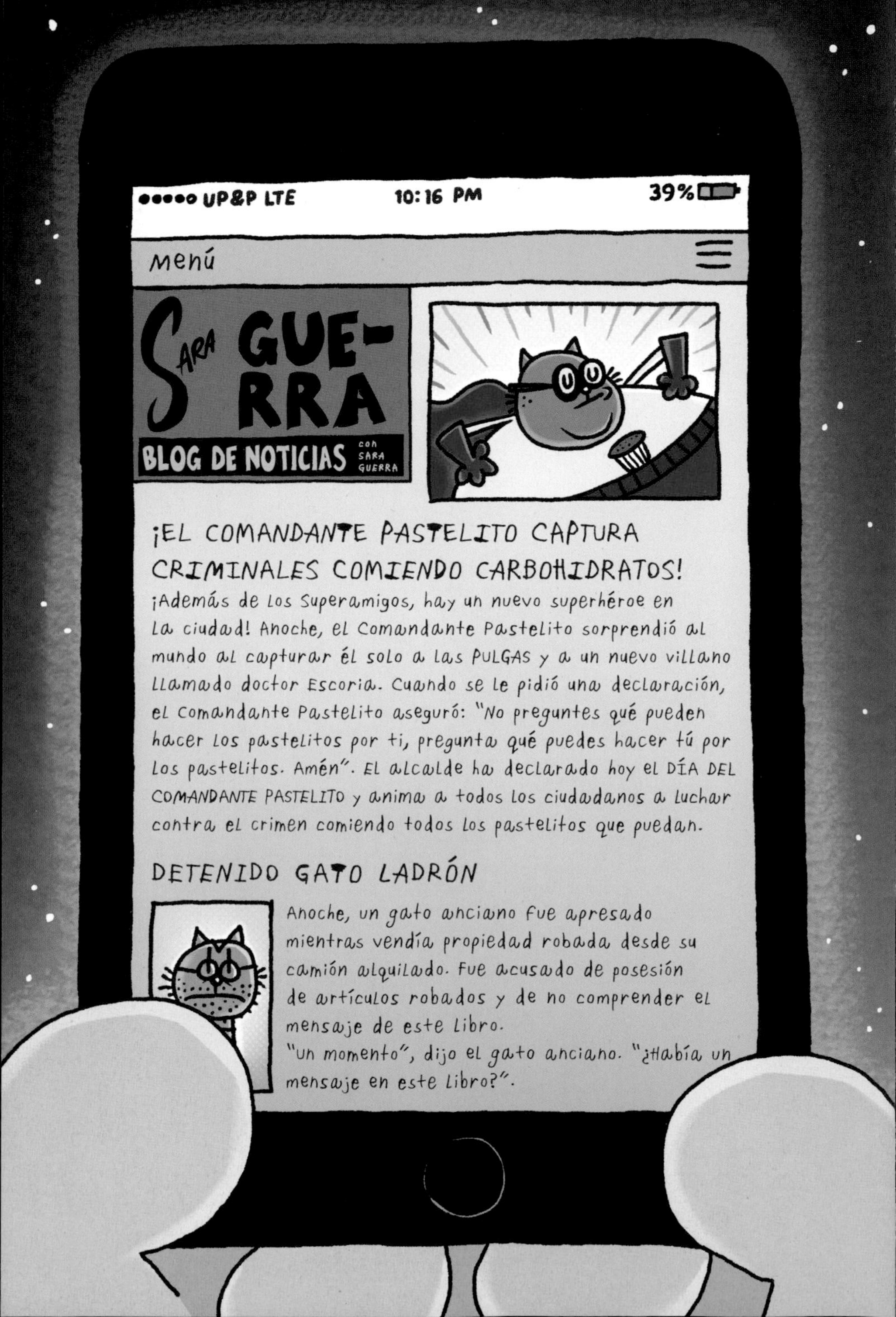
●●●●○ UP&P LTE
10: 16 PM
39%
Menú
SARA GUE-RRA
BLOG DE NOTICIAS con SARA GUERRA
¡EL COMANDANTE PASTELITO CAPTURA CRIMINALES COMIENDO CARBOHIDRATOS!
¡Además de los Superamigos, hay un nuevo superhéroe en la ciudad! Anoche, el Comandante Pastelito sorprendió al mundo al capturar él solo a las PULGAS y a un nuevo villano llamado doctor Escoria. Cuando se le pidió una declaración, el Comandante Pastelito aseguró: "No preguntes qué pueden hacer los pastelitos por ti, pregunta qué puedes hacer tú por los pastelitos. Amén". El alcalde ha declarado hoy el DÍA DEL COMANDANTE PASTELITO y anima a todos los ciudadanos a luchar contra el crimen comiendo todos los pastelitos que puedan.
DETENIDO GATO LADRÓN
Anoche, un gato anciano fue apresado mientras vendía propiedad robada desde su camión alquilado. Fue acusado de posesión de artículos robados y de no comprender el mensaje de este libro.
"Un momento", dijo el gato anciano. "¿Había un mensaje en este libro?".

menú ≡

DETRÁS DE LOS BARROTES: ENTREVISTA EXCLUSIVA CON UN NUEVO VILLANO

Esta mañana tuve la oportunidad de entrevistar al doctor Escoria, ¡el villano más nuevo!

P. ¿Qué se siente al ser un recién llegado al mundo de los villanos?

R. ¡No soy nuevo! ¡Yo salí en el primer libro!

P. ¿De qué manera ha afectado su vida el hecho de ser nuevo?

Chico nuevo en la ciudad

R. ¡Acabo de decir que no soy nuevo! ¿¿¿Qué PROBLEMA tienes??? Yo salí en el capítulo 2. ¡¡¡MUCHO!!!

P. ¿Ha pensado intentar por SEGUNDA vez dominar el mundo?

R. ¡ACABO DE HACERLO! ¡ESTE FUE MI SEGUNDO INTENTO! ¿¡¡¿POR QUÉ NADIE ME ESCUCHA?!!?

P. ¿La presión por ser nuevo ha...?

R. ¡¡¡ESTA ENTREVISTA SE HA TERMINADO!!!

¡HOMBRE PERRO ES VAMOS!

Si pensaban que nuestra aventura se había acabado, ¡no leyeron nada todavía! Una NUEVA aventura de Hombre Perro estará ~~~~~~ MUY PRONTO ~~LA MEJOR~~ ~~~~~~~~ nosotros ~~~~~~rá, ~~CUIDA~~ ~~~~~~~~~~ DESVELAN~~ cuando Aleta, ~~~~~~~~~ sus poderes

¿Tío Boni?

¡Hola, Dani!

NOTAS

por Jorge y Berto

☆ El título de este libro (y los títulos de los capítulos 8 y 12) están inspirados en libros de Ernest Hemingway.

☆ Las viñetas 2 y 3 de la página 50 son citas directas del libro _Por quién doblan las campanas_ de Ernest Hemingway (quien era un _súper_ amante de los gatos).

☆ "La rataoruga muy hambrienta" está inspirada en uno de mis libros favoritos de todos los tiempos: _La oruga muy hambrienta_, de Eric Carle.

☆ En la edición en inglés, el nombre de Juan el Gordo es Big Jim, por un muñeco coleccionable de los años setenta.

☆ Berto, quien normalmente solo hace los dibujos, en este libro también contribuyó escribiendo la historia.

☆ Uno de los temas de este libro se inspira en el poema corto favorito de Berto:

> Dos presos miran tras los barrotes.
> Uno solo vio lodo. El otro, las estrellas.
>
> —autor desconocido, aunque sus adaptaciones
> se atribuyen a Dale Carnegie y/o al
> reverendo Frederick Langbridge.

CÓMO DIBUJAR COMANDANTE PASTELITO

¡en 42 pasos increíblemente fáciles!

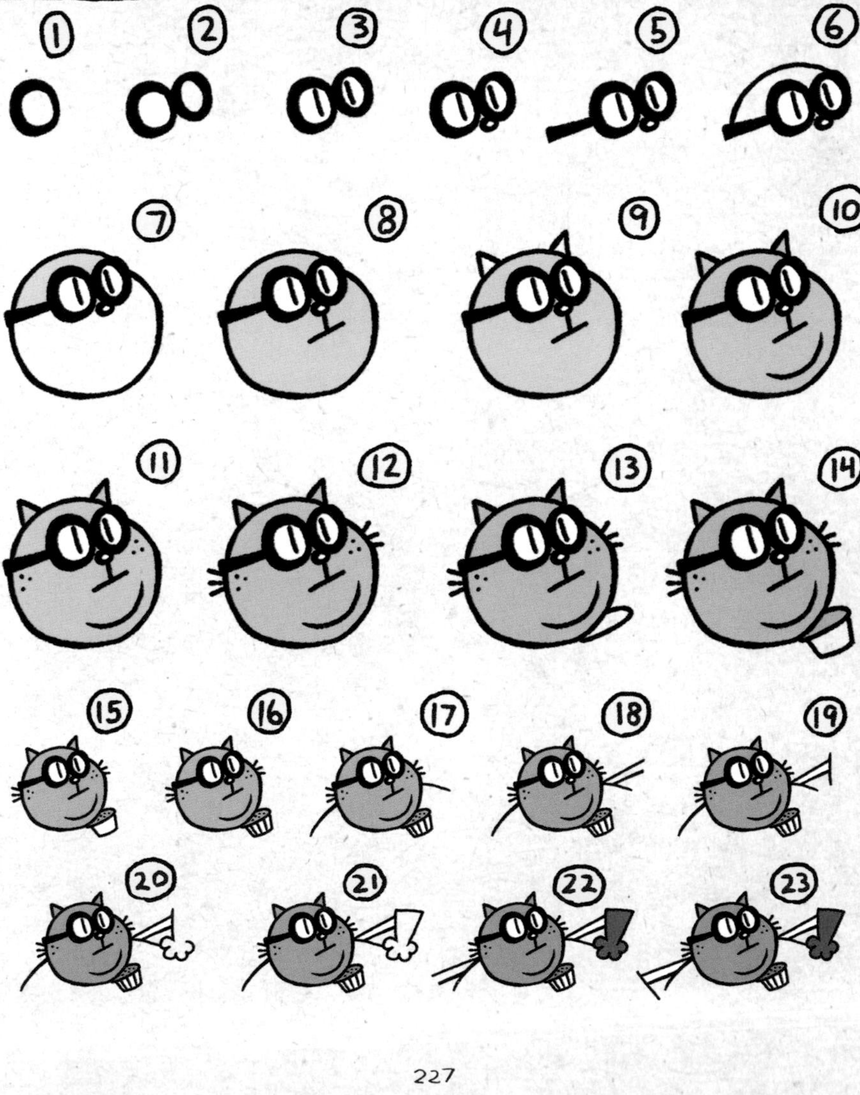
1
2
3
4
5
6
7
8
9
10
11
12
13
14
15
16
17
18
19
20
21
22
23

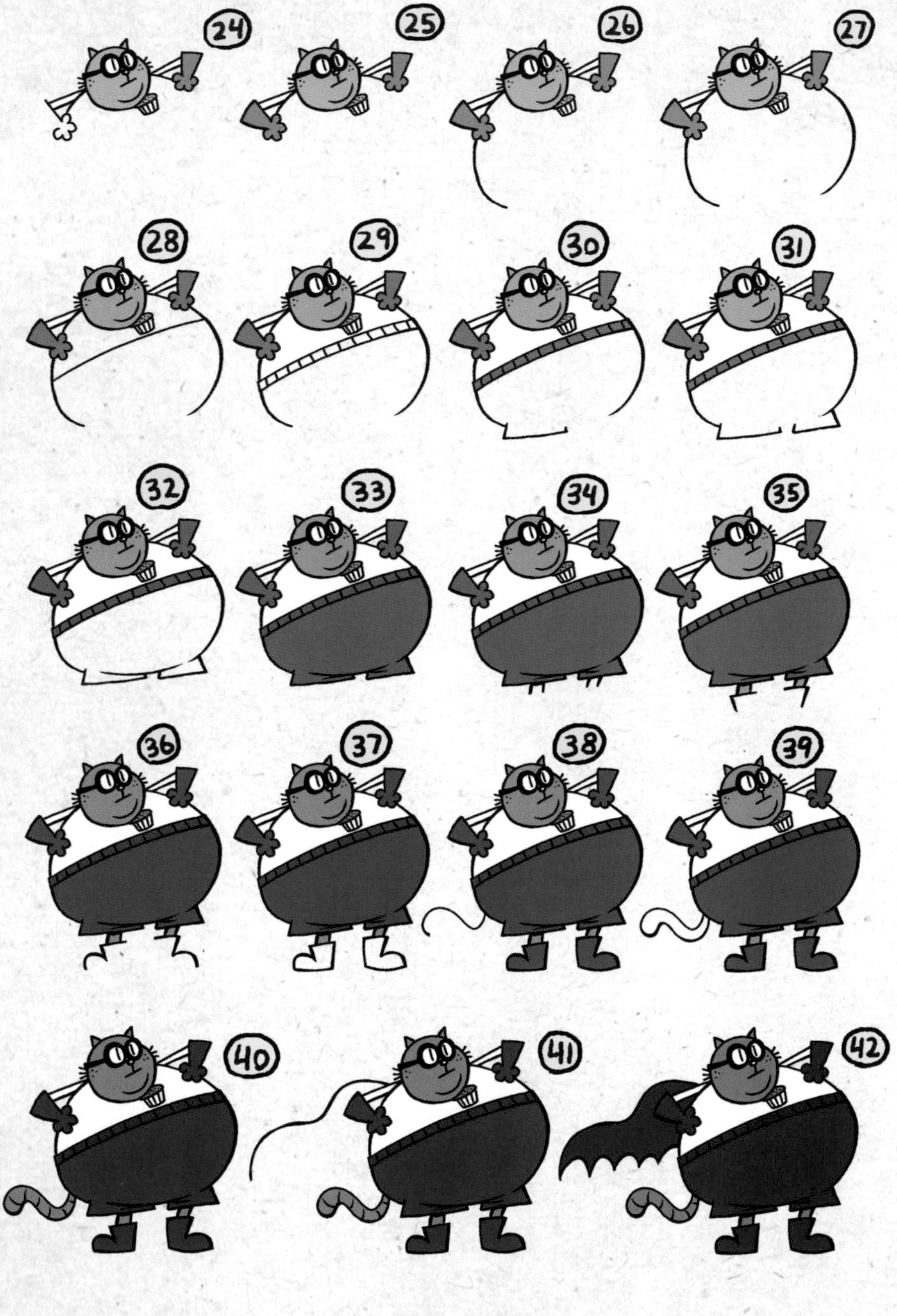
24
25
26
27
28
29
30
31
32
33
34
35
36
37
38
39
40
41
42

CÓMO DIBUJAR PAPI Y EL CHICO

¡¡¡en 39 pasos increíblemente fáciles!!!

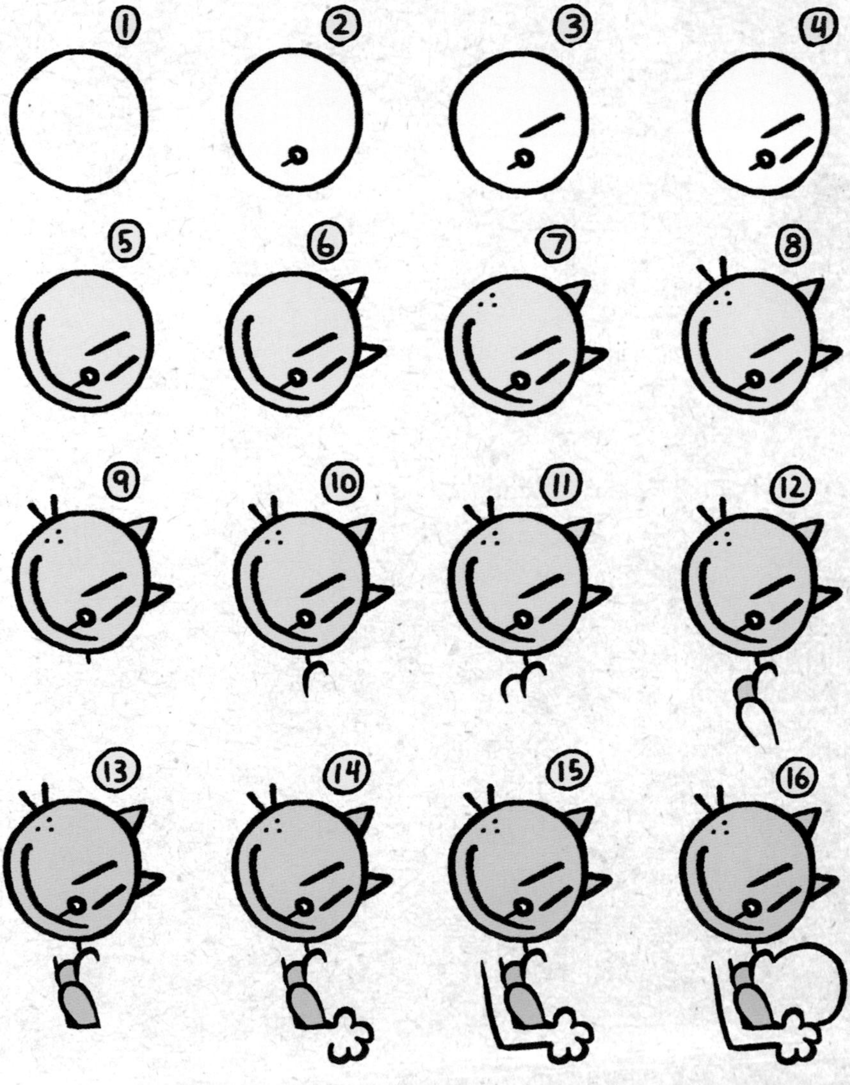
1
2
3
4
5
6
7
8
9
10
11
12
13
14
15
16

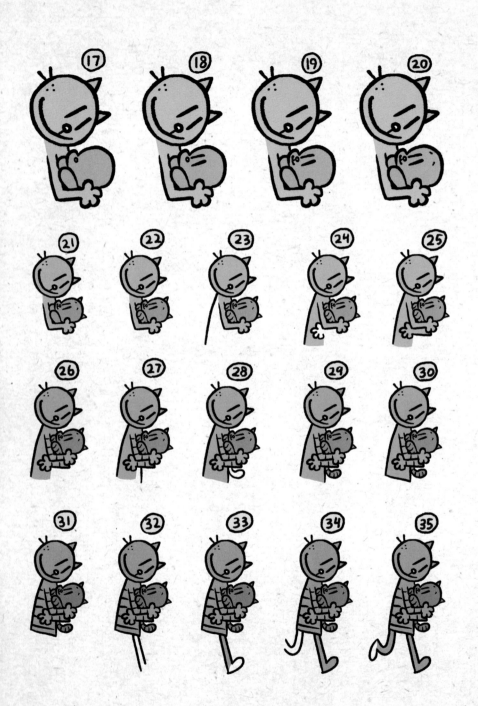

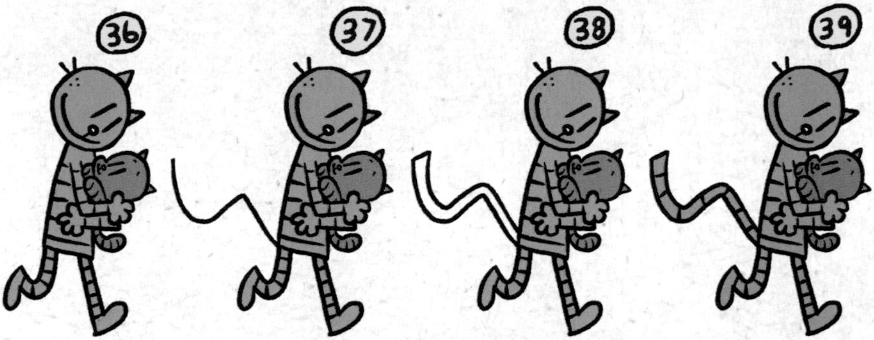
36
37
38
39

¡¡¡Pasa la página para que estos dos cabalguen sobre la **RATAPOSA**!!!

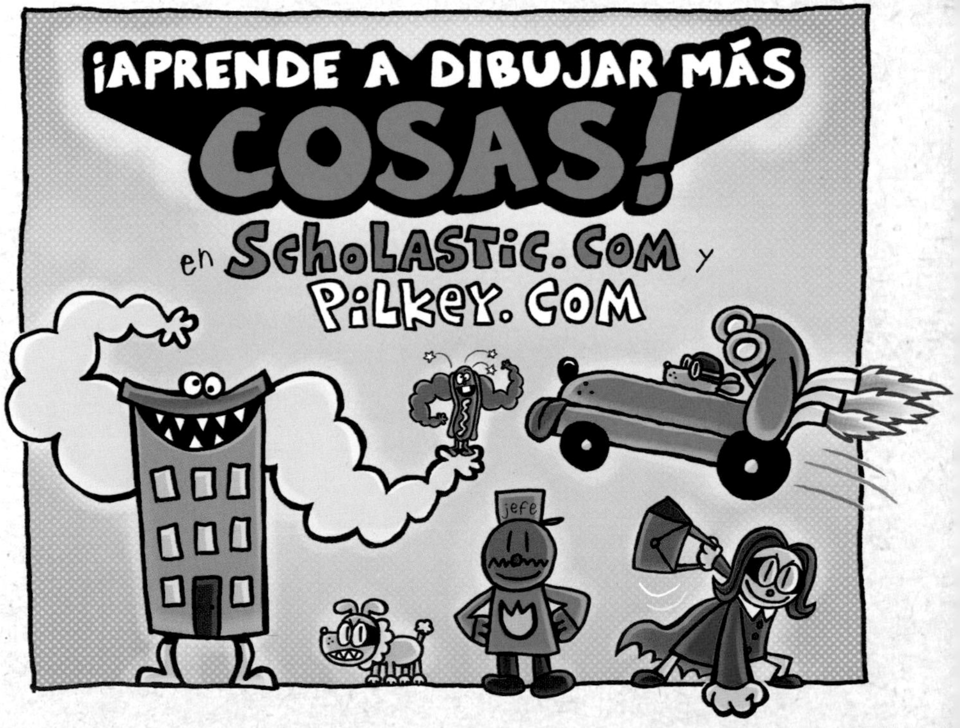
¡APRENDE A DIBUJAR MÁS
COSAS!
en SCHOLASTIC.COM y
PILKEY.COM
jefe

CÓMO DIBUJAR La RATAPOSA

¡en 38 pasos increíblemente fáciles!

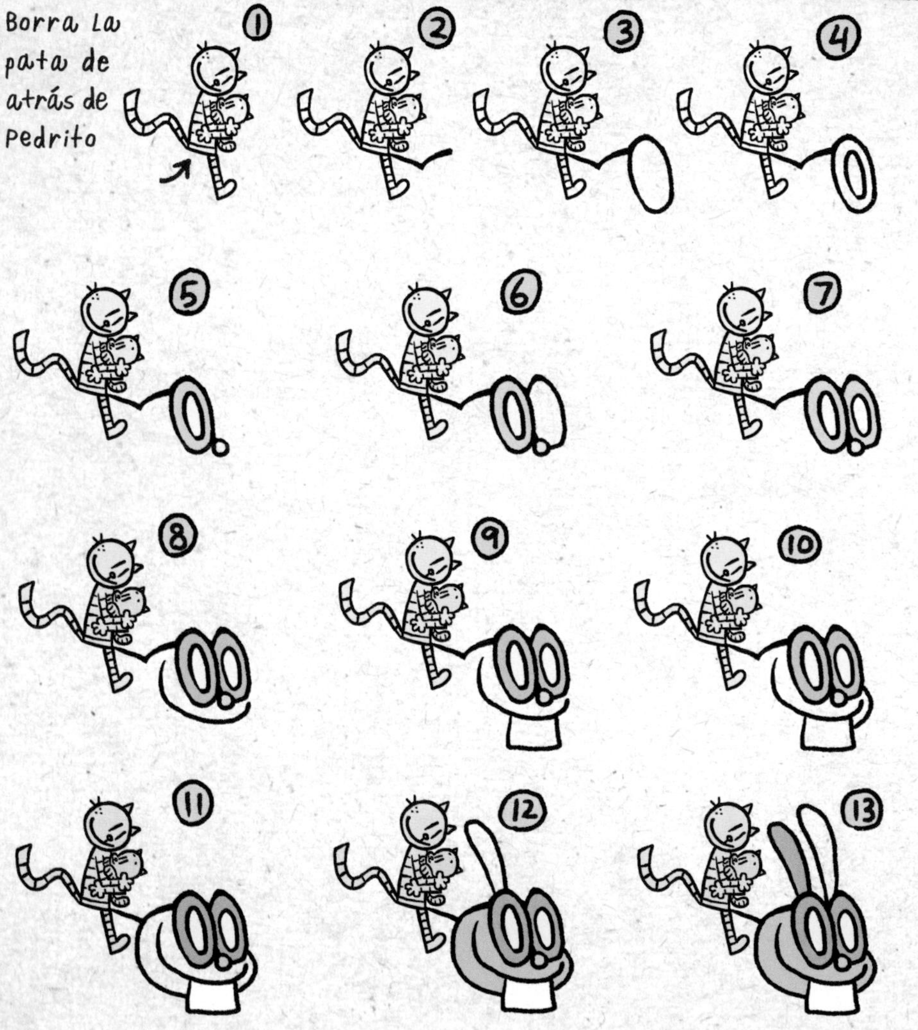

Borra la pata de atrás de pedrito
1
2
3
4
5
6
7
8
9
10
11
12
13

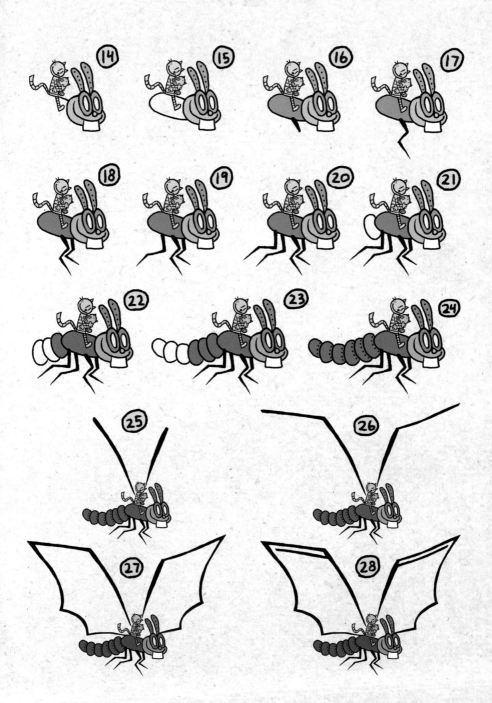

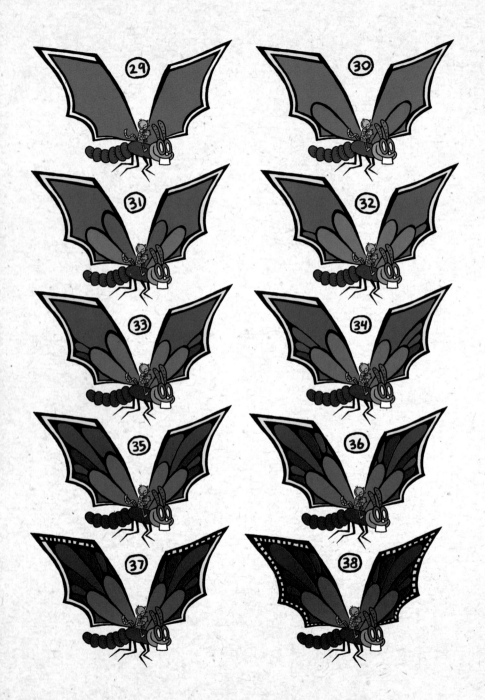

CÓMO DIBUJAR HOMBRE PERRO

¡en 26 pasos increíblemente fáciles!

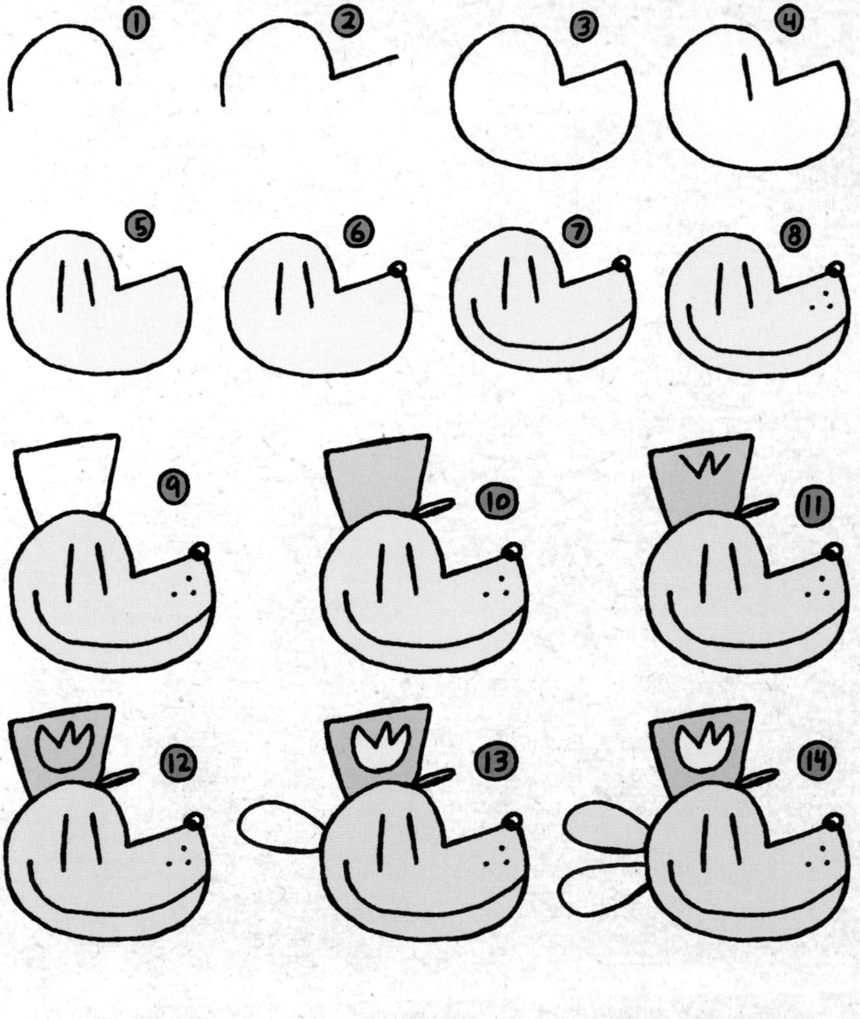
1
2
3
4
5
6
7
8
9
10
11
12
13
14

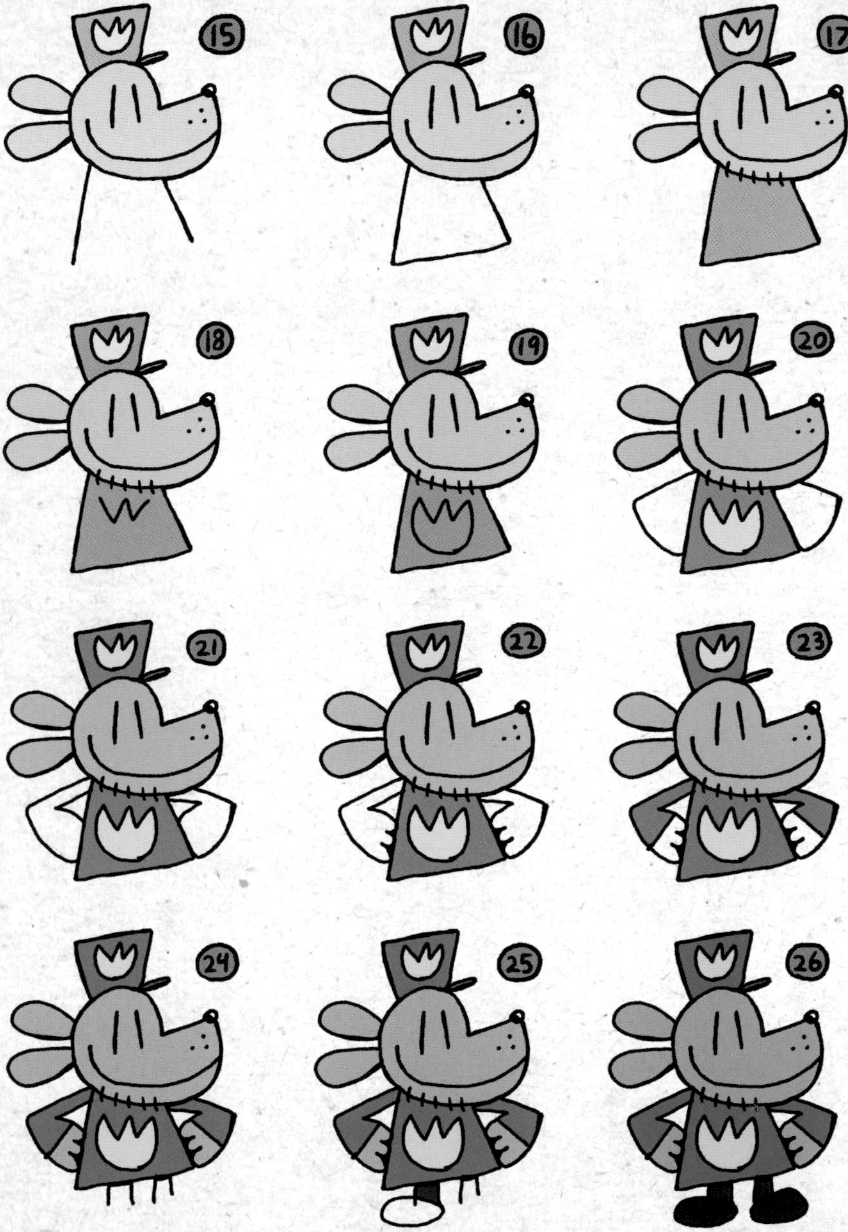
15
16
17
18
19
20
21
22
23
24
25
26

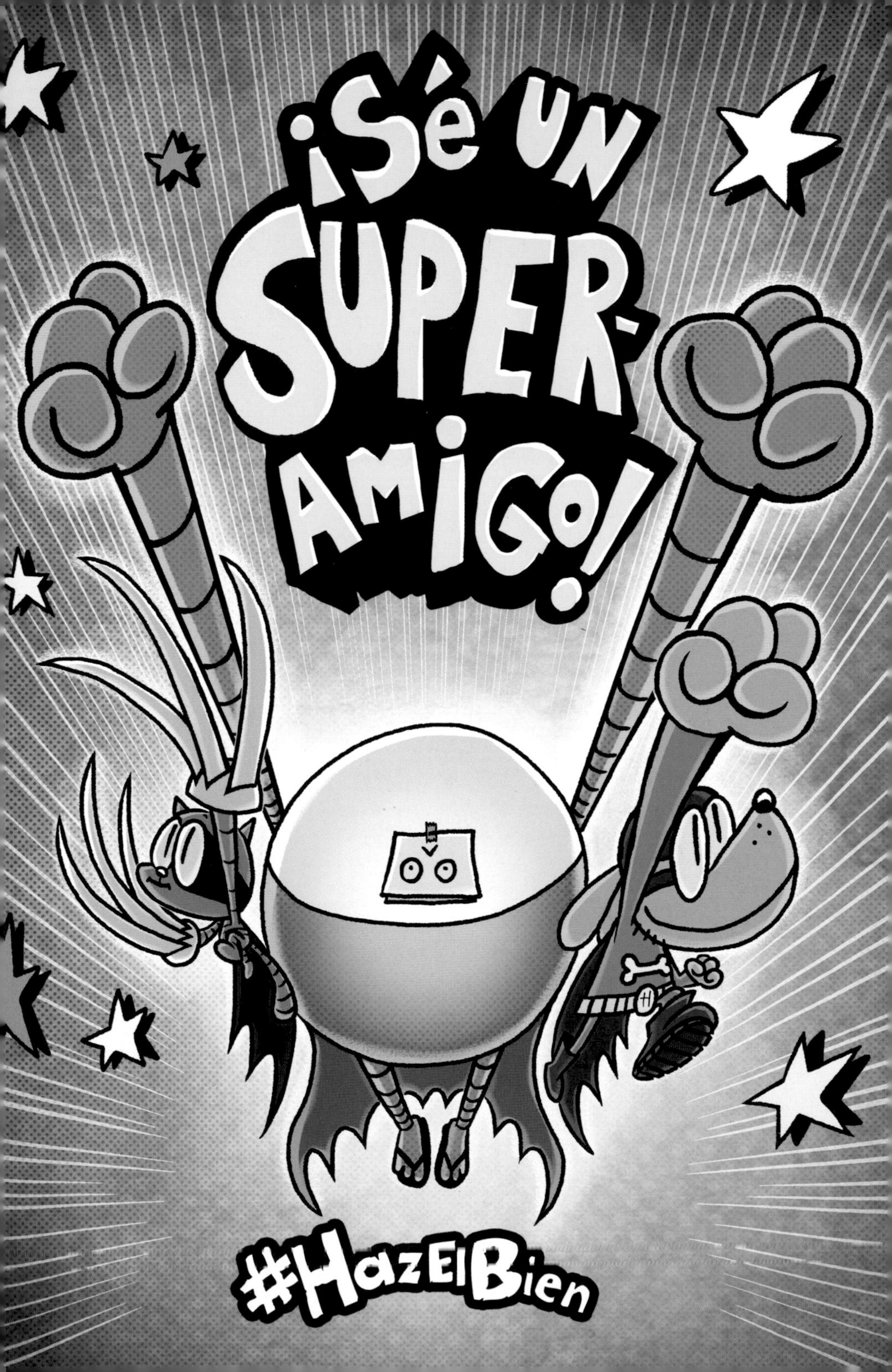
¡SÉ UN SUPER-AMIGO!
#HazElBien

¡A LEER CON DAV PILKEY!

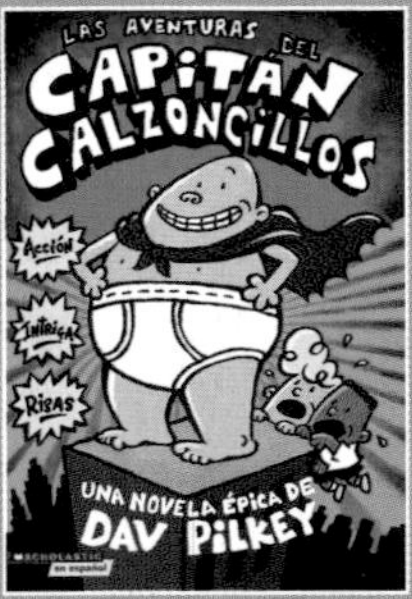
Las aventuras del
Capitán Calzoncillos
Acción
Intriga
Risas
Una novela épica de
Dav Pilkey
Scholastic en español

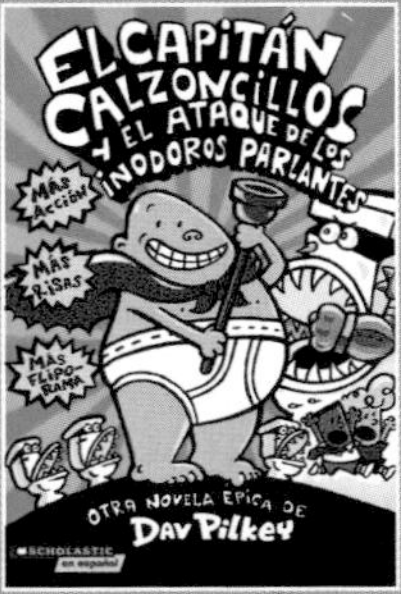
El Capitán Calzoncillos
y el ataque de los inodoros parlantes
Más acción
Más risas
Más Flipo-Rama
Otra novela épica de
Dav Pilkey
Scholastic en español

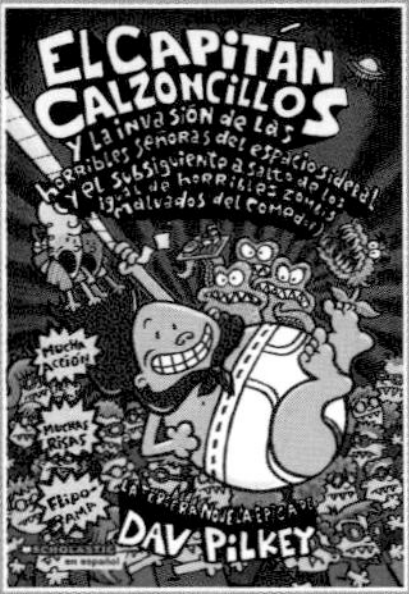
El Capitán Calzoncillos
Mucha acción
Muchas risas
Flipo-Rama
Dav Pilkey
Scholastic en español

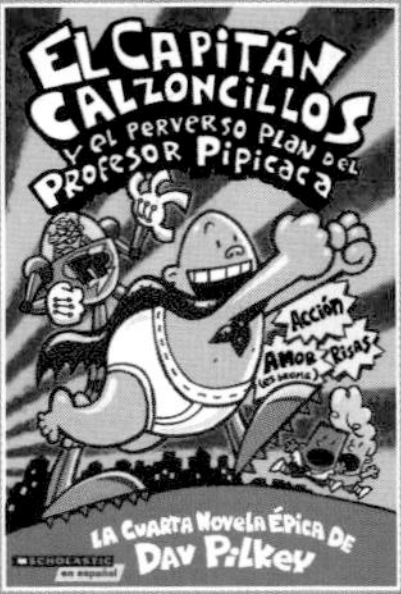
El Capitán Calzoncillos
y el perverso plan del Profesor Pipicaca
Acción
Amor
Risas
La cuarta novela épica de
Dav Pilkey
Scholastic en español

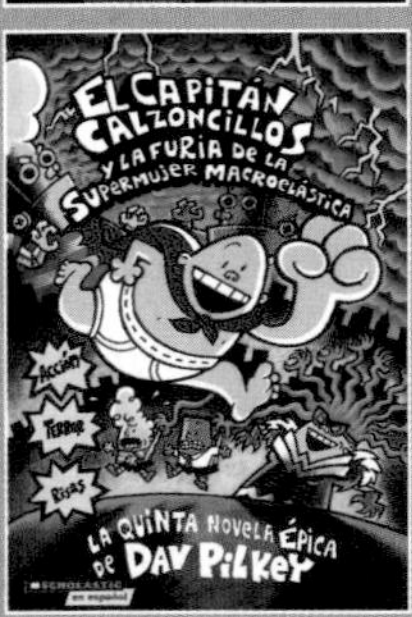
El Capitán Calzoncillos
y la furia de la Supermujer Macroelástica
Acción
Terror
Risas
La quinta novela épica de
Dav Pilkey
Scholastic en español

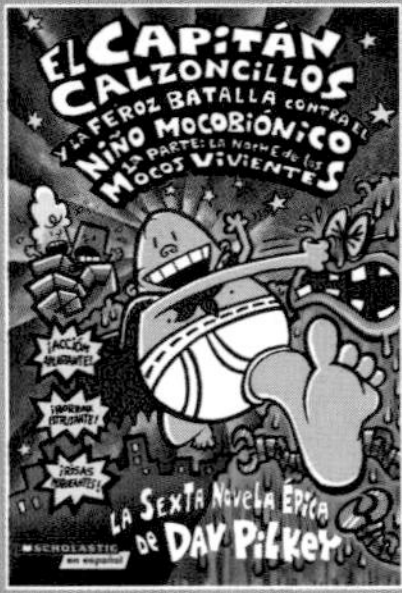
El Capitán Calzoncillos
y la feroz batalla contra el Niño Mocobiónico
Mocos vivientes
La sexta novela épica de
Dav Pilkey
Scholastic en español

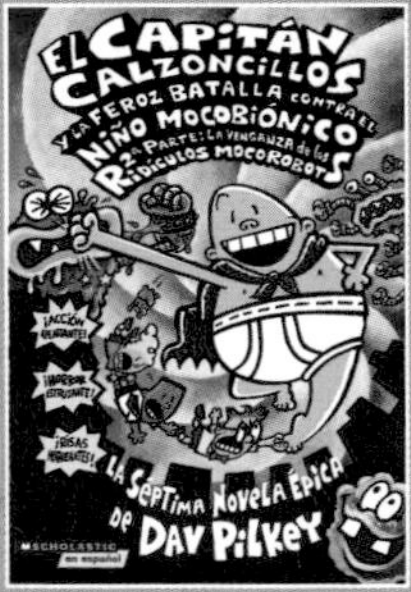
El Capitán Calzoncillos
y la feroz batalla contra el Niño Mocobiónico
Ridículos mocorobots
La séptima novela épica de
Dav Pilkey
Scholastic en español

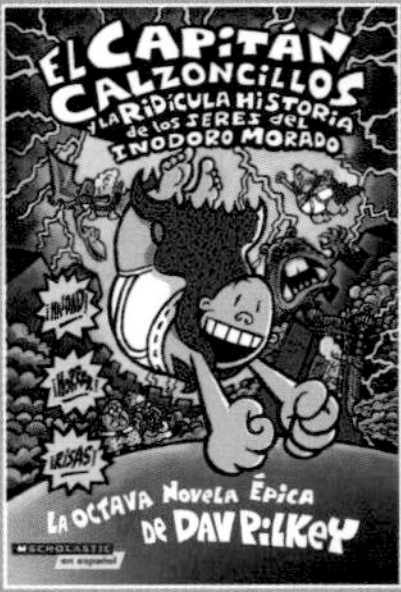
El Capitán Calzoncillos
y la ridícula historia de los seres del inodoro morado
¡Risas!
La octava novela épica de
Dav Pilkey
Scholastic en español

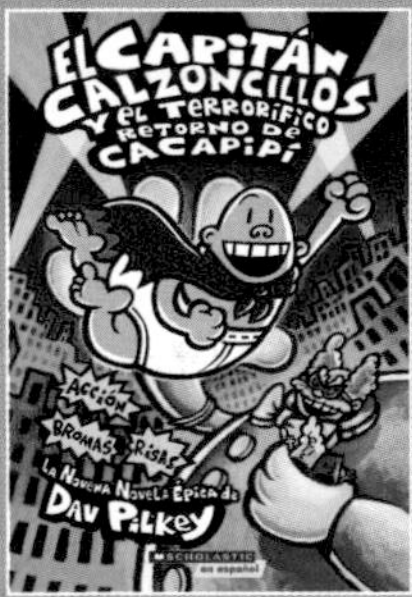
El Capitán Calzoncillos
y el terrorífico retorno de Cacapipí
Acción
Bromas
Risas
La novena novela épica de
Dav Pilkey
Scholastic en español

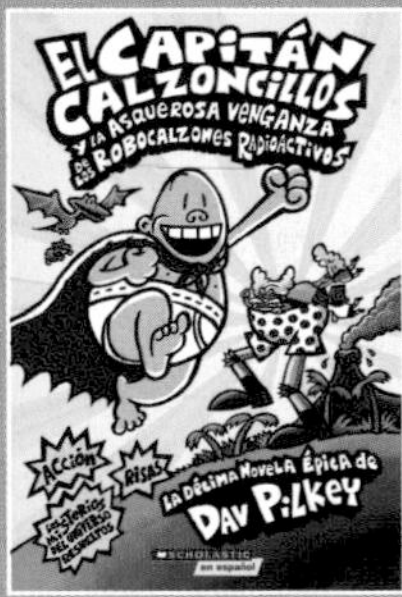
El Capitán Calzoncillos
y la asquerosa venganza de los Robocalzones Radiactivos
Acción
Risas
La décima novela épica de
Dav Pilkey
Scholastic en español

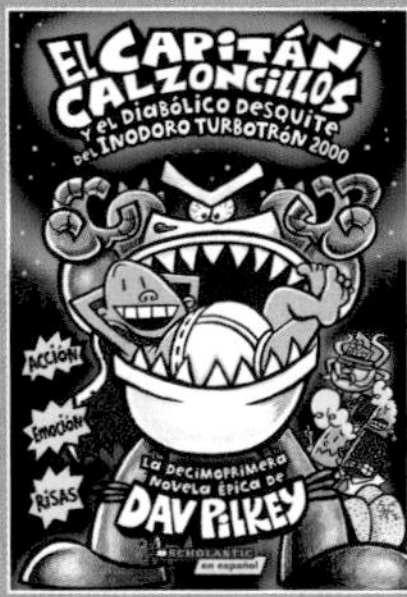
El Capitán Calzoncillos
y el diabólico desquite del Inodoro Turbotrón 2000
Acción
Emoción
Risas
La decimoprimera novela épica de
Dav Pilkey
Scholastic en español

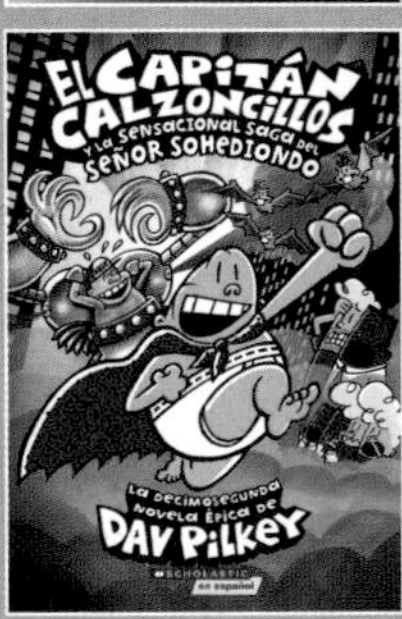
El Capitán Calzoncillos
y la sensacional saga del Señor Sohediondo
La decimosegunda novela épica de
Dav Pilkey
Scholastic en español

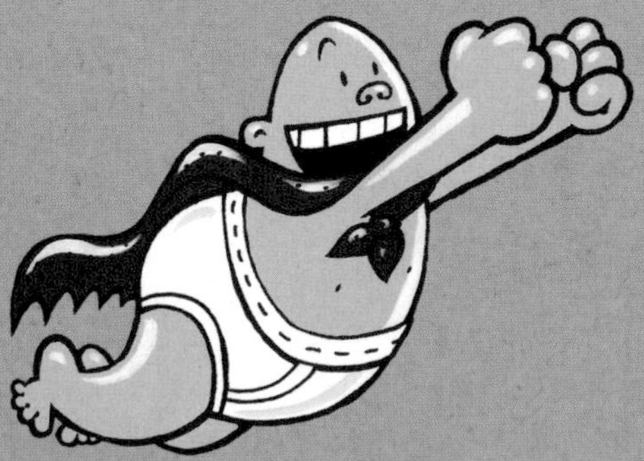

LIBRO #1 EN LA LISTA DE BESTSELLERS DEL NEW YORK TIMES
HOMBRE PERRO
DAV PILKEY
CREADOR DEL CAPITÁN CALZONCILLOS
LA CONTINUACIÓN DEL BESTSELLER Nº 1 DEL NEW YORK TIMES
HOMBRE PERRO
SE DESATA
DAV PILKEY
CREADOR DEL CAPITÁN CALZONCILLOS
LA CONTINUACIÓN DEL BESTSELLER Nº 1 DEL NEW YORK TIMES
HOMBRE PERRO
HISTORIA DE DOS GATITOS
DAV PILKEY
CREADOR DEL CAPITÁN CALZONCILLOS
LA CONTINUACIÓN DEL BESTSELLER Nº 1 DEL NEW YORK TIMES
HOMBRE PERRO
Y SUPERGATITO
DAV PILKEY
CREADOR DEL CAPITÁN CALZONCILLOS
LA CONTINUACIÓN DEL BESTSELLER Nº 1 DEL NEW YORK TIMES
HOMBRE PERRO
EL SEÑOR DE LAS PULGAS
DAV PILKEY
CREADOR DEL CAPITÁN CALZONCILLOS
EL BESTSELLER INTERNACIONAL
HOMBRE PERRO
LA PELEA DE LA SELVA
DAV PILKEY
CREADOR DEL CAPITÁN CALZONCILLOS
EL BESTSELLER INTERNACIONAL
HOMBRE PERRO
POR QUIÉN RUEDA LA PELOTA
DAV PILKEY
CREADOR DEL CAPITÁN CALZONCILLOS

ACERCA DEL AUTOR-ILUSTRADOR

Cuando Dav Pilkey era niño, fue diagnosticado con Trastorno por Déficit de Atención con Hiperactividad (TDAH) y dislexia. Dav interrumpía tanto las clases que sus maestros lo obligaban a sentarse en el pasillo todos los días. Por suerte, le encantaba dibujar e inventar historias. El tiempo que pasaba en el pasillo lo ocupaba haciendo sus propios cómics.

Cuando estaba en segundo grado, Dav Pilkey creó un cómic de un superhéroe llamado Capitán Calzoncillos. Desde entonces, no ha parado de crear libros divertidos con mensajes positivos, que celebran el triunfo de aquellos con buen corazón.

ACERCA DEL COLORISTA

Jose Garibaldi creció en el sur de Chicago. De niño le gustaba soñar despierto y hacer garabatos. Ahora ambas actividades son su empleo a tiempo completo. Jose es ilustrador profesional, pintor y dibujante de cómics. Ha trabajado para muchas compañías, como Nickelodeon, MAD Magazine, Cartoon Network, Disney y, en LAS AVENTURAS ÉPICAS DEL CAPITÁN CALZONCILLOS, para Dreamworks Animation. Vive en Los Ángeles, California, con sus perros, Herman y Spanky.